A. Meredith Walters

Für uns macht das Universum Überstunden

A. Meredith Walters

Für uns macht das Universum Überstunden

Roman

Aus dem amerikanischen Englisch
von Bettina Münch

bold

Ausführliche Informationen über
unsere Autorinnen und Autoren und ihre Bücher
www.readbold.de

MIX
Papier aus verantwortungsvollen Quellen
FSC
www.fsc.org
FSC® C019821

Ungekürzte Ausgabe
2020 bold, ein Imprint der dtv Verlagsgesellschaft mbH & Co. KG, München

Titel der amerikanischen Originalausgabe:
›Reclaiming the Sand‹
Diese Ausgabe wurde vermittelt durch Claudia Böhme
Rights & Literary Agency, Hannover (www.agency-boehme.com)

Umschlaggestaltung: ZERO Werbeagentur GmbH
unter Verwendung von Fotos von shutterstock.com
Lektorat: Britt Somann-Jung
Gesetzt aus der Minion
Satz: C.H.Beck.Media.Solutions, Nördlingen
Druck und Bindung: Druckerei C.H.Beck, Nördlingen
Gedruckt auf säurefreiem, chlorfrei gebleichtem Papier
Printed in Germany · ISBN 978-3-423-23014-8

Für Gwyn
Weil ich dir dieses Buch versprochen habe

Prolog

Ellie

Ich bin ein schlimmer Mensch.

Ich tue schlimme Dinge.

Ich habe schlimme Gedanken.

Ihr werdet mich hassen.

Ihr werdet meine Entscheidungen verabscheuen.

Ihr werdet mich nicht verstehen.

Vielleicht empfindet ihr ein bisschen Mitleid. Eine Spur Trauer über die Frau, die ich geworden bin. Es ist schwer, jemanden, der so tief gesunken ist, nicht zu bedauern.

Aber *ihn* werdet ihr lieben.

Es ist schwer, das nicht zu tun.

Er ist alles, was ich nicht bin.

Er ist gut. Er ist freundlich. Er nimmt großen, aufrichtigen Anteil an anderen Menschen.

Er ist talentiert. Schüchtern. Auf eine Weise klug, von der ich nur träumen kann.

Er liebt aus tiefster Seele.

Er glaubt, wo ich zweifle. Er hat Erfolg, wo ich scheitere. Er blüht auf, wo ich welke und sterbe.

Warum will ein Mann wie er eine Frau wie mich?

Es ist eine Schande. Unmöglich. Völlig verkehrt.

Aber es ist so.

Er sieht Schönheit, wo andere keine sehen. Er hört Liebe, wo andere nur Schmerz hören. Er gibt mir die Kraft, etwas zu werden, vor dem ich mich gefürchtet habe.

Ihr werdet mich hassen.

Und ihn lieben.

Ich liebe ihn.

Er hat meine Welt verändert.

1

Ellie

Ich reichte dem gelangweilt aussehenden Mädchen hinter dem Postschalter den gelben Zettel. »Fach 113«, sagte ich ungeduldig. Das Mädchen sah mich nicht einmal an, als sie den Zettel entgegennahm, und wandte mir den Rücken zu, sobald sie mit Gähnen fertig war.

Eine Minute später kam sie mit einem kleinen braunen Päckchen wieder, das ich entgegennahm, ohne mich zu bedanken. Manieren waren nicht mein Ding. Das Päckchen fest umklammert, eilte ich aus dem Postamt. Ich fühlte prickelnde Erregung in mir aufsteigen, als ich die Straße überquerte und meine winzige Erdgeschosswohnung aufschloss.

Den traurigen Zustand der Verwahrlosung, in dem ich hauste, registrierte ich gar nicht. Das tat ich nie. Die abgestandene Luft roch säuerlich, aber das störte mich nicht. Das riesige Loch in der Decke, wo der Putz fehlte, spielte keine Rolle. Ich ging schnurstracks ins Schlafzimmer, schloss die Tür und legte das Päckchen auf die Kommode.

Mit gierigen Fingern riss ich es auf, zerrte das Seidenpapier heraus und ließ es zu Boden fallen. Meine Hände zitterten förmlich, als ich hineinfasste und die kleine detailgetreue Nachbildung des

Tadsch Mahal herausnahm. Voll ehrfürchtigem Staunen über das Geschick, mit dem dieses kleine Kunstwerk angefertigt worden war, strich ich sanft über die Skulptur in meiner Handfläche.

Dann stellte ich sie vorsichtig an ihren Platz zwischen den anderen Bauwerken von ähnlicher Größe und Qualität und bewunderte meine von Eiffelturm und Big Ben umrahmte Neuerwerbung. Daneben standen die Sphinx und das Opernhaus von Sydney, der Kreml und die Christusstatue von Rio de Janeiro. Alle waren wunderschön und der einzige sentimentale Luxus, den ich mir erlaubte.

Nachdem ich meine Sammlung um den Neuzugang erweitert hatte, ging ich hinaus und zog die Tür hinter mir zu, verwahrte meine Begeisterung und Freude dort, wo sie hingehörten. Eingesperrt in meinem tiefsten Innern.

Ohne mich groß umzuziehen, machte ich mich zu Fuß auf den Weg zur Arbeit, dem heruntergekommenen Minimarkt drei Häuserblocks weiter, in dem ich vierzig Stunden in der Woche verbrachte. Der Besitzer, Jeb, hatte erst in der Woche zuvor neue Fenstergitter angebracht, aber wie es aussah, hatte sich bereits jemand mit der Eisensäge daran zu schaffen gemacht.

Die Leute in dieser Stadt kannten keine Scham. Sie hatten keinen Respekt vor dem Eigentum anderer. Die Häuserblocks mit Geschäften und Wohnungen wirkten ungepflegt und vernachlässigt.

Wellston in West Virginia starb einen langsamen und qualvollen Tod. Und ich saß darin gefangen. Dieses Schiff würde mich mit in die Tiefe ziehen.

Als ich durch die Tür von JAC's Quick Stop trat, klagte die Glocke über mir wie eine gequälte Kuh. Der Laden war leer. Er war immer leer. Ich wusste selbst nicht genau, warum Jeb sich überhaupt die Mühe gemacht hatte, jemanden einzustellen. In diesem gottverlassenen Teil der Welt waren Kunden ebenso rar wie guter Geschmack.

Weil der Name JAC's Quick Stop ziemlich umständlich war, hatten ihn die Einheimischen auf JAC's verkürzt. Jeb hatte den Laden ursprünglich nach seiner Schlampe von Exfrau benannt, Jemma Anne Crawford, die ihn mehr als zwei Jahre zuvor wegen eines pickelgesichtigen Pizzaausfahrers verlassen hatte, der zwanzig Jahre jünger war als sie. Es war ein Riesenskandal gewesen, aber irgendwann war der Klatsch unter der Last des echten Lebens erstickt, das alles andere als aufregend und wesentlich deprimierender war.

Wellston lag auf einem kleinen Fleckchen Erde in den Appalachen. Wir waren zwar keine Hinterwäldler, die es mit ihren Vettern trieben und Hühner im Haus hielten, aber es war ein Ort, an dem die Hoffnung schwand.

Für Bergarbeiter und deren Familien gegründet, war Wellston früher einmal ein prosperierendes, lebhaftes Städtchen gewesen. Aber dann waren die Black River Kohlegruben nach einem schrecklichen Unglück vor fünfundzwanzig Jahren pleitegegangen. Mehr als fünfzig Männer waren damals ums Leben gekommen und das Unternehmen hatte der öffentlichen Ablehnung und den Untersuchungen der betrieblichen Sicherheitsstandards durch die Behörden nicht standgehalten.

Also begannen die Leute, aus Wellston wegzuziehen, und zurück blieben nur die, die keinen anderen Ort hatten, an den sie gehen konnten.

Es passte irgendwie, dass die kleine Stadt immer noch mein Zuhause war. Der perfekte Platz für ein Mädchen ohne Plan. Ohne Zukunft. Ohne jemanden, den das wirklich interessierte.

Trotzdem war ich weder einsam noch verbittert. Ich hatte schon aufgehört, mich selbst zu bedauern, als ich mit sieben zu meiner dritten Pflegefamilie kam. Die Tränen waren getrocknet. Die Gefühle weggepackt. An ihre Stelle getreten war der pure Überlebensdrang.

Und hier war ich nun, zweiundzwanzig Jahre alt, mit Scheißarbeitszeiten in einem aussichtslosen Job, und lebte mein Leben in grimmiger Ergebenheit.

Ohne den Jungen zu grüßen, der auf einem Hocker hinter dem Verkaufstresen saß, hängte ich Jacke und Tasche an den Haken hinter der Kasse. Er warf mir ein nervöses Lächeln zu, ehe er für mich den Platz räumte.

»Hi, Ellie«, sagte er mit sich überschlagender Stimme.

»Hi, Steve«, erwiderte ich. Mit einem überraschten Blinzeln sah er mich an, vermutlich weil ich ihn gegrüßt oder mich an seinen Namen erinnert hatte. Das tat ich normalerweise nicht. Aber durch die Ankunft meines Päckchens war ich etwas freundlicher aufgelegt als üblich.

»Ich mache dann Schluss, wenn du jetzt da bist. Bis später?«

Steve ließ es wie eine Frage klingen. Erwartete er etwa eine Antwort? Warum sollten wir uns später noch sehen? Die Frage war dämlich. Aber Sechzehnjährige waren nicht gerade für ihren Scharfsinn bekannt.

Ohne ihm zu antworten, setzte ich mich auf den Hocker, holte die Zeitschrift unter dem Tresen hervor, die ich gestern dort liegen gelassen hatte, und schob mir einen Streifen Kaugummi in den Mund.

»Okay … mach's gut«, sagte Steve in einem letzten vergeblichen Anlauf. Ich ignorierte ihn.

Schließlich ging er und ich war allein im leeren Laden.

Wenige Minuten später setzte die Langeweile ein und ich begann die Gänge entlangzuwandern, Dosensuppen alphabetisch aufzureihen und Nudelschachteln in verrückten Mustern anzuordnen. Damit vergingen ungefähr zwanzig Minuten meiner Arbeitszeit.

Blieben noch sechs Stunden.

Ich schnappte mir eine Dose Limo und eine Tüte Brezeln und kehrte an meinen Platz hinter dem Tresen zurück. Dann beobachtete ich den Monitor der Sicherheitskamera, die auf die Gasse hinter dem Gebäude ausgerichtet war.

Es war schon lustig, wie viele Vollpfosten einfach nicht kapierten, dass dort eine Kamera installiert war. Besser als Reality TV. Während ich mir Brezeln in den Mund stopfte, sah ich zu, wie ein Pärchen bei den Müllcontainern zur Sache kam.

Ich konnte mir schönere Orte vorstellen, als es direkt neben verfaulendem Abfall zu treiben, aber jedem das Seine. Nur gut, dass es keinen Ton gab, sonst wäre das Ganze vollends zum Porno geworden.

Schließlich wandte ich mich vom Monitor ab und blätterte wieder in meiner Zeitschrift. Dann zog ich einen Prospekt heraus, den ich hinten zwischen die letzten Seiten gesteckt hatte, und strich die Knitterfalten glatt.

Black River Community College prangte in einer geschwungenen Schrift auf der Vorderseite. Es war eine bunte Hochglanzbroschüre mit schönen Fotos, die einem ins Auge fallen sollten. Lächelnde Studenten auf getrimmten Rasenflächen vor einem sonnigen Himmel.

Was für ein Haufen Schwachsinn. Ich war schon einige Male auf dem Campus des Gemeindecolleges gewesen, aus reiner Neugierde, und er hatte nicht die geringste Ähnlichkeit mit den glänzenden Bildern, die ich vor mir hatte. Der Campus war hübsch, keine Frage, aber weit entfernt von der Perfektion, mit der sie hier hausieren gingen.

Ich hatte den Prospekt von einem Ständer in der Sozialklinik mitgenommen, als ich meine Freundin Dania zu ihrer allmonatlichen Schwangerschaftsuntersuchung kutschiert hatte. Er hatte mitten in einem Haufen Informationsmaterialien über gesundes Essen und sexuell übertragbare Krankheiten gesteckt.

Trotzdem war er mir aufgefallen. Und dann hörte mein Kopf einfach nicht mehr auf, an die Seiten mit den vielen Informationen zu denken. Die Adresse der Webseite. Die Telefonnummer. Nur einen Mausklick entfernt von einem völlig anderen Leben.

Der Gedanke ans College war verlockend, auch wenn ich mir

vorher noch nie erlaubt hatte, darüber nachzudenken. Dabei hatte ich es nicht mal geschafft, meinen Highschoolabschluss zu machen. Die Hochschulzulassung hatte ich in der Jugendstrafanstalt erworben, wo ich meine Zeit absaß, bis ich achtzehn war.

Ein Mädchen mit einem Vorstrafenregister und keinerlei Perspektiven war nicht gerade glänzendes Zukunftsmaterial. Trotzdem hatte ich die Broschüre in die Tasche gesteckt. Und dort war sie geblieben und hatte mir ein Loch ins Unterbewusstsein gebrannt.

Bis ich einige Tage später meinen Wahnvorstellungen nachgab und einen Anruf tätigte, der die Flugbahn meiner Welt komplett verändern konnte. Ich hatte im College einen Termin vereinbart, um über meine *Optionen* zu sprechen. Als ich auflegte, war mir kotzübel gewesen, so überzeugt war ich davon, einen schrecklichen Fehler gemacht zu haben.

Denn jetzt beschäftigte sich mein Geist mit *Möglichkeiten.*

Und wenn ich nicht sehr aufpasste, begann ich mir noch einzubilden, ich hätte irgendwelche *Chancen*. Für ein Mädchen wie mich war das die beängstigendste Form von Wahnsinn überhaupt.

Die Glocke gab einen Klagelaut von sich und die Eingangstür schwang auf. Ich hörte ein Kichern und das unverständliche Flüstern eines Mannes.

»Hab ich mir doch gedacht, dass du hier bist.« Als ich den Kopf hob, sah ich die beiden, die es kurz zuvor wie die Karnickel in der Gasse getrieben hatten. Meine beste Freundin Dania Blevins, deren enges bauchfreies Shirt ihre anschwellende Babykugel sehen ließ, hing am Hals eines Kerls, den ich vage als Besucher unseres regelmäßigen Treffpunkts wiedererkannte, dem Woolly Mammoth Bar and Grill, ein paar Straßen weiter.

Dania schnappte sich ein paar Chipstüten und steckte sie in die Tasche. »Nimm dir, was du willst«, sagte sie zu dem Typen, der sich einen Schokoriegel und eine Packung Kaugummi griff, die er dringend nötig zu haben schien.

»Habt ihr vor, das zu bezahlen?«, fragte ich, wohl wissend, dass ich mir die Frage hätte schenken können.

»Echt witzig, Ells«, gluckste Dania, während sie die Gefriertruhe öffnete und sich ein Eis am Stiel herausholte.

Ich nahm die Eisverpackung, die sie mir entgegenstreckte, und warf sie hinter mir in den Abfalleimer. Ich würde daran denken müssen, etwas Geld in die Kasse zu legen, um ihren Fünf-Finger-Rabatt auszugleichen, bevor ich am Abend zumachte.

»Craig und ich sind auf dem Weg ins Woolly. Willst du auch kommen, wenn du hier fertig bist?«, fragte Dania, während sie an ihrem Eis schleckte und Craig einen lasziven Blick zuwarf.

Ich zuckte die Achseln, weil ich nicht zugeben wollte, dass ich keine Lust hatte, mit anzusehen, wie sie den ganzen Abend mit der Hand auf dem Bauch Jägermeister kippte. Sie war im vierten Monat schwanger. Und sie wusste, dass sie einen kleinen Jungen erwartete. Aber an ihrem Lebensstil änderte das überhaupt nichts.

Die Schwangerschaft war natürlich ein Unfall gewesen, das Resultat von Danias Promiskuität und fehlender Verhütung, was keine Entschuldigung für ihre Selbstsucht war. Sie sei katholisch erzogen worden und auf den »Rückzieher« als Form der Empfängnisverhütung abonniert, hatte sie gewitzelt.

Wie man sah, hatte das bei ihr prima funktioniert.

Jetzt war sie also zweiundzwanzig, hatte in fünf Monaten den Geburtstermin, rauchte immer noch wie ein Schlot und soff wie ein Loch. Wenn ich versuchte, irgendwelche Einwände vorzubringen, faltete sie mich zusammen. Und zwar richtig bösartig und gemein und meistens so, dass es auch der Letzte mitbekam.

Trotzdem war Dania meine älteste Freundin. Wir hatten zwei Jahre lang in der gleichen Pflegefamilie gelebt, ehe ich in den Jugendknast gewandert war.

Wir hatten uns vom ersten Moment an gehasst. Aber das spielte von dem Moment an keine Rolle mehr, als uns klar geworden war, dass unsere beiderseitige Abneigung weniger wichtig war als die Notwendigkeit, uns gegenseitig vor unserem perversen Pflegevater zu beschützen.

Es war eine dem Überlebenstrieb geschuldete Freundschaft. Eher eine Notwendigkeit als ein natürliches Band zwischen Menschen, die sich wirklich mochten. Unsere Freundschaft wurde zu einer Art schlimmem Herpes. Sie war unangenehm und trieb einen manchmal in den Wahnsinn, hörte aber niemals ganz auf.

Dania war eine megatheatralische Schlampe mit einer großen Klappe und ernsthaft psychotischen Zügen. Sie hatte fast ebenso viel Zeit im Jugendhilfesystem verbracht wie ich. Ihre Mutter hatte sie mit zehn aufgegeben, nachdem ihr Vater gestorben war und die Frau mit dem außer Kontrolle geratenen Verhalten eines trauernden Kindes nicht mehr klarkam.

Was erklärte, warum es einen unmittelbaren Zusammenhang gab zwischen Danias Bedürfnis nach Liebe und der Häufigkeit, mit der sie die Beine breit machte. Ein Fall wie aus dem Lehrbuch. Der ihr eine ungewollte Schwangerschaft einbrachte, ohne dass sie die geringste Ahnung hatte, wer der Vater war.

Trotz all ihrer Fehler war Dania beinahe die Einzige, die in den beiden Jahren, die ich im Jugendknast saß, mit mir in Kontakt blieb. Fast jedes Wochenende kam sie unbeirrt mit dem Bus nach Mt. Hope. Und als ich nach meiner Entlassung nicht wusste, wohin, bot sie mir ihre Couch an.

Auch wenn mir ihre Entscheidungen nicht gefielen und ich mir ihretwegen ständig die Haare hätte raufen können, würde ich sie niemals im Stich lassen. So war ich nun mal. Treu bis an den Rand der Dummheit.

»Ich glaub nicht. Ich bin geschafft«, sagte ich gleichgültig. Dania kicherte, als Craig ihr an den Arsch fasste. Gleichzeitig schielte er lüstern zu mir herüber und heftete seine kalten dunklen Augen auf meinen alles andere als kleinen Busen.

Meine Freundin hatte wirklich ein gutes Händchen.

»Bist du sicher? Die ganze Truppe wird da sein.« Dania keuchte, weil Craig gerade etwas tat, an das ich nicht einmal denken wollte. Er stierte mich immer noch an, deshalb zeigte ich ihm den Stinkefinger. Sein Lächeln wurde breiter. Es schien dem Bastard zu gefallen.

»Dann erst recht nicht«, murmelte ich, während ich mich von dem Amateurporno abwandte.

»Was ist los mit dir?«, zischte Dania leise. Ich hatte sie verärgert. Sie mochte es nicht, wenn ich ihr widersprach. Und sie konnte einfach nicht verstehen, warum ich nicht total heiß darauf war, mit den gleichen armseligen Arschgeigen abzuhängen, mit denen wir schon in der Schule auf den Putz gehauen hatten.

Ich durfte ihr unter keinen Umständen erzählen, dass ich vorhatte, früh aufzustehen und zum Gemeindecollege zu fahren. Dass ich einen Termin vereinbart hatte, um mit einer Frau von der Studienbeihilfe darüber zu sprechen, ob ich es mir leisten konnte, einen Kurs zu belegen. Dass ich tatsächlich daran dachte, etwas aus meinem Leben zu machen. Und dass es mich nur runterziehen würde, weiter mit meinen sogenannten Freunden abzuhängen.

Das würde granatenmäßig in die Hose gehen und höchstwahrscheinlich mit Geschrei, Kratzern und ausgerissenen Haaren enden. Dania war eine verbissene Kämpferin und es brauchte nicht viel, um sie in Rage zu bringen. Ich hatte ihre fiesen Fingernägel schon häufiger zu spüren bekommen, als ich zählen konnte.

»Ich bin einfach nur k.o.«, setzte ich an, obwohl ich angesichts ihrer Stimmung bereits einzuknicken begann. Dania machte schmale Augen und stemmte die Hand in die Hüfte, als sie mich mit ihrem eindrucksvollsten Verarsch-mich-nicht-Blick musterte.

»Na schön. Ich komme rüber, wenn meine Schicht zu Ende ist. Haltet schon mal einen Shot für mich bereit«, sagte ich ergeben und war froh, dass Craigs Hände jetzt beide wieder sichtbar waren und sich nicht mehr unter Danias Rock befanden.

Die Glocke über der Eingangstür schrillte erneut, als jemand den Laden betrat, aber ich hob kaum den Kopf.

»Dann bis nachher, Schnecke«, trällerte Dania. Sie schnappte sich eine Packung Jolly Ranchers und eine weitere Getränkedose, die ich im Geiste auf meine Rechnung setzte.

Mit einem flüchtigen Blick auf Craig vergewisserte ich mich, dass er nicht wieder am Blickficken war, doch er sah woandershin. Sein Glück! Ich hätte keine Hemmungen gehabt, ihm seine schmierigen Augen auszustechen.

Sobald die beiden gegangen waren, stellte ich die Ellbogen auf den Tresen, stützte das Kinn in die Hände und ließ die Beine baumeln. Wenn man sich in dem winzigen Minimarkt umsah, war es schwer, nicht depressiv zu werden.

Ich hatte es nicht gerade weit gebracht im Leben. Nach meiner Entlassung aus dem Jugendknast war ich vollauf damit beschäftigt gewesen weiterzuleben. Das war alles. Zu mehr war ich nicht imstande gewesen.

Eine Bleibe finden. Essen im Bauch. Geld in der Tasche. Das waren meine einzigen Ziele gewesen. An mehr zu denken, hatte ich mir nicht zugestanden.

Zwei Jahre lang eingesperrt zu sein, während man darauf wartet, achtzehn zu werden, und ständig bangen muss, dass einem keiner wegen einer Tube Haargel etwas Spitzes zwischen die Rippen jagt, lässt die Seele verkümmern. Träume waren definitiv nicht erlaubt. Nicht, dass ich jemals große Träume gehabt hätte. Das Leben hatte alles Gute aus mir herausgeprügelt, bis nichts übrig geblieben war als die leere Hülle der Person, die ich jetzt war.

Und die Einlieferung in den Jugendknast war die Kirsche auf der ganzen Scheißtorte gewesen. Alles, was sie euch an Horrorstorys über das Gefangensein erzählen, damit ihr euch vor Angst in die Hosen macht, ist hundertprozentig wahr.

Es ist ein schrecklicher Ort. Er macht dich wütend. Und gemein.

Er sorgt dafür, dass du praktisch alles tust, um zu überleben. Da ich vom Überleben durchaus schon einiges verstand, bevor ich meine Zeit absitzen musste, hatte ich mir naiverweise eingebildet, besser als die meisten auf das vorbereitet zu sein, was vor mir lag.

Aber das war ein gewaltiger Irrtum gewesen.

Der ätzende Geschmack meiner eigenen Verbitterung hatte sich tief in mich eingebrannt. Er war immer da. Er ging niemals weg.

Das Quietschen von Sneakern auf dem abgetretenen Linoleumboden ließ mich ruckartig aufsehen. Bis auf das markerschütternde Geräusch war es totenstill im Laden. Ich sah einen braunen Wuschelkopf hinter einem Regal verschwinden und hoffte inständig, dass es nicht irgendein Arschloch aus der Highschool war, das sich irgendetwas unter den Nagel reißen wollte. Ich war nicht in der Stimmung, jemandem hinterherzulaufen. Herrje, wahrscheinlich würde ich ihn den ganzen Laden ausräumen lassen, so egal war es mir.

Ich zog den Collegeprospekt wieder aus der Tasche und betrachtete ihn eingehend. Würde ich das wirklich fertigbringen? Würde ich in den sauren Apfel beißen und nachsehen, was die große furchterregende Welt sonst noch für mich bereithielt?

Es kribbelte in meinem Nacken und ich begann mich heftig zu kratzen. Was zum Teufel? Als ich aufblickte, sah ich abermals den dunklen Schopf, der hinter einem Zeitschriftenständer verschwand. Irgendwas an diesem Minimarkt-Schleicher verursachte mir Unbehagen.

Ich sprang vom Hocker und band meine langen blonden Haare zu einem lockeren Pferdeschwanz. Dann krempelte ich die Ärmel hoch und steckte das winzige goldene Kreuz, das ich um den Hals trug, in meine Bluse. Man konnte man nie wissen und es war besser, gewappnet zu sein. Je weniger Angriffsfläche man bot, desto größer waren die Chancen davonzukommen. Das hatte ich schon vor langer Zeit gelernt.

Ich straffte die Schultern und reckte das Kinn. Im Demonstrieren von Selbstbewusstsein war ich ein Profi. Ich war hart wie Stahl, das wussten alle. Sich mit mir anzulegen war keine gute Idee. Ich war bekannt in Wellston. Und seit ich im Gefängnis gesessen hatte, blieben die Leute erst recht auf Abstand. Jedenfalls die, die noch alle Tassen im Schrank hatten.

Ich benutzte zuerst die Fäuste und dann den Verstand. Mein Mundwerk handelte mir oft genug Probleme ein, die ich mit meinen Stahlkappen-Boots wieder aus dem Weg räumte. Ich ging keiner Auseinandersetzung aus dem Weg. Die Narben unter dem Kinn und am Haaransatz neben meinem Ohr waren der Beweis dafür.

Ich fühlte mich nicht gerne unbehaglich. Ich fühlte überhaupt nicht gerne etwas. Dieser Typ sollte sich nehmen, was er brauchte, und dann verschwinden.

»Kann ich Ihnen helfen?«, fragte ich herausfordernd. Der Mann stand am Ende des Gangs und legte Sachen in einen Korb. Er hatte mir den Rücken zugewandt und alles, was ich sehen konnte, waren seine vorgezogenen Schultern in einem langärmeligen blauen Button-Down-Hemd, was Mitte Juli ziemlich merkwürdig war. Er hatte dunkle, zerzauste Haare, war mittelgroß, weder besonders muskulös noch schmächtig, und hatte schön definierte Arme.

Er drehte sich nicht um, als ich ihn ansprach, sondern fuhr fort, Sachen aus dem Regal zu nehmen und sie sorgfältig in seinen Korb zu legen, ohne auf mich zu reagieren.

»He! Ich hab Sie was gefragt!«, rief ich, während ich auf ihn zuging. Mit schlurfenden Schritten verzog sich der Typ in den nächsten Gang, sodass seine Sneaker auf dem glatten Boden quietschten. Warum hatte ich bloß das Gefühl, dass er vor mir davonlief?

Na ja, ich hatte diese Wirkung auf Menschen.

Mir wurde immer unbehaglicher, während ich ihm folgte. Zwar legte er nach wie vor Sachen in den Korb, aber mir fiel auf, dass seine Bewegungen jetzt eckiger und weniger kontrolliert wirkten. Sein Gesicht war immer noch abgewandt.

Ich streckte den Arm aus, um ihm den Korb wegzunehmen. »Was ist los mit Ihnen, zum Teufel?«, fauchte ich und zog ruckartig an dem Korb.

Der Typ riss ihn mir aus der Hand und ließ ihn dann mit mächtigem Getöse fallen. Der Korb kippte um. Zahnpastatuben, eine Schachtel Cracker und mehrere Päckchen Chocolate Chip Cookies rollten über den Boden.

»Das heben Sie aber wieder auf«, befahl ich. Aber der Typ ergriff bereits die Flucht.

Ich vergaß die herumliegenden Sachen und setzte ihm nach.

Der Kerl stürmte hinaus und rannte förmlich über den Bürgersteig davon. Verwirrt über diese merkwürdige Begegnung, blieb ich in der offenen Tür stehen und sah ihm nach. Die heiße Sommerluft war stickig. Wie ein Handtuch legte sich die Schwüle auf mich.

Der dunkelhaarige Typ ließ einen Wagen passieren und überquerte dann die Straße. Ich erwog, ihm etwas hinterherzurufen. Ihm vielleicht nachzulaufen und dafür zu sorgen, dass er das Chaos beseitigte. Ich war gereizt und wollte es an jemandem auslassen. Es kümmerte mich nicht, ob es ein Fremder war oder nicht.

Doch dann blieb der Fremde mit einem Mal stehen und wandte mir den Kopf zu.

Ich erstarrte.

Ich kannte dieses Gesicht.

Es war eines, von dem ich gehofft hatte, es niemals wiederzusehen.

Es war ein Gesicht, das ich gleichermaßen hasste, beschuldigte und vermisste. Ein Gesicht, das ich seit jener Nacht vor sechs Jahren, die mein ganzes Leben veränderte, nicht mehr gesehen hatte.

Warum war er hierher zurückgekommen?

Es spielte eigentlich keine Rolle.

Ich wusste nur, dass Flynn der Freak wieder in Wellston war.

Der Mann, der mein Leben ruiniert hatte.

2

Ellie

Mein Kopf fühlte sich an, als wollte er platzen. Willkommen in der Katerhölle. Allein das Umdrehen im Bett ließ mich aufstöhnen. Mir. Tat. Alles. Weh.

Der Anblick von Flynn Hendrick am Abend zuvor, den ich seit sechs Jahren zu vergessen versuchte, hatte wie ein Auslöser für einige meiner guten alten Selbstzerstörungsmechanismen gewirkt. Darin war ich Vollprofi.

Ich hatte bei JAC's abgeschlossen und war ins Woolly hinübergegangen, das von Besoffenen und Bekloppten überquoll. Von denen meine Freunde die Anführer waren.

Dania hockte zusammengesackt auf einer Sitzbank, ihr Babybauch ragte unter einem T-Shirt hervor, das für ihren anschwellenden Leib viel zu klein war. Sie hatte die Augen geschlossen und in ihrem Schoß lag eine umgekippte Bierflasche. Craig, der Widerling, war nirgends zu sehen. Wahrscheinlich hatte er sich verpisst, nachdem er bekommen hatte, was er wollte. Danias übliche Erfahrung mit dem anderen Geschlecht.

Hochgradig gereizt und stinkwütend hatte ich mich zum Rest der Truppe gesellt. Shane Nolan, der Kerl, der mich mit vierzehn entjungfert hatte und mir seitdem nachstieg, knutschte neben der weggetretenen Dania mit unserer Freundin Regina, alias Reggie, Fisher.

Ich hatte mich neben Stu Wooten gesetzt, einen Typen mit einem Polizeiregister, das es mit meinem durchaus aufnehmen konnte, und mir sein Bier geklaut. Er zuckte nicht mit der Wimper, hob lediglich die Hand, um die Bedienung auf sich aufmerksam zu machen und eine Runde Shots zu bestellen.

Ich ließ mich volllaufen. Aber so richtig. Und dann wurde ich handgreiflich. Shane hatte Reggie weggeschoben, sobald er mitbekommen hatte, dass ich da war, und hatte den ganzen restlichen Abend versucht, mir an den Hintern zu grapschen. Am Ende haute ich ihm eine rein. Reggie und Stu lachten, ich zuckte nur die Achseln und Shane verließ die Bar mit einem blauen Auge.

Danach artete der Abend aus. Irgendeine Tussi behauptete, ich würde mit ihrem Freund flirten, also riss ich ihr eine Handvoll Haare aus. Dann mischt sich Reggie ein und schon ging es rund im Laden. Als der Freund mich von seiner Freundin wegziehen wollte, war Stu auf ihn losgegangen.

Die Polizei wurde gerufen. Stu warf sich die mehr oder weniger bewusstlose Dania über die Schulter und wir verzogen uns durch die Hintertür und über eine Nebenstraße, um nicht verhaftet zu werden.

Schließlich waren wir in meiner Wohnung gelandet, wo die Party weiterging. Nachdem ich Reggie geholfen hatte, eine Flasche Wodka niederzumachen, hatte ich endlich vergessen, dass Flynn der Freak wieder da war.

Ich setzte mich im Bett auf und sah mit zusammengekniffenen Augen in die Dunkelheit. Mein Mund war wie ausgetrocknet und meine Kehle brannte, so dehydriert war ich. Ich stieg über einen Körper, der ausgestreckt neben mir im Bett lag, und musste genau hinsehen, um zu erkennen, wer es war. Erleichtert stellte ich fest, dass es sich nur um Dania handelte. Sie hatte sich irgendwann übergeben, der faulige Gestank von Erbrochenem hing in der stickigen Luft.

Ich begann zu würgen und schaffte es gerade noch ins Badezimmer, wo ich meinen Mageninhalt in die Toilette entleerte.

Warum zum Teufel tat ich mir das ständig an? Man hätte meinen sollen, ich hätte meine Lektion inzwischen gelernt. Alkohol und Ellie McCallum vertrugen sich nicht.

Scheiße! Wie spät war es?

Ich rappelte mich auf und wankte in mein winziges Wohnzimmer. Ohne auf das protestierende Stöhnen von Stu und Reggie zu achten, die auf dem Fußboden zusammengebrochen waren, schaltete ich den Fernseher an.

Mist. Schon halb zehn. Mein Termin am Black River Community College war in einer knappen Stunde. Ich sah mich in meinem Zuhause um und schauderte innerlich. Die Bude war ein Saustall. Und das auf dem Teppich war eindeutig Kotze.

Ein bisschen fester als nötig trat ich Stu gegen das Bein. »Steh auf!«, rief ich, ehe ich die Vorhänge aufriss, um das Morgenlicht hereinzulassen.

Reggie schrie auf wie ein Vampir und hielt sich die Hände vor das Gesicht. »Zieh die Vorhänge wieder zu!«, kreischte sie. Ich trat Stu noch einmal und er schlug nach meinem Bein.

»Steht auf! Ich muss gleich los!«, rief ich wieder. Dann drehte ich den Fernseher auf volle Lautstärke. Stu machte endlich die Augen auf und sah mich wütend an. Die Bosheit, die dieser tätowierte Kerl mit dem kahl geschorenen Schädel verströmte, hätte die meisten Leute eingeschüchtert.

Aber die meisten Leute waren nicht Ellie McCallum. Es brauchte schon ein bisschen mehr als einen Blick von Stu Wooten, um mir das Blut in den Adern gefrieren zu lassen.

»Koch mir 'n Kaffee«, befahl er mit einer Stimme, die klang, als hätte er Glassplitter in der Kehle. Reggie setzte sich auf. Sie trug nichts als einen BH, der ihre Brüste kaum bedeckte. Die kurzen braunen Haare standen ihr auf einer Seite vom Kopf ab und die getrockneten Krümel auf ihrem Gesicht ließen keinen Zweifel daran, dass sie zu denen gehörte, die bei mir auf den Boden gekotzt hatten.

»Du weißt, wo die Kaffeemaschine steht. Koch dir gefälligst selber welchen. Ich muss duschen.« Damit lief ich durch den Flur zurück ins Badezimmer. »Zieh dir was an, Reggie, und weck Dania auf. Ihr müsst hier in zwanzig Minuten verschwunden sein.«

Ich schlug die Badezimmertür zu, drehte den Duschhahn auf und ließ den Dampf den kleinen Raum erfüllen.

Dann wühlte ich im Medikamentenschränkchen, bis ich ein Fläschchen mit Schmerztabletten fand. Vier davon schüttete ich mir in die Handfläche und schluckte sie hinunter. Mein Kopf dröhnte und ich hatte das Gefühl, mich wieder übergeben zu müssen.

Dann stieg ich in die Dusche und seufzte auf, als das heiße Wasser auf meinen Rücken prasselte. Diese Tageszeit, unter dem warmen Strom des Wassers, war der einzige Moment, in dem ich mich entspannen konnte. Bevor mein Tag seinen Lauf nehmen und alles kaputt machen konnte. Ich mochte den Morgen. Er stimmte mich fast … optimistisch.

Meine Gedanken kehrten zurück zum vergangenen Abend und dem Anblick von Flynns Gesicht. Es war ein Schock gewesen, ihn nach so langer Zeit wiederzusehen. Ich hatte es im Laufe der Jahre fast geschafft, mir einzureden, dass es ihn gar nicht gab.

Manchmal war mein Verdrängungsmechanismus recht nützlich.

Ihn wiederzusehen war wie ein Schlag in die Magengrube. Es hatte mich in eine Zeit zurückkatapultiert, die ich mit aller Kraft vergessen wollte.

Er wirkte kaum verändert, sah ein bisschen älter aus, hatte aber immer noch die gleichen unbändigen braunen Haare. Und er war immer noch schlank und schlurfte beim Gehen. Er hielt seinen Körper so, als wollte er sich zu einer Kugel zusammenrollen und verstecken. Außerdem war es mehr als offensichtlich, dass er seine sozialen Kompetenzen in keiner Weise erweitert hatte.

Er war immer noch ein Freak.

Also warum flatterte mir dann das Herz in der Brust, als wollte es davonfliegen? Und warum kribbelte mein Körper bei der Erinnerung an einen Jungen, an den zurückzudenken ich hasste?

Meine Gefühle für Flynn waren komplizierter denn je. Man hätte meinen sollen, ihre Intensität hätte sich nach so langer Zeit verflüchtigt.

Aber jede einzelne meiner verworrenen, hässlichen, wilden Empfindungen war noch da. Und sie rissen alles wieder auf.

Ob er mich erkannt hatte? Im Gegensatz zu Flynn hatte ich mein Aussehen stark verändert, seit ich die Highschool von Wellston in der elften Klasse verlassen hatte.

Damals war ich Punkerin gewesen und jede Woche mit einer anderen Haarfarbe aufgetaucht. Ich trug Schlabberklamotten, jede Menge Make-up, vor allem Eyeliner, und einen Haufen Metall im Gesicht. Kurz gesagt hatte ich mir die größte Mühe gegeben, mich so unattraktiv wie möglich zu machen. Es war mein einziger Schutzwall gewesen.

Zu dumm, dass er nie funktioniert hatte.

Ich stieg aus der Dusche und wickelte mir ein Handtuch um. Dann wischte ich den beschlagenen Spiegel ab und betrachtete mich.

Ja, ich hatte mich sehr verändert. Ich war mir nicht sicher, ob Flynn mich wiedererkennen würde. Die Nasen-, Augenbrauen- und Lippenringe waren längst verschwunden. Meine Haare hatten jetzt ihre natürliche blonde Farbe und sie waren so lang, dass sie mir bis zur Taille reichten. Ich schminkte mich nicht mehr. Das hatte ich kurz nach Antritt meiner Haft aufgegeben. Die Prügel, die ich wegen meiner Wimpertusche bezog, hatten mich gelehrt, dass mein Aussehen wirklich die geringste meiner Sorgen war.

Von da an blieb ich lieber ungeschminkt. Und hatte es dabei belassen. Es war mir die Mühe einfach nicht mehr wert.

Ich sah nicht schlecht aus. Mein Selbsthass war nicht so groß, dass ich das bestritten hätte. Ich war sogar einigermaßen hübsch, auch wenn ich alles dafür gegeben hätte, die Sommersprossen auf meiner Nase und den Wangen loszuwerden. Sie ließen mich aussehen wie die Unschuld vom Lande.

Dabei war ich alles andere als das.

Ich war eher zu dünn als zu dick, aber das war ausschließlich dem Mangel an Geld für Essen zuzuschreiben und keine bewusste Entscheidung.

Also, ja, ich war hübsch, solange man mir nicht in die Augen sah. Denn meine Augen verrieten mich. Sie waren kalt, hart und blau. Es lag keine Wärme in meinem Blick. Wenn es stimmt, dass die Augen der Spiegel der Seele sind, dann war klar, dass sich in meinen nichts Gutes spiegeln konnte.

Alles Gute war schon vor langer Zeit abgetötet worden.

Jemand hämmerte an die Tür. »Ich muss pinkeln!«, rief Stu draußen im Flur. Ich ballte die Faust, biss mir auf die Unterlippe und schloss die Augen.

Ich konnte Stu nicht ausstehen. Auch Reggie nicht. Oder Shane. Eigentlich hasste ich den Großteil der Leute, die ich als meine Freunde bezeichnete. Sie waren egoistisch, rücksichtslos und manchmal ausgesprochen grausam. Aber sie waren alles, was ich hatte. Genau wie Dania kannten sie mich seit Jahren und sie klebten an mir wie Hundescheiße an den Schuhen.

Ich steckte das Handtuch über meinem Busen fest, der für meinen Geschmack entschieden zu groß war, wrang die Haare über dem Waschbecken aus und öffnete die Tür.

Stu gab sich keine Mühe, meinen kaum bedeckten Körper zu beäugen. Er warf auch keinen lüsternen Blick auf meinen Brustansatz, der über dem Handtuch zu sehen war. So tickte er nicht. Ich hätte ebenso gut ein Stück Holz sein können. Er war kein Genießer weiblicher Konturen. Klar, er fickte, wenn ihm danach war, aber es war nichts, was er zu genießen schien.

Ich hatte mich schon oft gefragt, ob sich hinter seiner unverhohlenen Aggressivität eine latente Homosexualität versteckte. Es hätte vieles erklärt. Aber ich würde mich hüten, ihn je danach zu fragen. Ich hing an meinen Zähnen, vielen Dank.

Er drängte sich an mir vorbei ins Bad und knallte die Tür zu. Wie ich schon sagte, meine Freunde waren Arschgeigen.

Ich ging in mein Zimmer hinüber und schaltete das Licht an. Dania war noch immer jenseits von Gut und Böse, ich konnte die Speichelspur von ihrem Mund bis auf meine Bettdecke verfolgen.

»Dania, ich muss los. Und du musst jetzt nach Hause«, sagte ich wesentlich freundlicher zu ihr als zu Reggie und Stu. Dania musste man mit Samthandschuhen anfassen. Während ich für mein hitziges Temperament bekannt war, wusste man von Dania, dass sie einem mit bloßen Händen die Eingeweide herausriss, wenn man sie auch nur blöd ansah. Sie war extrem reizbar und total übergeschnappt. Rechnete man zu ihrer ohnehin schon beängstigenden Persönlichkeitsstruktur noch ein paar Schwangerschaftshormone hinzu, ergab das jemanden, der einer Psychopathin schon recht nahe kam.

Dania schlug langsam die Augen auf und hielt sie gleich darauf mit den Händen zu. »Mach das Licht aus, Ells«, stöhnte sie.

Ich schüttelte sachte ihren Fuß. »Ich muss weg. Und du musst jetzt nach Hause. Ich kann dich hinbringen, wenn du willst«, sagte ich sanft.

»Ich fühl mich schrecklich«, jammerte Dania, als sie sich aufzurichten versuchte. Wütend sah sie auf ihren Bauch, als wäre das Ungeborene schuld daran, dass sie sich so lausig fühlte.

Dann fuhr sie sich vorsichtig mit den Fingern durch die langen schwarzen Haare. Selbst verkatert und mit getrockneter Spucke im Mundwinkel war Dania noch wunderschön. Das war sie schon immer gewesen. Mit ihren glänzenden schwarzen Haaren und den von dichten Wimpern umgebenen hellblauen Augen sah sie aus wie ein Filmstar.

Als wir zusammen in der Pflegefamilie lebten, hatte Dania davon geredet, nach New York durchzubrennen. Dort würde sie dann entdeckt werden, hatte sie gesagt, und eine fabelhafte Modelkarriere starten, die sie auf der ganzen Welt berühmt machen würde. Damals hatte sie ihr Aussehen ebenso geliebt wie gehasst. Sie hatte gehofft, ihr Gesicht könnte sie aus Wellston hinausbringen und ihr zu einem besseren Leben verhelfen. Aber sie hasste es auch wegen der Aufmerksamkeit, die es ihr eintrug. Vor allem von unserem Pflegevater.

Als sie mit achtzehn aus dem Jugendhilfesystem entlassen wurde, war ihr Traum, aus Wellston fortzugehen, dahingeschwunden. Erdrückt von der Last des Alltags. Sie hörte auf, zu träumen und große Pläne zu machen, und nahm die Dinge hin. So wie wir alle es irgendwann taten.

Es heißt, geteiltes Leid sei halbes Leid, und wir waren für einander die einzigen Leidensgefährten, die wir jemals gehabt hatten.

»Wo willst du hin?«, fragte Dania, während sie langsam die Beine über die Bettkante schwang und darauf achtete, nicht in das Erbrochene zu treten.

»Ich hab Jeb versprochen, Melanie heute Morgen bei der Inventur zu helfen«, log ich, ohne rot zu werden. Was für ein Quatsch. Wenn Dania halbwegs bei Verstand gewesen wäre, hätte sie mich zur Rede gestellt. Ich hasste Melanie Stanton, die andere weibliche Angestellte bei JAC's. Ehrlich gesagt hasste ich die meisten Menschen, aber von Melanie hielt ich mich aus Prinzip so fern wie möglich. Jeb hatte schnell gemerkt, dass es keine gute Idee war, uns beide in der gleichen Schicht einzusetzen.

Melanie war eine vierzigjährige Hausfrau und Mutter, die, bis ihr

Mann arbeitslos wurde, zu Hause geblieben war. Und sie verkörperte alles, was ich an einem Menschen hasste. Sie war munter, immer aufgeräumt und konnte gar nicht aufhören, sich über ihre scheißperfekte Familie auszulassen. Am allerschlimmsten aber war, dass sie ununterbrochen lächelte. Sie weckte in mir den Wunsch, mich in eine warme Badewanne zu legen und mir die Pulsadern aufzuschneiden.

»Oh, okay. Ist Reggie noch da?«, fragte sie, während sie die Füße in ihre Boots mit den acht Zentimeter hohen Pfennigabsätzen schob.

»Müsste sie eigentlich. Sie und Stu lagen halb nackt im Wohnzimmer, als ich vorhin raus bin«, erwiderte ich trocken. Danias Augen verengten sich und ich wünschte, ich hätte meine Bemerkung erst durch den Filter gejagt.

»Haben sie rumgemacht?«, knurrte sie. Warum hatte ich bloß den Mund aufgemacht? Ich zweifelte nicht daran, dass Reggie und Stu auf meiner unförmigen Couch gevögelt hatten, nachdem ich gestern Nacht eingeschlafen war. In unserer Gruppe trieb es jeder mit jedem. Echt widerlich im Grunde.

Wir hätten längst darüber hinaus sein müssen, Besitzansprüche zu stellen. Wir hingen zusammen ab. Einige von uns trieben es hin und wieder. Keine große Sache.

Aber Dania war extrem besitzergreifend, wenn es um Stu ging. Sie war mit fünfzehn fast ein Jahr lang mit ihm zusammen gewesen. Und obwohl ich mir ziemlich sicher war, dass Stu gar nicht fähig war, für jemanden Gefühle zu entwickeln, war Dania bis über beide Ohren in ihn verliebt gewesen. Als sie sich trennten (was viel mit ihrer Eifersucht und möglicherweise auch mit seiner sexuellen Orientierung zu tun hatte), war sie am Boden zerstört gewesen. Und wie es ihre Art war, hatte Dania sich in eine wild gewordene Psychoschlampe verwandelt, sein Auto mit Eiern beworfen und einen Stein in sein Schlafzimmerfenster geschleudert.

Stu hatte alles weggesteckt, als würde ihn die Kernschmelze seiner Exfreundin nicht sonderlich beeindrucken. Auch wenn er sie einmal vor der ganzen Schule als Nutte bezeichnet hatte.

Dania hatte sich mit der Zeit beruhigt und weitergemacht. Wie es ihre Art war. Aber das hatte sie nicht davon abgehalten, ein tief sitzendes Verlangen nach Mr Persönlichkeitsmangel zu hegen.

Um das Gespräch zu beenden, zuckte ich mit den Achseln. Ein Blick auf die Uhr sagte mir, dass ich mich verspäten würde, wenn ich nicht sofort ging. »Das bezweifle ich. Ich glaube, sie sind einfach eingeschlafen.« Ich war wirklich eine gute Lügnerin.

Dania drängte sich an mir vorbei und stürmte ins Wohnzimmer. Seufzend folgte ich ihr. Reggie lag auf der Couch.

»Wo ist Stu?«, fragte Dania. Mit einem überraschten Blinzeln sah Reggie zu ihr auf. Sie war nicht gerade die hellste Birne in der Fassung. Ehrlich gesagt war sie dumm wie Brot.

Aber selbst Reggie merkte, dass sie sich in gefährlichem Fahrwasser befand. »Äh, er ist schon gegangen. Soll ich dich nach Hause fahren?«, bot sie an, während sie mir einen fast panischen Blick zuwarf. Alle wussten, dass Dania durchdrehte, wenn es um Stu ging. Vor allem, wenn Stu es mit einer anderen trieb. Wie ich schon sagte, Reggie war schwer von Begriff.

»Hast du mit ihm gevögelt?«, kreischte Dania. Herrje. Wenn das so weiterging, würde ich nie von hier wegkommen. Ich bückte mich, packte Reggie am Arm und zog sie auf die Beine. Dann schob ich die beiden vor mir her zur Wohnungstür und schnappte mir auf dem Weg nach draußen meine Tasche und die Schlüssel.

»So war es nicht, D«, beteuerte Reggie flehentlich. Dania hatte bereits die Fäuste geballt und mir war klar, dass eine Prügelei in der Luft lag. Meine Freundinnen waren wirklich ein feines Pack.

»Hört mal, ihr zwei. Wenn ihr euch unbedingt prügeln müsst, dann tut das gefälligst anderswo. Mein Vermieter sitzt mir schon im Nacken, weil ich mit der Miete spät dran bin. Wenn ihr vor dem

Gebäude einen Zickenkrieg anfangt, macht das keinen guten Eindruck. Also erledigt euren Scheiß bitte woanders«, sagte ich erschöpft.

Ich lenkte Reggie mit einem Schubs zu ihrem Auto. »Fahr sie nach Hause. Regelt das dort«, sagte ich zu ihr. Reggie wirkte verängstigt. Was ich ihr nicht verübeln konnte. Dania war sauer. Und wenn sie sauer war, wurde sie irrational. Also viel Glück.

»Fahr mich nach Hause«, blaffte Dania Reggie an, die aussah, als würde sie vor Angst gleich in ihre nuttigen Shorts pinkeln.

Ich vergewisserte mich, dass die beiden auch wirklich abfuhren, bevor ich selbst ins Auto stieg. Als ich den Schlüssel im Zündschloss drehte, gab der Motor ein klickendes Geräusch von sich, ehe er schließlich ansprang. Und als ich den Wagen auf die Straße lenkte, war ein deutliches Scheppern zu hören. Das konnte nichts Gutes bedeuten. Aber wenn mich die alte Karre noch dorthin brachte, wo ich hinwollte, dann, so gelobte ich innerlich, würde ich sie durchchecken lassen, sobald ich das Geld dafür hatte.

Das Black River Community College lag nur eine Viertelstunde von meiner Wohnung entfernt, doch es hätte ebenso gut auf einem anderen Planeten liegen können. Dieser Teil der Stadt sah immer noch halbwegs anständig aus. Überall gab es gut gepflegte Rasenflächen und hübsche Backsteinhäuser.

In meinen kurzen Jeansshorts und der Secondhand-Bluse fiel ich auf wie ein bunter Hund. Ich hatte mir Mühe gegeben, mich gut zu kleiden, aber die Auswahl meiner Garderobe war äußerst beschränkt. Als ich die anderen Studenten mit ihren schönen Klamotten und den schicken Frisuren musterte, schämte ich mich zum ersten Mal dafür, wie wenig ich besaß.

Genug mit dieser Selbstmitleidsscheiße. Das brachte mich nicht weiter. Ich straffte die Schultern, biss die Zähne zusammen und machte mich auf den Weg zum Büro der Studienbeihilfe.

Eine Stunde später trat ich leicht benommen aus dem Gebäude. Ich war mit der Erwartung in das Gespräch gegangen, dass man mir die Tür vor der Nase zuknallen würde.

Womit ich nicht gerechnet hatte, waren … Optionen.

Daran war ich nicht gewöhnt.

Aber sie waren da und glänzten wie neue Münzen. Zum ersten Mal im Leben würde etwas, das ich wollte, vielleicht tatsächlich wahr werden.

Mrs Randolph, die das Beihilfeprogramm des Colleges verantwortete, hatte die Unterlagen meiner Hochschulzulassungsprüfung durchgesehen. Wenn man bedachte, dass ich im Vorbereitungskurs kaum aufgepasst hatte, war mein Test überraschend gut ausgefallen.

Wie sich herausstellte, kamen angesichts meiner Vergangenheit im Jugendhilfesystem und meines niedrigen Einkommensstatus mehrere Beihilfen infrage, die es mir erlauben würden, Kurse zu belegen. Soll heißen: Ich musste nicht aus eigener Tasche dafür bezahlen. Soll heißen: Es gab keine Entschuldigung mehr, es nicht zu tun.

Ich hatte die Mappe mit dem Papierkram von Mrs Randolph entgegengenommen und ihr versprochen, sie bis zum 30. Juli, dem Stichtag für das Herbstsemester, auszufüllen und ihr zurückzugeben. Sie könne die Antragsbearbeitung beschleunigen, hatte sie gesagt, sodass ich Ende August, wenn die neuen Kurse losgingen, anfangen konnte.

Sie war freundlich und hilfsbereit gewesen. Und ich hatte ihr nicht die Zähne ausschlagen wollen. Ich war total stolz auf mich.

Die rote Mappe an die Brust gepresst, trat ich hinaus in den heißen Sommersonnenschein. Ich würde mich hüten, mir Hoffnungen zu machen. Bestimmt würde irgendetwas auftauchen, das mir diese goldene Gelegenheit aus den Händen riss.

So ein Glück hatte eine Ellie McCallum einfach nicht.

Und da war er plötzlich wieder.

Ich sah die vorgezogenen Schultern und die dunklen Haare zwischen den Bäumen entlanghuschen, fast schleichen, als wollte er nicht gesehen werden.

Mein Anflug von guter Laune war im Nu verschwunden und ich wurde wieder wütend. Als wäre Flynn Hendrick ein schlechtes Omen.

Eines, das ich loswerden musste … und zwar schnell.

Also folgte ich ihm.

Ich sah zu, wie er den Leuten auswich, während er auf sein Ziel zusteuerte. Und ich kam nicht umhin zu bemerken, wie die Mädchen ihn ansahen.

Hm. Das war neu.

Früher hatte er nicht zu den Typen gehört, die die richtige Art von Aufmerksamkeit erhielten. Er war ein Witz gewesen. Ein Freak. Kein Junge, dem die Mädchen hinterherschmachteten.

Das hatte sich offensichtlich geändert.

Obwohl er den Kopf gesenkt hielt, nahmen ihn die Mädchen definitiv in Augenschein.

Sie kapierten wohl nicht, was für ein komischer Vogel er war.

Als Flynn von einem älteren Mann angesprochen wurde, huschte ich hinter einen Baum, wo ich die beiden mit widerwilliger Faszination beobachtete. Flynn war nervös. Er hatte die Hände tief in den Taschen seiner Kakihose vergraben und ich musste grinsen bei diesem Anblick. Er trug immer das Gleiche: Kakihosen und langärmelige Button-Down-Hemden, egal, wie heiß es war. Er tat sich wirklich keinen Gefallen damit, sich wie der letzte Idiot anzuziehen. Er war so ein leichtes Ziel. Als bettelte er förmlich darum, dass man ihn schikanierte.

Mit hämischer Freude registrierte ich, dass er immer noch linkisch und gestört wirkte.

Genau wie ich.

Doch plötzlich tat er etwas Überraschendes. Er hob den Kopf

und lächelte den älteren Mann an. Dann lachte er. Ich konnte es in meinem Versteck hinter dem Baum hören.

Es war lange her, seit ich Flynn Hendrick das letzte Mal hatte lächeln sehen. In all den Jahren, die ich ihn gekannt, und in all der Zeit, die ich darauf verwandt hatte, ihn zu verletzen und zu demütigen, hatte er kaum jemals gelächelt und nur ganz selten gelacht. Ich hatte oft genug dafür gesorgt, dass er keinen Grund dazu hatte.

Aber jetzt lachte er und es verwandelte ihn ganz und gar.

Mein Herz krampfte sich bei diesem Anblick zusammen.

Weil Flynn glücklich aussah.

Flynn der Freak wirkte ruhig und zufrieden.

Hass und Verbitterung schlugen in meinem Inneren ihre Krallen in mich und drängten mit aller Macht hinaus. Wollten sich befreien. Diesen Kerl mit mir in die Tiefen der Hölle ziehen.

Warum durfte er glücklich sein? Welche Gesetze des Universums gestanden ihm Freude zu, während ich an meiner eigenen Verzweiflung erstickte?

Zum Teufel mit Flynn Hendrick und seinem Lächeln. Zum Teufel mit ihm und seinem ach so tollen Leben.

Ich konnte kaum noch atmen. Ich wollte weg. Aber ich konnte nicht aufhören, den Mann zu beobachten, den ich für so vieles verantwortlich machte. Den ich mit aller Macht hatte zur Strecke bringen wollen und dem es nun umso besser zu gehen schien.

Als spürte er das Gewicht meines Blickes, drehte Flynn sich um. Die Sonne schien wie eine Art Heiligenschein auf ihn herab. Sehr passend.

Und dann sah er mich. Als hätte ein Leuchtschild in meine Richtung gewiesen. Er runzelte die Stirn und ich wusste, dass er mich einzuordnen versuchte. Ich konnte den Moment, in dem er mich erkannte, genau ausmachen.

Er begann wie besessen, seinen Handrücken zu reiben. Und ich wusste, dass er das immer tat, wenn er aufgewühlt war.

Das Reiben wurde immer heftiger, als wollte er sich die Haut abrubbeln.

Als der ältere Mann neben ihm etwas zu ihm sagte, gab er keine Antwort. Er stand einfach nur da wie ein Reh im Scheinwerferlicht, starrte mich an, als habe er einen Geist gesehen, und rieb und rieb sich die Hände.

Dann hob ein grausamer Teil von mir, der in meinem Innern seit Jahren vor sich hin brütete, sein hässliches Haupt. Ich grinste über Flynns Unbehagen. Es gab mir ein gutes Gefühl.

Ich hob die Hand und wackelte grüßend mit den Fingern, um ihn wissen zu lassen, dass ich ihn ebenfalls gesehen hatte.

Flynn hörte auf zu reiben, als unternehme er eine bewusste Anstrengung, es zu unterbinden. Ohne den Blick von mir abzuwenden, schob er die Hände wieder in die Hosentaschen. Es überraschte mich, in seinem Blick eine Stärke zu sehen, die früher nicht dort gewesen war.

Ich fühlte mich schwach im Vergleich dazu.

Dann wandte Flynn sich dem Mann zu, der neben ihm stand, und kehrte mir den Rücken zu. Gab mir zu verstehen, dass es ihm egal war, ob ich dort stand oder nicht. Dass es ihm nichts ausmachte. Nicht mehr.

Er stand auf den Stufen eines Backsteingebäudes und tat, als habe er mich nie gesehen.

Doch mir fiel auf, dass er die Hände wieder aus den Taschen gezogen hatte und sie abermals heftig rieb.

3

Flynn

Vor vielen Jahren…

Ich fand einfach keine bequeme Lage. Meine Mutter hatte diese Woche die Laken nicht gewechselt, sie scheuerten an meinen Armen und Beinen. Ich hasste das. Sie taten mir weh. Ich mochte mich nicht mehr umdrehen, weil ich dann den Stoff besonders spürte.

Also lag ich steif im Bett und starrte an die Decke.

Ich schlief nicht.

Ich konnte nicht schlafen. Nicht, solange mich die Laken überall berührten.

Morgen war mein erster Tag in der neuen Schule.

Alles würde neu sein.

Ich mochte Neues nicht.

Ich wollte zurück nach Massachusetts, wo alles unverändert war. Vor allem mein Zuhause.

Das Badezimmer lag zwei Türen weiter links. Der Lichtschalter war innen, gleich rechts an der Wand. Mein Zimmer war braun mit einer grünen Bordüre. Mein Bett stand neben dem Wandschrank. Und die Treppe hatte genau zwölf Stufen.

Ich hatte mein ganzes Leben in diesem Haus gewohnt. Dort war ich zum letzten Mal mit Dad zusammen gewesen, bevor er in den Himmel kam.

West Virginia gefiel mir nicht. Und das Haus, in dem wir jetzt lebten und in dem ich mich nicht auskannte, gefiel mir auch nicht.

Hier lag das Badezimmer gleich neben meinem Zimmer und das verwirrte mich. Mein Zimmer war blau, nicht braun. Und es gab vierzehn Stufen. Ich hasste es, sie zu zählen. Weil es einfach nicht stimmte.

Es regte mich auf.

Mom hatte gesagt, ich solle nicht albern sein. Das hier sei ein neuer Anfang. Ich verstand nicht, was sie damit meinte.

Ich fing an, mir die Hände zu reiben. Auf und ab. Über den Handrücken und wieder zurück. Fuhr wieder und wieder über die glatte Haut.

Ich lag da, bis ich die Berührung der Laken nicht mehr ertrug. Ich riss sie vom Bett und warf sie aus dem Fenster. Das fühlte sich besser an.

Meine Mom kam herein, um nachzuschauen, was das für ein Lärm war. Als sie sah, dass das Fenster offen stand und die Laken verschwunden waren, holte sie neue und richtete das Bett wieder her.

Die neuen Laken fühlten sich viel besser an.

Aber ich konnte immer noch nicht einschlafen.

Also lag ich da und rieb meine Hände. Immer wieder.

Bis die Sonne aufging.

Die Highschool von Wellston war viel größer als meine alte Schule. Überall waren Leute.

»Hör auf, deine Hände zu reiben, Flynn«, sagte Mom, als sie auf den Parkplatz der neuen Schule einbog.

Wenn mir jemand befahl, mit dem Reiben aufzuhören, musste ich noch fester reiben.

Rauf und runter. Immer wieder.

Als Mom den Arm ausstreckte, um meine Hände festzuhalten, zog ich sie fort. Ich hasste es, wenn sie mich anfasste. Normalerweise tat sie das nicht. Ich habe es nicht gern.

»Bitte, Flynn, gib dir Mühe, mit den anderen Kindern auszukommen. Diesmal soll es anders werden«, sagte sie mit einem Ton in der Stimme, den ich nicht verstand.

Ihre Augen waren nass und ich runzelte die Stirn. Warum weinte sie?

Ich rieb fester.

Meine Mom atmete tief durch und stieg aus dem Wagen. Sie öffnete mir die Tür und ich achtete darauf, dass der raue Sitzbezug beim Aussteigen nicht mit nackter Haut in Berührung kam.

Dann folgte ich ihr die Stufen hinauf zur Eingangstür der Schule.

Ich sah zu Boden, wollte niemanden anschauen.

Wieder rieb ich meine Hände.

Es war sehr laut. Viel zu viel Lärm. Und die Lichter waren hell. Zu hell.

Sobald wir im Sekretariat standen, wurde es besser. Dort war es ruhiger und ich hörte auf zu reiben.

Meine Mom füllte ein paar Formulare aus und ich wartete, ohne jemanden anzusehen, konnte den Blick aber nicht von der winzigen Skulptur einer Pyramide abwenden, die auf dem Schreibtisch der Sekretärin stand. Ich streckte die Hand aus und berührte sie mit dem Zeigefinger. Sie sah nicht aus wie auf den Bildern, die ich aus meinen Büchern kannte. Etwas stimmte damit nicht.

Ich sah mir gern Bilder von anderen Orten an und zeichnete sie dann nach. Ich mochte die Details.

»Sie hat einen Sprung. Und die Farbe ist auch verkehrt«, sagte ich zu der Frau, die ich bis jetzt noch nicht angesehen hatte.

Mom machte ein Geräusch und schlug mir die Hand weg, mit der ich die Pyramide berührte. Ich streckte sie trotzdem wieder aus.

»Sie ist hässlich. Und total verkehrt. Pyramiden sehen ganz anders aus«, sagte ich einfach. Das war die Wahrheit. Sie sah nicht aus wie eine Pyramide. Ich konnte eine machen, die tausendmal schöner war.

Die Frau hinter dem Schreibtisch räusperte sich und steckte die Pyramide in eine Schublade, wo ich sie nicht mehr sehen konnte.

»Tut mir leid. Er hat das Asperger-Syndrom und es fällt ihm schwer zu kommunizieren«, sagte meine Mom. Ich spürte den Blick der Frau hinter dem Schreibtisch. Ich mochte es nicht, wie sie mich ansah. So sahen mich die Leute immer an, wenn Mom das sagte.

»Direktor Higgins kommt gleich zu Ihnen«, erwiderte die Sekretärin mit einer komischen, gepressten Stimme.

»Flynn. Darüber haben wir doch schon gesprochen. Weißt du noch, wie Dr Johnson dir erklärt hat, dass du nicht immer alles aussprechen sollst, was dir durch den Kopf geht?«, fragte mich meine Mutter leise.

Ich erinnerte mich. Es gab nicht viel, an das ich mich *nicht* erinnerte.

Wieder rieb ich meine Hände. Diesmal fester.

Meine Mom machte schon wieder ein Geräusch. Das tat sie oft.

»Hast du irgendwas im Hals?«, fragte ich sie.

Sie schloss die Augen und ich überlegte, ob sie vielleicht müde war.

Dann berührte sie meine Hand. Ich mochte es nicht, wenn sie mich anfasste. Meine Haut mochte es nicht. Ich zog die Hand weg.

»Hör auf zu reiben, Flynn«, sagte sie und ich wusste, dass sie wütend war. Dr Johnson hatte mir Bilder mit Gesichtern gezeigt und erklärt, welche Gefühle sie ausdrückten. Im Augenblick sah das Gesicht meiner Mutter aus wie der Mann mit dem wütenden Ausdruck.

Dann kam der Direktor ins Zimmer und stellte sich vor. Er streckte mir die Hand entgegen, damit ich sie schütteln konnte.

Was ich nicht tat.

Mom erklärte ihm, dass ich das Asperger-Syndrom hätte. Der Direktor sah mich an, wie es alle taten.

Sie sprachen noch ein bisschen darüber, dass ich einen individualisierten Lehrplan bekommen sollte, der sich auf mein Verhalten konzentrieren würde. Ich hörte, was er sagte, aber ich verstand es nicht. Was stimmte nicht mit meinem Verhalten?

Dann waren wir fertig und ich bekam einen Zettel mit meinem Stundenplan. Meine Mom biss sich auf die Unterlippe und ihre Augen wurden schon wieder feucht.

»Soll ich dich zu deinem ersten Unterrichtsraum bringen?«, fragte sie mich. Der Direktor legte mir die Hand auf die Schulter, doch ich schob sie weg.

»Nicht anfassen«, sagte ich.

Direktor Higgins räusperte sich. »Ich sorge dafür, dass er in seine Klasse kommt. Keine Sorge, Mrs Hendrick.«

Ehe sie ging, sagte Mom zu mir: »Sei lieb. Versuche, mit den anderen auszukommen. Das hier ist unser neuer Anfang.«

Ich fing wieder an, meine Hände zu reiben.

In meiner Klasse war ein Mädchen mit lilafarbenen Haaren. Sie saß direkt vor mir. Ihre Haare waren so lang, dass sie über meine Tischplatte strichen.

Das störte mich.

Also nahm ich meinen Bleistift und schob die Strähnen weg, achtete aber darauf, sie nicht zu berühren.

Dann ließ sie sich tief in ihren Stuhl sinken, sodass ihre Haare wieder auf meinen Tisch fielen.

»Nimm deine Haare weg«, sagte ich laut.

Die Leute sahen mich an. Das taten sie immer.

»Gibt es etwa ein Problem, Mr Hendrick?«, fragte der Lehrer, Mr Goodwin. Er war hässlich und hatte eine kahle Stelle hinten am Kopf. Er hatte mich gezwungen, vor der ganzen Klasse zu stehen, während er mich den anderen vorstellte. Es war mir unangenehm, dass sie mich ansahen. Ich sagte ihm, er würde nach Bier riechen.

Da durfte ich mich hinsetzen.

Ich hasste es, wenn mich die Leute ansahen. Mit gesenktem Kopf schob ich mit dem Bleistift ihre Haare fort.

Das Mädchen drehte sich um und verzog die Lippen. Lächelte sie mich an? Vielleicht war sie ja nett. Vielleicht konnten wir Freunde werden?

Es wäre schön, mit jemandem befreundet zu sein. Ich konnte mich nicht erinnern, schon einmal einen Freund gehabt zu haben.

»Was hast du für ein Scheißproblem?«, fragte sie und ihre Lippen sahen immer noch aus, als würden sie lächeln.

Ich runzelte die Stirn, weil ich ihre Frage nicht verstand.

»Deine Haare liegen auf meinem Tisch«, erwiderte ich. Sie war hübsch. Es gefiel mir, wie sie aussah. Nur die Metalldinger in ihrer Augenbraue und in der Nase waren nicht schön. Warum hatte sie die dort hingesteckt?

Ich deutete auf den Ring in ihrer Unterlippe. »Warum hast du das?«, wollte ich wissen.

Das Mädchen verzog wieder die Lippen. Diesmal konnte ich nicht erkennen, ob sie lächelte.

»Das geht dich nichts an, du *Freak*«, fauchte sie.

Ich fuhr auf meinem Stuhl zurück. Es war kein Lächeln. Und sie wollte auch nicht meine Freundin sein. Sie war total gemein.

Ich senkte den Kopf und rieb mir hektisch die Hände im Schoß.

»Was machst du da? Holst du dir einen runter?«, fragte sie mit einer Stimme, die alles andere als freundlich klang.

Sie bückte sich und spähte unter meinen Tisch, wo ich mir wieder und wieder über den Handrücken fuhr.

»Verdammter Freak«, zischte sie, ehe sie sich wieder umdrehte. Dann hob sie ihre langen lilafarbenen Haare und breitete sie über meinen ganzen Tisch aus.

Ich versuchte sie mit dem Bleistift wegzuschieben, aber sie schüttelte sie immer wieder zurück. Sie bedeckten mein Buch und meine Zettel.

»Nimm deine Haare weg!«, rief ich und fegte mein Buch vom Tisch.

Es wurde mucksmäuschenstill.

Alle sahen mich an.

Ich hasste es, wenn sie das taten.

»Ich glaube, Sie sollten hinausgehen, Mr Hendrick«, sagte Mr Goodwin und zeigte zur Tür. Ohne aufzuschauen, verließ ich den Klassenraum. Aber vorher warf ich noch einen Blick auf das Mädchen mit den lila Haaren.

Diesmal war ich mir *sicher*, dass sie mich anlächelte.

4

Ellie

Ich lachte. Ein echtes, aufrichtiges Lachen. Der haarige Leib drängte sich an mich, während aus dem schwarzen Maul eine lange, schlabbrige Zunge herausfuhr.

Ich presste mein Gesicht in den pelzigen Nacken und lächelte. Es war der einzige Ort, an dem ich mir das erlaubte.

Der riesige Hund sprang aus meinen Armen und rannte los, um das Gummispielzeug zurückzuholen, das ich fortgeschleudert hatte. Ich grinste wie eine Irre, während ich zusah, wie das hellbraune Fellmonster das Spielzeug ins Maul nahm und schüttelte, ehe es das Teil zurückbrachte und vor meinen Füßen fallen ließ.

»Braver Hund«, gurrte ich, während ich ihn hinter einem seiner flauschigen Ohren kraulte.

»Du solltest ihn adoptieren. Du bist die Einzige, auf die er hört«, sagte eine Stimme hinter mir. Mein Lächeln erlosch, aber meine Hand kraulte weiter.

»Ich hab keine Zeit für einen Hund«, erwiderte ich mürrisch und zwang mich, das einladend warme Fell loszulassen.

Erin Hoffman, die Leiterin des Tierheims von Wellston, schenkte mir ein Lächeln, das ich nicht erwiderte. Sie war etwa zehn Jahre älter als ich und ging völlig in ihrer Arbeit auf. Schön für sie. Ich konnte durchaus zugeben, dass es toll sein musste, sich etwas – irgendetwas – so hingebungsvoll zu widmen.

Ich machte nur selten den Mund auf, wenn ich meine Sozialstunden im Tierheim ableistete. Erin und ich tauschten uns nur über das Nötigste aus. Ich war schließlich nicht aus reiner Herzensgüte dort.

Ein Gericht hatte mich zu Sozialdienst verdonnert, nachdem ich gut ein Jahr zuvor dabei erwischt worden war, wie ich mit Stu und Shane die alte überdachte Brücke vor der Stadt verunstaltet hatte. Wir waren betrunken gewesen und Stu hatte uns eingeredet, dass es doch wahnsinnig witzig wäre, auf eine Seite der Brücke einen Schwanz mit Eiern zu sprühen.

Als der Polizeiwagen vorbeifuhr, war es nicht mehr ganz so witzig. Und noch weniger witzig war es, in Handschellen zur erkennungsdienstlichen Behandlung in die Innenstadt gebracht zu werden.

Man hatte mir eine Bewährungsstrafe aufgebrummt und eine Liste mit Adressen in die Hand gedrückt, bei denen ich »zum Wohl der Gemeinde« beitragen konnte. Mein Bewährungshelfer, Mr Schwantz (ja, lacht ruhig, mir ging es genauso), fand, das Tierheim würde gut zu mir passen.

»Schließlich sind Sie nicht gerade ein kontaktfreudiger Mensch«, hatte er gesagt. Und damit recht gehabt. Ich war wirklich nicht scharf auf andere Menschen. Nicht mal auf die, mit denen ich meine Zeit verbrachte.

Aber Tiere mochte ich. Das war schon immer so.

Tiere taten einem nicht weh. Ihre Liebe war bedingungslos. Sie schenkten einem ihr Herz, ohne eine Gegenleistung zu erwarten.

Ich wusste das zu schätzen.

Erin drängte mich nicht. Sie hatte schnell gelernt, dass es nichts brachte, mich zu drängen. Es war nicht ihr erster Versuch, mir einen Hund unterzuschieben. Doch es war das erste Mal, dass ich ihren Vorschlag in Erwägung zog. Murphy, das haarige Vieh, um das es ging, drückte seinen Kopf gegen meine Hand, als stumme Aufforderung weiterzumachen. Ich ballte die Faust und versagte mir das kurze Glück.

Erin streichelte Murphy den Kopf, dem vor Wonne die Zunge aus dem Maul hing. Wenn ich ein Herz gehabt hätte, hätte er es zum Schmelzen gebracht.

»Komm, mein Junge, zurück in den Käfig«, sagte ich, genervt von Erins Gegenwart.

»Nein, bring ihn noch nicht zurück. Er braucht noch ein bisschen Auslauf. Ich wollte nur kurz nach ihm sehen. Du weißt ja, dass er schon drei Monate bei uns ist«, sagte Erin, ohne mich anzusehen, den Blick auf den Hund gerichtet, der vor mir saß.

Mein Magen krampfte sich zusammen. »Ja, das weiß ich«, erwiderte ich kurz angebunden. Und ich wusste auch, dass die Mittel für den Unterhalt des Tierheims nur mit Ach und Krach zusammenkamen. Platz war ebenfalls knapp. Und da jeden Tag neue Tiere eintrafen, gab es nur einen Ausweg, wenn Hunde oder Katzen nicht adoptiert wurden.

»Wir werden seinen Käfig bald brauchen«, sagte Erin, die mit sanftem Blick beobachtete, wie Murphy auf dem eingezäunten Hof einem Eichhörnchen nachsetzte.

Er war als Streuner hergebracht worden. Und niemand war gekommen, der ihn wiederhaben wollte. Man hatte ihn entsorgt. Vergessen.

Murphy und ich waren uns sehr ähnlich.

Der riesige Hund kam zu mir zurückgerannt, setzte sich neben mich und drängte sich an meine Beine, während er mir mit der Schnauze wieder gegen die Hand stupste. Ich konnte nicht anders, als die Finger im langen Fell auf seinem Kopf zu vergraben.

Erin sah uns an. »Ich dachte, ich sage dir lieber Bescheid«, sagte sie mit einem traurigen Lächeln. Sie gab Murphy ein Leckerli und ließ uns dann allein.

Ich sah zu dem Hund hinab, der glücklich vor sich hin kaute. Er hatte keine Ahnung, dass man ihm in ein paar Monaten oder auch nur Wochen eine Spritze verabreichen würde, damit er einschlief und nie mehr aufwachte.

Ein kranker Teil von mir beneidete ihn um seine Ahnungslosigkeit. Könnte ich doch auch still und leise davongleiten … ohne es zu wissen.

Ich nahm Murphy an die Leine und brachte ihn zu seinem Käfig, wo ich ihn einsperrte, ohne ihn noch eines Blickes zu würdigen.

Ich konnte ihn nicht mehr ansehen.

Weil es wehtat.

Und ich mochte keinen Schmerz.

»Hast du Lust, schwimmen zu gehen? Heute werden es über dreißig Grad«, fragte Dania, die auf dem Verkaufstresen von JAC's Quick Stop thronte. Meine Schicht ging in einer Stunde zu Ende und ich hatte geplant, nach Hause zu gehen und die Unterlagen für das College auszufüllen.

Ich hatte mich ewig vor der Mappe gedrückt, die in meinem Nachttisch versteckt lag. Es war dumm, mir einzubilden, ein paar Kurse im College könnten dieses Scheißleben auf wundersame Weise besser machen.

Aber man hatte mich an etwas schnuppern lassen, was ich für unerreichbar gehalten hatte. Und das machte es einfach unwiderstehlich.

Was konnte ein Kurs schon schaden? Wenn es schiefging, würde ich ihn unter Lebenserfahrung verbuchen und keinen weiteren Gedanken mehr daran verschwenden.

Ich war darauf gefasst zu versagen. Das konnte ich schließlich am besten.

Aber was, wenn ich nicht versagte? Wenn ich schließlich und endlich etwas richtig machte? Die Möglichkeit, Erfolg zu haben, war fast noch beängstigender als das altbekannte Versagen.

Allein die Tatsache, dass ich darüber nachdachte, deutete darauf hin, dass sich meine Einstellung gewaltig verändert hatte.

Ich konnte nicht sagen, woher diese Veränderung kam. Ob sie einer allmählichen Einsicht entsprungen war oder der blitzartigen Erkenntnis, dass ich *mehr* wollte. Ich hatte keine Ahnung. Aber ich erinnerte mich noch mit absoluter Klarheit an den Tag, an dem es geschah.

Drei Monate zuvor hatte ich auf Dania gewartet, die in der Sozialklinik ihre erste Schwangerschaftsuntersuchung vornehmen ließ, und war vom Besäufnis der vorangegangenen Nacht noch verkatert gewesen. Ich hatte mich volllaufen lassen und schließlich mit Lyle Katz geschlafen, einem Typen, der sechs Jahre älter war und noch weniger Zukunftsaussichten hatte als ich. Ich hatte ihn am Morgen vor die Tür gesetzt und meinen Mageninhalt in die Toilette entleert.

Zwei Stunden später hatte ich Dania in die Innenstadt gefahren, während sie mich damit aufzog, dass ich auf der Party mein T-Shirt ausgezogen hatte. Ich war bekannt dafür, Blödsinn zu machen, wenn ich betrunken war, daher überraschte mich die Neuigkeit nicht sonderlich. Mit wachsendem Unbehagen lauschte ich Danias Schilderung meines schwachsinnigen Verhaltens.

Sie beschrieb eine armselige, fiese, einfach abscheuliche Person, die erst in einen Streit geraten war und sich dann mit einem Typen eingelassen hatte, der mit seiner Freundin auf die Party gekommen war.

Diese Person war ich. Und ich hasste sie.

Dania war nach hinten gegangen, um sich untersuchen zu lassen, während ich im Wartezimmer saß und beim Blättern in einer zehn Jahre alten Zeitschrift damit rang, mich nicht in Grund und Boden zu schämen für das, was ich am Abend zuvor getan hatte. Irgendetwas veranlasste mich, den Kopf zu heben und mich umzuschauen.

Es war deprimierend.

Alle diese Leute waren in ihren destruktiven Verhaltensmustern genauso gefangen wie ich: minderjährige Mütter, weißer Abschaum, Crystal-Meth-Abhängige. Die Müden und Nutzlosen.

Und ich war eine von ihnen. Dazu hatte ich es kommen lassen.

Ich ließ mich schon so lange treiben. Ohne Selbstachtung und ohne den geringsten Stolz. Während ich diese Leute ansah, die mir so ähnlich waren, schrie in einer plötzlichen Erkenntnis alles in mir auf. Dieses Leben war beschissen. Und ich war es leid, dass es so war. Ich hatte es satt, mit diesem beschissenen Leben *zufrieden* zu sein.

Irgendetwas war bei mir angekommen. Und beim nächsten Besuch entdeckte ich die Broschüre des Gemeindecolleges. Auch wenn mir nicht gerade ein strahlend helles Licht aufgegangen war, hatte sich doch ein trübes kleines Flämmchen entzündet, das seitdem nicht mehr erloschen war.

Natürlich bemühte sich alles andere in meinem Leben nach Kräften, dieses Flämmchen zu überschatten. Aber es war da. Brannte gemächlich vor sich hin und wartete darauf, dass ich ihm gestattete, größer zu werden.

Und wenn ich meine beste Freundin ansah mit ihrem anschwellenden Bauch und ihrer Schönheit, die von Tag zu Tag müder und ausgezehrter wirkte, musste ich mir eingestehen, dass ich allmählich Angst bekam, mein Leben habe nicht mehr im Angebot als das.

Das war's.

Aus. Vorbei.

Wie traurig war das denn?

»Ich bin ganz schön erledigt«, sagte ich lahm. Dania sprang vom Tresen, schnappte sich einen Schokoriegel und riss ihn auf.

»Langsam glaub ich, du hast Vitaminmangel oder so was. Du bist immer müde. Früher hat es so viel Spaß gemacht mit dir, Ells. Aber in letzter Zeit bist du echt öde«, schmollte Dania, bevor sie in den Riegel biss. Dann schnappte sie sich eine Tüte Jalapeno-Chips und riss sie ebenfalls auf.

»Igitt!« Ich verzog das Gesicht. Achselzuckend biss Dania wieder in die Schokolade, um gleich darauf eine Handvoll Chips hinterherzuwerfen.

»Schwangerschaftsgelüste«, erklärte sie leichthin. Ich wäre gern dahintergekommen, wie sie wirklich zu ihrer Schwangerschaft stand. Man hätte meinen können, ihr permanentes Trinken und Feiern seien Antwort genug. Doch dann gab es Momente, in denen ich fast den Eindruck hatte, sie würde ihr doch etwas bedeuten. Dass sie sich sogar darauf freute, dieses neue Leben auf die Welt zu bringen.

Sie hielt ihre Untersuchungstermine ein. Ging jeden Monat hin. Und ich wusste, dass sie nach wie vor die Vitamine einnahm, die man ihr verschrieben hatte. Einmal hatte ich sie sogar dabei erwischt, wie sie sich im Internet Babykleidung ansah.

Aber sobald ich nachzuhaken versuchte, was sie nach der Geburt des Babys vorhatte, ob sie es behalten oder zur Adoption freigeben wollte, weigerte sie sich kategorisch, darüber zu reden.

Ich verstand Dania nicht. Vermutlich hatte ich das noch nie getan.

»Du kommst also mit. Wenigstens eine von uns sollte zeigen, was sie zu bieten hat. Von Reggies Donnerschenkeln bekomme ich Netzhautablösung. Außerdem hat Shane mich dauernd genervt, dass ich dich überreden soll mitzukommen«, sagte Dania abschätzig.

Ich schnaubte. Solange ich noch einen Funken Verstand hatte, würde daraus so was von nichts werden.

Ich ließ meine Kaugummiblase platzen und wischte mir den Schweiß von den Brauen. Die Klimaanlage funktionierte seit zwei Wochen nicht und Jeb hatte den Kundendienst immer noch nicht angerufen. Er war der totale Billigheimer. Bis hin zu seinen glänzenden Hosen und dem furchtbaren Toupet. Er war das lebende Klischee eines pfennigfuchserischen Ladenbesitzers in mittleren Jahren.

»Es ist glühend heiß und mit diesem Braten in der Röhre brauche ich dringend eine Abkühlung. Stu hat gesagt, er bringt ein Fässchen Bier mit. Jetzt komm schon!«, bezirzte Dania mich. Ich hasste es, wenn sie das tat. Es ging mir auf die Nerven.

»Also gut«, murmelte ich und schenkte ihr den ersehnten Sieg. Auch wenn ich sonst stur wie ein Esel war, schaffte ich es irgendwie nicht, meiner besten Freundin die Stirn zu bieten.

Ein echter Charakterfehler.

»Was war eigentlich neulich Morgen zwischen dir und Reggie? Hast du ihr den Kopf rasiert?«, erkundigte ich mich, obwohl ich mir die Mühe vermutlich hätte sparen können. Ich war Reggie gestern begegnet und sie hatte eine aufgeplatzte Unterlippe gehabt. Offensichtlich war Dania nicht sonderlich nachsichtig gewesen.

Dania verdrehte die Augen und zog ihr winziges Tanktop über den Bauch. »Ich kann einfach nicht lange sauer auf sie sein. Sie ist so dumm, dass sie die meiste Zeit gar nicht weiß, was sie tut«, wiegelte sie ab.

Ich kam hinter der Kasse hervor und begann die Sprühsahnedosen in der Kühltheke wieder aufzustellen, über die irgendwelche Teenager hergefallen waren.

»Warum macht es dir überhaupt so viel aus? Du und Stu, ihr habt doch schon seit Jahren nichts mehr laufen«, fragte ich, ohne eine Antwort von Dania zu erwarten. Es war eines der Themen, bei denen sie jedes Mal dichtmachte.

»Also, geht bei dir und Shane heute Abend die Post ab?«, fragte Dania zurück; genau die Reaktion, die ich erwartet hatte. Sie wechselte das Thema.

Ich gab einen Würgelaut von mir. »Klar, damit ich mir Syphilis hole«, sagte ich mit einem Grinsen. Ich hatte mit ihm geschlafen, als ich noch jung und dumm gewesen war und versucht hatte, die Leere in meinem Herzen zu füllen, indem ich die Beine breit machte. Ich hatte gehofft, durch Sex würde ich mich jemandem verbunden fühlen.

Das hatte ich aber nicht. Stattdessen hatte es wehgetan. Und zwar sehr. Es war eine der demütigendsten Erfahrungen meines Lebens gewesen. Wir waren betrunken auf irgendeinem Feld. Shane, den es nicht weiter kümmerte, wo er seinen Spaß hatte, nahm mich mit ins Gebüsch und machte sich nicht einmal die Mühe, mich auszuziehen. Es gab keine Küsse. Kein Streicheln. Keine ins Ohr geflüsterten Nichtigkeiten.

Er hatte einfach meine Jeans heruntergezerrt und mich an Ort und Stelle gevögelt. Ich hatte einen Tannenzapfen im Kreuz und Gras in den Haaren gehabt. Grob und achtlos hatte er vor sich hin gerammelt, ehe er ihn schließlich herauszog und mir befahl, es ihm mit der Hand zu machen.

Das klebrige Zeug auf meiner Haut hatte mich angewidert und ich hatte versucht, mir die Hände im Gras abzuwischen.

Hinterher hatte er mir nicht einmal auf die Beine geholfen, sondern war zur Party zurückgekehrt, als wäre nichts geschehen.

Mir war zum Heulen zumute gewesen. Aber ich tat es nicht. Ich heulte nie. Hatte es seit meinem sechsten Lebensjahr nicht mehr getan.

Ich erinnerte mich noch an das Blut auf meinen Schenkeln und an den Anblick meines zerknüllten Slips um die Knöchel. Ich hatte mich schmutzig gefühlt. Trotz allem, was mir bis zu diesem Zeitpunkt im Leben zugestoßen war, hatte ich der dämlichen Vorstellung angehangen, dass Sex etwas Magisches sei, dass er schön und überwältigend sein werde.

Aber vermutlich hätte ich mich dafür nicht ausgerechnet von Shane Nolan entjungfern lassen dürfen.

Dania schlug mir auf den Arm. »Du bist so wählerisch. Ich weiß wirklich nicht, was du dir vorstellst. Einen Scheißmärchenprinzen? Denn wenn das so ist, wirst du verdammt lange warten müssen. Nach Wellston verirren sich keine Prinzen, Süße«, spottete sie und gab mir einen schmatzenden Kuss auf die Wange.

Ich fuhr mir mit dem Handrücken über das Gesicht.

»Ich bin im Woolly, wenn du hier Schluss machst. Komm und hol mich ab«, sagte sie, ohne mir Zeit zu lassen, ihr zu widersprechen.

Meine restliche Schicht verlief ereignislos. Ganze zehn Kunden waren aufgetaucht. Es war wirklich ein toter Laden in einer toten Stadt.

Melanie kam gegen fünf, um mich abzulösen. Ihr energiegeladenes Lächeln reichte, um mich zur Tür hinauszutreiben.

Die Sonne stand tief am Himmel und mir war klar, dass unser Badeausflug eine die ganz Nacht andauernde Fassbier-Party werden würde. Die Partystimmung lag in der Luft. Es war das Einzige, was man an einem schwülen Sommerabend mitten im Nirgendwo tun konnte. Trinken, Drogen und jede Menge Sex.

Im Woolly stand die Eingangstür sperrangelweit offen, ein Hinweis darauf, dass die Klimaanlage dort ebenfalls den Geist aufgegeben hatte. Drinnen war es drückend heiß und ich hoffte, dass Dania in den Startlöchern stand. Man konnte es dort unmöglich aushalten, ohne ohnmächtig zu werden.

Flankiert von Stu und Shane hockte Dania an der Theke. Stu schaute gelangweilt drein. Shane glotzte Dania unverhohlen in den tiefen Ausschnitt ihres Tanktops. Der darunter hervorlugende Babybauch schien ihn nicht zu kümmern.

Als meine Freundin den Kopf hob und mich entdeckte, leuchtete ihr Gesicht auf. Sie war bereits betrunken. Nur in solchen Momenten schien sie sich ehrlich zu freuen, mich zu sehen.

»Da bist du ja! Wollen wir los?«, kreischte sie. Shane löste seine

Augen von Danias Titten und heftete sie auf meine. Mein Busen hatte die Blicke der Männer schon immer angezogen, ob ich es wollte oder nicht. Ich hasste meinen Körper. Ich hasste die Kurven und den Schwung meiner Hüften. Als ich noch jünger war, hatte ich es gehasst, dass Männer glaubten, nur weil ich den Körper einer Frau besaß, könnten sie mich auch wie eine behandeln.

»Ich bin echt froh, dass du mitkommst, Ells.« Shane grinste. Ich nickte nur kurz und tappte ungeduldig mit dem Fuß.

»Können wir von hier verschwinden? Hier riecht's nach Pisse und Achselschweiß«, schimpfte ich. Dabei funkelte ich Shane demonstrativ an, was ihn lediglich zum Lachen brachte.

»Ja, Baby, lass uns gehen«, sagte er, als er nach meiner Hand griff. Ich riss mich los.

»Hör zu, Shane, ich bin nicht dein Baby. Und wenn ich noch einmal sehe, wie du auf meine Titten stierst, reiße ich dir die Eier ab und stopfe sie dir in die Nase. Klar?«, drohte ich und fletschte die Zähne zu einem wütenden Lächeln.

Shane lachte abermals, wenn auch ein bisschen nervös. Seine Vorsicht war berechtigt. Ich hatte jahrelang dafür gearbeitet.

Dania lehnte an Stu, der sie im Gleichgewicht hielt. Offensichtlich gelangweilt von ihrem endlosen Geplapper und ihren Berührungsversuchen, hatte er den Blick abgewendet. Ich konnte nicht begreifen, warum meine beste Freundin so von ihm besessen war. Er sah nicht einmal gut aus und sein Wesen war in etwa so gruselig wie das des Serienmörders Jeffrey Dahmer.

Ich wartete nicht ab, bis der Rest meiner wenig wohlriechenden Clique mir nach draußen folgte. Ich hörte Dania lachen und Shane kichern. Die Sache konnte sich hinziehen.

Da sah ich ihn.

Gott, er war wirklich überall.

Ich konnte ihm nicht entkommen.

Die Hände wie üblich tief in den Taschen seiner Kakihose vergraben, stand Flynn ein Stück die Straße hinunter vor der schäbigen Kunstgalerie.

»Florence's Portraits« war ein ziemlicher Witz. Flo war drei Jahre zuvor, nach der Pensionierung ihres Mannes, nach Wellston gezogen und hatte die Galerie eröffnet, um ein bisschen Kultur in unsere öde kleine Stadt zu bringen. Dass der kümmerliche Laden außer im Namen kein einziges Porträt zu bieten hatte, machte die Sache nicht besser. Flos Vorstellung von Kunst erschöpfte sich in billigen Nachdrucken von Wildblumen- und Bachmotiven.

Ich hatte noch nie einen Menschen hineingehen sehen.

Und nun stand Flynn Hendrick da und betrachtete die miesen Bilder, als gäbe es nichts Interessanteres auf der Welt. Er war schon immer so fokussiert gewesen. Es versetzte mir einen Stich, als ich mich daran erinnerte, wie hochkonzentriert er sich früher über seine Hefte gebeugt und in die Ecken gezeichnet hatte.

Ich hatte mir zwar nie anmerken lassen, dass ich ihn beobachtete. Aber ich tat es.

Sehr oft.

Endlich kam Dania mit Stu und Shane aus der Bar. Ihr schwerer Leib rammte mich von hinten und ließ mich vorwärtstaumeln. Kichernd entschuldigte sie sich und ich wand mich innerlich, als ich ihre Alkoholfahne roch.

»Lasst uns hier langgehen«, sagte ich im Versuch, meine Freunde in eine andere Richtung zu lotsen, weg von Flynn. Ich wollte ihn nicht sehen. Und ich wollte nicht, dass *sie* ihn sahen.

»Mein Auto steht aber da hinten«, murrte Stu, der mit dem Daumen auf den Parkplatz neben »Florence's Portraits« wies.

Tja, das war's dann wohl.

Ich biss die Zähne zusammen und sah stur geradeaus, als wir uns der Stelle näherten, an der Flynn vor dem Ladenfenster stand.

Warum muss er auch so schräg sein?, dachte ich wütend. Warum musste er hier herumstehen, die blöden Bilder anglotzen und mir den ganzen Abend verderben?

Warum konnte er nicht ein Mal *normal* sein?

Weil Flynn Hendrick einfach nicht normal war.

»Ach du Scheiße, weißt du, wer das ist, Ells?«, flüsterte Dania mir aufgeregt zu, während sie auf Flynn zeigte, der uns überhaupt nicht bemerkte.

Ich drückte ihren Arm nach unten und zischte ihr zu, dass sie den Mund halten solle.

Shane sah mit zusammengekniffenen Augen in Flynns Richtung. »Der kommt mir irgendwie bekannt vor. Woher kenne ich den Kerl?«, fragte er, die Zunge schwer von den drei Tequilas, die er sich reingezogen hatte.

»Das ist Flynn der Freak!«, schrie Dania mit gellender Stimme.

»Du hast recht! Das ist der komische Kerl aus der Highschool. Bist du wegen dem nicht in den Knast gewandert? Wegen seinem …«, setzte Shane im gleichen Moment an, in dem meine Faust in seiner Magengrube landete. Und zwar fest.

»Oompf«, stöhnte er auf.

»Halt die Klappe, verdammt noch mal«, knurrte ich. Ich brauchte keine Erinnerung an diese völlig entgleiste Nacht vor all den Jahren.

Inzwischen hatte Flynn uns bemerkt. Dass Dania seinen Namen durch die ganze Straße gebrüllt hatte, war vermutlich etwas verräterisch gewesen. Er hob den Kopf und sah gleich wieder zu Boden. Und ich war abermals verblüfft darüber, wie wenig er sich verändert hatte. Dennoch gab es kleine Unterschiede, die eher von Vorteil waren. Wenn man außer Acht ließ, dass er linkisch und insgesamt ein bisschen seltsam wirkte, sah er ausgesprochen gut aus. Er hatte dunkle, zerzauste Haare, eine lange gerade Nase und ein Grübchen am Kinn. Und was ich nie hatte vergessen können, waren diese klaren grünen Augen, die permanent auf seine Füße gerichtet waren. Augen, die einen niemals ansahen, egal, wie sehr man es sich wünschte.

Flynns Schultern hoben sich, als er das Kinn auf die Brust drückte und aussah, als wollte er sich zusammenrollen. Eine Haltung, die ebenso vertraut wie traurig war.

Dann wandte er uns den Rücken zu und ging eilig davon.

»He, Freaky!«, schrie Dania, die meinen Arm abschüttelte und ihm nachlaufen wollte.

Flynn beachtete sie nicht.

»He, Alter, warte mal kurz!«, rief Shane.

Flynn ging weiter.

»Ich glaube, wir müssen dem Scheißkerl mal Manieren beibringen«, murmelte Stu und ich sah das raubtierhafte Funkeln in seinen Augen. Es war dasselbe Funkeln, das immer dann zu sehen gewesen war, wenn er sich in der Highschool mit jemandem angelegt hatte. Wobei dieser Jemand meistens Flynn Hendrick gewesen war.

Wir folgten Flynn zum Parkplatz, wo Stu ihn abermals anrief. »Bleib stehen, wir wollen doch nur mit dir reden!« Den Blick auf seine Hände gerichtet, hantierte Flynn mit den Autoschlüsseln.

Ihn aus nächster Nähe wiederzusehen war wie ein Schlag ins Gesicht, mit dem ich nicht gerechnet hatte. Und alles andere als angenehm.

Flynn rief in mir Erinnerungen wach, über die nachzudenken ich mir nicht leisten konnte. Ich war emotional nicht gerüstet, um den Schmerz und die Trauer zuzulassen, die ein normaler Mensch empfunden hätte.

Denn ich war ebenfalls nicht normal.

Wir waren ein perfektes, total gestörtes Paar, Flynn und ich.

Das waren wir schon immer gewesen.

Stu legte die Hand auf Flynns Wagentür und hielt sie genau in dem Moment zu, als dieser sie öffnen wollte. Es fühlte sich an, als wären wir sieben Jahre in die Vergangenheit zurückversetzt worden. Das Déjà-vu war gespenstisch. Hier standen wir und trieben Flynn den Freak in die Enge, als sei nicht ein Tag vergangen, seit wir seine Büchertasche das letzte Mal zu Boden geworfen und ihm die Seiten aus den Schulheften gerissen hatten.

Es war, als würde ich eine Szene aus dem Spielfilm meines Lebens sehen. Nur dass Flynn diesmal nicht den Kopf einzog. Auch wenn er sich extrem unwohl zu fühlen schien, war der Flynn meiner Erinnerung deutlich zaghafter. Und deutlich reizbarer.

»Ich muss los. Weg da«, sagte Flynn mit der ausdruckslosen Stimme, an die ich mich noch gut erinnerte.

Shane lachte, aber alles andere als freundlich.

»Was hast 'n so getrieben, Freaky? Hätte nie gedacht, dass du nach Wellston zurückkommst. Hab geglaubt, du wärst auf und davon, nachdem …«

»Shane!«, blaffte ich und schnitt ihm das Wort ab. Beim Klang meiner Stimme erstarrte Flynn. Seine Kiefermuskeln arbeiteten und er presste die Hände zusammen, die er systematisch zu reiben begann. Er war aufgewühlt.

»Wollte doch nur wissen, was er so gemacht hat. Ich hab bloß versucht, nett zu sein«, sagte Shane, der den Kopf hängen ließ wie ein getretener Hund.

Dania beobachtete Flynn auf eine Art, die ich lange nicht gesehen hatte. Sie wirkte nachdenklich und hinterlistig. Ein gefährlicher Ausdruck für ein Mädchen, das keine Hemmungen hatte, andere niederzumachen, um sich selbst besser zu fühlen.

»Du hast dich sehr verändert, Flynn«, sagte sie leise. Flynn riss am Türgriff, aber Stu drückte abermals die Tür zu.

»Weg da«, sagte Flynn emotionslos.

»Nein«, erwiderte Stu ebenso leidenschaftslos.

Stu riss Flynn die Schlüssel aus der Hand und ließ sie fallen. Flynn biss die Zähne zusammen, ich konnte ihm ansehen, wie wütend er war. Mit morbider Faszination fragte ich mich, wie er reagieren würde. Würde er ausflippen wie früher? Würde er Stu schlagen? Mit irgendetwas um sich werfen?

Er rieb seine Hände wie ein Wilder. Bearbeitete die Haut mit den Fingern.

Früher hatte ich es genossen mitanzusehen, wie Flynn ausrastete. Es hatte mich auf eine krankhafte Art befriedigt, ihn zur Verzweiflung zu treiben. Wenn wir mit ihm fertig waren, hatte er angefangen zu weinen, egal, wer um ihn herumstand und ihm dabei zusah. Wir lachten ihn aus. Beschimpften ihn. Für einen Haufen Arschlöcher wie uns war er schon immer eine leichte Beute gewesen.

Selbst als ich ihn näher kennenlernte und begriff, dass er mehr war als das Etikett, das wir ihm verpasst hatten, hielt mich das nicht auf. Ich hasste die Freude, die ich aus seinem Schmerz zog. Aber es war eine Macht, die ich sonst nirgendwo hatte.

Eine Macht, die ich unbedingt wollte.

Doch das war lange her. Und ich hatte diese Highschool-Spielchen mit einem Mal satt. Den armen Aspie-Jungen zu ärgern hatte einfach nicht mehr den Reiz von früher.

»Gib ihm die Schlüssel zurück, Stu«, befahl ich. Dania sah mich mit zusammengekniffenen Augen an und strich sich geistesabwesend über den Bauch.

»Soll er sie selbst aufheben, wenn er sie haben will«, erwiderte Stu kurz angebunden.

Ich ging hinüber und hob die Schlüssel auf. Als ich mich wieder aufgerichtet hatte, streckte ich den Arm aus und ließ die Schlüssel von den Fingern baumeln. Flynn nahm sie, wobei er sorgsam darauf achtete, mich nicht zu berühren.

Er sagte kein Wort. Und natürlich sah er mir nicht eine Sekunde in die Augen.

Ich hatte es nicht anders erwartet.

»Kommt jetzt«, sagte ich barsch. Shane wirkte verblüfft, Dania irritiert und Stu regelrecht mordlustig.

Ich hatte weder gespottet noch gestichelt. Hatte nicht gedemütigt und nicht schikaniert.

Und ich hatte mich nicht von seiner stillen, sensiblen Art einnehmen lassen, die Gefühle in mir wachrief, die ich seit Jahren nicht mehr empfunden hatte.

Ich wandte mich ab und ging davon.

Wahrscheinlich gab es für alles ein erstes Mal.

5

Ellie

Es fühlte sich verkehrt an. Ich gehörte nicht hierher, in meinen billigen, mit Klebestreifen zusammengehaltenen Flipflops und dem Rucksack, den ich schon in der Highschool durch die Gegend geschleppt hatte.

Ich stand auf dem Parkplatz und haderte mit mir. In einem Moment war ich überzeugt davon, das hier sei eine ganz blöde Idee und ich sollte lieber nach Hause fahren. Im nächsten rief ich meinen inneren Cheerleader auf den Plan, der in meinem Kopf unentwegt *Du schaffst das* skandierte.

Ich sah auf die Uhr. Mir blieben noch fünf Minuten, um zu meinem Klassenraum zu finden. Es wäre so einfach, diese fünf Minuten verstreichen zu lassen und meine verrückten, wahnhaften Fantasien über *Super-Ellie, die College-Studentin* zu vergessen.

»Du siehst aus, als hättest du dich verirrt.«

Ich erschrak und packte den Schultergurt meines Rucksacks unwillkürlich fester.

»Wie bitte?«, fragte ich kurz angebunden.

Ein Mädchen mit wehenden braunen Haaren und dem übelsten Sonnenbrand, den ich je gesehen hatte, wies in Richtung Campus.

»Musst du dahin?«, fragte sie, während sie ein Handy herauszog und irgendetwas eintippte.

»Kann schon sein«, gab ich zu.

»Dein erster Tag?«, fragte sie.

War es so offensichtlich, dass ich keine Ahnung hatte, was ich hier tat?

Ich richtete mich auf und drückte den Rücken durch, wie immer in Situationen, in denen ich unsicher war. Ob es sich um eine wilde Hausparty handelte, bei der jeden Moment die Polizei aufkreuzen konnte, oder um den Hofgang an meinem ersten Tag in der Jugendvollzugsanstalt Spadardo, wo man mir noch vor Ende des Tages den Arsch aufreißen würde, so viel war klar.

Daher hätte es eigentlich ein Kinderspiel sein müssen, den für Wellstoner Verhältnisse viel zu schönen Collegecampus zu betreten. Nur fühlte es sich nicht so an. Also bemühte ich mich, ein Selbstvertrauen zu demonstrieren, das ich nicht empfand. Es schaffte Fakten und machte den Leuten klar, dass man mir nicht blöd kommen durfte. Dass ich stark war.

Selbst wenn die Stimme im Kopf vor Angst so laut schrie, dass ich davon fast taub wurde.

Ich hatte viel Übung darin, diese Stimme zu ignorieren. Und genau das versuchte ich jetzt, während ich einer Erfahrung entgegensah, die mich in meinen ausgelatschten Flipflops zittern ließ.

»Ich finde mich schon zurecht«, erwiderte ich, weil ich ihre Hilfe weder wollte noch brauchte. Entweder zog ich das hier allein durch oder ich ließ es bleiben.

Ms Sonnenbrand legte den Kopf schief und bedachte mich mit einem ebenfalls stählernen Blick.

»Da bin ich mir sicher«, sagte sie nachdenklich, während sie ihr Handy wieder in die Tasche steckte.

»Aber nur damit du's weißt. Die Kurse finden für gewöhnlich

nicht auf dem Parkplatz statt. Dafür musst du schon reingehen«, sagte sie.

Ich hätte sie windelweich prügeln sollen. Wenn ich nicht so aus dem Gleichgewicht gewesen wäre, hätte ich es getan. Für wen hielt sie sich eigentlich?

So aber ignorierte ich sie lieber und marschierte in Richtung Campushof. Ich zog den Zettel mit dem Titel und der Raumangabe der Veranstaltung heraus, die ich belegen sollte.

Es war ein Einführungskurs in die englische Literatur. Ich hatte schon immer gern gelesen. Im Jugendgefängnis war es die einzige Möglichkeit gewesen, mich zu entziehen. Die winzige, enge Bibliothek war praktisch mein Zuhause gewesen.

Ich war nie eine gute Schülerin gewesen, aber das sagte nichts über meine Intelligenz aus. Ich hatte mir einfach nie Mühe gegeben. Die Schule war für mich ein Ort gewesen, wo ich meine Zeit verbringen konnte. Wo ich wenigstens eine warme Mahlzeit bekam und mir keine Sorgen um die allzu tastfreudigen Hände meines Pflegevaters machen musste.

Die Schule hatte für mich Sicherheit bedeutet. Schutz. Sie hatte mir einen Ausweg geboten.

Und trotzdem hatte ich sie gehasst. Hatte jeden einzelnen Moment, den ich dort verbrachte, gegen sie angekämpft. Mich auf die falschen Dinge konzentriert. Auf die falschen Leute. Und ich hatte den Preis dafür bezahlt.

Vielleicht konnte es diesmal anders sein.

Vielleicht konnte *ich* diesmal anders sein.

Ich biss die Zähne zusammen und ballte die Fäuste wie ein Soldat auf dem Weg in die Schlacht. Ich war zu allem bereit. Ohne auf die Studenten zu achten, die sich draußen in Grüppchen zusammenscharten, marschierte ich geradewegs zum Dunlop-Gebäude, wo mein Kurs stattfinden sollte. Ich war nicht hier, um zu plaudern oder Freunde zu finden.

Obwohl ich in Wahrheit gar nicht genau sagen konnte, warum ich hier war.

Im Klassenraum entdeckte ich im hinteren Teil des Raums einen freien Tisch und steuerte geradewegs darauf zu. Ich hoffte, mit der Tapete zu verschmelzen und keine Aufmerksamkeit zu erregen. Der Kurs bestand zum großen Teil aus Leuten, die frisch von der Highschool kamen. Sie waren laut und nervtötend und ich konnte spüren, wie mein Kiefer zu zucken begann.

Habe ich schon erwähnt, dass ich mit anderen Menschen nicht gut klarkam und mit der Kontrolle von Wut so meine Probleme hatte?

Wenige Minuten später schneite der Professor herein und ließ einen Packen Blätter auf seinen Tisch fallen. Er sah so nichtssagend aus, wie es nur ging. Ausdruckslose Gesichtszüge unter langweiligen braunen Haaren. Ein perfekt getrimmter Bart und eine Brille mit schwarzem Drahtgestell.

Passenderweise hieß er auch noch Professor Smith. Ein uninteressanter Name für einen uninteressanten Mann.

Wir bekamen unsere Leseliste, die ich mir ansah, ohne einen einzigen mir bekannten Titel zu entdecken. Ich hätte mich ohrfeigen können, dass ich in der Highschool nicht besser aufgepasst hatte. Aber die Bücher, die ich normalerweise las, waren eher Sachbücher. Ich liebte Biografien und wahre Begebenheiten. Ich genoss es, in das Leben anderer Menschen einzutauchen, weil es meistens wesentlich schöner war als mein eigenes.

»Guten Morgen, allerseits! Ich bin Professor Smith. Ich unterrichte seit zehn Jahren hier am Black River Community College. Ich habe an der Universität von Virginia meinen Master gemacht …«

An diesem Punkt schaltete ich ab. Seine Lebensgeschichte oder was immer ihn in das gute alte Wellston gebracht hatte, interessierte mich nicht die Bohne. Als ich mich umsah, stellte ich fest, dass ich mit meinem Desinteresse nicht alleine war.

Im Begriff davonzudriften, starrte ich aus dem Fenster. Klassenräume und Lehrer lösten bei mir eine Art pawlowschen Reflex aus. Sobald ich mich auf einem Schulstuhl niederließ, dauerte es keine dreißig Sekunden, bis ich mich geistig verabschiedete. So viel zum Versuch, mich zu ändern.

Ich kam erst wieder zu mir, als mich jemand antippte. Ich fuhr zusammen, was wiederum die Person erschreckte, die meine Aufmerksamkeit zu erregen versuchte.

»Tut mir leid, aber wir sollen uns in Kleingruppen zusammentun und darüber reden, welche Bücher auf der Leseliste wir bereits kennen. Dann sollen wir eines aussuchen und über den Inhalt und die Themen diskutieren«, erklärte mir ein junges Mädchen mit hübschen roten Haaren und einem übergroßen Mund nervös.

Okay, Zeit, die diskussionsfreudige Collegestudentin zu spielen.

»Ja, klar«, murmelte ich, schnappte mir meinen Rucksack und gesellte mich mit meinem Stuhl zu den drei anderen, die bereits angefangen hatten, sich zu unterhalten.

»Hi, ich bin Casey«, erklärte der rothaarige Riesenmund. Alle nickten, als würde es sie brennend interessieren, wie sie hieß.

»Ich bin Davis«, meldete sich ein dürrer Kerl mit riesengroßen Ohren zu Wort, nachdem Casey mit ihrer Vorstellung fertig war. Was hatte es bloß mit der Häufung übergroßer Körperteile in dieser Gruppe auf sich? Denn der nächste Typ, der sich als Andrew vorstellte, hatte eine Nase, so lang wie mein Arm. Na ja, nicht ganz, aber ihr wisst, was ich meine.

Nachdem die drei ihre Namen genannt hatten, blickten sie mich erwartungsvoll an. Ich betrachtete es als mein Zeichen mitzuspielen.

»Äh, ja. Ich bin Ellie«, sagte ich und setzte ein falsches Lächeln auf. Wahrscheinlich übertrieb ich es dabei ein bisschen und mein Lächeln hatte mehr Ähnlichkeit mit einem psychotischen Grinsen, denn meine Kommilitonen schreckten sichtbar zurück.

»Hallo, Ellie!«, flötete Casey mit einem anschließenden Räuspern. Offensichtlich hatte sie sich zur inoffiziellen Gruppensprecherin aufgeschwungen.

»Lasst uns die Leseliste durchgehen, dann können wir entscheiden, auf welches Buch wir uns konzentrieren wollen.« Wieder räusperte sich Casey, was mir wirklich auf die Nerven ging.

»Also ich habe die Kurzgeschichte von Margaret Atwood gelesen und das Zeug von Milton«, meldete sich Davis zu Wort.

»Cool! Das habe ich im Leistungskurs in der Highschool auch gelesen!«, erklärte Casey begeistert.

»Ich kenne die Milton-Sachen und das Gedicht von Keats«, warf Andrew in den Ring.

Dann sahen sie mich an.

»Äh …«, sagte ich und machte viel Aufhebens darum, die Liste zu studieren. Anscheinend ließ ich mir dabei etwas zu viel Zeit, denn Casey begann, auf die unterschiedlichen Kategorien zu deuten.

»Hast du die Geschichte von Atwood gelesen?«

»Nein.«

»Was ist mit Milton? Nie ›Das verlorene Paradies‹ gelesen?«

»Nein.«

Ihr seht, was ich meine. Casey fragte immer weiter und ich gab ein ums andere Mal meine einsilbige Antwort. Je offensichtlicher es wurde, dass ich keines der Bücher auf der Liste kannte, desto mehr verfärbte sich mein Gesicht.

Als Casey den gesamten Semesterplan durchgegangen war, schaute sie mich verblüfft an. »Du hast nichts davon gelesen?«

Ich verstehe ja, dass ihre Bemerkung wahrscheinlich überheblicher klang, als sie gemeint war. Mit ihrem schönen roten Haar und dem fußballgroßen Mund wirkte Casey wie eine nette kleine Maiskönigin vom Land. Aber sie hatte mir gerade gewaltig den Kamm schwellen lassen.

Ich zerknüllte die Leseliste in der Hand und beugte mich zu ihr vor. »Nein, *Casey*. Ich habe *nichts* davon gelesen«, stieß ich aus.

Casey blinzelte einige Male, weil sie mit meiner Aggressivität offensichtlich nichts anzufangen wusste.

»Na, irgendwas musst du in der Highschool doch gelesen haben. Was ist mit dem Gedicht von Robert Frost? Das lesen alle. Das ist Stoff aus der Zehnten«, sagte sie und legte abermals gerade genug Arroganz in ihre Stimme, um meinen Wutreflex auszulösen. Andrew und Davis hielten schön die Klappe. Wirklich schade, dass Miss Grinsebacke ihr gesunder Menschenverstand abging.

Mit einem lauten Knall ließ ich die Faust auf meinen Klapptisch niedersausen. Im Klassenraum wurde es augenblicklich still. Ich war es gewohnt, ungewollt im Zentrum der Aufmerksamkeit zu stehen, daher kostete mich diese Szene nicht mal ein Wimpernzucken.

»Nein, ich habe die Scheißgeschichten auf dieser Scheißliste nicht gelesen! Während ihr in euren tollen kleinen Leistungskursen gehockt habt, saß ich mit meinem Arsch im Jugendknast und war schwer damit beschäftigt, ihn vor einer Bande Lesben mit einer Schwäche für blonde Mädchen zu schützen!«, schrie ich, schnappte mir meinen Rucksack und zwängte mich aus meinem Stuhl.

»Miss. Warten Sie kurz! Miss!«, rief Professor Smith, als ich unter Türenknallen aus seinem Klassenraum stürmte.

Ich war völlig außer Atem, als ich schließlich in den Hof hinaustrat.

Ich wusste, dass es nicht nur Wut war, die in meiner Magengrube schäumte wie Gift. Es war auch Scham. Ich schämte mich, dass ich in einem Raum voller Achtzehn- und Neunzehnjähriger die Ungebildetste war. Sicher, ich war nicht auf den Kopf gefallen, aber in dieser Umgebung konnte ich nicht mithalten.

An diesem Ort half es einem nicht weiter zu wissen, wie man ein Auto kurzschloss und der Polizei entwischte.

Meine Fähigkeiten waren begrenzt und zum größten Teil illegal.

Aber ich würde mich nicht selbst bemitleiden.

Ich würde einfach abhauen. Nach Hause fahren. Mir was zu essen besorgen, bevor ich zur Arbeit ging, und mit dem Leben weitermachte, das ich heute Morgen noch geführt hatte. Und gestern. Und die Woche davor.

Das hier sollte mir eine Lehre sein. Es war eine unrealistische Hoffnung gewesen. Je schneller sie im Dreck landete, desto besser.

Ich hob die Hand, von der ich gar nicht gemerkt hatte, dass sie zitterte, und strich mir die Haare aus dem Gesicht. Meine Haut war vermutlich gerötet und fühlte sich heiß an. Die Demütigung brannte noch in mir.

Mit einem tiefen Atemzug legte ich mir den Rucksack über die Schulter.

Und da war er.

Mit gesenktem Kopf, wie immer, ging Flynn den Bürgersteig entlang.

Und mit einem Mal folgte ich ihm, trat auf den manikürten Rasen, stieg über Blumenbeete und heftete mich an seine Fersen.

Ich weiß nicht, warum ich mir die Mühe machte. Was versprach ich mir davon, ihn über den ganzen Campus zu stalken? Trotzdem ging ich weiter.

Vielleicht suchte ich jemanden, auf den ich meinen Frust lenken konnte, und Flynn gab eine bequeme Zielscheibe ab.

Vielleicht war es aber auch etwas ganz anderes.

Meine Wut gärte. So wie immer. Sie war mein steter Begleiter. Ich war ein Miststück mit einem Riesengroll auf alles und jeden. Meine Wut färbte auf alles ab, was ich erlebte, sie verdüsterte meine Gedanken. Sie brachte mich dazu, dem Mann zu folgen, der vor mir herschlurfte.

Doch Wut war nicht das Einzige, was ich empfand. Da war noch etwas anderes. Etwas, von dem ich nicht mehr wusste, wie man es erkannte. Es war ein Blubbern in meinem Bauch. Ein Flattern in meinem Herzen hinter den Rippen. Eine seltsame Art von Erwartung.

Die ich schon einmal verspürt hatte.

Bei Flynn.

Am anderen Ende des Campus schlüpfte er durch die Seitentür in ein Gebäude. Ich folgte ihm hinein, hielt aber genügend Abstand, um nicht bemerkt zu werden. Auch wenn ich mir keine Gedanken hätte machen müssen. Flynn bemerkte so gut wie nie etwas. Er lebte sein Leben, ohne wahrzunehmen, wer oder was ihn umgab. Er war schon immer ein Mensch mit einem sehr eingeschränkten Fokus gewesen.

Flynn trat durch eine Tür am Ende des Ganges und ich beeilte mich, ihm zu folgen. Ein langes Fenster gab den Blick in eine vollgestopfte Kunstwerkstatt frei.

Ich konnte einen Keramikbrennofen erkennen und mehrere Töpferscheiben. An der Wand waren Staffeleien aufgereiht und die Tische mit verschiedensten Künstlerwerkzeugen bedeckt. Ich hielt mich im Hintergrund und beobachtete, wie Flynn zu einem der Tische ging, auf denen eine dunkelgraue Tonmasse lag.

Er setzte sich auf einen Hocker und nahm einen langen Holzstab mit einer metallenen Spitze in die Hand. Dann beugte er sich über die Tonmasse, zog sie auseinander und begann sie zu modellieren. Die Haare fielen ihm ins Gesicht, während er vornübergebeugt arbeitete.

Ich konnte nicht genau erkennen, was er tat, aber ihm so beim Arbeiten zuzusehen war mir sehr vertraut.

Auch ohne es genau auszumachen, konnte ich mir mühelos vorstellen, wie er den Lehm mit zielgerichteten Bewegungen auseinanderzog und formte. Meine Gedanken wanderten zurück in eine Zeit, in der ich nichts lieber getan hatte, als ihm Gesellschaft zu leisten, wenn er arbeitete. Das Déjà-vu war so mächtig, dass es mich bis ins Mark erschütterte.

Dein Gesicht ist hübsch.

Ich will es zeichnen.

Ich schaue dich gern an.

Ich schüttelte den Kopf. Hinter meinen Augen begann etwas zu pochen. Ich sollte gehen. Nach Hause fahren. Diesen Tag, der ein schrecklicher Fehler gewesen war, vergessen.

Aber ich konnte mich nicht von der Stelle rühren.

Flynns Konzentration war absolut. Seine Hände arbeiteten flink und sicher. Unter seinen geschickten Fingern verwandelte sich der Tonklumpen.

Dann hob er den Kopf. Als könnte er spüren, dass ich da war.

Seine Augen begegneten meinen.

Dunkelgrün. Tief und bodenlos. Ich versank in ihnen.

Ich rechnete damit, dass er wegschauen würde. Das tat er immer.

Aber diesmal nicht.

Je länger wir einander ansahen, desto mehr wurde aus dem Flattern in meiner Brust ein wildes Zucken. Noch nie hatte ich Flynn so lange in die Augen gesehen.

Ich wartete darauf, dass er anfangen würde, seine Hände zu reiben. Es war sein Zeichen. Daran erkannte ich, dass er aufgewühlt oder wütend oder kurz vorm Ausrasten war.

Doch er sah nicht weg. Sein Blick ließ mich nicht los.

Ich konnte kaum noch atmen.

Dann hob er die Hand und gab mir mit einer winzigen Geste zu verstehen, dass er mich gesehen hatte.

Ich machte auf dem Absatz kehrt, hastete durch den Gang und stürmte aus der Tür, durch die ich hereingekommen war, in die drückende Nachmittagshitze.

Ohne auch nur einmal innezuhalten, lief ich zurück zu meinem Auto. Meine Fingernägel gruben sich tief in die Handflächen.

Mein Herz zersprang in eine Million winzige Stücke. Und alles nur, weil mich zwei dunkelgrüne Augen angeblickt hatten, von denen mir gar nicht klar gewesen war, dass ich sie vermisste.

Bis jetzt, als ich mich einen kurzen Moment lang daran erinnert hatte, wer wir einmal gewesen waren.

In diesem flüchtigen Augenblick vermisste ich diese Menschen.

Ich vermisste ihn.

Ich vermisste *mich*.

Was sollte ich nur tun?

6

Flynn

Vor vielen Jahren ...

Sie war so hübsch.

Ich sah sie wirklich gern an.

Sie hieß Ellie McCallum. So nannte sie der Lehrer, wenn er morgens unsere Namen aufrief.

Heute waren ihre Haare blau. Nicht lila, wie beim ersten Mal.

Ich mochte das Blau nicht. Aber ihr Gesicht sah ich trotzdem gern an. Sogar mit dem Ring in der Lippe und dem Metallding in der Nase.

Sie konnte es nicht leiden, wenn ich sie ansah. Sie warf mir oft böse Blicke zu und beschimpfte mich. Und ihre Freunde riefen mir Gemeinheiten nach, wenn ich aus dem Klassenraum ging.

Letzte Woche hatte ein Junge mit einer großen Nase mir mein Mittagessen weggenommen. Dabei war ich wirklich hungrig. Meine Mutter hatte mir auch noch extra mein Lieblingssandwich gemacht, mit Hühnchensalat. Es war mein Mittagessen, nicht seins. Ich hasste es, wenn sie gemein zu mir waren.

Es machte mich so wütend.

Ich schrie ihn an, dass er mir mein Sandwich zurückgeben sollte. Und er lachte, obwohl es gar nicht lustig war.

Aber er gab es mir nicht zurück.

Und ich war so hungrig.

Als ich nach Hause kam, aß ich eine ganze Tüte Kartoffelchips.

»Glotz mich nicht so an, du *Freak*!«

Ellie redete wieder mit mir. Ich hatte den neuen Ring in ihrer Nase betrachtet. Warum hatte sie ihn nur dorthin gesteckt? Ihre Nase war auch ohne ihn schön.

Ich zeigte auf den Ring. »Der ist hässlich. Den solltest du rausnehmen.«

Ellie fasste sich an ihre Nase. Ich hätte sie auch gern angefasst. Aber das ging nicht. Ich fasste Leute nicht gern an.

Aber bei ihr hätte ich es gern getan.

Ellie hatte aufgehört, mich zu beschimpfen, und drehte sich um, damit ich ihr nicht länger ins Gesicht sehen konnte.

Ihre Haare lagen wieder auf meinem Tisch. Das ärgerte mich.

Ich schob sie mit dem Bleistift fort und begann zu zeichnen. Am Abend zuvor hatte ich ein Buch über die Geschichte des Eiffelturms gelesen. Wenn ich Dinge einmal gesehen hatte, konnte ich sie nachzeichnen.

Ich zählte die Linien, maß nach und dann zeichnete ich.

Ich konnte alles zeichnen.

So wie in diesem Moment. Ich wollte etwas für Ellie zeichnen.

Vielleicht würde sie dann meine Freundin werden.

Wenn sie nett zu mir war, würde ich es ihr geben.

Ich wartete darauf, dass sie mich wieder ansah, und zeichnete weiter.

»Flynn der Freak!«

So nannten mich jetzt alle. Ich wusste, dass es ein Schimpfwort war. Sie riefen es immer, bevor sie irgendwas taten, was mich wütend machte.

Der Junge mit der großen Nase war der Schlimmste von allen.

Und das Mädchen mit den schwarzen Haaren, mit dem Ellie sich oft unterhielt.

Gestern hatten sie mir nach der Schule meine Hefte weggenommen. Die Bilder vom Eiffelturm nahmen sie auch und zerrissen sie dann.

Ich schrie und warf mit Steinen nach ihnen. Aber sie lachten nur.

Meine Mom schrie sie auch an, als sie kam, um mich abzuholen.

Sie wollte mich in den Arm nehmen, weil ich geweint hatte.

Aber ich schlug nach ihr.

Sie fing an zu weinen, da wusste ich, dass ich ihr wehgetan hatte. Sie erklärte mir, dass ich das nicht tun dürfe. Dass ich darüber sprechen solle, was mich wütend machte.

Ich sagte gar nichts.

Aber Ellie sah ich trotzdem gern an.

Sie war so hübsch, wenn sie lachte. Sie lachte gern, wenn ich schrie.

Sie lachte viel.

Im Unterricht sagte der Lehrer, ich sollte mit Ellie für ein Thesenpapier zusammenarbeiten. Ihre Haare waren wieder lila. Das gefiel mir besser als blau. Obwohl ich es trotzdem nicht ausstehen konnte.

»Warum sind deine Haare wieder lila?«, fragte ich sie.

»Warum bist du so schräg?«, fragte sie zurück.

»Ich bin nicht schräg«, entgegnete ich.

»Du bist ein Freak«, sagte sie.

Ich hasste dieses Wort. Freak. Es machte mich so wütend, dass ich am liebsten meinen Bleistift zerbrochen hätte.

Ich schleuderte mein Buch auf den Boden und rieb meine Hände. Fuhr mit den Fingern über den Handrücken.

Auf und ab.

Immer wieder.

Als Ellie mich anschaute, sah ich, dass sie braune Augen hatte. Wie mein Zimmer in Massachusetts.

Ich schaute auf meine Hände. Rieb sie immer weiter. Ich mochte es nicht, wenn man mich ansah.

»Warum tust du das?«, wollte sie wissen.

Auf und ab.

Immer wieder.

»Warum reibst du deine Hände?«, fragte sie.

Ich antwortete nicht und rieb fester.

Ellie nahm mein Heft.

»Gib das zurück!«, sagte ich zu ihr. Sie beachtete mich nicht.

»Hast du das gemalt?«, fragte sie und zeigte auf das Bild des Parthenon, das ich kurz zuvor gezeichnet hatte.

Ich hörte auf zu reiben und nahm ihr das Heft ab, ohne sie zu berühren.

Ich hätte sie gern berührt.

Aber ich konnte nicht.

»Ja«, sagte ich, als ich das Heft zuklappte.

»Das ist wirklich gut«, sagte sie und machte eine seltsame Mundbewegung. Es sah aus wie ein Lächeln, aber nicht wie das, das sie normalerweise zeigte. Nicht wie das Lächeln, das ich sah, wenn ich schrie.

»Was ist mit deinem Gesicht?«, fragte ich sie.

Ellie hörte auf, ihren Mund in die Breite zu ziehen.

»Du bist so ein Arschloch«, sagte sie.

In diesem Moment kam der Lehrer vorbei und Ellie bat ihn, einer anderen Gruppe zugeteilt zu werden.

Ich würde ihr das Bild ein andermal geben.

7

Ellie

Manchmal war es echt ätzend, in einer Kleinstadt zu leben. Meistens sogar, aber an manchen Tagen war es einfach noch schlimmer als an anderen.

Besonders wenn man versuchte, jemandem in dieser Kleinstadt aus dem Weg zu gehen.

Flynn war überall und nirgends.

Ich sah ihn an Orten, an denen ich nicht mit ihm rechnete, aber wenn ich nach ihm Ausschau hielt, tauchte er nie auf.

Ich musste mir eingestehen, dass es allmählich zu einer fixen Idee wurde zu wissen, wo er sich aufhielt und was er dort tat. Aber ich kam in meinem wirren Kopf einfach nicht dahinter, warum ich so auf ihn fixiert war. Meine Gefühle waren ein einziges Chaos. Ich hasste Flynn Hendrick dafür, dass er in meiner kleinen, tristen Welt wieder aufgetaucht war, als hätte er ein Recht darauf, hier zu sein.

Etwas Gutes hatte sein Auftauchen allerdings. Es riss mich aus meinem Selbstmitleid.

Also kehrte ich in meinen Englischkurs zurück. Professor Smith machte große Augen, als ich am Donnerstagmorgen wieder auftauchte, erwähnte meinen abrupten und wütenden Abgang vom

Wochenanfang aber mit keinem Wort. Casey, Davis und Andrew lächelten mir unsicher zu, sorgten aber dafür, dass sie in einiger Entfernung von mir saßen.

Ich versuchte, die Seitenblicke der anderen zu ignorieren, und sah es als kleines Erfolgserlebnis an, dass es mir gelang, mir wütende Bemerkungen zu verkneifen und die anderen *nicht* aufzufordern, lieber gleich ein Foto zu schießen, weil das von Dauer war.

Ich steckte die Nase in mein Buch und verlor mich in der dunklen, bedrückenden Welt von Edgar Allan Poe. Ich war regelrecht begeistert, als wir das Thema für unsere erste Hausarbeit bekamen, in der wir die Bedeutung der Angst in Poes Kurzgeschichten erläutern sollten.

Nach der Veranstaltung fand ich mich in der Bibliothek ein, wo ich die Aufgabenstellung durchging und mir Notizen an den Rand schrieb. Ich hatte zum ersten Mal das Gefühl, es vielleicht schaffen zu können.

»Wie läuft dein Seminar?«, fragte die kleine, stämmige Frau in Blümchenrock und Kniestrümpfen, als sie sich mir eine Woche später gegenübersetzte.

Ich hockte in Wellstons armseliger und einziger Ausgabe eines Cafés. Um es positiv auszudrücken. In Wirklichkeit bestand »Darlas Drink and Dine« aus einer Ansammlung von vier Tischen in der Ecke eines Secondhandladens.

Die Besitzerin, Darla, besaß eine billige Gastro-Kaffeemaschine und buk jeden Morgen frische Donuts, die ihre Rettung waren. Ohne die verdammten Donuts wäre sie längst aus dem Geschäft.

Ich zuckte mit den Achseln und blies den Puderzucker von meinen Fingern. »Es läuft«, sagte ich. Ausweichmanöver beherrschte ich perfekt. Aber die Frau mit den klugen Augen hinter der Drahtgestellbrille war viel zu scharfsinnig für mein defensives Taktieren.

»Du liebst es«, stellte sie mit einem kleinen Lächeln fest, nachdem sie sich den Kaffeebart von der Oberlippe gewischt hatte.

Julie Waterman war Anfang vierzig, kleidete sich aber wie eine Oma. Sie war forsch und direkt, genau die Sorte Mensch, die mich in den Wahnsinn trieb. Trotzdem mochte ich sie. Soweit ich dazu überhaupt in der Lage war.

Sie war die Sozialarbeiterin, die meinen Fall betreut hatte, seit ich sechs Jahre alt war. Damals kam sie frisch von der Uni und gehörte zu diesen idealistischen Weltverbesserern.

Ich hatte nicht viele Erinnerungen an meine frühe Kindheit. Nur hier und da blitzte eine auf. Die meisten davon waren schlimm. Wie ich von zu Hause weggeholt wurde, nachdem man mich alleine aufgefunden hatte, weil meine Mutter fünf Tage zuvor einfach abgehauen war. Ich hatte mich von allem ernährt, was im Schrank zu finden war, und war halb verhungert und verdurstet, als die Polizei schließlich die Tür aufbrach. Anscheinend hatte die Schule die Behörden verständigt und gemeldet, dass ich schon eine ganze Weile nicht mehr aufgetaucht war, meine Mutter mich aber auch nicht krankgemeldet hatte.

Ich konnte mich noch an meine erste schreckliche Pflegefamilie erinnern, bei der ich gelebt hatte. Dort gab es drei ältere Kinder, die alles andere als begeistert gewesen waren, als ein junges Mädchen auftauchte, das nicht sprechen wollte. Ein Schattenkind, dem das Erlebte die Sprache geraubt hatte.

Das älteste Mädchen kniff mich gern, wenn seine Mutter nicht hinsah, sodass meine blasse Haut voller blauer Flecken war. Der Junge, der nur wenige Jahre älter war als ich, schloss mich in Schränken ein. Manchmal für Stunden, bis die Mutter sich nach mir auf die Suche machte.

Meine Pflegemutter fragte nie, warum ich zusammengekauert im Schrank hockte und die Tür von außen zugeschlossen war. Sie sah nicht hin, wenn ihre drei Kinder mir in den Teller spuckten und ich mein Abendessen nicht mehr essen konnte. Sie ignorierte die Beschimpfungen, die sie mir leise zuraunten. Die hässlichen Wahrheiten, die sie mir an den Kopf warfen, wenn sie ihre Mutter außer Hörweite glaubten.

Deine Mom wollte dich nicht.

Wir wollen dich auch nicht.

Dich wird nie jemand lieb haben.

Es waren harte Worte für ein Kind. Vor allem für eines, das bereits durch die Hölle gegangen war.

Ich verlor niemals ein Wort darüber, wie sie mich behandelten, sondern vergrub es tief in meinem Innern. Ich weinte nie. Schrie nie. Sprach nie.

Fast ein ganzes Jahr lang gab ich keinen Ton von mir.

Die Worte hatten mich verlassen. Es gab nichts zu sagen.

Doch zwischen diese Erinnerungen drängten sich die Bilder einer jungen Sozialarbeiterin mit gütigen Augen und einer sanften Stimme, die sich weigerte, mich aufzugeben. Julie war die einzige Konstante in meinem chaotischen und außer Kontrolle geratenen Leben. Sie gab sich wirklich alle Mühe, die schlechten Karten auszugleichen, die mir das Schicksal zugeteilt hatte, aber ihre Möglichkeiten waren beschränkt.

Ich sah, wie weh es ihr tat, wenn meine Pflegefamilien nicht mehr mit mir fertigwurden und mich allesamt wieder abgaben. Ich wusste, dass es ihr jedes Mal das Herz brach, wenn sie mich wieder abholen musste, manchmal mitten in der Nacht, um mich anschließend in eine weitere Familie zu stecken, die mich nicht haben wollte.

Ich erinnerte mich noch daran, wie sie sich auf die Unterlippe beißen musste, um nicht zu heulen, als ich mich, meinen Stoffhund Clyde unter dem T-Shirt, auf ihrem Rücksitz zusammenrollte. Sie hatte mir ihren Kummer nicht zeigen wollen. Aber ich sah ihn trotzdem. Auch wenn mein eigener Kummer schon vor langer Zeit aus mir herausgesickert war.

Sie hatte versucht, meinem Leben eine andere Richtung zu geben. Hatte für mich einen Therapieplatz besorgt. Mich überreden wollen, bei Selbsthilfegruppen mitzumachen. Sie bestand auf einem Test nach dem anderen, um herauszufinden, was mit mir nicht stimmte. Um eine Antwort auf die Frage zu finden, warum ich zu nichts und niemandem eine Beziehung aufbauen konnte. Um herauszufinden, ob das, was in mir kaputt war, jemals geheilt werden konnte.

Als ich sieben war, diagnostizierte ein Therapeut bei mir eine reaktive Bindungsstörung, herbeigeführt durch elterliche Vernachlässigung und meine traumatische Vergangenheit. Das Etikett trug nicht dazu bei, mich liebenswerter oder einfacher im Umgang zu machen.

Obwohl man sie darüber aufklärte, warum ich so war, wie ich war, schienen meine Pflegefamilien nie gerüstet, mit dem wütenden, gewalttätigen Mädchen fertigzuwerden, das sich in ihrem Heim eingenistet hatte.

Also musste ich wieder gehen. Ich richtete mich nirgendwo ein. Gestattete es mir nie, mich irgendwo wohlzufühlen. Ich wusste, dass es schon bald wieder vorbei sein würde. Selbst bei den Netten dauerte es nie lange.

Mein Leben war eine Aneinanderreihung von Übergangssituationen.

Trotzdem hörte Julie nie auf, es zu versuchen. Das musste ich ihr lassen.

Vor meinem inneren Auge sah ich immer noch die Enttäuschung auf ihrem Gesicht, als man mich sechs Jahre zuvor in den Jugendknast verfrachtet hatte. Ihre Tränen waren die einzigen, die fielen.

Obwohl ich ihrer Betreuung schon seit Jahren entwachsen war, beharrte sie weiter darauf, dass wir uns alle paar Monate »zusammensetzten«. Und da wir in einer kleinen Stadt lebten, liefen wir uns sogar wesentlich häufiger über den Weg.

Es war kein Zufall, dass sie, obwohl sie am anderen Ende der Stadt wohnte und arbeitete, bei JAC's vorbeikam, wenn ich Dienst hatte.

Und sie erkannte es besser als jeder andere, wenn ich Mist redete oder Ausweichmanöver unternahm. Sie nippte an ihrem Kaffee und eine braune Locke fiel ihr dabei ins Gesicht.

»Es ist so. Das kann ich dir ansehen. Ich freue mich so für dich!«, erklärte sie begeistert und mir war klar, dass mir ein Verhör bevorstand.

Ich verdrehte die Augen, stritt ihre Behauptung aber nicht ab. Warum auch? Sie hatte recht.

»Hast du vor, noch mehr Kurse zu besuchen?«, fragte Julie, während sie ihren Kaffee nachsüßte.

»Lass mich eins nach dem anderen angehen, ja?«, erwiderte ich, während ich sie über den Rand meines Kaffeebechers ansah.

Julie sagte irgendetwas. Ihr Mund bewegte sich, aber ich hörte keinen Laut herauskommen. Denn genau in diesem Moment klingelte die Glocke über der Tür, sodass ich nichtsahnend in die Richtung sah, aus der die kurze Ablenkung kam.

Und erstarrte.

Verdammt noch mal! War ich denn vor Flynn Hendricks Geist nirgends sicher?

Er kam herein und wischte sich mit dem Handrücken den Schweiß von der Stirn. Dann ging er langsam zur Kasse, wo er stehen blieb und zu den Menütafeln hinaufstarrte. Ohne zu merken, dass sich hinter ihm schon eine Schlange bildete, stand er mindestens fünf Minuten lang da. Er ließ sich Zeit und dachte sorgfältig nach, als sei er dabei, einen Plan für den Weltfrieden auszuarbeiten.

Schließlich gab er seine Bestellung auf und zog ein paar Geldscheine aus der Tasche, die er akkurat auf den Tresen legte. Er zählte die Summe genau ab, damit kein Wechselgeld herausgegeben werden musste.

Ich wusste, dass er laut vor sich hin rechnete, während seine Finger über den Münzen verharrten. Er würde sich die Zeit nehmen, die er brauchte, um alles richtig zu machen.

Ich wusste es, weil ich ihm schon hundert Mal dabei zugesehen hatte. Als sähe ich einen Film, den ich in- und auswendig gelernt hatte, erkannte ich sein Handeln wieder, seine Verhaltensmuster, nur dass mir gar nicht mehr klar gewesen war, wie gut ich sie kannte.

»Ellie!« Julie schnippte mit den Fingern vor meinem Gesicht, bis ich blinzelte und sie wieder ansah.

»Hast du gehört, was ich gerade gesagt habe?«, fragte Julie mit einem verwunderten Lächeln. Nur einer Julie Waterman konnte mein völliger Mangel an guten Manieren ein Lächeln entlocken.

»Sorry, ich muss los.« Ich packte meine Tasche und warf ein paar Münzen auf den Tisch. Ein kurzer Seitenblick auf Flynn zeigte mir, dass er immer noch sein Geld zählte und die Leute hinter ihm mit jeder Sekunde wütender wurden.

»Wo willst du hin?«, fragte Julie, deren Gesicht einen besorgten Ausdruck annahm. Sie folgte meinem nicht gerade unauffälligen Blick zu Flynn, der endlich sein Geld übergeben hatte und nun in kontrolliertem Rhythmus mit den Fingern auf den Tresen trommelte.

Das war neu.

Früher hatte ich alle seine Ticks gekannt. Aber diesen hier hatte ich noch nie gesehen.

Doch in sechs Jahren konnte sich viel verändern.

Julie runzelte die Stirn, der Strich zwischen ihren Augenbrauen vertiefte sich, während sie den äußerst gut aussehenden, aber extrem linkisch wirkenden Mann einzuordnen versuchte, dem ich entschieden zu viel Aufmerksamkeit widmete.

»Ist das –?«, setzte sie an, ehe ich ihr ins Wort fiel.

Ich musste raus, bevor Flynn mich entdeckte. Ich wollte nicht mit ihm reden. Ich wollte keine Interaktion. Mein Leben sollte so weitergehen, wie es gelaufen war, ehe Flynn wieder hineingetänzelt war.

Obwohl wir in den drei Wochen, seit er in den Minimarkt gekommen war, kein Wort miteinander gewechselt hatten, fühlte sich meine Welt bereits eng und begrenzt an, so viel Platz nahm er darin ein. Und dafür hasste ich ihn.

»Ich muss wirklich los«, sagte ich hastig, als ich nach meinem Becher griff, Julie ein müdes Lächeln zuwarf und zur Tür eilte.

Genau im gleichen Moment wie Flynn.

Rumms. Knall.

Scheiße.

Mein Mokka war mir aufs Shirt geschwappt, das mir nun an den Brüsten klebte. Und ich trug keinen BH. Super! Jetzt konnte das ganze Café in Ruhe meine Nippel begutachten.

»Sorry«, murmelte Flynn, die Hände von sich gestreckt, von denen der Kaffee tropfte. Er hatte mich noch nicht erkannt und ich überschlug meine Chancen, es aus der Tür zu schaffen, ohne dass er mich ansah.

Sie lagen ungefähr bei null.

»Ellie«, sagte er ausdruckslos, als er kurz den Kopf hob und meinem Blick begegnete, ehe er wieder zu Boden sah.

»Flynn«, erwiderte ich ebenso tonlos. Ich zupfte an dem vollgesaugten Stoff, der mir auf der Haut klebte. »Kannst du mir ein paar Servietten holen?«, bat ich ihn, wütend darüber, dass der Moment, den ich um jeden Preis hatte vermeiden wollen, nun in aller Öffentlichkeit und auf die peinlichste Art und Weise stattfand.

»Klar, tut mir leid«, sagte er hastig, ehe er losging, um einen Stapel Servietten vom Tresen zu holen. Wir standen im Mittelpunkt der Aufmerksamkeit. Ich suchte ganz bewusst Blickkontakt mit einigen der umsitzenden Gaffer, die hastig ihre Gespräche wiederaufnahmen.

Der größte Hitzkopf der Stadt zu sein hatte auch seine Vorteile.

Flynn kam zurück und begann, mit den Servietten auf meiner Brust herumzutupfen. Er rieb über meine Brüste, um die Flüssigkeit aufzusaugen, ohne sich darüber im Klaren zu sein, dass er nichts anderes tat, als mich zu befummeln.

Für einen Mann, der sich nicht gern anfassen ließ, brachte er ungeheuer viel Zeit damit zu, mich auf selbstvergessene Weise intim zu berühren.

Ich riss ihm die Serviette aus der Hand und trat einen Schritt zurück. »Ich mach das schon«, sagte ich mit zusammengebissenen Zähnen. Flynn lief knallrot an und ließ den Rest des Stapels zu Boden fallen.

»Tut mir leid«, murmelte er abermals.

»Hör auf, dich zu entschuldigen«, erwiderte ich barsch, während ich mir den Kaffee von den nackten Armen wischte. Zum Glück trug ich nur ein Tanktop. Ich hatte keine Zeit, um vor dem Beginn meiner Schicht noch einmal nach Hause zu gehen, also würde ich es wohl ertragen müssen, sechs Stunden lang nach getrocknetem Kaffee zu riechen.

»Tut mir leid«, sagte er abermals und ich schnaubte. Seine Lippen zuckten, als könnte er sich nicht entscheiden, ob er lächeln sollte oder nicht.

Wir standen stocksteif da, während der trocknende Kaffee auf meiner Haut langsam zu einem klebrigen Film wurde. Obwohl ich mich bemühte, ihn nicht anzustarren, fiel es mir schwer. Ich hatte geglaubt, ihn nie wiederzusehen, und mich darauf verlassen, diesen verwirrenden, widersprüchlichen Gefühlen nie wieder ausgesetzt zu sein.

Er war immer noch süß und unaufdringlich. Sein zaghaftes Lächeln immer noch lieb und bang zugleich. Seine zerzausten Haare hingen ihm immer noch lang in die Stirn und über die Ohren und er war immer noch der Einzige, der es schaffte, dass ich mich nervös und unsicher fühlte.

Ich hasste es, dass mir jedes Detail seines Gesichts vertraut war. Dass ich seine Lieblingsfernsehshow kannte und wusste, wie er seine Frühstücksflocken aß (trocken mit zwei Löffeln Zucker). Es machte mich rasend, dass ich diese scheinbar belanglosen Einzelheiten irgendwann einmal mit größter Hingabe abgespeichert hatte. Weil sie mir irgendwann einmal wichtig gewesen waren.

Aber das Mädchen, das diese Dinge gewusst hatte, war vor langer Zeit gestorben. Ich hatte sie zerstört. Flynn hatte sie ruiniert. Sie lag zwei Meter tief in unnachgiebiger Erde begraben.

»Mokka Latte mit drei Stückchen Zucker«, murmelte Flynn, der sich im Nacken kratzte.

»Was?«, fragte ich mit einem Stirnrunzeln.

»Der Kaffee, den du trinkst. Mokka Latte mit drei Stückchen Zucker. Du hast ihn morgens immer in deinem blauen Thermobecher in die Schule mitgebracht und das ganze Ding vor dem ersten Läuten ausgetrunken.« Mein Magen zog sich zusammen, während Flynn dieses unschuldige Detail mit seiner ausdruckslosen Stimme wiedergab.

»Was redest du da, verdammt noch mal?«, polterte ich, von seiner Schilderung über die Maßen irritiert.

»Das erste Mal habe ich dich damit am dritten September gesehen und gefragt, warum du Kaffee trinkst, wenn es draußen so heiß ist. Du hast gesagt, ich soll mich verpissen.«

Aus irgendeinem Grund wurde ich bei seinen Worten knallrot vor Scham. Seine Erinnerung klang mehr oder weniger richtig. Als wir uns kennenlernten, hatte ich für Flynns Eigenarten nicht viel Geduld gehabt. Er hatte mich irritiert und aus dem Gleichgewicht gebracht und ich hatte auf die einzige Art und Weise reagiert, die ich beherrschte … mit Gemeinheit.

»Wie zum Teufel merkst du dir so was?«, fauchte ich fassungslos. Flynn zuckte die Achseln, ohne mir zu antworten. Hinter ihm ging die Eingangstür auf und eine Frau schob sich an uns vorbei, weil wir den Eingang blockierten. Sie räusperte sich und stieß gereizt die Luft aus.

»Gibt es ein Problem?«, fragte ich kalt und die Augen der Frau weiteten sich einen Moment, ehe sie zum Tresen eilte. Ich hatte diese Wirkung auf Menschen.

Dann wandte ich mich wieder Flynn zu, der endlich den Kopf gehoben hatte und meinen Blick erwiderte. Er starrte mich an, als studierte er mich. Sein forschender Blick hatte mir schon immer Unbehagen bereitet, weil ich einfach nicht wusste, wie ich damit umgehen sollte. Das wusste ich auch jetzt nicht.

Ich wandte den Kopf ab und unterbrach damit den Blickkontakt. Flynn Hendrick war der Einzige, der mich zum Nachgeben bringen konnte. Sonst scheute ich vor keinem Konflikt zurück und kämpfte mich aggressiv und mit selbstzerstörerischer Kraft wie eine Dampfwalze durch die Situationen.

Aber bei Flynn trat ich den Rückzug an.

»Ich habe dich im College gesehen. Besuchst du es?«, fragte Flynn, dessen Stimme beim Sprechen schwankte und stockte. Die Betonung immer ein kleines bisschen daneben.

»Ja, tue ich«, erklärte ich ihm, ohne weitere Details anzubieten.

Flynn runzelte die Stirn. Die Haut um seine Augenwinkel legte sich in zarte Fältchen und ich erwischte mich dabei, ihn fasziniert anzustarren. Seine Reaktionen waren schon immer anders und auf seltsame Art interessant gewesen. Und obwohl er sich im Laufe der Jahre offensichtlich passende Gefühlsreaktionen antrainiert hatte, wirkte er immer noch steif und linkisch.

»Ich habe dich vor der Werkstatt gesehen. Du hast mich beobachtet.« Wieder wurde ich rot, diesmal vor Verlegenheit. Ich wusste nicht, wie ich auf seine Direktheit reagieren sollte, obwohl es mich gleichzeitig erleichterte, dass er nicht wusste, wie oft ich in den vergangenen Wochen nach ihm Ausschau gehalten hatte.

»Na und?«, murmelte ich, ohne die Tür in seinem Rücken aus den Augen zu lassen, bereit, einen schnellen Abgang zu machen.

»Das hast du früher oft gemacht. Mir beim Zeichnen zugesehen.

Ich mochte das«, sagte Flynn, der den Mund zu einem kleinen Lächeln verzog. Er konnte nicht anders, als ehrlich zu sein, und ich empfand es nicht zum ersten Mal als erfrischend.

»Ja, das stimmt«, gab ich zu, bemüht, das Zucken meiner Lippen unter Kontrolle zu halten, das sich zu einem richtigen Lächeln zu entwickeln drohte.

»Du kannst gern vorbeikommen und mir zusehen. Das wäre schön. Dann musst du nicht im Gang herumstehen«, schlug Flynn vor und ich verzog das Gesicht.

»Es war nur das eine Mal. Ich habe dich gesehen und war neugierig, was du da tust. Mehr nicht«, log ich, während ich das Gewicht vom einen Fuß auf den anderen verlagerte. Mir war nur allzu bewusst, dass wir mitten im Café standen und offensichtlich das Interessanteste waren, was die Leute seit Langem gesehen hatten. Egal, wie oft ich ihnen böse Blicke zuwarf, sie schauten nicht weg.

»Ich nutze die Kunstwerkstatt drei Mal in der Woche. Ich habe von meinem Werkzeug nicht viel mitnehmen können, deshalb benutze ich ihren Brennofen«, sagte er, als sei damit alles erklärt.

»Okay«, erwiderte ich. Ich hätte ihn gern gefragt, warum er zurückgekommen war. Eigentlich hatte ich angenommen, dass Wellston der letzte Ort auf der Welt wäre, an dem er wieder landen würde.

Ich wollte mehr über seine Kunst hören und erfahren, woran er arbeitete. Ich war neugierig, was er mit seinem Leben angefangen hatte, seit ich ihn vor sechs Jahren das letzte Mal gesehen hatte. Ich wollte wissen, ob er mich hasste und mir die Schuld gab, wie ich vermutete.

Aber ich fragte ihn nichts davon. Ich hatte die Faszination, die ich für Flynn Hendrick den Freak empfand, noch nie in Worte kleiden können. Und ich durfte unter keinen Umständen zugeben, dass er mich fesselte. Oder dass mich die Begegnung mit ihm nach so langer Zeit an Dinge erinnerte, die ich nur zu gern auf sich beruhen lassen wollte.

»Ich kann dir einen neuen Kaffee holen«, riss mich Flynn plötzlich aus meinen Gedanken. Seine Angewohnheit, das Thema zu wechseln, war noch genauso irritierend wie früher. Ich hätte mir Notizen machen müssen, um mit ihm Schritt zu halten.

Auf mein braungeflecktes Shirt hinabblickend, schüttelte ich den Kopf. »Das geht schon. Ich glaube, ich hatte für heute genug Kaffee«, erklärte ich ihm trocken.

Jeder andere Mensch hätte geknickt gewirkt, wenn er eine Person versehentlich mit Kaffee übergossen hätte. Jeder andere hätte meine Verärgerung und mein Unbehagen wahrgenommen und kein weiteres Gespräch gesucht. Aber Flynn war nicht wie andere. Er war unbedarft, sozial inkompetent und raubte mir gerade den letzten Nerv.

»Du magst Kaffee doch so gern. Ich hole dir einen neuen. Oder hier, nimm meinen«, ließ er nicht locker, während er mir seinen Becher hinhielt und ich die Zähne so fest zusammenbiss, dass mein Zahnschmelz in Gefahr geriet.

»Ich will keinen Scheißkaffee mehr, Flynn! Also hör endlich auf!« Ich wurde lauter. Das Geflüster im Café nahm zu.

Flynn legte den Kopf schief, sodass ihm die Haare vor die Augen rutschten. »Jetzt bist du wütend«, befand er.

»Ich bin nicht wütend. Ich will bloß keinen verdammten Kaffee mehr. Hör mal, es hat mich echt gefreut, aber ich muss jetzt zur Arbeit.« Damit ging ich an ihm vorbei, achtete aber darauf, ihn nicht zu berühren.

»Ich fände es schön, wenn du irgendwann in die Werkstatt kommst und dich zu mir setzt«, sagte er, bevor ich verschwinden konnte.

Ich hätte es dabei bewenden lassen sollen. Hätte ihn ignorieren und weitergehen sollen. Aber das tat ich nicht. Ich konnte es einfach nicht. Ich musste diese Sache beenden, bevor sich etwas, das auch nur die entfernteste Ähnlichkeit mit Freundschaft hatte, in unsere Nichtbeziehung einschlich. Ich würde die alten Fehler nicht noch einmal machen.

Also drehte ich mich um und sah ihn an. Seine Augen begegneten meinen, ehe sie nervös davonhuschten.

»Warum sollte ich das tun, Flynn?«, fragte ich ihn. Er gab keine Antwort. Doch ich ließ nicht locker und sorgte dafür, dass ich genau das rüberbrachte, was er hören musste.

»Warum sollte ich mit dir Zeit verbringen wollen? Ich habe dich seit sechs Jahren nicht mehr gesehen, und ehrlich gesagt hätte ich locker noch weitere sechs geschafft.« Das Herz klopfte mir gegen die Rippen und ich spürte ein seltsames Ziehen im Bauch, als ich ihm diese Worte wie Messer entgegenschleuderte.

Er sah mich nicht an, sondern starrte entschlossen zu Boden. Ich war mir nicht sicher, ob er mich überhaupt gehört hatte. Während er sich in sich selbst zurückzog, entlarvte sich das nervende Zucken in meinem Bauch als Schuldgefühl.

Mit einem frustrierten Seufzen drehte ich mich um und drängelte mich aus dem Café in die schwüle Augusthitze.

Mit schmerzhaft enger Brust stand ich einen Moment lang da und sah über die stille, menschenleere Straße.

Ich hätte gern noch einen Blick ins Café geworfen. Der Drang, mich umzudrehen, war überwältigend. Aber ich verbot es mir. Ich hielt mich davon ab, den Mann anzusehen, den ich soeben mit der gleichen Leichtigkeit niedergemacht hatte wie sechs Jahre zuvor.

Es war besser so.

Wenn ich eines wusste, dann, dass Flynn und ich uns gegenseitig nur wehtaten.

Und ich hatte gelernt, dass wir die Vergangenheit besser hinter uns ließen.

8

Ellie

Ich war betrunken.

Ich hatte soeben meinen Mageninhalt über die Außenseite von Shanes Chevy Challenger verteilt, was seinen Versuchen, mir an die Wäsche zu gehen, ein jähes Ende bereitete.

»Verdammte Scheiße, Ellie!«, schrie er und hielt am Rand der kleinen Landstraße, um den Schaden zu besehen.

»Du hast seiner Karre Nadelstreifen verpasst, Ellie!«, gackerte Dania auf dem Rücksitz. Der süßliche Geruch des Joints, der zwischen ihren Lippen steckte, waberte in meine Richtung und ich wedelte den Rauch aus meinem Gesicht. Die Kehle schnürte sich mir zusammen und das Wasser sammelte sich in meinem Mund.

Gleich würde ich wieder kotzen.

Ich drückte die Beifahrertür auf und fiel draußen auf die Knie, als es auch schon losging. Mein Kopf dröhnte und mein Magen wurde wie von einem Schraubstock zusammengepresst. Warum hatte ich mich bloß auf ein Wetttrinken mit Stu eingelassen? Wie war ich nur auf die Idee gekommen, sechs Whiskey auf ex zu kippen?

Ich brach auf dem Schotter zusammen, das Gesicht nur einen Zentimeter von der Lache entfernt, die ich gerade von mir gegeben hatte.

»Los, komm, Ellie! Wir sind sowieso schon spät dran!«, rief Reggie. Stöhnend rollte ich mit dem Gesicht in den Staub.

Es war ein typischer Samstagabend, reichlich mieser Alkohol und beschissene Entscheidungen.

»Hol sie hoch, Shane, und schaff sie wieder ins Auto!«, sagte Dania, der ich anhören konnte, dass sie genervt war. Ich verdarb ihr den Abend. Sie wollte sich auf der Ackerparty, zu der wir unterwegs waren, mit einem Typen namens Brock treffen. Sie trug ihre nuttenroten High Heels und ihr Anmach-Neckholder-Top.

Reggie und Stu hatten versucht, einigermaßen diskret zu sein, während sie sich neben der zugedröhnten Dania befingerten, und ich war wieder einmal betrunken und damit beschäftigt gewesen, Shanes Annäherungsversuche abzuwehren.

Mein Leben steckte in einer Endlosschleife und ich suchte verzweifelt nach der Vorspultaste.

»Wenn sie noch mal kotzt, lasse ich sie nicht mehr ins Auto, verdammte Scheiße«, knurrte Shane, der wieder einstieg, die Fahrertür zuknallte und mich ausgestreckt am Straßenrand liegen ließ.

»Die ist total am Arsch. Lass sie liegen«, schlug Stu vor. Er hatte offensichtlich nicht vor, in nächster Zeit mein bester Freund zu werden.

»Das können wir nicht. Steig aus und hol sie, Shane!«, befahl Dania mit einer Stimme, die von dem Gras, das sie gerade geraucht hatte, dumpf und belegt war.

Ich hörte eine Wagentür aufgehen und spürte, wie ich alles andere als vorsichtig hochgehoben wurde. Dann wurde ich ohne große Umschweife wieder auf den Vordersitz bugsiert und die Tür so zugeworfen, dass meine Haare darin eingeklemmt wurden.

»Auuu«, stöhnte ich auf, als ich versuchte, den Kopf wegzuziehen. Meine Kopfhaut brannte wie Feuer, so straff waren meine Haare gespannt. Wimmernd tastete ich nach dem Türgriff.

»Meine Haare«, stammelte ich.

Dania beugte sich über meine Rücklehne und strich mir über den Kopf. »Deine Haare sehen toll aus«, kicherte sie. Shane fuhr mit einem Schlenker auf die Straße zurück, sodass ich mit dem Kopf gegen die Scheibe prallte. Ich packte die eingeklemmte Haarsträhne direkt über der Kopfhaut und riss den Kopf nach hinten. Ein Gutteil der Haare blieb im Türspalt hängen.

Meine Kopfhaut brannte und mir war schon wieder schlecht, aber ich schluckte die Gallenflüssigkeit hinunter, die sich in meinem Mund sammelte, und schloss die Augen. Dania und Reggie lachten hinten auf dem Rücksitz; der Wagen füllte sich wieder mit Rauch, als sie einen weiteren Joint anzündeten. Sie gaben ihn an Shane weiter, der ihn sich zwischen die dünnen Lippen steckte und daran zog.

Als er ihn mir anbot, schüttelte ich den Kopf.

»Das sorgt dafür, dass dir nicht mehr schlecht wird«, ermunterte mich Dania, die mir über den Hinterkopf strich. Selbst wenn sie high war und sich komplett danebenbenahm, gab es Momente, in denen ich wieder wusste, warum sie meine Freundin war. Trotz all ihrer Fehler besaß sie einen sanften Zug, der sie fast erträglich machte.

Und mir entging nie, wenn er zum Vorschein kam. Ich sah, wie sie ihren vorstehenden Bauch streichelte, wenn sie sich unbeobachtet fühlte. Ich bemerkte den weichen, verträumten Ausdruck in ihren Augen, wenn sie über das Baby sprach, das sie in sich trug, auch wenn sie abstritt, irgendetwas zu empfinden.

Und sie kümmerte sich um mich. Sie war zur Stelle gewesen, als ich nicht für mich selbst hatte sorgen können. Sie war der einzige Mensch, der mir nie den Rücken zugewandt hatte. Sie war alles, was ich hatte.

Ich überließ mich dem sanften Druck ihrer Finger an meinem Hinterkopf. Shane lehnte sich herüber, hielt mit einer Hand das Steuer fest und schob mir mit der anderen den Glimmstängel in den Mund.

»Saug ihn wie einen Schwanz, Ells«, sagte er lüstern und ich hätte die Augen verdreht, wenn mir davon nicht wieder schlecht geworden wäre.

Ich schlug seine Hand weg. Selbst wenn es ihn nicht kümmerte, ob er die stichprobenartigen Drogentests bestand, zu denen wir immer wieder einbestellt wurden – mir war es ganz und gar nicht egal. Ich kurbelte die Fensterscheibe herunter, um ein wenig frische Luft einzuatmen.

Das half. Nach ein paar Minuten ging es meinem Magen besser.

Kurz darauf bog Shane auf einen Acker ein und unsere zusammengewürfelte Truppe drängte aus dem Wagen. Reggie und Stu waren im Handumdrehen verschwunden. Und nachdem sie mir einen flüchtigen Kuss auf die Wange gedrückt hatte, rannte auch Dania zu einem Typen, der auf einem Gartenstuhl am Lagerfeuer saß.

Shane, den meine herausragende Darbietung von *Der Exorzist* eindeutig abgetörnt hatte, ließ mich am Rand der Party stehen.

Auf einmal stand ich allein da.

Ich war immer verdammt allein.

Ich lehnte an Shanes Wagen und sah zu, wie die Leute, die ich schon fast mein ganzes Leben lang kannte, tranken, lachten und Spaß hatten. Es kam mir so oberflächlich und sinnlos vor. Mir schwirrte der Kopf, ich war weit davon entfernt, nüchtern zu sein, aber der Alkohol in meinem Körper machte mich entschieden zu grüblerisch.

Die Szene, die sich vor meinen Augen abspielte, war wie ein in der Zeit erstarrter Moment. Unveränderlich. Jedes Wochenende das Gleiche. Das gleiche miese Bier, die gleiche veraltete Musik, die gleichen Leute, die sich auf dem Rücksitz irgendeines Vans beglückten, während sich der Rest volllaufen ließ. Ich sah, wie Chris Donalds einen Bierbong baute, indem er den Boden eines Milchkanisters aufschnitt und daran einen langen Plastikschlauch befestigte. Das hatte ich ihn schon tausend Mal tun sehen. Und ich wusste auch, dass er in einer Viertelstunde als Alkoholleiche auf dem Boden liegen würde.

Ich sah, wie Shelly Clements ihr Shirt anhob, um allen ihr neuestes Nippelpiercing zu zeigen. Ihre Titten, die ein bisschen schlaffer waren als zu unserer Highschoolzeit, waren immer noch groß genug, um die Aufmerksamkeit der Kerle zu erregen.

Alle diese Leute machten weiter, als gäbe es kein Morgen mehr. Draußen, jenseits der Grenzen von Wellston, gab es eine große, weite Welt, aber niemand schien besonderen Wert darauf zu legen, sie kennenzulernen. Und meine Freunde und ich passten wunderbar in diese ewige Hölle. Da stand ich also, betrunken und angewidert, und schnaubte verächtlich vor mich hin, wobei ich mich selbst von diesem Urteil ausnahm.

Ich wandte mich von der Party ab und hielt auf das dichte Gehölz am Feldrand zu. Ich konnte mich kaum auf den Füßen halten, fiel mehrmals hin, doch ich ging immer weiter.

Ich drang in das Dickicht ein und lief in Richtung Norden. Ich kannte diese Wälder wie meine Westentasche. Wenn ich knapp einen Kilometer in diese Richtung weiterging, würde ich auf die Straße treffen, auf der ich zu Fuß in die Stadt zurückkehren konnte. In meiner verzerrten, alkoholgeschwängerten Vorstellung war es mir lieber, die sechzehn Kilometer zurückzulaufen, als weiter mit diesen Schulversagern abzuhängen.

Zweige verhakten sich in meinen Klamotten und Brombeersträucher zerkratzten mir die Beine. Ich verschluckte eine Mücke, die hinten in meiner Kehle kleben blieb, sodass ich würgen musste.

Je weiter ich ging, desto klarer wurde ich im Kopf. Der Alkohol begann seine Wirkung zu verlieren und mein Schädel dröhnte.

In der Erwartung, auf die Hauptstraße zu treffen, arbeitete ich mich aus den Bäumen heraus, stellte aber überrascht fest, dass ich mich am Rand eines äußerst vertrauten Grundstücks befand.

Der Mond war voll und schien auf die gepflegte Rasenfläche vor mir. Etwas entfernt stand ein Haus, das von einigen Nebengebäuden umgeben war, an die ich mich nur zu gut erinnerte.

Das unangenehme Déjà-vu-Gefühl ließ mich blinzeln. Vor meinem geistigen Auge sah ich nicht das frisch gestrichene Gebäude mit den leuchtend blauen Fensterläden. Und auch nicht den instand gesetzten Schuppen am Ende der langen Zufahrt.

Ich flog durch die Zeit zurück und sah nichts als Rauch und Flammen.

Mir war schwindlig und zu meiner eigenen Überraschung füllten sich meine Augen mit Tränen.

Ohne es zu wollen, betrat ich den Rasen. Ich war wie eine Besessene und fühlte mich in einer Zeitschleife gefangen, in der ich den gleichen Pfad entlanglief wie in jener Nacht vor sechs Jahren.

Ich hätte schwören können, dass ich verbranntes Holz roch, und war kurz davor, mich erneut zu übergeben.

Das Gras kitzelte meine Füße in den dünnen Flipflops. Ich wollte weg von hier, wollte weit, weit fortrennen. Aber meine verräterischen Beine gingen einfach weiter.

Vor den Stufen, die zum Haus hinaufführten, blieb ich stehen. Ich strich über das offensichtlich neue Geländer und rief mir in Erinnerung, wie ich das alte hatte zu Asche zerfallen sehen. Mit zitternden Händen strich ich über das glatte Holz, das sich unter meinen Fingern kühl anfühlte.

Ich sah zu den dunklen Fenstern auf und fragte mich, wer jetzt dort lebte. Ob sie das Haus ebenso liebten, wie ich es getan hatte. Denn für eine kleine Weile war es meine Zuflucht gewesen. Ich hatte mich hier glücklich gefühlt. Jedenfalls so glücklich, wie jemand wie ich es sein konnte.

Als ich hinter mir ein Geräusch hörte, ließ ich das Geländer los und wich stolpernd zurück. Ich hatte das Grundstück unbefugt betreten, das Letzte, was ich gebrauchen konnte, war eine weitere Begegnung mit der hiesigen Polizei.

Ich lief um das Haus herum und versteckte mich hinter einem der Nebengebäude, das wie das Haupthaus erst kürzlich gestrichen worden war. Ich konnte den intensiven Farbgeruch in der schwülen Luft immer noch riechen.

»Ich kann dich sehen«, drang eine Stimme aus der Dunkelheit und ließ mich unwillkürlich zusammenfahren. Sein plötzliches Auftauchen jagte mir einen Mordsschrecken ein.

Ich presste mich an die Wand des Gebäudes und es kam mir idiotisch vor, überhaupt dort zu sein. Warum war ich nicht gegangen, als ich bemerkt hatte, wo ich war? Was hatte mich geritten, das Grundstück zu betreten?

»Was tust du hier?«, fragte er, ich konnte seine schwarze Silhouette im Mondlicht gerade eben ausmachen.

»Es war keine Absicht. Ich habe die Straße gesucht«, entschuldigte ich mich, verärgert darüber, dass meine Stimme so atemlos und schwach klang.

Nach all der Zeit wieder hier zu sein hatte eine verrückte Wirkung auf meinen Kopf und mein Herz. Und ihn ausgerechnet jetzt wiederzusehen, wo ich mich durch die Erinnerungen an diesen Ort ungewöhnlich verletzlich fühlte, war fast zu viel.

Ohne mich aus den Augen zu lassen, trat Flynn in den Lichtstreifen, der aus dem hinteren Teil des Hauses fiel.

»Die Straße ist dort drüben«, sagte er und wies zu den Bäumen, aus denen ich gerade gekommen war.

Ich lachte nervös. »Ja, ich weiß. Ich hatte das hier ganz vergessen«, erwiderte ich lahm. Was natürlich eine Lüge war. Womöglich hatte ich unterbewusst die ganze Zeit darauf zugehalten. Womöglich hatte ich hier herkommen *wollen*.

Weil ich diesen Ort niemals vergessen könnte, so sehr ich es mir auch wünschte.

»Was tust du hier?«, fragte ich unwirsch zurück, bemüht, mein wachsendes Unbehagen zu übertünchen.

Flynn presste die Hände zusammen, als er an dem großen weißen Farmhaus hinaufsah. »Ich lebe hier«, erwiderte er knapp.

Mir wurde ganz anders bei dieser Antwort. Er lebte hier?

»Ich dachte, es wäre verkauft worden«, warf ich ein.

»Nein, ich habe es letztes Jahr vom Markt genommen, nachdem Mom gestorben war«, sagte Flynn und zum ersten Mal hörte ich in seiner Stimme Emotionen mitschwingen.

Dann kam der Inhalt seiner Worte bei mir an und ich verspürte einen unangenehm vertrauten Gefühlsansturm.

»Das tut mir leid, Flynn«, sagte ich aufrichtig. Denn das tat es wirklich. Ich sah das Leid in seinem Gesicht so deutlich, als wäre es mein eigenes. Dabei war ich kein Mitleidstyp. Es war mir praktisch unmöglich, mich in andere Leute einzufühlen, aber bei Flynn war das immer anders gewesen.

Zum ersten Mal seit sechs Jahren erkannte und spürte ich die Gefühle eines anderen, als wären es meine eigenen.

Es machte mir eine Scheißangst.

Flynns dunkle, verhangene Augen huschten in meine Richtung und begegneten sekundenlang meinem Blick. Ein Funke gegenseitigen Verstehens blitzte zwischen uns auf. Ein Erkennen, von dem ich angenommen hatte, es liege tot und begraben unter dem Berg unserer Vergangenheit.

»Danke«, erwiderte Flynn, dessen Stimme bei diesem einen kleinen Wort zu kippen drohte.

Wir standen schweigend da. Festgehalten vom Gewicht Tausender Erinnerungen und unausgesprochener Worte.

Ich war für die Schwere dieses Moments eigentlich nicht nüchtern genug. Sie war so überwältigend, dass ich glaubte, an der Anspannung ersticken zu müssen.

»Hast du das Haus renoviert?«, fragte ich, weil ich nicht wusste, was ich sonst sagen sollte. Wahrscheinlich hätte ich einfach gehen sollen, aber aus irgendeinem Grund konnte ich meine Füße nicht überreden, dorthin zurückzukehren, wo sie hergekommen waren.

Ich wollte nicht rückwärtsgehen.

Mit einem Nicken sah Flynn sich nach dem Haus um. Ich erinnerte mich, dass die Fensterläden früher gelb gewesen waren, sah üppig blühende Blumenbeete und einen mit Früchten beladenen Apfelbaum vor mir. Das Bananenbrot seiner Mutter und heißen Apfelsaft an einem kalten Herbstabend.

Die Erinnerungen übermannten mich mit der Wucht einer Abrissbirne. Ich hatte mir jahrelang verboten, an diese Dinge zu denken.

Aber hier, an diesem Ort, mit Flynn, kam alles zurückgeflutet, ob ich es wollte oder nicht.

»Willst du reinkommen?«, fragte Flynn, doch ich schüttelte den Kopf. Ich konnte nicht hineingehen. Jedenfalls nicht jetzt.

Flynn widersprach nicht, er nahm meine Ablehnung einfach hin, kommentierte sie nicht einmal. Stattdessen setzte er sich auf eine kleine Bank und sah zu, wie ich mit mir rang.

Es war schon immer leicht gewesen, mit Flynn zusammen zu sein. Trotz meines Grolls und der uralten Verbitterung ließ sich die Selbstverständlichkeit, mit der wir zusammen waren, nicht abstreiten.

Ein Meer aus Zeit trennte uns von den Jugendlichen, die einmal befreundet gewesen waren, und doch stellte ich überrascht fest, dass es diese Menschen unter der Oberfläche immer noch gab.

»Ich habe Blumen gepflanzt. Auch die, die du magst. Die gelben mit dem schwarzen Punkt in der Mitte«, brach Flynn plötzlich das Schweigen. Ich blinzelte verwirrt.

Wovon redete er?

»Du hast sie früher immer auf dem Heimweg gepflückt. Sie wuchsen an der Straße bei der Brücke. Du hast die Stiele zusammengebunden und sie dann ins Wasser geworfen. Weil sie zu schön sind, hast du gesagt. Es waren deine Lieblingsblumen.« Es war, als trage er aus einem Buch vor, flüssig und in gleichbleibendem Tonfall.

Wie zum Teufel merkte er sich diesen ganzen Scheiß über mich? Während ich mich bewusst angestrengt hatte zu vergessen, schienen Flynns Erinnerungen so klar zu sein wie eh und je. Ich wusste nicht, was ich damit anfangen sollte.

»Schwarzäugige Susanne«, sagte ich leise, während ich mir die Schläfen rieb.

»Das ist ein blöder Name«, erwiderte Flynn.

Ich lachte auf. Ich konnte einfach nicht anders.

»Ja, ein saublöder Name«, pflichtete ich ihm erschöpft bei.

»Hör auf zu fluchen«, tadelte er mich. Er hatte mein loses Mundwerk noch nie gemocht. Noch so ein lächerliches Detail, das mir im Kopf geblieben war.

Flynn stand auf und verschwand um die Ecke eines Nebengebäudes und ich fragte mich schon, ob er wieder hineingegangen war. Es hätte mich nicht gewundert, wenn er ohne ein Wort verschwunden wäre. Flynn hatte kein Gespür dafür, wie man Dinge beendete. Er kam abrupt und endgültig zum Schluss.

Doch kurz darauf kehrte er mit einer Handvoll gelber Blumen zurück, die er mir entgegenstreckte. »Hier. Die sind für dich«, sagte er und überreichte mir den Strauß mit einem ungeduldigen Schütteln.

Langsam streckte ich die Hand aus und nahm sie. Unsere Finger berührten sich kurz und ich spürte, wie er unwillkürlich zurückzuckte. Er presste seine Hände zusammen und begann sie systematisch zu reiben.

»Danke«, sagte ich, die Blumen schlaff in der Hand. Ich hatte gelernt, mich von nichts mehr überraschen zu lassen, was mir das Leben entgegenschleuderte, aber der Verlauf dieses Abends schockierte mich. Ich hatte nicht damit gerechnet, in der Gegenwart des Menschen, den ich nie mehr wiederzusehen gehofft hatte, ein seltsames Gefühl des Trostes zu empfinden.

»Hast du vor, in der Werkstatt vorbeizukommen?«, fragte Flynn unvermittelt.

Ich dachte an unser Gespräch vor einigen Tagen und daran, wie rüde ich ihn abgefertigt hatte. Ich war widerlich und gemein gewesen. Was ihn offensichtlich nicht abgeschreckt hatte. Es lag mir auf der Zunge, ihm schonungslos zu erklären, wohin er sich die Werkstatt stecken konnte, aber es lag irgendetwas in der Luft, das eine Zurückweisung unmöglich machte.

Vielleicht war es dieser Ort, der sich auf unerklärliche Weise immer wie ein Zuhause angefühlt hatte. Oder es lag daran, dass ich mit Flynn hier stand, was mich an eine Zeit erinnerte, in der alles einen Sinn ergeben hatte.

Vielleicht war es auch die Tatsache, dass ich immer noch angetrunken und nicht bei klarem Verstand war.

Was immer der Grund sein mochte, meine Hemmungen waren verschwunden.

»Klar«, hörte ich mich sagen. Obwohl Flynn zur Seite sah, meinte ich die Ausläufer eines Lächelns erkennen zu können.

»Gut«, erwiderte er und sah mich schließlich an, die Spuren des Lächelns noch auf den Lippen. »Du siehst aus, als wäre dir kalt. Du solltest dich wärmer anziehen«, sagte er mit einer Geste in Richtung meiner nackten Beine und des winzigen Tops.

Ich schnaubte. »Das geht schon in Ordnung. Aber danke«, murrte ich und verdrehte die Augen.

»Du siehst aus, als ob du frierst. Ich hole dir eine Jacke«, sagte Flynn unbeirrt, obwohl ich den Kopf schüttelte.

»Mir geht's gut, Flynn«, versicherte ich ihm mit Nachdruck, weil ich wusste, dass er nicht lockerlassen würde, wenn er sich erst einmal etwas in den Kopf gesetzt hatte.

»Warum warst du im Wald?«, fragte er.

»Äh, ich war auf dem Heimweg von einer Party«, erwiderte ich.

»Einer Party«, wiederholte er mit seiner seltsam angenehmen Stimme.

»Ja. Sie war ziemlich ätzend«, sagte ich, während ich mir verstohlen die Arme rieb, weil ich nicht zugeben wollte, dass mir wirklich ganz schön kalt war.

»Warum war sie ätzend?« Flynn richtete den Blick dorthin, wo ich die Arme vor der Brust verschränkte. Und die Ausdauer, mit der er hinsah, machte mir klar, dass er sich am Anblick meiner Nippel weidete, die sich unter dem T-Shirt abzeichneten.

»Alter, meine Augen sind hier oben«, fauchte ich, erbost darüber, dass mich sein Blick zum Erröten brachte. Die meisten Typen hätten zumindest den Anstand besessen, verlegen zu wirken, wenn man sie beim Glotzen erwischte. Aber wie ich nur immer wieder sagen kann, war Flynn nicht wie die meisten anderen Typen.

»Warum war es ätzend?«, fragte er wieder.

Ich zuckte die Achseln. »Es war einfach so wie immer, weißt du«, sagte ich, weil ich über die Gründe für mein Verschwinden nicht ins Detail gehen wollte. Warum auch? Wahrscheinlich hatten meine Freunde noch gar nicht mitbekommen, dass ich gegangen war.

»Nein, weiß ich nicht. Ich gehe nicht auf Partys«, entgegnete er.

Sein Geständnis überraschte mich nicht besonders. Flynn war noch nie gern unter Leute gegangen. Mit fünfzehn fand ich es unmöglich, dass er niemals ausging, während ich gerade richtig auf den Putz haute, Gesetzesverstöße und dumme Entscheidungen inbegriffen. Aber das war, bevor mir klar wurde, wie schwer es Flynn fiel, mit anderen Menschen zusammen zu sein. Für ihn waren selbst alltägliche Begegnungen, die der Rest von uns für selbstverständlich hielt, ein Kampf. Und warum sollte er mit Leuten abhängen wollen, die ihm kein einziges Mal das Gefühl gegeben hatten dazuzugehören?

Mich selbst mit eingeschlossen.

»Das stimmt nicht. Einmal waren wir auf einer Party«, sagte ich, ehe ich mich davon abhalten konnte. Ich klappte den Mund zu und wünschte, ich hätte die Worte zurücknehmen können. Das Letzte, was ich wollte, war, mit dieser gemeinsamen Erinnerung wieder eine Verbindung herzustellen.

Ausgerechnet mit einer, die so schrecklich war.

Flynns Gesichtsausdruck verriet mir, dass er sich sehr gut an jenen Abend vor vielen Jahren erinnerte. Doch im Gegensatz zu mir war er niemand, der mit seinen Gedanken hinter dem Berg hielt.

»Deine Freunde haben mich zuerst mit dem Kopf in die Kühlbox gesteckt und mich dann vor die Tür gesetzt«, rekapitulierte er trocken. Ich zuckte zusammen. Auch wenn ich mir eingeredet hatte, meine Scham in Bezug auf Flynn überwunden zu haben, konnte ich nach wie vor spüren, wenn sie schuldbewusst das Haupt hob.

Ich hatte ihn zu einer Party von Stu mitgenommen, dessen Eltern nicht in der Stadt waren. Stu lebte in einer Wohnwagensiedlung am Fluss und das Besäufnis fand hauptsächlich im eingezäunten Garten hinter seiner Behausung statt.

Es war eine der weniger angenehmen Gegenden der Stadt, daher hatte sich die typische Mischung aus Highschool-Abbrechern, Kiffern und Schnöseln, die einen auf hart machten, eingefunden. Eigentlich war mir klar gewesen, dass ich Flynn dort nicht hätte hinbringen dürfen. Und er hatte mehr als deutlich gesagt, dass er nicht hingehen wollte.

Er war vollkommen verunsichert gewesen, doch ich hatte ihn breitgeschlagen, wohl wissend, welchen Empfang man ihm bereiten würde. Ich weiß nicht, warum ich das tat oder was ich mir davon erhofft hatte. Also warum hatte ich nicht eingelenkt, als er mich anflehte, bei ihm zu Hause zu bleiben und fernzusehen?

Weil ich eine Egoistin war und schon immer Probleme damit hatte, nicht nur an mich zu denken. Ich wollte unbedingt hingehen und damit basta.

Ich hatte mir alle erdenkliche Mühe gegeben, meine Freundschaft mit Flynn geheim zu halten, daher musste ich unter einem Anflug von Wahnsinn gelitten haben, als ich ihm den Vorschlag machte.

Wir gingen also zu Stus Party. Und es wurde eine Katastrophe, bei der ich keinen Finger rührte, um Flynns Demütigung aufzuhalten.

Ich hielt meine Freunde nicht davon ab, ihn zu quälen, und machte sogar mit, als alle anfingen »Flynn der Freak« zu skandieren. Er rastete komplett aus, warf einen Tisch um und trat gegen Gartenstühle. Er riss an ihren Händen, als sie ihn hochhoben und mit dem Kopf voran in die eiskalte Kühlbox mit dem Bier steckten. Ich zwang mich, von Anfang bis Ende mitzulachen und Shane und Dania anzuspornen, als sie ihn zum Gartentor hinauswarfen und hinter ihm zuschlossen.

Im Stillen hasste ich mich die ganze Zeit über.

Anschließend war ich feige auf der Party geblieben, statt ihm nachzugehen und mich zu vergewissern, dass bei ihm alles in Ordnung war. Die anderen hatten sich bei mir für das Unterhaltungsprogramm bedankt, und ich hatte mich weiter volllaufen lassen.

Ich begrub meine Schuldgefühle unter einer dicken Schicht aus Alkohol und Drogen.

Aber Flynn verzieh mir, selbst als ich es nicht schaffte, mich zu entschuldigen. Das tat er immer. Ich weiß nicht, wer der größere Idiot war. Flynn, weil er eine Entschuldigung annahm, die ich nicht über die Lippen brachte, oder ich, weil mir der Mut fehlte, sie auszusprechen.

»Ich habe die ganze Nacht hier draußen auf dich gewartet, nachdem ich von der Party weg bin. Aber du bist nicht gekommen«, erzählte Flynn in nüchternen Worten. Es war kein Vorwurf, nur die schlichte Wahrheit. Ich konnte mir den Flynn Hendrick von damals lebhaft vorstellen, wie er in seinen nassen Klamotten auf der Bank kauerte und vor sich hin bibberte.

»Was nützt es, über irgendwelchen Scheiß zu reden, der schon lange durch ist, Flynn? Passiert ist passiert«, sagte ich grob; die Stimme rau vor Emotionen, die ich um jeden Preis zu unterdrücken suchte.

Flynn reagierte nicht auf meinen Ausbruch. Er sah weiter zu Boden und weigerte sich, mir in die Augen zu schauen. Vielleicht war es gut so. Denn der Anblick dieses durchdringenden Grüns hätte mich fertiggemacht.

»Ich gehe jetzt besser.« Mein Abgang war mehr als überfällig. Ich hatte auf dieser netten kleinen Reise in die Vergangenheit ohnehin sämtliche vernünftigen Grenzen überschritten.

»Okay«, sagte Flynn, auch wenn etwas in mir wünschte, dass er mich aufhalten würde. Er hatte mich noch nie gebeten zu bleiben. Nicht einmal, als wir vor Urzeiten Freunde gewesen waren. Er ließ mich immer ziehen.

Ich merkte, dass mich das mehr als nur ein bisschen ärgerte.

Ein einziges Mal nur wollte ich gebeten werden zu bleiben. Ich brauchte das Gefühl, gebraucht zu werden. Und die einzige Person, die mir dieses Gefühl jemals gegeben hatte, war unfähig, es in Worte zu fassen, auch wenn ich es noch so dringend hören musste.

»Wir sehen uns«, rief ich über die Schulter, als ich durch den dunklen Garten den Rückweg antrat.

Flynn blieb stumm. Und sein Schweigen durchbohrte die dicken Mauern rund um mein Herz.

9

Flynn

Vor vielen Jahren …

Ich war allein.

Ich war immer allein.

Ich sprach mit niemandem.

Ich saß allein beim Mittagessen und aß ganz schnell mein Sandwich mit Geflügelsalat, damit es mir niemand wegnahm. Ich war nicht gern hungrig. Und wenn Stu mein Mittagessen sah, nahm er es mir weg.

Ich hasste es, allein zu sein. Ich wollte, dass die Leute mit mir sprachen. Ich wollte, dass sie mich mochten. Es machte mich wütend, wenn ich etwas zu sagen versuchte und sie mich nicht beachteten oder, noch schlimmer, wenn sie mich auslachten.

Sie hänselten mich. Sie erfanden alle möglichen Schimpfnamen. Gemeine Schimpfnamen.

Das Mädchen, das Dania hieß, hatte vor ein paar Monaten angefangen, mich Flynn der Freak zu nennen, und jetzt nannten mich alle so. Sie riefen es mir im Korridor hinterher.

Irgendjemand hatte es auf mein Schließfach gekritzelt. Ich musste weinen, so wütend war ich, aber die anderen lachten nur. Sie nannten mich Weichei und einer stieß mich gegen die Wand.

Das gemeine Mädchen, Dania, schubste mich und nannte mich einen Loser. Ich wollte nicht, dass sie mich anfasste. Ich schrie sie an und schleuderte ihr mein Biobuch ins Gesicht. Der Junge neben ihr, Shane, nahm mein Buch und stopfte es in den Mülleimer. Dann sagte er, ich solle es wieder rausholen.

Als ich mich weigerte, packte er mich und drückte mich in den Mülleimer.

Es stank und ich musste mich übergeben. Die anderen lachten einfach weiter und schubsten mich herum.

Es war jeden Tag das Gleiche. Ich hasste es, in die Schule zu gehen. Ich versuchte immer wieder, zu Hause zu bleiben, aber meine Mutter zwang mich hinzugehen. Ich sollte das nicht an mich heranlassen, sagte sie. Ich sollte stark sein. Aber ich wollte nicht stark sein.

Ich wollte, dass sie aufhörten.

Das Einzige, was ich an der Schule mochte, war Ellie. Ich freute mich immer, wenn ich sie sah. Und wenn sie im Unterricht mit mir redete, war ich glücklich.

Sie war manchmal immer noch gemein zu mir, aber nicht mehr so oft. Sie fragte mich nach meinen Zeichnungen und erzählte mir, dass sie auch zeichnen können wollte.

Ich bot ihr an, es ihr beizubringen.

Aber sie lachte und sagte, dafür hätte sie nicht genug Talent. Ich mochte ihr Lachen. Es gab mir innen drin ein komisches Gefühl.

Ich wurde immer noch wütend, wenn sie mich Flynn der Freak nannte. Aber da war noch etwas anderes. Keine Wut, etwas Schlimmeres. Mein neuer Arzt meinte, das wäre Traurigkeit. Er half mir herauszufinden, was ich fühlte und wie ich erkennen konnte, was andere Leute fühlten.

Ich wusste, dass Elli wütend war, wenn sie die Stirn runzelte. Und wenn sie lachte, war sie glücklich. Die anderen Sachen waren schwieriger herauszufinden. Wenn sie mich ansah und den Mund nach unten zog, verstand ich es nicht. Das machte mich nervös.

Wenn Ellie gemein zu mir war, machte mich das traurig, so viel verstand ich nun. Und in Begleitung ihrer Freunde war sie genauso gemein wie alle anderen.

Ich hätte heulen können, wenn sie mir Schimpfwörter hinterherrief. Und ich mochte es nicht, wenn sie fluchte. Als ich ihr das einmal sagte, wurde sie sauer und beschimpfte mich noch viel übler. Dann lachte sie mit ihren Freunden und ich fühlte mich schrecklich.

Aber im Unterricht war sie nett zu mir und das machte mich wieder froh.

Sie war so hübsch. Ich zeichnete sie, wenn ich nach Hause kam. Obwohl ich ihre wechselnden Haarfarben immer noch schrecklich fand.

Einmal kam sie mit ungefärbten Haaren in die Schule und sah wunderschön aus. Als ich es ihr sagte, lächelte sie mich an. Da hatte ich wieder so ein komisches Gefühl in mir. Es war wie ein Kribbeln, nur schöner.

Heute machte ich mir Sorgen, weil Mom mich nicht von der Schule abholen konnte. Sie hatte einen neuen Job und mir gesagt, dass ich jetzt manchmal zu Fuß nach Hause gehen müsste. Aber das wollte ich nicht. Es war ein weiter Weg und ich würde mich bestimmt verlaufen.

Sie hatte mir eine Uhr besorgt und gesagt, ich würde nach Hause genau achtzehn Minuten brauchen. Am Wochenende waren wir den Weg zur Schule und zurück fünf Mal gelaufen, damit ich mich zurechtfand.

Und sie hatte recht gehabt. Wir brauchten für den Heimweg wirklich genau achtzehn Minuten. Ich prägte mir ein, welche Häuser ich unterwegs sehen und wie lange ich für die einzelnen Abschnitte brauchen würde. Mom schrieb mir die Zeiten auf, damit ich sie mit meiner Uhr vergleichen konnte.

Aber ich war trotzdem nervös.

Als ich mich nach der Schule auf den Weg machte, hatte ich ein ganz mulmiges Gefühl im Bauch. Was war, wenn Dania oder Stu mir etwas tun wollten? Wenn sie mich anschrien oder beschimpften? Voller Sorge rieb ich meine Hände. Auf und ab. Immer wieder.

»He!«, hörte ich jemanden rufen, aber ich wollte mich nicht umschauen. Ich musste weitergehen. Ich hatte Angst, es könnten Dania oder Stu sein.

»He!«, hörte ich wieder und ging schneller. Ich wollte mich nicht wieder beschimpfen lassen. Und auch nicht wütend werden.

»Bleib stehen, Flynn!« Ich fuhr zusammen, als mich eine Hand am Arm packte.

»Fass mich nicht an!«, schrie ich und stieß die Hand weg.

Ellie hielt die Hände hoch und runzelte die Stirn. »Tut mir leid! Ich wollte dir nichts tun. Ich habe dich einfach gesehen und mich gefragt, wo du hingehst«, sagte sie. Ich wusste nicht genau, ob sie gleich gemein werden würde oder nicht. Sie hatte die Brauen zusammengezogen, aber ich konnte nicht erkennen, ob sie wütend war.

»Bist du sauer auf mich?«, fragte ich sie.

Ellie runzelte abermals die Stirn und zog die Mund nach unten. »Warum sollte ich auf dich sauer sein?«, fragte sie zurück.

»Du hast die Stirn gerunzelt und den Mund verzogen. Deshalb habe ich gedacht, du wärst wütend auf mich«, erklärte ich ihr.

Plötzlich zeigte Ellies Mund nicht mehr nach unten. Sie lächelte. Da wusste ich, dass sie froh war. Dann lachte sie und es war, als würden Käfer in meinem Bauch herumkrabbeln. Ich mochte ihr Lachen. Es gab mir ein gutes Gefühl.

»Du bist so verdammt schräg, Freaky«, sagte sie.

Sie hatte mich Freaky genannt! Ich hasste diesen Namen! Er brachte mich zum Ausrasten.

»Nenn mich nicht so!«, schrie ich und hätte sie am liebsten geschlagen.

Sie runzelte wieder die Stirn. Warum tat sie das so oft? Ich war es doch, der wütend war, nicht sie.

»Okay, ich lasse es bleiben«, sagte sie und lächelte dann. Ich lächelte ebenfalls.

Dann ging ich weiter, weil ich nach Hause musste. Ich hatte schon viel zu lange herumgestanden. Mir blieben nur noch zwölf Minuten. Und ich hatte noch nicht einmal die rote Scheune passiert. Dabei hätte ich das schon vor zwei Minuten tun sollen.

»Warte doch, Flynn!«, rief Ellie, die mir nachlief, um mich einzuholen.

»Ich bin noch nicht an der Scheune vorbeigekommen«, erklärte ich ihr.

»Was bist du?«, fragte sie.

Ich zeigte auf das Gebäude weiter vorn. Dort hätte ich vorbeikommen müssen, als es auf meiner Uhr fünfzehn Uhr fünfundvierzig war. Jetzt war es fünfzehn Uhr neunundvierzig. Das war nicht richtig und machte mich unruhig.

»Okay, dann beeilen wir uns«, sagte Elli und rannte die Straße entlang.

Ich lief los. Wir passierten die Scheune um fünfzehn Uhr fünfzig.

»Wohin jetzt?«, fragte Ellie, nachdem wir langsamer geworden waren.

»Zum Bach mit den vier Steinen. Den kann ich in vier Minuten sehen«, sagte ich im Weitergehen.

»Cool. Ich glaube, der ist mir noch nie aufgefallen«, sagte Ellie und stupste mich mit der Schulter an. Ich rückte von ihr ab, obwohl es mir irgendwie gefiel. Denn sie lächelte immer noch. Sie war wirklich hübsch, auch wenn sie jetzt blaue Haare hatte.

»Ich hasse das Blau«, erklärte ich ihr und zeigte auf ihren Kopf.

Ellie fasste sich an die Haare und ihr Mund hörte auf zu lächeln.

»Ich auch«, sagte sie. Was ich nicht verstand. Warum hatte sie ihren Haaren diese Farbe gegeben, wenn sie ihr nicht gefiel?

»Ist das der Bach?«, fragte sie mit ausgestrecktem Arm. Ich sah auf die Uhr. Es war erst fünfzehn Uhr dreiundfünfzig. Wir waren zu schnell. Bis zum Bach hätte es vier Minuten dauern müssen, nicht drei. Ich rieb meine Hände auf und ab. Immer wieder.

»He, was ist los?«, fragte Ellie.

»Es hätte vier Minuten dauern müssen. Nicht drei! Vier!«, erklärte ich erregt.

Ellie lachte. »Ist schon gut, Flynn. Das bedeutet nur, dass wir schneller dort ankommen, wo du hinwillst. Darüber musst du dich nicht aufregen«, sagte sie.

Ich sah wieder auf die Uhr. Ellie wollte sie mit der Hand verdecken, aber ich zog sie weg.

»Lass das!«, sagte ich zu ihr und war wieder wütend.

»Hör auf, ständig auf die Uhr zu schauen. Es macht doch nichts, wenn wir ein bisschen später ankommen. Wo ist das Problem?«

Ich zeigte auf meine Uhr und die Liste mit den Zeitangaben, die Mom für mich gemacht hatte. »Es hätte vier Minuten dauern müssen! Nicht drei!«, schrie ich. Warum kapierte sie das nicht?

Ellie nahm den Zettel und sah ihn sich an. »Echt jetzt?«, fragte sie. Ich verstand nicht, was sie damit meinte.

»Ich muss in drei Minuten beim lila Briefkasten sein. Siehst du?« Immer noch erregt wies ich auf den Zettel.

Ellie runzelte wieder die Stirn. Es gefiel mir besser, wenn sie lächelte.

»Was stimmt nicht mit dir?«, fragte sie und mein Magen zog sich zusammen. Das fragten mich die Leute immer. Und ich verstand nicht, warum.

»Ich muss zum lila Briefkasten«, wiederholte ich, als ich ihr den Zettel wieder abnahm und ihn an den Knickstellen zusammenfaltete.

Ellie lief neben mir her. Ich wollte nicht, dass sie mir diese Frage noch einmal stellte. Sie machte mich wütend und unruhig.

»Da ist der lila Briefkasten«, sagte Ellie mit einer komischen Stimme. Als ich auf die Uhr schaute, sah ich, dass wir drei Minuten gebraucht hatten, genau wie Mom es aufgeschrieben hatte.

»In fünf Minuten bin ich zu Hause«, erklärte ich ihr und freute mich. Ich war gern zu Hause.

»Kann ich mit dir kommen?«, fragte Ellie und machte ein merkwürdiges Geräusch. Als ob sie irgendetwas aushusten wollte.

»Hör auf, so ein Geräusch zu machen. Das macht mein Hund auch, wenn er sich an einem Knochen verschluckt hat. Hast du irgendwas verschluckt?«, fragte ich sie.

Ellie schüttelte den Kopf. »Du gibst echt komischen Scheiß von dir, Flynn. Nein, ich habe nichts verschluckt. Ich habe bloß gedacht, wir könnten vielleicht ein bisschen zusammen abhängen.«

»Heißt das, dass wir jetzt Freunde sind?«, fragte ich, in der Hoffnung, sie würde Ja sagen. Ich wollte gern Freunde haben. Und ich mochte Ellie. Außer wenn sie gemein zu mir war. Dann mochte ich sie überhaupt nicht.

Ellie trat irgendetwas aus dem Weg. »Ja, denke schon. Ich kann deine Freundin sein, wenn du willst.«

Ich lächelte sie an und sagte: »Und ob ich das will, Ellie.«

Sie lächelte wieder und ich wusste, dass sie froh war.

»Ich glaube, ich mag dich auch, Flynn. Auch wenn du jede Menge schräges Zeug von dir gibst.«

»Ich will versuchen, damit aufzuhören«, erklärte ich. Ich wollte ihr Freund sein und kein schräges Zeug erzählen, das sie wütend machte.

Ellie lachte und ich lächelte noch breiter. »Ich mag es, wenn du schräges Zeug erzählst, Flynn. Es ist irgendwie lustig.«

»Du sollst nicht über mich lachen. Das mag ich nicht«, sagte ich, besorgt, sie könnte wieder gemein werden.

»Nein, Flynn. Ich werde nicht über dich lachen. Nur mit dir. Cool?«

Ich wusste nicht, was sie damit meinte, aber weil sie mich nicht auslachte, fühlte es sich okay an.

»Du kannst mit zu mir kommen und etwas von Moms Bananenbrot abhaben. Sie macht mir jeden Tag welches«, erzählte ich ihr voller Freude darüber, dass sie mitkommen wollte.

»Deine Mutter backt dir jeden Tag Bananenbrot?«, fragte sie.

Ich nickte. »Jeden Tag. Das ist mein Lieblingsessen.«

Ellie schwieg. Ich sah auf die Uhr. In drei Minuten würde ich zu Hause sein.

»Kann ich kurz anhalten und ein paar Blumen pflücken?«, fragte sie und zeigte auf die gelben Blumen am Straßenrand.

»Ich muss nach Hause«, erklärte ich ihr, während ich die Holzbrücke überquerte, die in den Wald um unser Haus führte.

Ich kannte mich jetzt aus. Das hatte ich gern.

Ellie blieb stehen. Und ich sah auf die Uhr. Mir blieben noch zwei Minuten. Aber ich wollte Ellie nicht allein lassen.

Also blieb ich ebenfalls stehen. Ich deckte die Uhr mit der Hand ab, damit ich sie nicht mehr sehen konnte, und wartete, während Ellie die gelben Blumen mit dem schwarzen Punkt pflückte.

Ich würde mich verspäten. Mir blieben noch zwei Minuten.

Aber ich würde Ellie nicht allein lassen.

Dann kam sie und ging mit mir weiter. Sie nahm die Blumen und verknotete die Stängel. Sie lächelte nicht mehr. Ihr Mund zeigte nach unten.

Dann warf sie die Blumen in den Bach neben dem Weg.

»Warum hast du das gemacht?«, fragte ich und zeigte auf die Blumen im Wasser.

»Sie sind zu hübsch«, antwortete sie.

»Genau wie du«, sagte ich. Da musste sie wieder lächeln. Und ich war froh, dass ich das gesagt hatte.

Als sie mich ansah, schlug ich die Augen nieder. Ich konnte sie nicht anschauen. Ich fühlte mich ganz komisch dabei.

»Ich bin zu hübsch?« Ihre Stimme wurde lauter, aber sie lächelte weiter.

Ich nickte. »Du bist wunderschön.«

Es stimmte. Sie war das schönste Mädchen, das ich je gesehen hatte. Noch hübscher als die Frau im Fernsehen, die die Nachrichten vorlas. Bei ihr wurde mir auch immer seltsam zumute. Aber Ellie war hübscher. Sie ließ meinen Magen Purzelbäume schlagen. Ich hatte sie gern.

Trotzdem sah ich sie nicht an. Ich musste nach Hause. Ich hätte schon vor einer Minute dort sein müssen.

Doch dann nahm Ellie meine Hand. Ich wollte sie wegziehen, aber sie ließ mich nicht. Ich wollte nicht, dass sie mich anfasste, aber sie ließ mich nicht los.

Ihre Finger schoben sich zwischen meine, was sich ganz seltsam anfühlte. Ich mochte es nicht, wenn Leute mich anfassten. Aber wenn Ellie es tat, gefiel es mir vielleicht doch. Mein Magen schlug wieder einen Purzelbaum und weiter unten kribbelte es. Das hatte ich noch nie gespürt. Ich wusste nicht, was es war. Es machte mich nervös.

»Ich mag dich, Flynn. Sehr sogar«, sagte sie und ich sah zu ihr auf. Sie schaute mich nicht an, lächelte aber weiter.

»Ich mag dich auch, Ellie«, sagte ich. Sie drückte meine Hand und ließ sie dann los. Ich rollte die Finger ein und fand es gar nicht mehr schön, dass sie mich nicht mehr berührte.

Es gefiel mir.

Ich mochte sie.

Sehr.

Und sie mochte mich.

Ich war glücklich.

10

Ellie

»Also läuft mein Mietvertrag Ende November aus und mein Vermieter sagt, dass er sich jemand anderen suchen will«, erzählte Dania, während ich zu Beginn meiner Schicht das Geld in der Kasse zählte.

Ich hoffte, dass meine Freundin bald gehen würde. Ich musste für meinen Englischkurs noch drei Kapitel lesen, die ich an diesem Abend zu schaffen hoffte. Dann stand eine fünfseitige Hausarbeit an. Seltsamerweise konnte ich es kaum erwarten, endlich damit anzufangen. Wie mir klar geworden war, liebte ich diesen Kurs tatsächlich.

Nachdem ich mein anfängliches Minderwertigkeitsgefühl überwunden hatte, schaffte ich es, mich auf die Erfahrung einzulassen. Zwar blieben Casey und die anderen weiter auf Abstand, aber ich war viel zu sehr vom Unterricht in Anspruch genommen, um mich um die Blicke zu kümmern, die ich nach wie vor erntete.

Ich hatte sogar etwas Verrücktes getan und mit der Frau von der Studienbeihilfe darüber gesprochen, ob ich es mir leisten konnte, im nächsten Semester weitere Veranstaltungen zu belegen. Sie hatte sich die Sache angesehen und gesagt, dass der Staat mir vier Kurse bezahlen würde. Was mich zu einer Vollzeitstudentin am Black River Community College machen würde.

Ich hätte nie gedacht, dass ich irgendwo einmal einen Vollzeitstatus haben würde, ausgenommen als Gefängnisinsassin oder als Angestellte von JAC's.

Wir hatten auch über die Möglichkeit gesprochen, nach dem nächsten Semester für ein vierjähriges Studium an die Uni zu wechseln. Doch dieses Gespräch hatte ich sofort wieder beendet. Ich war gerade erst dabei, die Fortsetzung meiner Ausbildung am Gemeindecollege in Betracht zu ziehen, und ein Gespräch darüber, an eine richtige Universität zu gehen, brachte mich an den Rand einer Panikattacke.

Ich war emotional einfach nicht bereit für so viel Vorbereitung und Einsatz. Ich begann mich gerade erst an den Gedanken zu gewöhnen, dass es für mich vielleicht mehr geben könnte als den Mindestlohn und die große Ehre, bei JAC's Mitarbeiterin des Monats zu werden.

Meine Tasche kippte um und mein Arbeitsbuch rutschte heraus. Ich schob es mit dem Fuß hastig unter den Tresen, damit Dania es nicht mitbekam und anfing, mir Fragen zu stellen. Ich fühlte mich noch nicht gewappnet, ihre wenig hilfreiche Meinung zu hören.

Ich bemühte mich, Dania meine volle Aufmerksamkeit zu schenken. Mir fiel auf, dass sie nicht besonders gut aussah. Sie war kalkweiß und hatte dunkle Ringe unter den Augen, als schliefe sie nicht gut. Ihr langes, dunkles Haar, das normalerweise voll und glänzend wirkte, hing stumpf und strähnig herab.

»Und was hast du jetzt vor?«, fragte ich, wohl wissend, dass das Lösen von Problemen nicht ihre Stärke war. Mir war klar, dass sie mich früher oder später bitten würde, ihr zu helfen. Das hatte ich immer getan.

Also warum ging mir ihre Unfähigkeit beziehungsweise Unwilligkeit, selbst mit diesem Schlamassel fertigzuwerden, gerade etwas gegen den Strich?

Achselzuckend zog Dania einen Dörrfleisch-Snack aus dem Glas und schälte ihn aus der Plastikverpackung. Sie biss hinein, würgte und ließ ihn auf den Tresen fallen. »Der schmeckt ja grauenhaft!« Sie wurde blass.

Ich nahm den weggeworfenen Fleischstreifen und beförderte ihn in den Abfalleimer. »Probier einen von denen. Der wird dir schmecken«, sagte ich und reichte ihr einen Lutscher mit Himbeergeschmack.

Sie steckte ihn in den Mund und verzog die Mundwinkel rund um den Lolli. »Danke, Ells«, sagte sie mit einem aufrichtigen Lächeln.

Dann hievte sie sich auf den Tresen und ließ die Beine baumeln. »Ich habe keine Ahnung, was ich machen soll. Ich kann nirgendwo hin. Ich weiß echt nicht, warum Mr Lewis sich wie das letzte Arschloch aufführt! Wie kann der Typ nachts noch ruhig schlafen, wenn er weiß, dass er eine schwangere Frau auf die Straße setzt?«, schäumte sie.

Ich hatte da so eine Vermutung, warum Mr Lewis so erpicht darauf war, dass sich meine Freundin eine andere Bleibe suchte. Danias Angewohnheit, die Miete nicht zu bezahlen, machte es ihm vermutlich leicht, sie vor die Tür zu setzen.

Aber das hätte ich ihr nie ins Gesicht gesagt. »Wenn du willst, helfe ich dir, was Neues zu suchen«, bot ich wenig begeistert an, schloss die Kasse und schaltete den Überwachungsmonitor ein.

»Oder …«, begann Dania mit einem Blick, den ich nur zu gut kannte.

Es war ein Blick, der nichts als Ärger bedeutete.

Für mich.

»Oder was?«, hakte ich nach.

»Wir könnten doch was zusammen suchen. Wie in alten Zeiten,

Ells! Komm schon!«, drängte mich Dania, deren Miene sich dabei aufhellte.

Ich unterdrückte ein Stöhnen. Mir mit meiner besten Freundin eine Wohnung zu teilen war das Letzte, was ich wollte. Abgesehen von ihrem Unvermögen, ihre Rechnungen zu bezahlen, machten auch ihre Angewohnheit, irgendwelche Männer abzuschleppen, und ihr inflationärer Konsum von Partydrogen und Alkohol sie nicht gerade zu einer idealen Mitbewohnerin.

Auch wenn sie die Einzige gewesen war, die mir geholfen hatte, nachdem ich aus dem Jugendknast kam, war es keine Zeit, die ich gern wiederholen wollte. Ich hatte es gehasst, mit ihr zusammenzuleben. Neben den bereits erwähnten Gründen war sie auch im täglichen Umgang ein absolutes Biest. Ich konnte mit ihren Dramen und Stimmungsumschwüngen umgehen, solange ich meine eigene Bleibe hatte, in die ich mich am Ende des Tages zurückziehen konnte. Aber 24 Stunden am Tag mit ihr zusammen zu sein, könnte mich ohne Weiteres den Verstand kosten.

Danias Miene verdüsterte sich, als ich auf ihren Vorschlag nicht mit dem gleichen Enthusiasmus reagierte. »Verstehe. Ich helfe dir, wenn du mich brauchst, aber umgekehrt sollte ich das lieber nicht erwarten. Na schön. Wenigstens weiß ich jetzt, wie es um unsere Freundschaft steht.«

Sie war wütend. Und eine wütende Dania war irrational und beängstigend.

»Jetzt komm schon. Ich habe einfach hart dafür gearbeitet, mir eine eigene Wohnung leisten zu können. Und das weißt du. Ich bin nicht besonders gut darin, mit anderen zusammenzuleben. Ich habe mein Leben lang ein Zimmer mit anderen teilen müssen, da will ich meine eigene Wohnung lieber für mich behalten«, versuchte ich ihr zu erklären. Aber Dania hörte gar nicht zu. Sie sprang vom Tresen. »Verdammte Scheiße. Ich stecke in der Klemme, Ellie. Glaubst du, es macht mir Spaß, bei dir angekrochen zu kommen?

Aber ich weiß nicht, wo ich hinsoll, verflucht noch mal! Ich bin fast im fünften Monat!« Sie drückte sich fest auf den Bauch. »Was soll ich denn machen, verdammt noch mal, wenn selbst meine beste Freundin mir nicht aus der Patsche helfen will?« Ihre Stimme war inzwischen schrill und an der Grenze zur Hysterie.

»Natürlich helfe ich dir, Dania. Sei nicht blöd«, sagte ich und spürte die vertraute Erschöpfung, die mich immer befiel, wenn sie ihre Tobsuchtsanfälle bekam.

»Spar dir dein Mitleid, Ellie!«, fauchte sie, während sie eine Kiste mit Kaugummis vom Tresen fegte, die polternd auf dem Boden aufschlug.

»Ich bin bloß die schwangere Hohlbirne! Muss eine tolle Aussicht sein von dem Podest, auf das du deinen fetten Arsch gepflanzt hast«, höhnte sie. »Fühlt sich bestimmt toll an, von da oben auf den Rest von uns runterzuschauen. Hast du vergessen, dass ich über dich Bescheid weiß? Dass ich alle deine dreckigen Geheimnisse kenne? Ich war dabei, als du für eine Linie Koks der halben Football-Mannschaft einen geblasen hast!« Ich schnitt eine Grimasse. Es gab nichts Schöneres, als sich von seiner vermeintlich besten Freundin seine schlimmsten Fehler um die Ohren hauen zu lassen.

Dania war nicht mehr aufzuhalten. Und sie wurde grausam, wenn sie sauer war. Die Konsequenzen oder Auswirkungen ihrer Worte kümmerten sie nicht.

»Oder hast du beim Versuch, besser zu sein als der Rest von uns, vergessen, dass du dem Sportlehrer die Reifen aufgeschlitzt hast, nachdem du ihm deine Liebe gestanden und dir eine Abfuhr eingehandelt hattest?« Himmel, musste sie das unbedingt wieder ausgraben?

Es war nicht gerade meine Sternstunde gewesen. Aber ich war jung und lechzte nach Aufmerksamkeit. Und der heiße, junge Sportlehrer war süß und zugewandt. Er hatte sehr nett reagiert, als ich ihm meine Liebe gestand und ihn aufforderte, seine Frau für mich zu verlassen. Trotzdem war ich am Boden zerstört gewesen. Himmel noch mal, ich war gerade erst vierzehn!

Es war Danias Idee gewesen, uns sein Auto vorzunehmen. Sie hatte danebengestanden, als ich das Klappmesser in seine brandneuen Reifen gerammt hatte. Und sie hatte mir ihren Haustürschlüssel gegeben, damit ich den hübschen roten Lack zerkratzen konnte. Aber als der Direktor auf dem Parkplatz erschienen war, hatte sie die Kurve gekratzt. Und ich war diejenige, die alles ausbaden durfte.

Danias Gedächtnis war bestenfalls selektiv. Sie erinnerte sich so, wie es für sie am leichtesten war.

Und sie fackelte nicht lange. Sie hackte ihre Klauen in jede einzelne Wunde und riss sie auf.

»Und was war mit diesem verdammten Freak, mit dem du immer rumgehangen hast? Hast du bequemerweise vergessen, was du ihm angetan hast?«, kreischte sie. Ich musste sie unbedingt beruhigen. Sie rastete natürlich immer dann aus, wenn Kunden im Laden waren.

Eine kleine, weißhaarige Dame beäugte meine tobende, wutschnaubende Freundin.

»Hör auf damit, Dania!«, zischte ich und kam hinter dem Verkaufstresen hervor. Sie schlug mir ins Gesicht, als ich mich ihr zu nähern versuchte.

»Ich hasse dich, Ellie McCallum! Du bist die schlechteste Freundin aller Zeiten! Wie kannst du mich in meinem Zustand im Stich lassen?«, schrie sie, während sie sich mit den Fäusten auf den Bauch trommelte. Sie geriet immer mehr außer Kontrolle.

Ich packte sie an den Oberarmen und schüttelte sie kräftig. »Reg dich ab, Dania, verdammt noch mal! Hör sofort auf!«, herrschte ich sie an. Sie schüttelte den Kopf, sodass die dunklen Haare flogen. Und dann, als habe man einen Schalter umgelegt, hörte sie auf zu toben. Sie sackte auf dem Boden zusammen und begann zu schluchzen.

Die weißhaarige Dame warf meiner Freundin einen angewiderten Blick zu und verließ eilig den Laden. Ich lief zur Tür und drehte das Geschlossen-Schild um.

Dann kehrte ich zu Dania zurück, die sich nicht gerührt hatte und immer noch zu einer Kugel zusammengerollt auf dem Boden lag. Ich war an ihre Ausbrüche einfach zu sehr gewöhnt. Seit sie schwanger geworden war, wurden sie immer häufiger. Dania fuhr selbst an guten Tagen leicht aus der Haut. Und vollgepumpt mit Schwangerschaftshormonen ging sie hoch wie eine Bombe.

Während ich ihr wieder auf die Beine half, wurde mir klar, dass ich ihrer Dramen im Lauf des letzten Jahres immer überdrüssiger geworden war. Und ihres selbstsüchtigen, narzisstischen Verhaltens. Solange man jung und dumm war, ließ es sich leicht entschuldigen. Aber jetzt, wo wir uns dem Erwachsenleben und der damit verbundenen Verantwortung stellen mussten, war ich weniger gewillt, ihre Verrücktheit zu tolerieren.

So ist Dania eben reichte einfach nicht mehr.

Trotzdem half ich meiner psychotischen Borderliner-Freundin auf die Beine.

»Hör auf zu heulen, Dania. Wir finden schon eine Lösung!«, sagte ich mit Bestimmtheit, weil ich darauf angewiesen war, dass sie sich zusammennahm, damit ich weiterarbeiten konnte.

»Und du hilfst mir?«, fragte Dania, deren Miene sich augenblicklich aufheiterte.

Ich nickte im Wissen, ausgetrickst worden zu sein. Wie oft war sie schon ausgeflippt, um zu bekommen, was sie wollte? Hier war offensichtlich jemand der kleinkindlichen Trotzphase nicht entwachsen.

Sie ist meine Freundin. Sie ist die einzige Familie, die ich habe. Sie hat mir geholfen, also muss ich ihr helfen.

Das sagte ich mir wieder und wieder, in der Hoffnung, es könnte die wachsende Irritation, die ich ihr gegenüber empfand, etwas abmildern. Was es auch tat. In sehr geringem Maße.

Ich hatte niemanden. Nur Dania. Ob ich es wollte oder nicht.

»Natürlich helfe ich dir. Aber jetzt muss ich hier aufräumen«, ermahnte ich sie sanft. Dania rieb sich die Augen und mir nichts, dir nichts war plötzlich alles wieder gut.

»Ja, tut mir leid«, kicherte sie. Ich hätte sie am liebsten erwürgt für ihre egozentrische Gleichgültigkeit.

Stattdessen unterdrückte ich ein frustriertes Seufzen und räumte die Bescherung weg, während Dania sich wieder auf den Tresen schwang und von Wohnungen zu plappern begann, die für uns beide einfach perfekt wären.

Ich zog meine Hausarbeit heraus, die ich am Abend zuvor zwischen Danias Bändigung und der Zusage, bei JAC's die Spätschicht zu übernehmen, irgendwie fertiggestellt hatte. Am Morgen war ich zwei Stunden früher auf den Campus gekommen, um meine schludrig von Hand geschriebene Arbeit abzutippen.

Ich reichte sie an Casey weiter, die mir meinen Ausbruch einen Monat zuvor offensichtlich verziehen hatte. Wir würden zwar niemals dicke Freunde werden, aber ich konnte mich mit ihr unterhalten, ohne sie anzufahren, und Casey konnte mich ansehen, ohne ein Gesicht zu machen, als würde sie am liebsten davonlaufen.

»Worüber hast du geschrieben?«, fragte sie, als ich ihr auch die Arbeiten der Leute hinter mir weiterreichte. Wir hatten »Der junge Nachbar Brown« von Nathaniel Hawthorne gelesen. Das Buch hatte mir sehr gut gefallen und ich hatte mich richtig auf mein Thema eingelassen.

»Ich habe mich für die Rolle des Satans entschieden«, erklärte ich ihr leise.

»Wow! Das ist gut! Ich habe einfach nur eine Interpretation geschrieben. Sie ist grottenschlecht.« Casey verzog das Gesicht. Ich gab keine Antwort.

Ich war verhalten zufrieden mit meiner Arbeit. Eigentlich hatte ich das Gefühl, meine Sache gut gemacht zu haben, aber angesichts des Chaos am Vorabend war ich mir nicht ganz sicher. Ich wollte es mit der Ausbildung wirklich probieren, aber es sah so aus, als versuchte mir alles andere im Leben dabei ständig in die Quere zu kommen.

Dania war nach ihrem Ausraster noch eine halbe Stunde geblieben, in der ich buchstäblich die Sekunden gezählt hatte. Als sie schließlich ging, hatte sie mich irgendwie überredet, in der kommenden Woche mit ihr auf Wohnungssuche zu gehen.

Ich wollte nicht mit ihr zusammenleben. Lieber hätte ich mir meinen eigenen Arm abgenagt. Aber irgendwie vermittelte sie mir das Gefühl, dass ich ihr etwas schuldig sei. Gut zu wissen, dass ihre Freundschaft so an Bedingungen geknüpft war.

Am nächsten Tag konnte ich es kaum erwarten, ins College zu kommen. Es war im Laufe des vergangenen Monats meine Zuflucht geworden. Obwohl ich nur vier Stunden in der Woche dort war, reichte es, um die restliche Zeit zu überstehen.

Im Klassenraum zu sitzen und über Dinge wie Symbolismus und Erzähltechniken zu sprechen, ermöglichte es mir, ein wenig Distanz zwischen Ellie-die-aufblühende-Collegestudentin und Elliemein-Leben-stinkt-zum-Himmel-und-ich-komme-nie-aus-Wellston-raus McCallum zu legen.

Es war fast zwei Wochen her, seit ich vor Flynns Haus gelandet war. Zwei Wochen, in denen ich nach ihm Ausschau gehalten und darauf gewartet hatte, dass er wieder im unpassendsten Moment auftauchen würde.

Ich war regelrecht enttäuscht, als er wie vom Erdboden verschluckt zu sein schien.

Es ärgerte mich. Und es ärgerte mich, dass es mich ärgerte.

Natürlich hätte ich zur Kunstwerkstatt gehen können. Flynn hatte mich schließlich gebeten vorbeizukommen. Ich hätte meine potenziell destruktive Flynn-Hendrick-Neugierde befriedigen und die ganze Sache aus dem Kopf bekommen können, indem ich ihn besuchte.

Aber das ging einfach nicht.

Es war mir mehr als peinlich, wie ich mich bei unserer letzten Begegnung aufgeführt hatte. Ich war schwach gewesen. Verletzlich. Und ich hatte mich wie ein großes, weinerliches Arschloch benommen.

Flynn stand für ein Leben, das ich hinter mir gelassen hatte. Für eine Welt, zu der ich die Verbindung gekappt hatte, als ich in den Jugendknast gewandert war.

Eine Welt, zu der ich nie wieder gehören würde, wie ich geglaubt hatte.

Ich hatte wegen dieses ungewöhnlichen Mannes alles verloren, und allmählich kam es mir so vor, als hätte er davon nicht die geringste Ahnung.

Ich klammerte mich schon so lange an meine Wut und Verbitterung, dass sie zu einem Teil von mir geworden waren. Ich war nicht sicher, was mir noch bleiben würde, wenn ich sie losließ.

Meine Wut hatte mich stark gemacht. Mich zusammengehalten. Sie war Teil der Person, die ich geworden war.

Bei meiner Unterhaltung mit Flynn im mondbeschienenen Garten hatte ich gespürt, wie sich die verschlungenen Fäden meiner Wut lockerten und in nichts auflösten.

Was hauptsächlich daran lag, wie er mit mir sprach, wie er mich zurückdenken ließ, mich an das Mädchen erinnerte, das ich einmal gewesen war. Ein Mädchen, das noch nicht so wütend und verbittert gewesen war.

Er beschwor ein einsames Mädchen herauf, das sich zu einem traurigen Jungen hingezogen fühlte und Trost bei ihm fand.

Ich musste ihn wegstoßen. Das war nun mal meine Art. Auf diese Weise sorgte ich für mein Überleben. So beschützte ich mein Herz.

Ich musste diese erneuerte Verbindung zerstören, bevor sie mich zerstören konnte.

Auf Distanz zu bleiben schien die einzige Möglichkeit zu sein. Aber gleichzeitig fühlte es sich auch feige an.

Und wenn ich etwas wusste, dann dass Ellie McCallum kein Feigling mehr war.

Nach der Veranstaltung raffte ich mein Zeug zusammen und lief mit entschlossenen Schritten über den gepflegten Rasen.

»Scheint, als hättest du den Weg in deinen Seminarraum gefunden.« Ich blieb stehen, und als ich mich umdrehte, sah ich das sonnenverbrannte Mädchen in die gleiche Richtung gehen wie ich.

Die braunen Haare hingen ihr inzwischen in verfilzten Rastalocken über den Rücken und ihr Sonnenbrand war zu einem gesunden Goldbraun verblasst.

»Sieht so aus«, erwiderte ich, weil ich für oberflächliches Geplauder nicht in Stimmung war. Anscheinend war das Mädchen für subtile Hinweise nicht empfänglich, denn sie begann, neben mir herzulaufen. Ich musterte sie von oben bis unten und verdrehte die Augen. Mit ihren geflickten Jeans und den schmuddeligen Zehen, die über den Rand ihrer ausgelatschten Birkenstocks lugten, gehörte sie offensichtlich zur Pseudo-Hippie-Fraktion. Fehlte bloß noch die ramponierte Gitarre.

»Ist das dein erstes Jahr hier?«, fragte sie, während ich noch überlegte, ob ich sie ignorieren sollte. Ich war nicht hergekommen, um neue Freunde zu finden. Herrje, ich ertrug meine alten kaum, daher war ich alles andere als wild darauf, mir neue zuzulegen. Small-Talk führte unweigerlich zu einer Unterhaltung, die dann mit dem Vorschlag enden würde, zusammen abzuhängen, was mit der Erwartung verbunden wäre, eine Beziehung aufzubauen, an der ich von Anfang an nicht interessiert war.

Trotzdem veranlasste mich ein merkwürdiger Impuls, ihr eine ehrliche Antwort zu geben. »Ja, ist es. Für dich auch?« Scheiße, warum hatte ich sie das gefragt? Jetzt würde sie denken, ich interessierte mich für das, was sie zu sagen hatte.

»Nö. Mein zweites Jahr. Ich habe vor, im Frühjahr von hier wegzuwechseln und meinen Bachelor zu machen. Ich will mit meinem Leben was anfangen, weißt du?«

Nein, wusste ich nicht. Aber das behielt ich für mich. Es hatte keinen Zweck, meine mangelnde Zukunftsplanung bei einem Mädchen abzuladen, das sich allem Anschein nach schon länger nicht die Haare gewaschen hatte.

Ich gab keine Antwort und wir verfielen in Schweigen. Was für mich unangenehm war, für sie dagegen leicht und angenehm zu sein schien.

»Ich bin Kara Baker«, sagte sie schließlich im gleichen Ton, in dem man jemandem eine Zigarette anbot. Ungeniert. Unverbindlich. Was auch immer.

Ich nickte, blieb aber weiter stumm. Kurz darauf lachte sie auf. »Soll ich deinen Namen vielleicht erraten? Ich bin nämlich nicht gut bei so was.« Ihr kräftiges Lachen ließ mich unwillkürlich lächeln.

Ob ich es wollte oder nicht, irgendwie gefiel mir diese Chica.

»Ellie McCallum«, erwiderte ich.

»Ellie. Cooler Name. Ist das eine Abkürzung für irgendwas? Eleanor vielleicht. Oder Elvira. Nein, ich hab's, Elora!«

Ich schüttelte grinsend den Kopf.

»Nö, einfach nur Ellie.«

»Von wegen einfach. So wie du diese gequälte Eigenbrötlernummer abziehst, geht bei dir wahrscheinlich jede Menge verrückter Scheiß ab.«

»Nicht wirklich«, murmelte ich, während sich die vorübergehende Milde, die ich empfunden hatte, wieder verhärtete. Ich hatte genug von unserem Kennenlernspiel.

»Da steckt eine Geschichte dahinter. Das spüre ich«, neckte mich Kara, aber ich war nicht in der Stimmung dafür.

»Nö, keine Geschichte. Hör mal, ich muss los«, sagte ich abrupt. Ohne ihre Antwort abzuwarten, wurde ich schneller und lief ihr davon. Ich hörte noch, dass sie mir etwas nachrief, aber diesmal folgte ich meinem ersten Impuls und ignorierte sie.

Ich stieß die Tür auf, durch die ich erst ein Mal gegangen war, und lief schweigend durch den fast leeren Korridor, bis ich mich schließlich vor dem großen Fenster wiederfand, das den Blick in die Kunstwerkstatt freigab.

Genau wie beim letzten Mal saß Flynn am Tisch und bearbeitete geschickt einen Klumpen Lehm. Seine Finger kneteten und formten ihn pausenlos. Ich hatte es schon immer genossen, ihm beim Arbeiten zuzusehen. Beim Kreieren. Er wurde dabei ein anderer. Jemand, der beherzt, ja fast verwegen war. Es war unglaublich.

Eine Weile stand ich im Gang herum, während ich mir darüber klar zu werden versuchte, ob ich hineingehen sollte oder nicht. Ich war unsicher, ob ich mich damit auf ein Territorium begab, von dem ich mich lieber fernhalten sollte.

Doch dann handelte ich, ohne weiter nachzudenken, drückte den Türgriff nieder und zögerte nur eine Sekunde, ehe ich den Sprung ins kalte Wasser wagte. Die Tür flog gegen die Wand, weil ich sie kräftiger aufdrückte als nötig. Der Knall hallte durch den stillen Raum.

Die Hände tief im Lehm vergraben, sah Flynn erschrocken auf.

»Ellie«, sagte er ausdruckslos.

»Flynn«, erwiderte ich ebenso unbewegt.

Ich starrte ihn noch an, als er sich längst wieder abgewandt hatte, um weiterzuarbeiten. Zweifel an meinem impulsiven Handeln beschlichen mich.

»Ich bin froh, dass du gekommen bist«, drangen Flynns Worte durch den Raum und trafen mich direkt in die Brust.

Unfähig, länger herumzustehen, ging ich mit schlurfenden Schritten zu ihm hinüber und ließ meine Flipflops über den Fliesenboden schlappen. Mein ängstliches Zögern hallte aus jedem Schritt.

Ich hatte immer noch kein Wort gesagt. Ich wusste nicht, was ich sagen sollte. Also sah ich ihm einfach zu; es war leicht, in das alte Muster zurückzufallen. Ich setzte mich neben ihn auf die Bank, achtete aber darauf, einen gewissen Abstand zu wahren. Dann ließ ich meine Tasche auf den Boden fallen und beugte mich vor; das Haar fiel mir über die Arme, als ich mich auf dem Holz abstützte.

Aufmerksam folgte ich den Bewegungen seiner Hände, während ich mir, nicht zum ersten Mal, wünschte, auch nur einen Funken seines Talents zu besitzen. Was gäbe ich dafür, mich so ausdrücken zu können.

Die Uhr an der Wand tickte die Stunde herunter; jede Sekunde durchdrungen von einem immer stärker werdenden Gefühl der Ruhe. Seine Kunst war Therapie. Nicht nur für ihn, sondern auch für mich.

Fast eine halbe Stunde später pustete sich Flynn eine Locke aus dem Gesicht und rollte die Schultern. »Mir tun langsam die Hände weh«, erklärte er, als er von seiner Arbeit abließ und die Finger dehnte.

Ich legte den Kopf in die Hände und betrachtete die winzige Skulptur, die er geformt hatte. Sie sah aus wie ein Lebkuchenhaus mit einem Lamellendach und allerlei Verzierungen. Es war winzig und perfekt.

»Was ist das?«, fragte ich, während er mit übertriebenen Bewegungen den Rücken streckte.

»Das ist ein Haus«, erwiderte Flynn vage.

Ich verdrehte die Augen. »Ja, das sehe ich, aber wofür ist das?«

»Ich baue eine Miniaturausgabe des Dorfs vom Candyland-Brettspiel. Das hier wird das Erdnusskrokant-Haus. Die Gummibonbon-Berge und der Lollipop-Wald sind schon fertig«, erklärte er, während er mit den Fingern die Kanten des kleinen Daches glatt strich.

»Warum?«, fragte ich.

»Weil mich jemand dafür bezahlt«, erwiderte Flynn, der sich bereits wieder an seine Skulptur setzte.

»Wer will denn eine Replik vom Candyland?«, fragte ich mit ehrlicher Neugierde.

Flynn zuckte die Achseln. »Es ist für ein Weihnachtsschaufenster in New York. Das Ganze wird beleuchtet und mit mechanischen Figuren dekoriert.«

Ich blinzelte geschockt. »New York wie in New York City?«, fragte ich staunend.

»Jep«, erwiderte er, offensichtlich deutlich weniger beeindruckt als ich.

»Verdienst du damit dein Geld? Du fertigst Skulpturen an, die die Leute kaufen?« Ich weiß nicht, warum ich ihn das fragte. Eigentlich konnte es mir egal sein, wie er seinen Lebensunterhalt bestritt, aber ich musste zugeben, dass es mich interessierte. Auch wenn ich mir um jeden Preis einzureden versuchte, dass es nichts zu bedeuten hatte.

»Ja, die Leute scheinen das, was ich anfertige, zu mögen. Jedenfalls bezahlen sie viel Geld dafür«, sagte er mit null Bescheidenheit oder Takt.

»Dann bist du also stinkreich«, hakte ich mit mehr als nur ein bisschen Bitterkeit in der Stimme nach.

»Ich verdiene mehr Geld als viele andere. Und wahrscheinlich mehr als du«, sagte er und ich musste mir alle Mühe geben, nicht beleidigt zu sein. Aber wem wollte ich etwas vormachen? Ich war total beleidigt.

Am liebsten hätte ich sein blödes kleines Haus mit der Faust zertrümmert. Doch das tat ich nicht. Ich würde es mir nicht zu Herzen nehmen, würde mich nicht von seinen gedankenlosen Kommentaren verletzen lassen, von denen ich wusste, dass sie gar nicht so gemeint waren.

Es stank mir, wie er mit wenigen Worten all das bestätigte, was ich über mich und mein Leben dachte.

Flynn hatte keine Ahnung, welchen Schlag er mir mit seiner gefühllosen Bemerkung versetzt hatte. Ich nahm das winzige Kerbschnitzmesser, das er benutzt hatte, und drückte es in den weichen Lehm.

»Fass das nicht an«, sagte Flynn, der mir das Werkzeug wieder abnahm, auch wenn er darauf achtete, mich nicht zu berühren. Es war vieles anders geworden bei ihm, aber manche Dinge waren noch haargenau die gleichen.

»Tut mir leid. Das war wohl ziemlich unhöflich, was?«, fragte er und ich sah mit einem überraschten Blinzeln zu ihm auf. Zeigte Flynn hier etwa Selbsterkenntnis?

»Ja, war es«, stimmte ich ihm zu.

»Tut mir leid«, sagte er wieder und ich musste lächeln.

»Das hast du schon gesagt.«

Flynn grinste mich zaghaft an. »Ich hab dein Lächeln schon immer gemocht. Du hast so hübsche Zähne.«

Ich schnaubte, was sich wie ein Husten anhörte.

»Äh, danke«, stammelte ich, ohne dass mir eine clevere Antwort einfiel. Was sollte ich dazu schon sagen?

»Sie sind so gerade und weiß. Und sie passen genau in deinen Mund«, fuhr Flynn fort, während er meine Zähne betrachtete. Ich überlegte kurz, ob ich den Mund öffnen und ihn hineinsehen lassen sollte.

»Ich weiß echt nicht, was ich dazu sagen soll, Flynn«, erklärte ich wahrheitsgemäß. Flynn lachte. Es klang angestrengt und unnatürlich, aber es war ein Lachen. Was mich ebenfalls die Lippen verziehen ließ.

»Willst du immer noch lernen, wie es geht?«, fragte er. Ich runzelte die Stirn. Wann hatte ich ihm erzählt, dass ich gerne modellieren wollte?

Flynn wandte sich wieder zum Tisch um und rollte die übrig gebliebene Lehmmasse zu einer Kugel, die er mit der Hand platt drückte. Das wiederholte er ein ums andere Mal. Er arbeitete sehr methodisch. Jedes Klopfen und Rollen erfolgte in genau getimten Schritten.

»Du hast mir in der Schule erzählt, dass du gern zeichnen können würdest. Das war an dem Tag, als du die blaue Bluse mit dem zerrissenen Kragen anhattest. Du warst der Meinung, dass du nicht genug Talent hättest. Und ich habe dir angeboten, es dir beizubringen«, erzählte Flynn und überraschte mich mit einer weiteren detailgenauen Schilderung eines Gesprächs, das fast sieben Jahre zuvor stattgefunden hatte.

»Du hast es mir angeboten, aber ich bin nie darauf zurückgekommen«, sagte ich, während ich mich an eine Zeit zurückzuerinnern versuchte, die ich mit aller Kraft hatte vergessen wollen. Ich zermarterte mir das Gehirn auf der Suche nach dem Gespräch, von dem Flynn redete. Ich hatte mir solche Mühe gegeben, einen Großteil meiner Vergangenheit zu verdrängen, dass mir die Erinnerung an Dinge, die ich heraufholen wollte, schwerfiel. Einer der Therapeuten, zu denen man mich im Laufe der Jahre geschickt hatte, hatte mir erklärt, dass dies mein Abwehrmechanismus sei. Mein Verstand würde dichtmachen und die Dinge wegschieben, die mir wehtaten.

Bislang hatte mir das gute Dienste erwiesen. Bis zu dem Moment, in dem ich mich an bestimmte Dinge genauso gut erinnern wollte wie Flynn.

»Du hast mich nie mehr danach gefragt. Aber wenn du willst, kann ich dir jetzt beibringen, wie man modelliert«, sagte er zögerlich.

Ich rutschte über die Bank, bis ich direkt neben ihm saß, auch wenn ich ihn immer noch nicht berührte. Ich wusste, dass er das nicht mochte. Und ich wollte es auch nicht. Trotzdem saß ich dicht genug, um die Seife zu riechen, die er beim Duschen benutzte, und einen scharfen Hauch von Schweiß, der im warmen Raum auf seiner Haut trocknete.

Flynn räusperte sich und warf mir einen kurzen Seitenblick zu, ohne mir direkt in die Augen zu schauen. Es war unglaublich, wie vertraut mir viele Feinheiten seines Verhaltens noch waren. Selbst nach all der Zeit und egal, wie sehr ich mich geistig abgeschottet hatte, gab es immer noch viele Dinge, die ich nicht vergessen konnte.

Dazu gehörte die ungelenke Art, mit der er seine Hände rieb, wenn er nervös war. Und das leichte Zucken seines Kinns, wenn er aufgewühlt war. Im Augenblick machte er beides.

Mit einer, wie es mir schien, willentlichen Anstrengung hörte er auf zu reiben und legte die Hände wieder auf den Lehm. Dann nahm er die Kugel, die er geformt hatte, und ließ sie über den Tisch zu mir rollen.

»Knete sie eine Weile. Mach sie geschmeidig. Dann kannst du sie leichter bearbeiten«, erklärte er mir in kurzen, abgehackten Sätzen.

Ich tat, was er gesagt hatte, und genoss es, wie mir die Masse zwischen den Fingern hindurchquoll.

»Jetzt reiß ein Stück ab und roll es zu einem Kegel, so.« Geübt formten Flynns Finger sein eigenes Stück. Ich fummelte ungeschickt herum, als ich versuchte, es ihm gleichzutun. Mit einem gequälten Grinsen hielt ich das fertige Ding in die Höhe.

»So?«

Flynns Mund zuckte. Sein Lächeln hatte Seltenheitswert. Er verschenkte es nur sparsam und ich stellte fest, dass es mich ärgerte, wenn er es mir vorenthielt.

Er nahm mir das Lehmstück aus der Hand und drückte es zwischen den Handflächen platt, ehe er es wieder zu einer Kugel rollte und auf den Tisch zurücklegte.

»Versuche es noch mal«, wies er mich an. Ich unterdrückte den Impuls, mich zu widersetzen und wütend zu werden. Ich hatte mir noch nie gern etwas vorschreiben lassen. Ich sperrte mich gegen jede Form von Autorität und hatte es mir als Heranwachsende zur Aufgabe gemacht, das System auf die einzige Art zu bekämpfen, die mir zur Verfügung stand: mit absoluter Widerspenstigkeit.

Doch bei Flynn wusste ich, dass er mich nicht herumkommandieren wollte. Es war einfach seine Art. Während ich gegen meine Gereiztheit ankämpfte und mich bemühte, den Mann so zu akzeptieren, wie er war, hatte ich das Gefühl, in einem endlosen Déjà-vu gefangen zu sein.

Es war beängstigend leicht, wieder unsere alten Rollen anzunehmen. Nach und nach schlüpfte ich zurück in die Schuhe einer Ellie McCallum, von der ich geglaubt hatte, es gäbe sie nicht mehr. Einer Ellie, die es nur zusammen mit Flynn gegeben hatte.

Ich schluckte schwer und machte mich dann daran, den Lehm ein zweites Mal zu rollen und zu formen. Und wieder drückte ihn Flynn zusammen und gab ihn mir zurück.

»Du machst es nicht richtig. Es muss so aussehen.« Er hielt sein eigenes, makelloses Exemplar in die Höhe und einen kindischen Moment lang war ich versucht, es zu zerquetschen und ebenso zu ruinieren, wie er es mit meinem getan hatte.

Doch seine Beharrlichkeit führte dazu, dass ich schließlich einen Kegel formte, der ihn zufriedenstellte.

»Der sieht gut aus. Und jetzt nimm dir noch ein bisschen Lehm und rolle ihn zwischen den Fingern zu einer Kugel«, wies er mich an. Ich folgte seinen Anweisungen, beobachtete seine Bewegungen und versuchte sie nachzuahmen, womit er wiederholt nicht zufrieden war. Es frustrierte mich, dass er darauf bestand, es wieder und wieder zu versuchen.

Eine Dreiviertelstunde später grinste ich von einem Ohr zum anderen, als ich einem winzigen, fein ausgearbeiteten Tonblumenstrauß, den ich ganz allein angefertigt hatte (mit ein bisschen Hilfe von Flynn natürlich), den letzten Schliff verpasste.

»Wow, der ist wunderschön«, hauchte ich und konnte kaum glauben, dass ich etwas so Zerbrechliches geschaffen hatte. Meine ungeschickten Finger schienen dazu gar nicht fähig zu sein. Trotzdem lag nun etwas derartig Entzückendes vor mir. Das machte mich stolz.

Und es hatte Spaß gemacht.

Ich hatte mich wohlgefühlt dabei.

Flynn nickte. »Ja, das hast du wirklich gut gemacht«, sagte er. Sein Lob machte mich glücklicher, als mir lieb war.

»Was soll ich jetzt damit tun?«, fragte ich voller Angst, den Strauß beim Anfassen kaputt zu machen. Meine Hände hatten keine Übung darin, etwas von Wert zu erschaffen, es wäre ein Leichtes für sie, alles wieder zu ruinieren. Das konnte ich am besten.

»Er muss gebrannt werden«, sagte Flynn und wies auf den Tonofen auf der gegenüberliegenden Seite des Raums. Vorsichtig nahm ich mein winziges Werk in die Hand und folgte ihm. Er nahm mir den Tonstrauß behutsam ab und legte ihn auf die Brennplatte.

Während er die Brennstücke anordnete, betrachtete ich die Tonwaren auf dem Tisch, die Flynn gerade aus dem Ofen geholt hatte. Ich nahm einen winzigen Hund in die Hand, der mir vage bekannt vorkam.

»Der ist ja niedlich. Hast du den gemacht?«, fragte ich, während ich mit den Fingern über die rauen Kanten strich.

»Ja«, murmelte Flynn, nahm mir die Figur aus der Hand und stellte sie wieder auf den Tisch.

Ich betrachtete das von ihm geschaffene Tier genauer und kämpfte mit einer weiteren verdrängten Erinnerung. »Du hattest mal einen Hund, der so ausgesehen hat. Wie hieß der noch mal?«, fragte ich, während mir verschwommene Erinnerungen an einen langhaarigen Hund durch den Kopf tanzten.

Flynn wurde blass und senkte das Kinn bis auf die Brust. Dann verschränkte er die Hände und begann sie heftig zu reiben.

Was hatte ich gesagt?

»Marty«, sagte Flynn leise.

Marty?

Genau! Er hatte einen Border Collie gehabt, der Marty hieß!

»Du hast im Garten Bälle geworfen und er hat sie geholt und dir vor die Füße gelegt«, erinnerte ich mich lächelnd. Ich sah langes Fell vor mir und eine feuchte Zunge auf meiner Wange und mir wurde innerlich ganz warm.

Dann kehrte eine weitere Erinnerung zurück, bei der ich auf der Couch in Flynns Wohnzimmer saß und Marty mir seinen Kopf in den Schoß legte.

Es war eine Erinnerung an glückliche Tage und lächelnde Gesichter. An das Bananenbrot von Flynns Mutter und seine zögerlichen Berührungen, gefolgt von atemlosem Gelächter und Hundefell, das auf meiner Haut kitzelte.

»Hast du ihn mitgebracht?«, fragte ich in der Hoffnung, Flynn würde Ja sagen.

»Marty ist tot«, stieß er in unverkennbarer Wut hervor. Er schnappte sich den Lehmhund und warf ihn zornig gegen die Wand. Die Figur zersprang und regnete in Krümeln auf den Boden.

Nach Flynns Ausbruch war es totenstill im Raum.

Unfähig, mich zu bewegen, verharrte ich ein paar Herzschläge lang.

»Flynn …«, begann ich, doch er schüttelte den Kopf.

»Sei still. Sag nichts. Lass mich einfach kurz in Ruhe!« Er verzog sich auf die andere Seite der Werkstatt und ich blieb, wo ich war, ohne den blassesten Schimmer, womit ich ihn so hatte hochgehen lassen.

Ich lauschte dem Ticken der Uhr, während ich mich fragte, ob ich lieber gehen sollte. Unser schöner Nachmittag schien beendet zu sein.

Aber es fühlte sich merkwürdig falsch an, ihn in dieser Verfassung allein zu lassen.

Die Minuten tickten herunter und schließlich wagte ich es, zu Flynn hinüberzuschauen. Er wirkte gefasst, vielleicht sogar ein bisschen verlegen. Sein Gesicht war rot angelaufen und er nagte an seiner Unterlippe.

»Es war das Feuer. Marty ist im Feuer umgekommen. Er hat es nicht nach draußen geschafft«, rief er und ließ mich zusammenschrecken.

»Was?«, fragte ich, weil ich mir nicht sicher war, ob ich ihn richtig verstanden hatte.

»Das Feuer in meinem Haus. Marty ist darin umgekommen. Er hat immer im Keller geschlafen und Mom ist nicht zu ihm durchgekommen.«

Mir blieb förmlich die Luft weg und mein Kopf begann zu dröhnen.

Flynn kam langsam zu mir zurück. Er bückte sich und begann mit zitternden Händen die Überreste des Lehmhündchens aufzusammeln.

Mir war schlecht vor Entsetzen. Am liebsten wäre ich schreiend davongerannt vor der Wahrheit, die sich mir gerade enthüllt hatte. In aller Hast versuchte ich die Schuldgefühle irgendwo in meinem Innern zu verstauen, wo sie erträglicher waren, damit ich nicht an ihnen erstickte. Doch es war zu spät.

Marty, der wunderbare Border Collie, war tot. Der Hund, den ich geknuddelt und geküsst und den Flynn geliebt hatte, war fort.

Durch meine Schuld.

Ich spürte die Ungerechtigkeit und Sinnlosigkeit dieses Verlustes tief in meiner Seele. Die Tragik ließ mich fast verzweifeln.

Ich verlegte mich auf die brutale Strategie, die Scham in meinem Inneren gewaltsam zu ersticken, sie von hier nach da zu schieben und in winzige Stücke zu zerlegen, um sie leichter loswerden zu können.

Als ich sie endlich sicher verstaut hatte, konnte ich Flynn wieder ansehen und aussprechen, was in solchen Situationen von einem erwartet wurde.

»Das tut mir leid, Flynn –«, setzte ich an, doch er unterbrach mich.

»Warum sollte es dir leidtun? Du hast ihn ja nicht umgebracht. Es war das Feuer. Er konnte nicht raus.«

Wieder flog die Tür zu meinen Gefühlen sperrangelweit auf und ich wusste nicht, was ich sagen sollte.

Was?

Mein Hals zog sich zusammen und mein Mund wurde ganz trocken.

Flynn wusste es nicht.

Irgendwie hatte ihn die Wahrheit dieser grauenhaften Nacht nicht erreicht.

Ich hatte die letzten sechs Jahre meines Lebens in dem Glauben verbracht, dass alle meine Karten auf dem Tisch lagen. Dass Flynn wusste, was geschehen war.

Doch aus irgendeinem Grund hatte ihn diese besonders schmerzhafte Information nicht erreicht. Ich beneidete ihn um diese selige Unwissenheit. Er musste nicht mit dem Wissen herumlaufen, was ich ihm angetan hatte. Er war nichtsahnend und ein abscheulicher Teil von mir verachtete ihn dafür.

Ich hatte Kopfschmerzen. Und meine Brust war wie zugeschnürt.

Ich musste weg hier.

Ohne ein weiteres Wort schnappte ich mir meine Tasche und verließ die Kunstwerkstatt. Flynn rief mir weder nach noch folgte er mir. Ich rechnete auch nicht damit.

Aber ein klitzekleiner, störender Teil von mir, den die emotionale Stumpfheit noch nicht überwältigt hatte, war traurig darüber.

11

Ellie

Es war ein Fehler gewesen, Zeit mit Flynn zu verbringen. Und ich hatte nicht die Absicht, ihn zu wiederholen.

Unsere kurze Begegnung hatte die Explosivität einer Landmine besessen und Türen aufgesprengt, die ich lange Zeit vehement verschlossen gehalten hatte. Doch letztendlich hatte sie mich auch auf eine Art und Weise gestärkt, wie es nur die Selbstzerstörung vermag.

Die Tage gingen ineinander über, ohne dass ich ihn wiedersah. Ein oder zwei Mal war ich versucht, den Campus zu überqueren und dorthin zu gehen, wo ich ihn finden würde, doch mein Verstand behielt die Oberhand über mein verräterisches Verlangen.

Ich hasste mich für meine Schwäche. Und ich hasste ihn dafür, dass er sie hervorlockte. Ich steckte in einem Morast alles umfassender Verachtung.

Doch es war nicht alles schlecht. Auch wenn mir Flynns Präsenz in meiner Welt zusetzte, stellte ich fest, dass manche Träume gar nicht so unerreichbar waren.

Als ich am Freitagnachmittag den Seminarraum verlassen wollte, rief Professor Smith meinen Namen. Ich erschrak, als ich seine ausdruckslose, nichtssagende Stimme hörte, und begann auf der Stelle die Millionen Möglichkeiten durchzugehen, wie ich in Schwierigkeiten geraten sein könnte.

Es war eine instinktive Reaktion, auf die ich keinen Einfluss hatte. Mein Name wurde so gut wie nie aus positiven Gründen aufgerufen.

Daher durchfuhr es mich von Kopf bis Fuß, als er die Hausarbeit über »Der junge Nachbar Brown« herauszog, die ich vor einigen Wochen abgegeben hatte, und obenauf ein rotes A prangte.

Ich nahm die Arbeit und starrte sie an. War das ein Witz? Es musste das erste A sein, das ich je im Leben erhalten hatte.

Professor Smith hatte einige Bemerkungen an den Rand geschrieben. *Ausgezeichnet erklärt! Hervorragende Analyse! Gut gemacht!*

Er zeigte auf mein Werk. »Das ist eine ausgezeichnete Arbeit, Ellie. Eine der besten, die ich seit Langem gelesen habe. Ihre Argumente sind stichhaltig und gut durchdacht. Ihre Schlussfolgerung ist hochkomplex und in meinen Augen eher auf dem Niveau eines Master-Seminars. Ich muss sagen, ich bin extrem beeindruckt von Ihrer Leistung in diesem Kurs und möchte Sie ermutigen, im nächsten Semester einige anspruchsvollere Seminare zu belegen. Ihr Schreibstil ist mühelos und flüssig. Sie haben offensichtlich ein Talent dafür. Es wäre eine Schande, das nicht weiterzuverfolgen.«

Mir stand der Mund sperrangelweit offen und ich klappte ihn hastig zu. Ich wusste nicht, was ich sagen sollte. Ich hatte den Kurs eher aus einer Laune heraus belegt. Und nun stand ich da und durfte mir anhören, dass ich meine Sache tatsächlich gut machte.

Ich konnte mich nicht erinnern, dass man mir so etwas schon einmal gesagt hatte. In der Schule war ich gerade so durchgekommen und im Jugendknast waren die Leute alles andere als ermutigend gewesen.

Aber hier stand ein Collegeprofessor und erklärte mir auf seine fade, reizlose Art, dass ich es draufhatte. Stolz war ein schönes Gefühl.

Ich rollte meine Hausarbeit zusammen und hielt sie krampfhaft fest; es fiel mir schwer zu akzeptieren, was er gesagt hatte, aber ich war auch nicht bereit, es ganz und gar zu verwerfen.

»Haben Sie sich schon für Veranstaltungen im Frühjahr angemeldet?«, fragte mich Professor Smith.

Ich schüttelte den Kopf, wagte es aber nicht, ihm einzugestehen, dass ich gerade gewaltigen Bammel hatte. Nicht zu wissen, wie man an sich selber glaubt, macht die Zukunftsplanung ziemlich schwierig.

Professor Smith kritzelte etwas auf einen Haftzettel und gab ihn mir. Als ich daraufschaute, sah ich, dass er drei Seminare aufgelistet hatte. Englische Literatur, Creative Writing und die Entwicklung der Kurzgeschichte.

»Das sind bloß ein paar Vorschläge für Ihre Stundenplangestaltung. Es sind gute Grundlagen für eine vierjährige Universitätsausbildung.«

Fast hätte ich meine eigene Zunge verschluckt. Eine vierjährige Universitätsausbildung? Das war die Karotte vor meinem Gesicht. Der Käse am Ausgang des Irrgartens. Verlockend, aber trotzdem gänzlich außer Reichweite.

»Ich glaube nicht –«, setzte ich an, um der Idiotie dieses Hirngespinsts Ausdruck zu geben.

Professor Smith unterbrach mich. »Denken Sie einfach darüber nach. Es ist nicht nötig, sich jetzt zu entscheiden.«

Darüber nachdenken.

Ja, das konnte ich tun.

Ich klopfte mit den Fingern auf meine Hausarbeit. »Mach ich, Professor. Vielen Dank«, sagte ich aufrichtig.

Vielleicht war Professor Smith doch nicht so übel.

Gut gelaunt verließ ich das Dunlop-Gebäude.

Mein Handy klingelte.

Verdammtes Teil.

»Miss McCallum?«, fragte eine Stimme am anderen Ende der Leitung.

»Hi, Mr Schwantz«, sagte ich und verbiss mir das Lachen. Es war mein Bewährungshelfer. Mr James Schwantz. Für mich Mr Schwantz. Ich konnte seinen Namen einfach nicht aussprechen, ohne mich kaputtlachen zu wollen. Und ich war mir ziemlich sicher, dass seine bescheuerte Art unmittelbar mit den Unmengen an Hänseleien zusammenhing, die er als Kind wegen seines unglücklichen Namens hatte ertragen müssen.

Er war zwar nicht gerade der schlechteste Bewährungshelfer, aber trotzdem ein Arsch. Ich konnte es einfach nicht ausstehen, wenn mir bei jedem Niesen jemand über die Schulter sah. Für alles musste ich Rede und Antwort stehen. Wie schon gesagt, kam ich mit Autorität nicht sonderlich gut klar, und Mr Schwantz verkörperte alles, was ich an Leuten mit Macht hasste.

»Ich möchte, dass Sie sich unverzüglich zum Straight Lab Labor begeben, um Urin für einen Drogentest abzuliefern«, ließ er mich wissen.

»Ich muss in zwanzig Minuten bei der Arbeit sein, Mr Schwantz«, wandte ich ein.

»Und das hier ist eine Ihrer Bewährungsauflagen. Oder gefällt Ihnen die Innenansicht einer Gefängniszelle vielleicht besser?«, erwiderte Mr Schwantz barsch.

Ich war versucht, eine sarkastische Bemerkung zu machen, aber Mr Schwantz war niemand, der meinen trockenen Humor zu würdigen wusste. Vor allem deshalb, weil er keinerlei Humor besaß. Seine Frau musste ihn hassen.

»Also gut. Ich bin in zehn Minuten da«, murmelte ich voller Verachtung für den Mann, der mich wie an einer Schnur herumzerrte.

»Gut. Ich rufe Sie in ein paar Tagen mit dem Ergebnis an. Und ich hoffe um Ihretwillen, dass Sie sauber sind«, warnte er mich. Es war unnötig, mir zu sagen, was geschehen würde, wenn das nicht der Fall war.

»Ich weiß, Sir«, fauchte ich, weil ich mich nicht länger zurückhalten konnte. Er trieb es mit seiner Arschigkeit heute einfach ein bisschen zu weit.

»Wir brauchen alle hin und wieder eine kleine Erinnerung. Auf Wiederhören.« Mr Schwantz legte auf.

Auf dem Weg zu meinem Auto gab ich leise ein paar ausgesuchte Obszönitäten von mir. Eigentlich hätte mich ein unangekündigter Urintest nicht so auf die Palme bringen dürfen. Schließlich war ich durch meine eigene Dummheit in diese Lage geraten.

Trotzdem nervte es mich, so herumgeschickt zu werden.

Ich fuhr zum Labor hinüber, ging hinein und lachte nur trocken, als ich Shane und Stu im Wartezimmer vorfand.

»Dann ist die Mannschaft ja komplett«, sagte Shane mit einem Grinsen. Stu sah nicht von seinem Handy auf, sondern winkte nur träge.

Ich meldete mich bei der Frau am Empfangstresen an und setzte mich dann meinen Freunden gegenüber.

»Und, was hast du gerade gemacht, als man dir gesagt hat, dass du alles stehen und liegen lassen sollst, um in einen Becher zu pissen?«, erkundigte sich Shane.

Ich schob meine Nagelhaut zurück. »Äh, ich war zu Hause, nichts Besonderes«, log ich.

»Also ich hab mir gerade megamäßig einen blasen lassen. Aber es gibt nichts, was dich mehr abtörnt als ein Anruf vom Bewährungshelfer«, brummte Shane.

»Nett«, erwiderte ich trocken.

»Ach, Baby, sei nicht eifersüchtig. Du weißt ja, dass dein hübscher Mund in meinem Herzen immer einen ganz besonderen Platz haben wird«, sagte Shane anzüglich und ich verdrehte die Augen.

»Kommst du heute Abend zur Party?«, fragte Stu, den Blick immer noch auf sein Handy gerichtet.

»Wusste gar nicht, dass eine stattfindet«, erwiderte ich. Ich hatte am Abend nichts vor. Aber ich war total erledigt und musste vor Donnerstag noch eine Menge lesen.

»Du kränkst mich, Ells! Heute ist mein Geburtstag! Wie konntest du das vergessen!«, schmollte Shane.

»Tut mir leid, Shane«, entschuldigte ich mich, obwohl es nicht weiter verwunderlich war, dass ich seinen Geburtstag vergessen hatte. Stu und er waren nicht gerade die Sorte Freunde, deren Geburtstage man im Kopf hatte.

»Du warst schon ewig nicht mehr mit uns unterwegs. Was ist los?«, fragte Stu, als er schließlich aufsah. Ich wollte seinem Blick nicht begegnen. Irgendetwas in seinen Augen ließ mir jedes Mal das Blut in den Adern gefrieren.

»Ich war einfach beschäftigt«, erwiderte ich lahm.

Ehe Stu noch etwas sagen konnte, wurde er nach hinten gerufen, um seine Urinprobe abzugeben.

»Hoffentlich dauert das nicht mehr lange. Ich muss zurück in meine Wohnung. Hab noch was zu erledigen«, sagte Shane, der sich in den Schritt fasste.

Ich gab ein Würgegeräusch von mir. »Gott, Shane. Lass gut sein. Also, wer ist die Glückliche?«, zog ich ihn auf.

Ich hatte nicht erwartet, dass er rot anlaufen und meinem Blick ausweichen würde.

Hm.

»Komm schon, Shane … spuck's aus!«, bohrte ich.

»Äh …«, stammelte Shane.

Ich hatte noch nie erlebt, dass Shane ein solches Geheimnis um seine Eroberungen machte. Er gehörte zu den Kerlen, die sie jedem auf die Nase banden. Einschließlich einigen Großmüttern und ein oder zwei Priestern.

Augenblicklich misstrauisch, hob ich die Augenbrauen.

»Shane …«, sagte ich und bedachte ihn mit meinem eindringlichsten »Spuck's aus oder es passiert was«-Blick.

»Dania, okay? Aber erzähl Stu nichts davon. Er hat davon geredet, wieder mit ihr zusammenzukommen.«

Ich stöhnte. Was zum Teufel war los mit meinen Freunden? Sie waren schneller als der Schall, wenn es darum ging, miteinander in die Kiste zu springen. Es war widerlich.

»Bist du eifersüchtig, Baby?«, fragte Shane mit einem viel zu hoffnungsvollen Blick.

Ich schleuderte ihm die Zeitschrift ins Gesicht, die neben mir auf dem Stuhl gelegen hatte. »Nein, ich bin nicht eifersüchtig, du Honk! Aber, Mann, kannst du dir nicht eine suchen, die nicht zu deinem engsten Freundeskreis gehört? Außerdem dachte ich, Dania wäre mit dem Kerl von der Party am Fluss zusammen?« Mir ging auf, dass ich mir schon eine ganze Weile nicht mehr die Mühe gemacht hatte, mich auf den letzten Stand von Danias Privatleben zu bringen. Ich war mir nicht sicher, ob mich das zu einer schlechten Freundin machte oder ob ich mein Hirn einfach nur vor Schaden bewahrte.

»Keine Ahnung. Es ist ganz zufällig passiert. Sie wollte bloß einen Film abholen, den sie letzte Woche bei mir liegen gelassen hat, und du weißt ja, wie sie ist.« Shane grinste und ich warf eine weitere Zeitschrift nach ihm.

»Und du meinst, Stu will sie zurückhaben? Ernsthaft?« So viel zu meiner »Stu ist schwul«-Theorie.

»Kann schon sein. Er war ein bisschen wehmütig in letzter Zeit, was sie angeht«, erklärte Shane, der sich das Kinn rieb, dort, wo ihn die Zeitschrift getroffen hatte.

Mir blieb der Mund offen stehen. »Du machst Witze! Wehmütig worüber? Dass sie ihm das Fenster eingeschlagen hat? Oder dass er sie vor der ganzen Cafeteria als Nutte bezeichnet hat?«

Shane zuckte die Achseln. »Was auch immer. Ihr Kram interessiert mich nicht besonders. Ich wollte einfach nur meinen Spaß und nicht, dass mir Stu deswegen aufs Dach steigt. Also halt einfach die Klappe.«

Ich schürzte verächtlich die Lippen.

»Meinetwegen. Von mir aus kannst du dein süßes kleines Geheimnis für dich behalten«, sagte ich mit abgewandtem Blick. Über diese Geschichte würden Dania und ich uns unbedingt unterhalten müssen. Verdammt, was dachte sie sich bloß dabei?

Man hätte meinen sollen, sie hätte durch die Schwangerschaft ihre Lektion gelernt. Für jeden x-Beliebigen die Beine breit zu machen war keine gute Idee, selbst wenn der x-Beliebige Shane Nolan hieß.

Aber wie es aussah, brauchte sie noch ein paar Schläge auf den Hinterkopf, ehe sie das begriff. Und das würde ich mit Freuden übernehmen.

Kurz darauf wurde auch Shane nach hinten gerufen, dann war ich an der Reihe.

Als ich fertig war, ging ich nach draußen, wo Stu auf mich wartete.

»Hast du Lust, im Woolly einen zu trinken?«, fragte er. Mir klappte zum zweiten Mal innerhalb von zwanzig Minuten die Kinnlade herunter. Stu Wooten lud mich ein, mit ihm abzuhängen?

Wir standen uns nicht gerade nah. Ich konnte mir vorgaukeln, zu Reggie und Shane eine Beziehung zu haben, aber nicht zu Stu. Er redete nicht viel. Und es war kein Geheimnis, dass er mehr oder weniger gemeingefährlich war. Ehrlich gesagt jagte er mir eine Heidenangst ein. Er war einer von denen, die schneller zustachen, als man blinzeln konnte.

»Äh, nein, danke. Ich hab zu tun«, murmelte ich, weil mir keine bessere Ausrede einfiel.

Stu zündete sich eine Zigarette an und blies den Rauch aus. »Ich hab dich übrigens mit dem Freak reden sehen«, sagte er zu meiner Überraschung.

»Flynn?«, fragte ich.

»Heißt er so?«, erwiderte er.

»Ja. So heißt er. Wann hast du mich denn mit ihm gesehen?«, fragte ich. Und warum hatte ich das Gefühl, verhört zu werden?

»Im Café. Ihr habt ziemlich vertraut gewirkt, ihr beiden.« Stu blies abermals Rauch aus, diesmal direkt in mein Gesicht.

Ich hustete und wedelte mit der Hand.

»Was geht dich das an, Stu?« Das Gespräch begann mir langsam auf die Nerven zu gehen.

Stu ließ seine Zigarette fallen und trat sie aus.

»Gar nichts. Ich fand es bloß komisch, dass du mit dem Spast so freundlich tust. Du solltest vielleicht ein bisschen genauer auswählen, mit wem du so abhängst«, bemerkte er.

Ich war kurz davor, in die Luft zu gehen. Stu Wooten war wirklich der Letzte, von dem ich mir so etwas anhören musste.

»Hör zu, Stu, ich hänge nicht mit Flynn ab. Aber selbst wenn, wäre das nicht deine Angelegenheit! Außerdem ist er kein *Spast*. Er hat einen Namen. Also benutz ihn, verdammt noch mal!« Ich musste tief durchatmen, um mich zu beruhigen. Das Ganze ging mir merkwürdig an die Nieren.

Stu erwiderte nichts auf meinen Ausbruch. Was dazu führte, dass ich mir noch lächerlicher vorkam. Was hatte mich geritten, Flynn so zu verteidigen? Trotzdem machte es mich sauer, wenn Stu so geringschätzig über ihn sprach.

»Wie auch immer. Mach's gut, Ells«, sagte er und stieg in seinen Truck, während ich völlig aufgewühlt zurückblieb.

12

Ellie

»Die ist der Wahnsinn! Sie hat sogar einen kleinen Balkon!«, quietschte Dania. Die Maklerin, die sich als Barbara vorgestellt hatte, stand mit einem aufgesetzten Lächeln im arroganten, ablehnenden Gesicht an der Tür. Seit Dania und ich bei dem Mietshaus im Norden von Wellston angekommen waren, behandelte sie uns mit einer irritierenden Gönnerhaftigkeit.

Sie hatte nur einen Blick auf Dania und ihren vorstehenden Bauch geworfen und sich augenblicklich ein Bild von uns beiden gemacht. Das Traurige daran war, dass sie damit nicht ganz falschlag. Ihre vorgefassten Ansichten waren leider viel zu zutreffend.

Ja, Dania war die liederliche, ledige Mutter, die weiterhin qualmte wie ein Schlot und soff wie ein Loch. Und ich war die freche, aggressive Freundin mit wenig Bildung und noch weniger Klasse.

Wir waren weißer Abschaum aus dem Armeleuteviertel.

»Also diese kostet 450 Dollar im Monat, einschließlich Nebenkosten. Der Vermieter besteht auf pünktlicher Zahlung an jedem Monatsersten. Wenn Sie mehr als einmal über drei Tage im Rückstand bleiben, wird zwangsgeräumt«, erklärte Barbara, die Maklerin, während ihre Augen zu Dania hinüberhuschten, die wegen der *super Wandschränke* immer noch ganz aus dem Häuschen war.

Ich machte schmale Augen und verschränkte die Arme vor der Brust. »Das habe ich schon die ersten beiden Male verstanden, Ma'am«, sagte ich kühl. Ich kapierte es ja. Wir waren nicht die idealen Mieterinnen. Aber das war noch lange kein Grund, unverschämt zu werden.

Dania kam herüber und zog mich an der Hand in den kurzen Flur. Meine Freundin war begeistert, weil es die letzte freie Dreizimmerwohnung in unserer Preisklasse war. Billige Wohnungen waren in Wellston nicht gerade schwer zu finden, aber angesichts des Platzes, den wir Danias Ansicht nach brauchten, war die Auswahl begrenzt. Wenn man bedachte, dass sie im Augenblick in einer Einzimmerwohnung mit einer kaputten Toilette wohnte, war sie erstaunlich wählerisch.

Die Wohnung lag in einem heruntergekommenen Viertel. Ich war mir nicht ganz sicher, warum Madame Makler uns so von oben herab behandelte, schließlich waren unsere potenziellen neuen Nachbarn ein stadtbekannter Crystal-Dealer und eine Frau, der man nachsagte, am Truck Stop neben dem Highway als Nutte zu arbeiten.

Offensichtlich standen ledige Mütter und ihre frechen Freundinnen ziemlich weit unten auf Barbaras Versagerliste.

Ich war von der Einrichtung nicht sonderlich beeindruckt. Sie war zwar nicht schrecklich, aber auch nicht gerade begeisternd. Trotzdem wäre es eine entschiedene Verbesserung im Vergleich zu meiner jetzigen Bleibe. Es gab offensichtlich kein Schimmelproblem und die Schlösser schienen zu funktionieren. Gesundheit und Sicherheit waren beide von Vorteil.

»Du würdest natürlich das kleinere Zimmer bekommen. Ich brauche das große und das Baby braucht für sein ganzes Zeug das andere große«, plapperte Dania weiter. Ich gab mir Mühe, mich nicht darüber zu ärgern, dass ich ihr aus der Patsche half und sie mich dafür in die Abstellkammer verfrachten wollte.

Sie beharrte darauf, genug Platz für das Baby zu brauchen, obwohl sie sich nach wie vor nicht entschlossen hatte, es aufziehen. Noch ein Beweis dafür, dass ihr Denken nichts mit der Wirklichkeit zu tun hatte.

Ich atmete tief durch und zählte von zwanzig rückwärts. Wenn ich aus der Haut gefahren wäre, hätte das nur zu einer hässlichen Szene geführt, die ich vor der blöden Maklerkuh nicht abliefern wollte.

»Klar, wie du willst«, murmelte ich auf dem Weg zurück ins Wohnzimmer.

Barbara tippte mit total beleidigter Miene eine SMS. In ihrem billigen Polyesterkostüm musste sie in der Hitze der letzten Septembertage fast umkommen. West Virginia erlebte gerade einen verlängerten Sommer mit Temperaturen, die sich seit mehr als drei Wochen bei über dreißig Grad bewegten.

Barbaras Make-up verlief unter der Schweißschicht auf ihrem Gesicht und ich grinste höhnisch, als sie ihre Frisur zu richten versuchte, die allmählich den Geist aufgab.

»Wann wird die Wohnung frei?«, fragte ich und musste lachen über ihre jämmerlichen Versuche, ihr Erscheinungsbild zu richten. »Ich glaube, Sie fangen an zu schmelzen, meine Liebe.« Mit unschuldigem Augenaufschlag deutete ich auf einen Tropfen Makeup, der ihr über die Wange lief.

Sie schnaufte und zog ein Taschentuch aus ihrer Handtasche, mit dem sie sich das Gesicht abtupfte. »Sie wird in ein oder zwei Monaten fertig. Der Vermieter muss noch ein paar Arbeiten vornehmen lassen, um sie den Bauvorschriften anzupassen. Aber wenn Sie Interesse haben, sage ich ihm, dass er Sie auf die Interessentenliste setzen soll«, bemerkte sie spitz; offensichtlich war sie verärgert, dass ich ihr schlechtes Make-up bemerkt hatte.

»Das wäre toll. Aber tragen Sie meinen Namen ein, Ellie McCallum. Ich bin diejenige, die den Mietvertrag übernimmt«, erklärte ich ihr mit funkelndem Blick, um sie zu warnen, sich nicht mit mir anzulegen. Ich wusste, dass Danias Kreditwürdigkeit im Eimer war, und obwohl es auch mit meiner nicht gerade zum Besten stand, würde sie zumindest der erforderlichen Überprüfung standhalten.

»Schön. Dann sage ich ihm Bescheid. Ihre Telefonnummer habe ich ja. Ich melde mich, wenn ich etwas anderes finde, das zu Ihren Bedürfnissen passt«, sagte sie und öffnete die Tür, um uns hinauszukomplimentieren.

Dania machte immer noch Ah und Oh, aber ich hatte die Nase voll davon, die gleiche Luft zu atmen wie dieser Make-up-Unfall.

Barbara machte sich nicht einmal die Mühe, zum Abschied zu winken, als wir auseinandergingen. Die blöde Kuh.

»Lass uns was essen gehen. Ich bin am Verhungern«, sagte Dania und rieb sich den Bauch.

Ich musste noch meinen Lesestoff für die Veranstaltung am nächsten Tag durcharbeiten und hatte gehofft, noch duschen zu können, bevor in zwei Stunden meine Schicht bei JAC's begann, aber für Dania gab es kein *Nein*.

Und so, wie ihr Bauch anschwillt, kann sie selbst auch nicht Nein sagen, dachte ich gehässig.

Ich stellte den Wagen bei meiner Wohnung ab und wir gingen zu Fuß zu Ma's Diner, das nur wenige Blocks entfernt lag. Als wir auf den Parkplatz zuliefen, knurrte mir schon der Magen beim Gedanken an Mas berühmten Key Lime Pie.

Ich hatte den Großteil meines Lebens dort zu Mittag gegessen. Die wenigen Erinnerungen an meine Kindheit, die ich noch besaß, waren alles andere als schön. Aber ich weiß noch, dass ich mit einer meiner Pflegefamilien sonntags nach dem Gottesdienst immer zum Mittagessen hergekommen war. Und das war keine schlechte Erinnerung.

Ich musste acht oder neun gewesen sein, als ich bei den Owens lebte. Einem älteren Paar, dessen eigene Kinder bereits erwachsen und aus dem Haus waren.

Ich hasste es, bei ihnen zu sein. Mrs Owen war eine bibelschwingende Verrückte und ihr Ehemann konnte seine Hände nicht bei sich behalten.

Die sechs Monate, die ich bei ihnen blieb, hatte ich zum Glück nur noch verschwommen in Erinnerung. Wie so vieles in meiner Vergangenheit hatte ich auch diesen Schmerz erfolgreich verdrängt und ich weigerte mich, jemals wieder daran zu denken. Aber an die Kirche erinnerte ich mich noch.

Jeden Sonntag hatten wir uns vier Stunden lang Predigten angehört. Ich hatte es geliebt, weil ich dafür aus dem Haus kam. Es waren vier Stunden, in denen ich lockerlassen konnte und mir keine Sorgen machen musste, dass Mr Owen mich im Badezimmer erwischen oder ins Zimmer kommen könnte, wenn ich mich gerade umzog. Ich musste nicht wie auf Eiern um Mrs Owen herumschleichen, die mich ansonsten gezwungen hätte, zur Strafe auf Vogelfutter zu knien.

Wenn der Gottesdienst zu Ende war und bevor sich mein Magen beim Gedanken an die Rückkehr in ihr Haus wieder zu verknoten begann, besuchten wir Ma's Diner. Und ich durfte mir ein Stück Key Lime Pie bestellen, der täglich frisch gebacken wurde.

Dania und ich glitten in eine Nische am hinteren Ende des Lokals. Ich nahm die Speisekarte, bei der die Finger fast an der rissigen Plastikschutzhülle kleben blieben, und überflog die einzelnen Posten, obwohl das gar nicht nötig war. Ich bestellte jedes Mal das Gleiche.

»Kannst du mich morgen zur Familienberatungsstelle fahren? Sie haben einen Autositz und eine Wiege für mich, die ich abholen soll. Außerdem hat mir meine Betreuerin versprochen, mir eine Geschenkkarte von Wal-Mart zu geben, damit ich ein paar Sachen für das Kinderzimmer besorgen kann. Ich hab an was mit Autos gedacht oder so.«

Ich hörte ihr kaum zu. Ich wusste, dass ihre plötzlichen mütterlichen Anwandlungen nicht lange anhalten würden. In den Monaten, seit sie ihre Schwangerschaft entdeckt hatte, war sie zwischen der totalen Verleugnung ihres Zustands und dem Erregungslevel einer Fünfjährigen an ihrem Geburtstag hin und her geschwankt.

Trotz ihres Lippenbekenntnisses, eine Wiege besorgen und Vorhänge für das Kinderzimmer aussuchen zu wollen, würde sie sich mit Sicherheit am Abend wieder im Woolly betrinken und irgendeinen Typen zum Vögeln abschleppen.

Es stand mir nicht zu, die Entscheidungen anderer Leute infrage zu stellen. Jeder hatte seine eigenen Gründe für das, was er tat. Aber je größer Danias Bauch wurde, desto schwerer fiel es mir mitanzusehen, wie sie nicht nur ihr eigenes Leben verkorkste, sondern auch das des winzigen Menschen, den sie in sich trug.

Die Bedienung begrüßte uns mit einem kleinen Lächeln. Ich erkannte sie aus der Highschool wieder. Auf dem Namensschild stand Emily. Wobei ich ansonsten keine weiteren Erinnerungen an sie hatte.

»Hallo, Ellie! Hallo, Dania!«, sagte sie und zog einen Stift aus dem Knoten, mit dem ihre wilden braunen Haare zusammengehalten wurden.

Dania, die offensichtlich nicht wusste, wer Emily war, runzelte die Stirn. »Also ich will einen Cheeseburger mit Pommes und eine Cola. Und Ellie nimmt ein Clubsandwich mit Chips. Und außerdem ein Stück von Mas Key Lime Pie«, sagte sie mit einem Lächeln in meine Richtung.

Manchmal machte sie es mir leicht, über die hässlicheren Seiten ihrer Persönlichkeit hinwegzusehen.

Mehr als nur ein bisschen angefressen darüber, dass wir kein Gespräch mit ihr angefangen hatten, nahm Emily unsere Bestellung auf und ging. Dania beugte sich über den Tisch und senkte die Stimme zu einem vertraulichen Flüstern.

»Wer war denn das, verdammt noch mal, und woher weiß sie, wie wir heißen?«

Ich zuckte grinsend die Achseln. »Ich glaube, sie ist mit uns zur Schule gegangen, aber ich hab nicht die leiseste Ahnung, wer sie ist.«

Dania strich sich die langen schwarzen Haare glatt, die ihr schlaff auf die Schultern hingen. Sie sah immer noch schlecht aus. Eigentlich sagt man Schwangeren ein strahlendes Aussehen nach. Aber bei Dania strahlte mit Sicherheit nichts. Ihr Licht war schon seit einiger Zeit erloschen.

»Also willst du jetzt mitkommen und ein paar Sachen für das Kinderzimmer aussuchen? Wir könnten mit der Geschenkkarte auch ein bisschen was für die Wohnung besorgen. Eine Mikrowelle oder so.« Dania kicherte und ich versuchte zu lächeln, kam jedoch über eine Grimasse nicht hinaus.

»O mein Gott! Da ist der Freak! Ich kann immer noch nicht glauben, dass er wieder hergezogen ist!«, zischte Dania, und als ich mich umblickte, sah ich Flynn ins Restaurant kommen und zum Tresen gehen.

Er sah genauso aus wie beim letzten Mal. Ich weiß selbst nicht genau, warum ich meinte, er müsste anders aussehen. Es war erst eine Woche her, aber für mich fühlte es sich an, als hätte sich seitdem vieles verändert.

Die größte Veränderung war die Erkenntnis, dass Flynn nicht wusste, welchen Anteil ich an dem Feuer hatte, in dem sein Hund umgekommen und sein Haus abgebrannt war. Die verdrängte Schuld schnürte mir die Kehle zu und entfaltete sich mit brachialer Gewalt in meinem Bauch.

»Jep, da ist er«, sagte ich nachsichtig, hoffend, Dania würde es dabei bewenden lassen. Ihre Grausamkeit Flynn gegenüber hatte meiner in nichts nachgestanden. Es hatte ihr die größte Freude bereitet, ihn zu quälen. Die Tatsache, dass er anders war, hatte es ihr nur leichter gemacht, ihm das Leben schwer zu machen.

Und ich hatte direkt daneben gestanden.

Doch dann hatte ich ihn zufällig kennengelernt. Es hatte ganz unschuldig im Englischunterricht angefangen und sich zu einer Freundschaft ausgewachsen, mit der ich nicht gerechnet hatte. Was mich jedoch nicht davon abhielt, ihn zu schikanieren. In gewisser Weise hatte es alles noch schlimmer gemacht.

Damals hatte ich es geschafft, mein Verhalten aufzuspalten. Ich hatte mir alle möglichen wahnwitzigen Rechtfertigungen ausgedacht, um damit klarzukommen, wie ich ihn behandelte. Diesen traurigen, einsamen Jungen, der mein einziger echter Freund geworden war.

Ich war schwach, gemein und nicht bereit gewesen, mich den Leuten entgegenzustellen, die ihn quälten, egal, wie sehr ich es wollte.

Ich hatte mitgemacht. Hatte ihn gekränkt und verletzt. Hatte ihn mit einer Bösartigkeit verwundet, die er nicht verdiente.

Ich mochte Flynn. Sehr sogar.

Und das hatte mir Angst gemacht. Ich fürchtete mich davor, für irgendjemanden etwas zu empfinden, und hatte den Großteil meines Lebens damit zugebracht, mich von anderen abzuschotten. Doch einem stillen Jungen, der genauso verloren war wie ich, hatte ich nichts entgegenzusetzen. Ich hatte mich geöffnet.

Ihn an mich herangelassen.

Und dann hatte ich ihn auf die einzige Art von mir gestoßen, die ich kannte.

Indem ich ihn zerstörte.

Und indem ich das tat, zerstörte ich einen Teil von mir, der sich in der Wärme seiner Zuneigung gerade erst zu entfalten begonnen hatte.

Diese Gefühle hatten sich verhärtet, sie ließen mein Herz erstarren und mich abstumpfen. Danach hatte ich nur noch vor mich hin gelebt. Nur noch existiert.

Bis er wieder in mein Leben getreten war.

Ich hatte Flynn Hendrick so verdammt lange gehasst, dass ich mich ohne dieses Gefühl fast leer fühlte. Auch wenn er unangebracht und unvernünftig war, hatte mein Hass mich gewärmt und angetrieben. Aber jetzt, wo ich Flynn mit den Augen eines Menschen wiedergesehen hatte, der älter und vielleicht auch ein bisschen klüger geworden war, konnte ich mich nicht länger hinter widersprüchlichen Gefühlen verstecken.

In dem Moment, als er mit schlurfenden Schritten und seinem schiefen Lächeln bei JAC's zur Tür hereingekommen war, hatte bei mir eine Veränderung eingesetzt.

»Schau ihn dir bloß an, Ells. Er ist immer noch so schräg! Hat er nicht irgendeinen Dachschaden? Hast du mir das nicht mal erzählt?« Dania stierte Flynn an wie ein Fisch.

»Er hat Asperger, Dania. Er ist nicht hirntot oder so was«, sagte ich irritiert.

Dania schnaufte und trank einen Schluck Cola. »Er benimmt sich aber so. Schau ihn dir doch an. Er sieht aus wie ein Freak.« In ihren Augen leuchtete etwas auf, das nur Ärger bedeuten konnte.

»Vielleicht sollten wir ihn einladen, sich zu uns zu setzen. Ich hab schon lange nicht mehr richtig gelacht«, kicherte sie.

Was zum Teufel war los mit ihr? Wir waren keine dummen Fünfzehnjährigen mehr, die sich hinter ihrer Jugend verstecken konnten.

»Lass ihn einfach in Ruhe, Dania«, sagte ich barsch.

Dania tätschelte mir grinsend den Handrücken. »Komm schon. Das wird lustig. Ich versprech's dir.« Wie oft hatte sie das schon gesagt und am Ende waren wir im schlimmsten Schlamassel gelandet, den man sich vorstellen konnte.

»Flynn!«, rief Dania, die den Arm schwenkte, um ihn auf sich aufmerksam zu machen. Ich mochte gar nicht hinsehen, konnte aber nicht anders.

Flynn sah in unsere Richtung und entdeckte die winkende Dania.

Als er sie ignorierte, musste ich über die Verärgerung meiner Freundin innerlich grinsen.

»Der ist vielleicht unverschämt!«, beklagte sie sich.

Ehe ich es verhindern konnte, sprang sie auf, glitt aus der Nische und lief zu Flynn hinüber. Ich kam ebenfalls auf die Beine und eilte ihr nach. Eine Szene war das Letzte, was ich gebrauchen konnte. Dania brannte in letzter Zeit leicht die Sicherung durch und Flynn und seine vermeintliche Respektlosigkeit waren ein idealer Auslöser.

»Freaky! Wie schön, dich wiederzusehen! Findest du nicht, Ells?«, rief Dania, die mir zuzwinkerte und sich auf die Unterlippe biss, um nicht loszuprusten.

Ich hatte das Gefühl, in eine Zeitmaschine gesprungen und sieben Jahre zurückversetzt worden zu sein. Dania war nicht gerade reifer geworden, seit wir die Schule verlassen hatten. Im Gegenteil. Seit sie schwanger war, hatte es den Anschein, als hätte sie sich ins Kleinkindstadium zurückentwickelt.

Sie spielte grausame Schulhofspiele und damit wollte ich nichts zu tun haben.

»Komm mit, Dania. Emily bringt gleich unser Essen«, sagte ich im nüchternsten Ton, den ich zustande brachte, in der Hoffnung, dass sie auf mich hören würde.

»Ich will mich doch bloß mit Freaky unterhalten. Wir waren doch früher Kumpel, nicht?« Dania legte Flynn den Arm um die Taille, was ihn auf der Stelle erstarren ließ.

»Fass mich nicht an«, forderte er sie auf und entzog sich ihrem Griff.

»Komm schon. Ich will doch nur eine freundliche Umarmung.«

Dania griff abermals nach ihm und er wehrte sie hastig mit den Armen ab, wobei er einen Serviettenspender umstieß, der krachend zu Boden fiel.

Es wurde totenstill im Diner. Alle verfolgten die Begegnung mit lebhaftem Interesse.

»Das reicht, Dania!«, sagte ich mit zusammengebissenen Zähnen. Flynns normalerweise reglose Miene wirkte fast panisch. Er hasste es, angefasst zu werden. Jeder, der einmal mit ihm Kontakt gehabt hatte, wusste das. Und Dania wusste es mit Sicherheit. Was hatte sie vor? Das alles war so kindisch und würdelos für jemanden, der im fünften Monat schwanger war.

»Setz dich doch zu uns, Flynn. Dann können wir uns ein bisschen unterhalten«, flötete Dania mit honigsüßer Stimme.

Flynn schüttelte den Kopf und trat einen Schritt zurück.

»Du kannst mich nicht leiden und ich dich nicht. Also setze ich mich auch nicht zu dir«, sagte er mit Nachdruck und ich war irgendwie stolz auf ihn. Er trat auf eine Weise für sich ein, wie er es als Teenager nicht getan hatte.

Das Leben hatte ihm zweifellos einige harte Lektionen erteilt. Und Dania und ich gehörten mit Sicherheit zu seinen Lehrerinnen.

Verblüfft über seine schonungslose Offenheit runzelte Dania die Stirn. Sie sah mich an, aber ich zuckte nur die Achseln. Dann stieß sie ein hohes schrilles Lachen aus.

»Na ja, du musst dich trotzdem nicht gleich wie ein Arschloch aufführen«, schnaubte sie. Aber ich wusste, dass sie noch nicht fertig war. Dania kam mit Ablehnung nicht gut zurecht. Und mit öffentlicher Bloßstellung schon gar nicht.

»Warte mal, du hast da einen Fussel«, sagte sie, während sie ihm im gleichen Moment mit beiden Händen ausgiebig durchs Gesicht fuhr. Flynn rastete aus. Er wich so abrupt zurück, dass er über seine eigenen Füße stolperte und im Fallen gegen den Tisch prallte, der hinter ihm stand.

Allen stockte der Atem, aber niemand versuchte ihm zu helfen. Mit boshaft funkelnden Augen gackerte Dania vor Vergnügen und hielt sich beide Hände vor den Mund. Flynn wirkte geschockt, als er sich aufsetzte. Er hatte die Augen weit aufgerissen und ich sah, dass seine Hände zitterten.

»Hör auf, mich auszulachen!«, schrie er, was Dania nur noch lauter gackern ließ. Flynn war knallrot im Gesicht und Tränen liefen ihm über die Wangen.

Einen Moment lang stand ich wie erstarrt da. Früher hätte ich Dania angefeuert und die gemeine Demütigung noch verstärkt.

Aber nicht dieses Mal.

»Du hast gehört, was er gesagt hat, Dania. Halt die Klappe, verdammt noch mal.« Ohne weitere Hasstiraden von ihr abzuwarten, ging ich vor Flynn in die Hocke. Ich streckte weder die Hand aus, um ihm aufzuhelfen, noch kam ich ihm zu nahe. Ich hielt genügend Abstand zwischen uns, sah ihm aber direkt in die Augen.

Und er schaute nicht fort.

»Alles in Ordnung mit dir?«, fragte ich mit um die Knie geschlungenen Armen.

Flynn nickte. Er kam langsam auf die Beine und wischte sich mit schnellen, heftigen Bewegungen die Hose ab.

»Ich räume das auf. Tut mir leid«, sagte er zu Emily, der Kellnerin, während er die Servietten und das Besteck aufhob und alles wieder auf den Tisch legte.

Noch immer hatte niemand ein Wort gesagt. Die Leute starrten ihn an, als wäre er ein Tier im Zoo, was mir gewaltig gegen den Strich ging. Ich wusste, wie es sich anfühlte, wenn man angestarrt wurde und die Leute sich über einen die Mäuler zerrissen. Unser Außenseiterdasein hatte vor langer Zeit eine Verbindung zwischen uns geschaffen, die ich jetzt wieder spürte.

Ich hörte die Glocke der Eingangstür klingeln, und als ich aus dem Fenster blickte, sah ich Dania über den Bürgersteig eilen. Sie schäumte vor Wut, wie ich an ihrem Sturmschritt erkennen konnte. Und ich wusste, dass ich für diese öffentliche Demütigung später würde bezahlen müssen.

Ich war diejenige mit einer diagnostizierten Bindungsstörung. Sie besagte, dass ich unfähig sei, mich in andere Menschen einzufühlen. Aber in Momenten wie diesen fragte ich mich, ob man dieses Etikett nicht eher Dania hätte verpassen sollen. Sie würde niemals verstehen, wie sehr ihre Worte und Taten anderen wehtaten, niemals erkennen, wie verletzend ihr Verhalten war.

Sie war unfähig, das zu sehen.

Aber ich sah es.

»Lass mich dir helfen«, sagte ich sanft und bückte mich, um die über den Fußboden verstreuten Speisekarten einzusammeln. Um uns herum setzten nach und nach die Unterhaltungen wieder ein, auch wenn es sich immer noch so anfühlte, als wären sämtliche Blicke auf uns gerichtet.

»Sie ist immer noch so gemein«, murmelte Flynn, der mir die Speisekarten abnahm und sie wieder auf den Tisch legte.

Es lag mir auf der Zunge, sie zu verteidigen. Das hatte ich immer getan. Selbst dann, wenn sie es nicht verdiente.

Doch das, was aus meinem Mund kam, war keine flammende Verteidigungsrede, sondern traurige Zustimmung.

»Ja, du hast recht. Das ist sie.«

Flynn nickte, während er das Besteck kerzengerade ausrichtete. Ich konnte mir nicht vorstellen, dass unter den Angestellten von Ma's jemand seine Arbeit mit solcher Aufmerksamkeit und Sorgfalt verrichtete. Als Flynn fertig war, war es der am besten eingedeckte Tisch im ganzen Laden.

»Euer Essen ist fertig«, sagte Emily hinter dem Verkaufstresen und wies auf die Nische, in der Dania und ich gesessen hatten. Mir war der Appetit vergangen. »Kann ich es einpacken lassen und mitnehmen?«, fragte ich. Ich hatte mein Leben lang jeden Cent umgedreht und würde das Essen nicht verkommen lassen. Dann zog ich mein Portemonnaie heraus und gab ihr das Geld.

»Klar«, sagte Emily, die zwischen Flynn und mir hin und her sah. Flynn widmete sich inzwischen mit obsessiver Aufmerksamkeit dem Serviettenspender, den er zuvor umgestoßen hatte.

»Ich bin gleich für dich da«, sagte sie zu ihm, während sie ihn misstrauisch beäugte, als wartete sie darauf, dass er gleich wieder ausrastete.

Flynn fuhr fort, die Servietten zu ordnen, ohne von ihr Notiz zu nehmen. Er hatte sich in sich selbst zurückgezogen. Ich hatte ihn das schon viele Male tun sehen und kannte diese hochkonzentrierte Intensität.

»He, Flynn. Willst du von hier verschwinden?«, fragte ich ihn mit gedämpfter Stimme.

Flynn machte weiter, als habe er mich nicht gehört, also ließ ich ihn in Ruhe, während ich auf mein Essen wartete und Gäste anfunkelte, die immer noch ungeniert herüberglotzen.

Sicher, er tat sich selbst keinen Gefallen mit seiner Art, aber die Unverfrorenheit der Leute ließ mir den Kamm schwellen.

»Hier, bitte, Ellie«, sagte Emily, als sie mir das in Tüten verpackte Mittagessen brachte. Dann wandte sie sich Flynn zu, der mit dem Serviettenordnen aufgehört hatte und jetzt mit den Fingern auf den Tresen trommelte.

»Möchtest du was bestellen?«, fragte sie ihn, während sie verächtlich die Lippen schürzte.

»Er ist versorgt. Danke«, erklärte ich barsch. Sie machte große Augen und lächelte nervös.

»Okay, dann macht's gut«, erwiderte sie hastig, ehe sie ans andere Ende des Lokals huschte.

»Komm, wir gehen, Flynn. Ich habe hier tonnenweise zu essen. Hoffentlich magst du Cheeseburger«, sagte ich in ungezwungenem Ton.

Zu meiner Überraschung holte ihn meine Stimme zurück. Er blinzelte einige Male und sah dann auf die Tüten mit Pappschachteln in meiner Hand.

»Ich liebe Cheeseburger«, erwiderte er mit einem kurzen Lächeln, ehe er zur Tür ging.

Mir blieb nichts anderes übrig, als ihm zu folgen, auch wenn ich mir ganz und gar nicht sicher war, worauf ich mich da einließ.

13

Ellie

Flynn wurde nicht langsamer und ich musste mich beeilen, um ihn einzuholen. Ich war ganz außer Atem, als er endlich neben einer dunkelblauen Limousine stehen blieb. Sie hatte etwas von einem Oma-Auto und ich musste fast lachen, als ich ihn die Fahrertür aufschließen sah.

»Ich will jetzt nach Hause. Ich habe Hunger und seit heute Morgen nichts mehr gegessen«, erklärte er und stieg ein, ohne abzuwarten, ob ich damit einverstanden war.

Aber schließlich hatte ich ihm *angeboten*, dass er den Cheeseburger haben könnte …

Ich sah mich um, suchte förmlich nach einem letzten Grund, nicht einzusteigen.

Aber mitanzusehen, wie Dania Flynn niedermachte, hatte etwas in mir freigesetzt, und nun, da die Schleusentore geöffnet waren, ließen sie sich nicht mehr so leicht schließen.

Also stieg ich in die Seniorenkarre. Ihr Innenraum war makellos sauber. Der Ledersitz knarzte, als ich mich daraufsetzte. Kaum hatte er den Wagen angelassen, schaltete Flynn den CD-Spieler ein und kurz darauf erfüllten die Klänge von The Cure den Wagen. Ich erkannte das *Wish*-Album und erinnerte mich, dass Flynn schon in der Highschool auf The Cure fixiert gewesen war. Das war offensichtlich noch etwas, was sich nicht geändert hatte.

Er drehte die Klimaanlage bis zum Anschlag auf und lehnte sich zurück. In Minutenschnelle hatte ich vor Kälte steife Nippel.

»Kannst du die Klimaanlage ein bisschen runterdrehen?«, bat ich ihn, während ich mir die Arme rieb, um mich aufzuwärmen.

»Klar«, sagte er und stellte den Schalter um eine Stufe zurück, was die Sache nicht viel angenehmer machte, aber es war immerhin etwas. Ich musste die Arme vor der Brust verschränken, um meine ausgefahrenen Knöpfe zu verstecken.

»Du bist nicht mehr in die Werkstatt gekommen«, sagte Flynn, nachdem wir eine Weile geschwiegen hatten. Ich beobachtete seine Hände am Lenkrad. Sie ruhten exakt auf neun Uhr und drei Uhr. Sein Rückspiegel war genau im richtigen Winkel eingestellt und er saß mit geradem Rücken da, den Sitz weit vorgestellt. Der absolute Vorzeigefahrer.

Als ich mich hinüberlehnte, um auf den Tacho zu schauen, stellte ich ohne Überraschung fest, dass er sich genau ans Tempolimit hielt. Nicht einen Kilometer darüber oder darunter.

Robert Smith greinte unglücklich vor sich hin und ich wünschte, er würde endlich die Klappe halten. Er machte es mir nicht gerade leichter, mir eine glaubwürdige Ausrede einfallen zu lassen, warum ich mich in der Kunstwerkstatt nicht mehr hatte blicken lassen.

Wie sollte ich Flynn mein Fernbleiben erklären?

Ich konnte ihm nicht sagen, dass ich mich jedes Mal, wenn ich ihn sah, ein kleines bisschen mehr verabscheute für das, was ich ihm angetan hatte. Dass ich für den Verlust seines Hauses und seines Wellstoner Lebens verantwortlich war. Dass ich wegen meiner dummen Ängste den einzigen Menschen verletzt hatte, den ich je als einen wahren Freund betrachtet hatte.

Sollte ich ihm sagen, dass mich mein verlogenes Schweigen in Stücke zu reißen drohte?

Oder sollte ich ihm sagen, dass ich ein einziges wirres Gefühlschaos war? Dass ich aus einer unbegründeten Vorwurfshaltung heraus immer noch einen Groll gegen ihn hegte, den ich mir durch Jahre der Verleugnung erhalten hatte. Dass ich aber gleichzeitig seine Gesellschaft genoss und es mir nicht schwerfiel, mich an eine Zeit zu erinnern, in der ich mit ihm zusammen fast glücklich gewesen war.

Das war ziemlich starker Tobak. Und nichts, was ich laut aussprechen konnte. Herrje, ich brachte es selbst in der Sicherheit meines eigenen Kopfes kaum fertig, mir diese Wahrheit einzugestehen. Es Flynn zu sagen war völlig ausgeschlossen.

Also zuckte ich die Achseln. »Ich war beschäftigt«, erklärte ich ihm, während ich mit der Hand über das kühle, glatte Leder neben meinem Oberschenkel strich.

»Das ist das sauberste Auto, das ich je gesehen habe«, bemühte ich mich, das Thema zu wechseln.

»Es hat meiner Mutter gehört. Sie hat es erst sechs Monate vor ihrem Tod gekauft. Und jetzt gehört es mir«, erklärte er auf seine knappe, präzise Art. Flynn Hendrick hatte keinen Sinn für überflüssige Einzelheiten. Er gab einem genau die Informationen, die man brauchte. Nicht mehr und nicht weniger.

»Oh.« Ich hätte ihn gern gefragt, wie seine Mutter gestorben war. Sie war eine nette Frau gewesen, auch wenn sie mir nie vertraut hatte. Sie hatte ihren Sohn geliebt, sich über ihn aber nie etwas vorgemacht. Deshalb war sie unserer Freundschaft natürlich mit Misstrauen begegnet.

Meine bunten Haare und die vielen Piercings im Gesicht hatten es ihr sicher nicht leichter gemacht. Aber sie war immer höflich gewesen, obwohl es ihr offenkundig missfallen hatte, als ich in ihrem Zuhause aufgetaucht war.

Ich hatte mich oft gefragt, ob sie nicht das Familiensilber nachzählte, sobald ich aus der Tür war.

Es war nicht das erste Mal, dass ich auf Ablehnung stieß. Kaum jemand mochte mich, und diejenigen, die es taten, waren nicht besonders wählerisch.

Doch das Misstrauen von Mrs Hendrick hatte mich verletzt. Ich wollte, dass sie mich mochte, ich war neidisch auf Flynns Beziehung zu seiner Mutter. Auf die Art, wie sie sich um ihn kümmerte. Diese Art von Liebe hatte ich noch nie erlebt und mein kranker Kopf und mein kaputtes Herz verzehrten sich danach.

Abgesehen davon, dass ich Flynns Gesellschaft genoss, verbrachte ich nicht zuletzt deshalb so viel Zeit im Haus der Hendricks, weil ich hoffte, irgendwann einmal so geliebt zu werden, wie Flynn von seiner Mutter geliebt wurde. Ich war so ein gestörtes Kind. Mein verzweifelter Wunsch, mich erwünscht zu fühlen, hatte sich in etwas Schreckliches verwandelt. Und am Ende hatte ich den einzigen Menschen verletzt, den ich je im Leben gewollt hatte.

Nachdem Flynn und ich aufgehört hatten, Freunde zu sein, war ich Mrs Hendrick hin und wieder in der Stadt begegnet. Aber sie sprach nie wieder mit mir. Damals lachte ich darüber, doch in Wirklichkeit stürzte es mich in Verzweiflung. Und diese Verzweiflung verwandelte sich in weißglühende Wut. Sie wurde noch etwas, was ich Flynn zum Vorwurf machte.

»Sie hatte Lungenkrebs. Sie war bereits im vierten Stadium, als die Ärzte es herausfanden. An einem Tag war sie noch da. Am anderen nicht mehr.« Er erzählte die Geschichte genauso unbewegt wie alles andere, aber selbst ich konnte spüren, dass er unter der Oberfläche vor Emotionen bebte.

»Warum bist du nach Wellston zurückgekommen?«, fragte ich ihn.

Flynn antwortete mir nicht sofort und ich fragte mich schon, ob er sich wieder in sich selbst zurückgezogen hatte.

Die Minuten verrannen und meine Haut erstarrte im Strom der Kaltluft, die aus den Lüftungsschlitzen blies. Flynn antwortete erst, als er in seine gekieste Zufahrt einbog.

»Als wir hierhergezogen sind, habe ich das Haus gehasst. Es war hässlich. Und es roch komisch. Ich kannte mich nicht aus. Ich hasste die Schule. Ich hasste die Menschen.« Er klang sehr wütend und ich versuchte mir das Leben des fünfzehnjährigen Flynn vorzustellen. Er war linkisch und unglücklich. Das war nicht zu übersehen gewesen, selbst für jemanden, der so auf sich selbst fixiert war wie ich. Und was hatte ich getan, um ihm das Leben leichter zu machen?

Nichts.

»Aber es ist Moms Haus. Sie hat es für mich gekauft. Damit wir hier neu anfangen konnten.« Ich verstand den Gedankengang dahinter immer noch nicht. An seiner Stelle wäre ich niemals zurückgekommen. Keine nostalgischen Gefühle der Welt hätten mich dazu gebracht, jemals wieder einen Fuß über die Stadtgrenze zu setzen.

»Ich habe die Gebäude instand gesetzt und das Haus gestrichen. Jetzt ist es nicht mehr so hässlich. Ich wollte wieder hier leben.«

Mehr gab es nicht zu sagen. Er hielt an und stellte den Motor ab. Dann stieg er aus, ging zur Haustür und ließ mich allein im Wagen zurück. Ich konnte mich nicht einmal ärgern über seine schlechten Manieren, er war einfach so. Ehrlich gesagt war ich sogar dankbar für die Gelegenheit, mich zu sammeln.

Dieses Haus bedeutete nicht nur ihm etwas. Es war der einzige Ort in Wellston, an dem ich jemals wirklich glücklich gewesen war. Ich sah zu, wie er die reparierten Stufen hinaufstieg und durch die Haustür trat, die jetzt dunkelblau gestrichen war. Es fühlte sich richtig an, dass er wieder da war.

Ich sammelte die Tüten mit Essen ein, stieg aus und ging langsam zum Haus.

Wie im Film schossen mir Bilder durch den Kopf. Ich war nur wenige Monate mit Flynn befreundet gewesen. Und es war eine Beziehung gewesen, die auf Geheimnissen basierte. Ich hatte panische Angst davor gehabt, offen zu bekennen, dass er mein Freund war. Ich hatte weiter tatenlos zugesehen, den Spott und die Hänseleien geduldet. Ich hatte bei alldem sogar mitgemacht, während ich ihn gleichzeitig benutzte, um das Glück zu finden, das ich mir so verzweifelt wünschte.

Ich war ein schrecklicher Mensch gewesen.

Ich war es noch.

Die Stufen knarrten unter meinen Füßen, als ich zur Veranda hinaufging. Ein weiteres Bild blitzte in mir auf. Es zeigte Rauch und Flammen und wie ich durch die Nacht lief, um der Zerstörung zu entkommen, die ich verursacht hatte.

Handschellen. Verhöre. Wut und Hass waren die Konsequenzen gewesen, die ich verbissen ertragen hatte. Bis jetzt.

Weil ich es verdient hatte.

Als ich die Eingangstür aufdrückte, duftete es zu meiner Überraschung nach Bananenbrot.

Ich kannte den Weg in die Küche. Ich war oft genug über diese Dielen gelaufen, um sie aufzusuchen. Die Kacheln waren noch die gleichen wie sieben Jahre zuvor. Nichts hatte sich verändert. Doch. Die Wände waren frisch gestrichen und es gab neue Türen, aber sonst war die Küche immer noch die alte.

Es schüttelte mich fast.

Dabei hätte ich mir denken können, dass Flynn nie verändern würde, was er kannte. Das hier war seine Zuflucht. Sein Zuhause.

Wie ich ihn beneidete.

Flynn stand vor der Anrichte und schnitt bereits dicke Scheiben vom Laib. Ich trug die Tüten mit Essen zum Tisch.

»Wo sind die Teller?«, fragte ich.

Flynn wies auf einen Hängeschrank über der Spüle. Ich war

überrascht, neue Teller und Gläser vorzufinden; ich hatte das Geschirr mit dem Blumendekor erwartet, das seiner Mutter gehört hatte, als ich das letzte Mal hier gewesen war.

»Mir haben die geblümten Teller deiner Mutter immer gut gefallen. Sie waren echt hübsch, soweit man das von Tellern sagen kann«, sagte ich im Versuch, die plötzliche, unangenehme Stille zu füllen.

»Sie sind beim Brand kaputtgegangen«, erwiderte Flynn und ich umklammerte den Teller so fest, dass meine Knöchel weiß wurden.

Ehe ich ausflippen und davonlaufen konnte, nahm Flynn ihn mir aus den Händen und stellte ihn auf den Tisch.

»Komm essen«, drängte er mich, als er sich setzte und vorsichtig die Schachtel mit Danias Cheeseburger aufklappte.

Ich setzte mich ihm gegenüber und nahm die andere Schachtel, öffnete sie aber nicht. Stattdessen sah ich zu, wie er die obere Brötchenhälfte seines Burgers abhob, mit einer Gabel Salat und Tomaten abkratzte und den verschmähten Belag in eine Serviette wickelte und wegwarf. Dann schob er seine Pommes an den Rand, um sicherzugehen, dass sie mit nichts in Berührung kamen, ehe er den Burger in beide Hände nahm und hineinbiss.

»Hör auf, mich zu beobachten«, sagte er bestimmt, als ich immer noch keine Anstalten machte, mit dem Essen anzufangen.

Ich wandte blinzelnd die Augen ab und wurde rot, weil er mich erwischt hatte. Dann klappte ich meine Schachtel auf und holte mein Sandwich heraus. Ich hatte immer noch keinen Appetit, aber ich konnte nicht einfach dasitzen und nichts tun.

Flynn hatte seinen Burger im Nu verdrückt und widmete sich dann seinen Pommes, die er aß, indem er jedes Stäbchen einzeln in Ketchup tauchte und die überschüssige Soße mit der Gabel abstrich, ehe er es sich in den Mund steckte.

Ich bemühte mich, ihn nicht anzustarren, aber seine Essgewohnheiten waren so ritualisiert, dass man davon wie gebannt war.

»Du sollst mich nicht beobachten, habe ich gesagt. Ich hasse es, wenn die Leute mich ansehen«, murmelte er, bevor er einen Schluck Wasser trank.

»Warum magst du es eigentlich nicht, wenn Leute dich ansehen?«, fragte ich. Obwohl ich es mir eigentlich denken konnte.

»Weil sie dabei nicht besonders nett sind.« Er griff über den Tisch und spießte eine meiner Fritten auf, die er in seinen Ketchup tauchte.

Dann holte er sich, ohne zu fragen, weitere Pommes von meinem Teller.

»Äh, vielleicht fragst du mich mal, bevor du dir von meinem Zeug nimmst, verdammt«, erklärte ich ihm. Er griff nach der nächsten Fritte, und ehe er mit ihr entwischen konnte, hielt ich seine Hand fest.

»Hör auf zu fluchen«, sagte er gereizt, während er sich zu befreien versuchte.

Als er die Fritte fallen ließ, ließ ich seine Hand los, die er sofort in den Schoß legte. Er entschuldigte sich nicht. Er rechtfertigte auch seine erbärmlichen Manieren nicht, sondern begann seine Hände zu reiben.

»Die Leute sind oft nicht sehr nett zu mir. Sie schauen mich ständig an. Kevin hat gesagt, ich müsste lernen, damit zu leben. Und dass sie mich noch mehr anstarren, wenn ich mich ärgere und wütend werde. Aber das ist schwer. Ich würde ihnen nämlich am liebsten sagen, sie sollen sich ins Knie ficken«, sagte er mit einem Grinsen und ich grinste zurück und vergab ihm den Pommesübergriff.

»Hör auf zu fluchen, Flynn«, neckte ich ihn.

Er ging nicht auf den Scherz ein, sondern senkte den Kopf. »Du hast recht. Tut mir leid.«

Ich schnalzte frustriert. »Das war doch nur Spaß, Flynn. Es ist cool. Außerdem ist gegen einen guten Fick nichts einzuwenden«, sagte ich. Flynns Wangen nahmen eine beängstigend rote Schattierung an und plötzlich wurde mir klar, was ich gesagt hatte.

Mit einem Mal verlegen und gehemmt, räusperte ich mich.

»Also, dieser Kevin klingt, als hätte er Ahnung von dem, was er sagt. Ist er ein Freund von dir?«, fragte ich, bemüht, das Gespräch wieder auf ungefährlicheres Terrain zu lenken.

»Nein, er ist mein Therapeut. Er hilft mir sehr und erklärt mir, wie ich mich in der Öffentlichkeit richtig verhalte und wann ich unhöflich bin. Ich kann jetzt erkennen, wenn Leute wütend sind. Und wenn ich etwas sage, das jemanden ärgert, kann ich es der Person am Gesicht ansehen. Aber ich vermassele es auch oft. Ich muss noch viel lernen.«

Wir hatten bisher kaum jemals über seine Behinderung gesprochen. Als wir jünger waren, war ich zu ignorant und mit mir selbst beschäftigt gewesen, um darüber nachzudenken. Aber ich hoffte, in den sechs Jahren seitdem ein wenig reifer geworden zu sein, um wenigstens ansatzweise zu verstehen, was er durchmachte.

Er war anders und mehr als nur ein bisschen seltsam.

Doch während ich ihn ansah, wie er in seinen Schoß starrte und auf der Unterlippe nagte, war mir auch klar, dass er etwas ganz Besonderes war.

»Das ist toll, Flynn«, sagte ich aufrichtig.

Er sprang auf, nahm meinen Teller mit den Resten meines Essens und biss in das Clubsandwich.

»Ich war noch gar nicht fertig«, sagte ich vorwurfsvoll.

Er ließ das Sandwich wieder auf den Teller fallen und gab es mir zurück.

»Hier«, sagte er, doch ich schob ihm den Teller wieder hin.

»Du glaubst doch nicht ernsthaft, dass ich es jetzt noch essen will, wo du reingebissen hast?«, erklärte ich mit hochgezogenen Augenbrauen.

Flynn nahm den Teller wieder an sich und schaute auf das halb aufgegessene Sandwich. »Hm, wohl eher nicht. Das war ganz schön krass, was?«

»Ja, war es. Aber ich hab keinen großen Hunger, also ist es okay«, erklärte ich ihm.

»Ich habe noch Bananenbrot, wenn du magst. Das Rezept ist von meiner Mutter«, bot er an, während er zur Anrichte hinüberging, eine Scheibe auf einen Teller legte und sie mir dann brachte.

»Bananenbrot klingt super«, erwiderte ich, als ich den Teller entgegennahm. Ich mochte nicht viel Hunger haben, aber Bananenbrot würde ich nicht ausschlagen.

»Ich bin gern mit dir zusammen. Ich habe dich vermisst«, sagte Flynn da zu meiner größten Überraschung. Es war das Letzte, womit ich gerechnet hatte. Die Bemerkung war völlig unschuldig und doch von solchem Gewicht.

Er vermisste mich.

Nach allem, was ich ihm angetan hatte, vermisste er mich.

Ich konnte nichts erwidern. Wusste nichts darauf zu sagen. Ich konnte mich nicht revanchieren, weil ich ihn *nicht* vermisst, sondern den Großteil der letzten sechs Jahre damit verbracht hatte, ihn zu hassen und für Dinge verantwortlich zu machen, die gar nicht seine Schuld gewesen waren. Es war einfach leichter gewesen, ihn zu hassen statt mich selbst.

»Du hast nicht mehr mit mir geredet nach meinem Geburtstag. Du hast nie mehr angerufen. Meine Mutter hat gesagt, ich soll dich in Ruhe lassen. Du wärst nicht mehr meine Freundin. Aber das warst du. Du hast es gesagt und ich habe dir geglaubt.« Seine Augen glänzten, und obwohl er mich nicht ansehen wollte, wusste ich, dass sie feucht waren.

Ich sollte ihm die Wahrheit sagen. Sollte seine Illusionen zerstören, bevor sich aus ihnen etwas Gefährlicheres entwickeln konnte.

Seine Mutter hatte ihm nicht erzählt, was ich getan hatte. Sie hatte ihm diesen besonderen Schmerz erspart. Ich wusste nicht, ob ich ihr dafür dankbar oder böse sein sollte. Denn hier waren wir nun, sechs Jahre später, am Beginn von etwas, das noch gar nicht erkennbar war, und ich kämpfte mit mir selbst.

Ich wollte es ihm sagen. Aber gleichzeitig wollte ich ihn auch belügen. Es gefiel mir, wie er mich ansah. Für Flynn Hendrick war Ellie McCallum wichtig. Sie wurde gebraucht. Wenn ich ihm die Wahrheit über jene Nacht sagte, würde alles anders werden, davon war ich überzeugt.

Meine selbstzerstörerische Seite drängte mich, ihm alles zu erzählen. Das zarte Band zu durchtrennen, das sich zwischen uns zu bilden begann.

Aber ich besaß noch eine andere Seite, die darauf bestand zu schweigen. Eine Seite, die Angst davor hatte, diese neue Ellie verschwinden zu sehen; weil sie ein Mädchen war, dem es gefiel, etwas zu empfinden. Die Abgestumpftheit von früher brachte es einfach nicht mehr.

Ehe ich mich für ehrlich oder unehrlich entscheiden konnte, stand Flynn wieder auf und begann, das Geschirr in die Spülmaschine zu räumen. Er wischte die Arbeitsplatte ab und beförderte die Essensreste in den Müll.

»Hast du Lust fernzusehen? Du siehst doch gern fern. Wir könnten uns das A-Team anschauen«, schlug er vor.

»Ich liebe das A-Team«, sagte ich, während ich langsam zu ihm in den Türrahmen trat, der ins angrenzende Zimmer führte.

»Das weiß ich«, sagte er mit einem zaghaften Lächeln. Eine Haarsträhne fiel ihm ins Gesicht und ich wünschte, er würde mir erlauben, sie ihm aus der Stirn zu streichen. Wir hatten uns kaum je absichtlich berührt. Und selbst wenn, hatte es nie lange gedauert.

Mir war das recht gewesen. Ihn zu berühren hätte bedeutet, eine körperliche Nähe zuzulassen, die ich nicht wollte und von der ich mir eingeredet hatte, dass ich sie nicht brauchte.

Jetzt war ich mir nicht mehr so sicher.

Wir machten es uns auf einer Couch bequem, die brandneu

war, wie mir auffiel. Die Preisschilder hingen noch an den Armlehnen.

Flynn schaltete den Fernseher ein und begann, durch die Sender zu zappen. »Es ist sechzehn Uhr fünfundvierzig, das A-Team fängt erst um siebzehn Uhr an. Im Moment läuft Laverne & Shirley«, erklärte er und stellte einen Sender ein, der alte Fernsehshows zeigte.

»Siehst du dir das oft an?«, fragte ich mit einem Grinsen.

»Laverne & Shirley sind witzig. Es war Moms Lieblingssendung«, sagte er und ich nickte.

»Na, dann schauen wir sie uns an«, willigte ich ein und sah zu, wie er ans andere Ende der Couch rückte.

Er saß kerzengerade da, die Hände im Schoß, die Füße flach auf dem Boden. Besonders bequem sah das nicht aus.

Dann schauten wir also fern. Flynns schallendes Gelächter brachten mich zum Lächeln. Seine Schultern zuckten und sein Mund verzog sich zu einem wunderschönen Grinsen. Er sah glücklich aus.

Ich verbrachte mehr Zeit damit, Flynn zu beobachten, als fernzusehen. Doch er sagte nichts dazu. Er war zu sehr auf die Show konzentriert.

Man konnte wirklich nur staunen über ihn. Nach allem, was ihm das Leben zugemutet hatte, war er hier, heil und gesund. Er wirkte weder verbittert noch zornig, sondern zufrieden und auf eine Weise erfüllt, die ich niemals verstehen würde.

Er hatte mich in das Zuhause eingeladen, das ich zerstört hatte, saß neben mir, teilte sein Heim mit mir, öffnete sein Herz, und obwohl ich tief in meiner Seele die Last meiner Wahrheit spürte, empfand ich auch Freude.

Hatte ich schon jemals Freude empfunden?

Ja, hatte ich.

Einmal.

Bei ihm.

Ich fuhr in die Höhe und sprang auf die Beine, sodass Flynn vor

Schreck zusammenzuckte. Mit vor Verwirrung gerunzelten Brauen sah er mich an.

»Ich muss gehen«, erklärte ich unvermittelt.

Seine Stirnfalten vertieften sich.

»Gefällt dir die Show nicht? Dann schalte ich um. Wir können uns das A-Team auch ein andermal ansehen«, sagte er mit einem prüfenden Blick auf seine Armbanduhr.

Ich schüttelte den Kopf.

»Ich will nicht fernsehen, verdammt noch mal«, polterte ich los, weil ich den Gefühlssturm nicht zurückhalten konnte, der aus mir herausbrach.

Ich musste weg. Meine abscheuliche Seite bekämpfte das winzige bisschen Glück, das sich in mir entfaltet hatte. Es gehörte nicht dorthin. In der Kohlengrube meines Herzens war kein Platz dafür.

»Du bist sauer«, schloss Flynn aus meinem Gesichtsausdruck.

Ja, ich war sauer. Ich war fuchsteufelswild. Auch wenn es keinen Sinn ergab.

Ich war völlig verkorkst. Gezeichnet. Kaputt. Ich würde ihn mit meiner Hässlichkeit besudeln.

Ich musste fort.

»Ich muss einfach gehen«, sagte ich ohne jede Erklärung. Ich konnte unmöglich die Dämonen sprechen lassen, von denen ich besessen war.

»Ich fahre dich. Ich kann mir das A-Team auch morgen ansehen. Es kommt jeden Tag um fünf Uhr.« Ich wollte nichts mehr hören von dem bescheuerten A-Team!

Ich schwieg. Wartete einfach, dass er seine Wagenschlüssel holte, und ließ mich von ihm nach Hause fahren.

Ich konnte mich nicht entschuldigen.

Ich hasste diese Worte. Sie waren Mist und niemals wahr.

Denn es tat mir nicht leid.

Lieber ein Ende mit Schrecken als ein Schrecken ohne Ende.

14

Ellie

Vor vielen Jahren …

Ich hasste den Schnee.

Ich hasste, dass er meine Haare nass machte und mir in den Hemdkragen fiel.

Meine Mom hatte mir einen Schal gegeben, aber den trug ich nicht, weil er sich am Hals so eng anfühlte. Außerdem kratzte er.

Ich ging zu Fuß von der Schule nach Hause. Das mochte ich. Ich sah auf die Uhr und begann zu zählen. Fünf Minuten bis zur Weggabelung. Dreihundert Sekunden.

Den Zettel, den Mom für mich geschrieben hatte, brauchte ich nicht mehr. Ich wusste die Minuten und Sekunden auswendig. Darüber freute ich mich.

»He, Freaky!« Ich kannte diese Stimme. Es war das gemeine Mädchen, Dania. Ich ging schneller. Schnee drang in meine Sneaker. Meine Zehen wurden kalt. Zu kalt. Ich musste mir dringend Schuhe und Strümpfe ausziehen.

»Mach langsam! Wo willst du hin?« Diese Stimme kannte ich auch. Es war der gemeine Junge, Stu. Er war noch schlimmer als Dania. Er schlug mich im Sportunterricht. Letzte Woche hatte er mich in einer Toilette eingeschlossen und ich verpasste den Unterricht.

Ich hatte geweint und geschrien, aber niemand kam, um mich zu holen.

Erst nachdem die Schule aus war, wurde ich gefunden. Meine Mom war außer sich. Sie fuhr hin und sprach mit dem Direktor. Er sagte, er würde etwas unternehmen.

Stu war trotzdem weiter gemein zu mir.

Nur war er jetzt noch schlimmer.

Ich hatte Angst. Ich wollte nicht, dass sie mit mir gingen.

»Freaky Flyyynn«, sang eine andere Stimme und ließ mich innehalten. Es war die Stimme von Ellie, meiner Freundin. Sie mochte mich. Sie kam fast jeden Tag zu mir nach Hause, wo wir mit Marty spielten und Moms Bananenbrot aßen.

Mom hatte gesagt, sie sei keine gute Freundin. Dass sie mich nicht wirklich gernhätte, wenn sie in der Schule weiter gemein zu mir war. Ich wurde wütend, als Mom das sagte, und zerschlug den Spiegel in meinem Zimmer. Da fing Mom an zu weinen und ich wurde traurig. Ich hasste es, wenn Mom weinte.

Ich drehte mich um und war froh, Ellie zu sehen. Sie lächelte ebenfalls, aber es sah seltsam aus. Das Lächeln gefiel mir nicht.

»Hi, Ellie«, sagte ich. Dann zog ich meine Handschuhe aus, ließ sie fallen und rieb mir die Hände. Strich mit den Fingern über die Haut. Ich mochte die Kälte nicht. Auf und ab. Immer wieder.

»Du hast meine Frage nicht beantwortet, Freaky. Wohin gehst du?«, fragte Stu. Er trug keine Jacke. War ihm nicht kalt?

»Nach Hause«, sagte ich zu ihm.

»Nach Hause? Na, dann sollten wir dich begleiten und aufpassen, dass du gut ankommst. Wir wollen doch nicht, dass unserem Kumpel Freaky unterwegs etwas passiert«, sagte Dania.

Das war nett von ihnen. Vielleicht wollten sie jetzt doch meine Freunde werden. Vielleicht wollten sie mich auch besuchen kommen wie Ellie. Vielleicht würde sie dann auch in der Schule mit mir sprechen und die anderen ließen mir mein Mittagessen.

Der Gedanke machte mich froh, also nickte ich.

»Ihr könnt mit zu mir nach Hause kommen«, sagte ich.

Ellie hatte die Stirn gerunzelt. Sie sah sauer aus.

»Lasst uns abhauen, Leute. Wir sind mit Shane und Reggie im Diner verabredet«, sagte sie. Warum wollte sie nicht mit Dania und Stu zu mir kommen?

»Nein, Ells, wir gehen mit Freaky. Wir müssen ihn doch nach Hause begleiten. Das ist unsere staatsbürgerliche Pflicht.« Wieder lächelte Dania mich an und ich lächelte zurück.

Sie war nett. Es gefiel mir, wenn sie so war.

Dann legte sie den Arm um mich und ich schob sie weg.

»He, was soll das?«, fragte sie und da wusste ich, dass ich etwas falsch gemacht hatte. Sie lächelte nicht mehr. Und sie sah auch nicht mehr aus, als wollte sie meine Freundin sein.

»Er mag es nicht, wenn man ihn anfasst, Dania. Das weiß doch jeder«, sagte Ellie. Ich schüttelte den Kopf. Das war nicht wahr. Ich mochte es, wenn *sie* mich anfasste. Manchmal hielt Ellie meine Hand und das fühlte sich schön an.

Ellie machte wieder ein böses Gesicht und ich bekam Bauchschmerzen.

Dania sagte etwas zu Stu, dann lächelten sie wieder. »Los, komm, Freaky. Gehen wir zu dir nach Hause. Ich fasse dich auch nicht mehr an. Versprochen«, sagte Dania.

»Ich heiße nicht Freaky, sondern Flynn«, sagte ich, als wir zusammen weitergingen.

»Ja, ich weiß. Flynn der Freak«, sagte Stu, der neben mir herging.

»Nein. Nicht Flynn der Freak. Einfach nur Flynn!«, erklärte ich ihm. Ich hasste diesen Namen. Es machte mich wütend, wenn sie mich so nannten. Ich wollte ihn nie wieder hören.

Stu tätschelte mir den Arm und ich zog ihn weg. Er lachte. Er lachte mich aus. Am liebsten hätte ich ihn geschlagen.

»Hör auf, ihn auszulachen, Stu. Sei lieb«, sagte Dania, die ihm gegen den Arm boxte. Ich mochte Dania. Sie war nett.

Meine Füße waren eiskalt. Ich musste unbedingt meine Socken ausziehen. Meine Zehen taten weh. Ich konnte nicht laufen, wenn meine Zehen wehtaten.

»Warum bleibst du stehen?«, fragte Dania.

»Meine Socken sind ganz nass. Ich muss sie ausziehen«, erklärte ich ihr.

»Lass uns bis zur Brücke laufen, dann kannst du sie ausziehen. Ich helfe dir auch«, sagte Dania und ich lächelte wieder. Sie würde mir helfen. Sie war jetzt meine Freundin.

Ich sah auf die Uhr. »In vier Minuten sind wir bei der roten Scheune. Das sind zweihundertvierzig Sekunden«, erklärte ich ihnen und war stolz, dass ich den Zettel nicht brauchte, den Mom für mich geschrieben hatte. Ich konnte es ihnen sagen, ohne nachzusehen.

»So, zweihundertvierzig Sekunden? Na, das ist gut zu wissen«, sagte Dania.

»Leute, ernsthaft. Wir sollten zum Diner gehen«, sagte Ellie hinter mir.

»Ich will, dass sie mit zu mir kommen, Ellie. So wie du«, sagte ich und schon sah sie wieder wütend aus. Dania fing an zu lachen. Ich lachte auch, weil sie jetzt meine Freundin war.

»Ach wirklich? So wie Ellie? Besucht sie dich denn?«, fragte sie.

Ich wollte nicken, aber Ellie gab mir von hinten einen Schubs, dass ich vorwärtsstolperte.

»Halt die Klappe, Freaky! Du hast ja keine Ahnung, was du laberst!«, schrie sie, dass es mir in den Ohren wehtat. Ellie hatte mir wehgetan, ich hätte am liebsten geweint. Warum war sie so gemein zu mir?

»Du bist ein Miststück«, sagte ich zu ihr, da fingen Stu und Dania wieder an zu lachen. Ich benutzte niemals schlimme Wörter. Ich mochte sie nicht. Aber ich wusste, was ein Miststück war, und Ellie hatte sich wie eines benommen.

Ellies Mund zuckte ganz komisch, deshalb zeigte ich darauf.

»Du machst wieder diese komische Sache mit deinem Mund. Warum tust du das?«

Dania und Stu hörten gar nicht mehr auf zu lachen.

»Bin ich lustig?«, fragte ich sie.

Stu schlug mir auf den Rücken und ich rückte ein Stück von ihm ab. Er hob die Hände. »Du bist der witzigste Typ, dem ich je begegnet bin, Freaky.« Er schlug sich auf den Mund. »Flynn, meine ich.«

Stu war gar nicht mehr so beängstigend. Vielleicht würde er mir von jetzt an nicht mehr wehtun. Das machte mich richtig froh.

Als wir an der Scheune vorbeikamen, sagte ich ihnen, dass es bis zur Brücke noch fünf Minuten seien, dann würde ich mir die Socken ausziehen. Meine Zehen fühlten sich noch kälter an. Ich hasste den nassen Schnee in meinen Schuhen.

Dania und Stu unterhielten sich mit mir, was sich gut anfühlte. Nur Ellie redete nicht mit mir und das fühlte sich gar nicht gut an. Warum unterhielt sie sich nicht mit mir? Wenn wir sonst zu mir nach Hause gingen, tat sie das immer.

Sonst lächelte sie viel. Sie war so hübsch, wenn sie lachte. Dann hielt sie oft für eine Weile meine Hand, was sich in meinem ganzen Körper komisch anfühlte, aber auf eine gute Art.

Jetzt lächelte sie nicht.

»Da ist die Brücke«, sagte ich und zeigte darauf. Ich war froh, sie zu sehen. Ich wollte unbedingt die Socken ausziehen. Dania hatte gesagt, sie würde mir helfen. Sie war jetzt meine Freundin.

Ich bückte mich und fing an, meine Schnürsenkel aufzuziehen, als mir jemand einen Stoß versetzte. Ich fiel nach vorn. Das tat weh. Ich lag auf dem Boden und es war kalt. Meine Strümpfe hatte ich immer noch nicht ausgezogen.

Als ich aufstehen wollte, stieß Stu mich wieder um und diesmal rutschte ich den Abhang hinab. Dania lachte, aber es klang nicht schön wie bei Ellie. »Stoß ihn ins Wasser!«, kreischte sie und Stu schubste mich in den Bach.

Ich schrie auf. Das Wasser stand in meinen Schuhen. Meine Hose war nass. Es war furchtbar kalt!

Ich versuchte aufzustehen, blieb aber mit dem Fuß an einem Stein hängen und fiel wieder hin. Ich fing an zu weinen. Dania und Stu lachten.

»Verschwinden wir von hier!«, sagte Dania und schon waren sie weg.

Ich war nass. Dabei hasste ich es, nass zu sein.

Ich saß da und war traurig.

Sie waren nicht meine Freunde.

Sie waren gemein.

Sie taten mir weh.

Mir war schrecklich kalt. Meine Finger und Zehen taten weh.

Meine Hose und Schuhe waren nass.

Ich musste sie ausziehen.

Ich saß einfach da.

»Komm, Flynn, sehen wir zu, dass du nach Hause kommst.« Ellie war zurückgekommen und zog mich am Arm.

Ich konnte nicht sprechen, weil meine Zähne so sehr klapperten. Alles tat mir weh. Ich war nass und wollte mich ausziehen.

Ellie legte den Arm um mich, aber es machte mir überhaupt nichts aus. Es gefiel mir, wenn sie mich anfasste.

Aber vorhin hatte sie mir wehgetan, sie war gemein gewesen. Und jetzt war sie wieder nett.

Sie war wieder meine Freundin.

»Stu hat mich ins Wasser gestoßen«, sagte ich mit klappernden Zähnen.

»Ja. Er ist ein Arschloch«, sagte Ellie und ich versuchte zu nicken. Konnte es aber nicht.

Ich war nass.

Und mir war kalt.

Ellie brachte mich nach Hause. Mom war entsetzt, als sie mich sah. Sie schrie Ellie an, dass sie weggehen sollte. Aber ich wollte, dass sie dablieb. Sie hatte mir geholfen.

»Nein!«, schrie ich meine Mutter an. Ellie zog mir Schuhe und Strümpfe aus und wickelte meine Füße in ein Handtuch. Sie fasste mich an.

»Ich will, dass Ellie dableibt!«, schrie ich. Sie musste bleiben! Ich wollte sie bei mir haben!

Mom willigte ein, ließ sie aber draußen warten, während sie mich umzog.

Dann saß ich mit Ellie auf der Couch und wir sahen uns das A-Team an. Das war Ellies Lieblingssendung. Ich liebte es, sie mit ihr zusammen anzusehen. Meine Zehen und Finger waren immer noch eiskalt. Mom meinte, ich hätte mir Frostbeulen holen können.

»Es tut mir leid, Flynn«, sagte Ellie.

»Du bist meine Freundin. Du hast mir geholfen«, erwiderte ich, weil ich nicht verstand, warum es ihr leidtat. Sie war gemein gewesen, aber sie hatte mir auch geholfen. Das war lieb von ihr.

»Ich hätte nicht zulassen dürfen, dass Stu das macht«, sagte sie.

»Er ist gemein. Ich kann ihn nicht leiden. Und Dania auch nicht. Sie sind nicht meine Freunde«, erklärte ich ihr.

Ellie rutschte näher und nahm meine Hand. Sie schob immer ihre Finger zwischen meine, das fühlte sich gut an. Es gefiel mir, wenn sie das tat.

»Nein, das sind sie nicht. Und ich glaube, meine Freunde sind sie auch nicht wirklich. Du bist mein einziger echter Freund, Flynn«, sagte sie und legte den Kopf an meine Schulter. Und das gefiel mir auch.

Ich war ihr einziger Freund.

Ich lächelte und war glücklich.

15

Ellie

Ich war auf dem Campus und erledigte meine Hausaufgaben. Außerdem hatte ich einen Termin mit Frau Professor Au, meiner Studienberaterin, um mit ihr über Veranstaltungen zu sprechen, die im nächsten Semester für mich infrage kamen. Ich musste mich immer noch entscheiden, was ich tun wollte.

Ich schwankte hin und her zwischen der Begeisterung über die Chance, die sich mir bot, und totaler Hoffnungslosigkeit, es überhaupt schaffen zu können.

Es war eine Woche her, seit ich Flynn nach Hause begleitet hatte, und ich kämpfte mit einer Flut von Gefühlen, die ich seit meiner Kindheit nicht mehr empfunden hatte. Im letzten Monat waren mehr Schuldgefühle in mir hochgekommen als in den vergangenen fünfzehn Jahren zusammen. Jeder Kontakt mit Flynn hatte eine Gefühlswelle nach der anderen zur Folge, die mich zu zerreißen drohte.

Mit Dania hatte ich mich versöhnt, auch wenn ich dafür gewaltig zu Kreuze kriechen musste. Sie hatte getobt vor Wut. Es waren böse Worte gefallen, die ich hingenommen hatte, wie ich es immer tat.

Doch obwohl ich versprach, was immer sie wollte, wurde ich unseren Teufelskreis mehr und mehr leid.

Mitanzusehen, wie sie letzte Woche versucht hatte, Flynn zu demütigen, hatte etwas in mir ausgelöst. Ich fühlte mich an den Tag in der Highschool erinnert, als Stu und Dania ihn in der Nähe seines Hauses in den eiskalten Bach gestoßen hatten.

Das fanden sie lustig. Und ich hatte mitgemacht, sie nicht davon abgehalten.

Ich erinnerte mich noch an den Ausdruck auf seinem Gesicht. Er hatte geglaubt, sie seien freundlich zu ihm, und hatte die wohlkalkulierte Grausamkeit ihres Plans nicht durchschaut.

Ich hatte dabei mitgespielt, hatte mich also genauso schuldig gemacht wie sie.

Trotzdem war es das erste Mal gewesen, dass ich mich wirklich für mein Verhalten schämte.

Flynn und ich waren damals schon Freunde gewesen, auch wenn das niemand außer uns beiden wusste. Ich hatte keine Lust, mich dem Zorn meiner Freunde auszusetzen, sollten sie es herausfinden. Dennoch war er zu einem wichtigen Menschen für mich geworden.

Er war der Einzige, der mich so akzeptierte, wie ich war, und der mich dennoch mochte. Bei ihm konnte ich einfach nur Ellie McCallum sein. Seine bedingungslose Zuneigung war Balsam für das gequälte Herz eines Mädchens, das so gestört war wie ich.

Doch meine Selbstverachtung kannte keine Grenzen. Sie schaffte es, die einzige gute Beziehung zu zerstören, die ich jemals gehabt hatte. Es war mein Schicksal, ihn wegzustoßen. Ihm wehzutun. Mir wehzutun.

Und das tat ich auf die grausamste Weise überhaupt.

Dennoch hatte ich Dania und Stu an jenem Tag gehasst für das, was sie Flynn antaten. Es war der eine mutige Moment in meinem Leben gewesen.

Ich war mit meinen sogenannten Freunden davongelaufen und hatte Flynn im eiskalten Wasser zurückgelassen. Doch dann ließ mich ein überwältigendes Gefühl von Beschämung innehalten. Dania wollte wissen, was los war.

Ich erklärte ihr, dass wir Flynn nicht so zurücklassen konnten. Dass er erfrieren könnte. Stu nannte mich einen verdammten Feigling. Dann beschimpften sie mich als Freakliebchen. Das machte mich unglaublich wütend. Sie hatten sich in null Komma nichts gegen mich gewandt.

Für einen kurzen Moment war mir alles egal. Stus und Danias Spott hallte mir laut in den Ohren, als ich kehrtmachte und zurücklief, um Flynn zu helfen. Es fühlte sich gut an und *richtig*. Weil er mir etwas bedeutete.

Es war der letzte gute Tag gewesen, den wir zusammen gehabt hatten. Das letzte Zusammentreffen, das ich unbelastet von meinem eigenen Mist mit ihm verbrachte.

Der letzte Tag, an dem ich wirklich glücklich gewesen war.

Deshalb hatten Danias latente Drohungen meinen Kämpfer- und Beschützerinstinkt wieder geweckt.

Und genau wie all die Jahre zuvor hatte ich hinterher dafür büßen müssen.

»Wir laufen uns ständig über den Weg. Wenn ich es nicht besser wüsste, würde ich sagen, das Universum zwingt uns, Freundinnen zu werden.«

Ich hob den Kopf, als mir jemand zu nahe kam, und unterdrückte ein frustriertes Seufzen.

Irgendwann in den zwei Wochen, seit wir uns zuletzt begegnet waren, hatte sich Kara Baker ihre Rastalocken abschneiden lassen. Jetzt trug sie einen Igelschnitt, der so kurz war, dass ich ihre Kopfhaut durchschimmern sah. Ich war kein großer Fan des Sinead-O'Connor-Looks, aber immerhin hatte sie die richtige Kopfform dafür.

»Oder du bist einfach gut im Stalken«, erwiderte ich trocken, bereits darauf eingestellt, mindestens eine Viertelstunde lang dämliches Zeug labern zu müssen.

Eigentlich war Kara gar nicht so übel. Sie war locker und entspannt, auch wenn sie verdammt neugierig war.

»Och nö. Wenn ich jemanden stalken wollte, dann bestimmt keine Schlampe mit 'ner schlechten Einstellung«, spöttelte sie und ich musste lächeln. Auf den Mund gefallen war sie jedenfalls nicht. Das musste ich ihr lassen.

»Leuchtet ein«, gab ich mich geschlagen und sah zu, wie sie sich mir gegenüber am Tisch niederließ und ein Lehrbuch herauszog.

»Woran arbeitest du gerade?«, fragte sie, den Bleistift auf mein Englischbuch gerichtet. Ich klappte den Buchdeckel zu, damit sie den Titel lesen konnte.

»Ich versuche mich an einer Hausarbeit über die Grundlagen persönlicher Freiheit anhand der Kurzgeschichten von Kate Chopin«, erwiderte ich in scherzhaftem Ton.

Kate hob eine blonde Augenbraue. »Boah, schwerer Stoff. Und so was magst du?«, fragte sie und mir wurde klar, dass es so war. Ich hatte wirklich Spaß an meinem Kurs. Er gestattete mir, mein Hirn auf eine Art einzusetzen, wie es die Arbeit bei JAC's niemals erfordern würde.

Ich hatte im Alltag keine Gelegenheit, über die Dichtung von Byron zu reden oder über das Motiv der Gier in Shakespeares »Der Kaufmann von Venedig«. In den vier Wochenstunden, die ich in meinem Kurs verbrachte, fühlte ich mich nicht wie eine nutzlose Versagerin, sondern kompetent und klug, und Professor Smith schien der Ansicht zu sein, dass ich wirklich wusste, wovon ich redete.

Natürlich hatte Julie immer auf meiner Seite gestanden, mich angefeuert und versucht, mein wackliges Selbstvertrauen aufzubauen, aber nichts davon hatte ich jemals verinnerlicht.

Bis jetzt.

»Ja, tu ich«, erwiderte ich.

»Dann nur zu. Ich habe dafür keinen Kopf. Deshalb verlege ich mich auf Politikwissenschaft. Die Dramen der Gesetzgebung sind mir wesentlich lieber.«

Kara redete gern, aber sie war längst nicht so nervig, wie ich anfangs gedacht hatte. Ihre unkomplizierte Art gefiel mir.

»Dann willst du also bei irgendeinem Kongressabgeordneten andocken? Klingt, als käme da eine Klatschgeschichte auf HBO auf uns zu«, sagte ich und verzog den Mund zu einem unbeholfenen Lächeln. Ich hatte nicht viel Übung in Small-Talk, deshalb hoffte ich, nicht unverschämt oder aggressiv rüberzukommen. Höfliche Nettigkeiten waren einfach nicht mein Ding.

»Auf keinen Fall. Ich werde eine von denen, die die Gesetze machen, Schätzchen.« Ich schnaubte und warf einen vielsagenden Blick auf ihren Kahlkopf.

»Ich weiß nicht, wann ich das letzte Mal eine Senatorin ohne Haare und mit einem Tattoo am Hals gesehen habe«, stellte ich fest.

Kara verdrehte die Augen. »Egal. Du wirst schon sehen. Dauert nicht lang und du wählst mich.«

»Da musst du dich mit deinem Wahlprogramm aber mächtig ins Zeug legen, wenn ich für dich stimmen soll«, sagte ich und warf einen Blick auf mein Lehrbuch, in der Hoffnung, mich wieder meiner Arbeit widmen zu können. Ich musste bald zu meiner Studienberaterin.

»Die Legalisierung von Marihuana und die allgemeine Absenkung des Mindestalters für Alkoholgenuss«, sagte sie und schlug mit der Faust auf den Tisch.

Ich lachte leise. »Na, die Kiffer hast du jedenfalls auf deiner Seite«, murmelte ich.

Danach versiegte unsere Unterhaltung und wir konzentrierten uns beide auf unsere Arbeit. Trotzdem war es cool, mit ihr zusammenzusitzen. Sie machte hin und wieder eine Bemerkung über ihren Text und ich sagte ihr, dass sie die Klappe halten sollte. Damit hatten wir eine gut funktionierende Dynamik entwickelt.

Als ich mit meiner Arbeit etwa zur Hälfte fertig war, blickte ich kurz auf. Da war Flynn. Er betrat gerade die Bibliothek und sprach kurz mit dem jungen Mädchen am Ausleihschalter.

Er trug seine übliche Uniform aus Kakihosen und langärmeligem Button-Down-Hemd. Es spielte keine Rolle, wie heiß es war, er trug nie kurze Ärmel.

Das Mädchen lächelte ihn an und ließ die Wimpern klimpern. In ihren Augen tat seine linkische Art seiner Attraktivität offensichtlich keinen Abbruch. Ich spürte ein merkwürdiges Ziehen im Bauch, als ich sah, wie sie die Haare zurückwarf und leise lachte. Auch wenn Flynn sie nicht direkt anschaute, sah ich den sanften Schwung seines Lächelns. Was immer sie zu ihm sagte, schien ihm zu gefallen.

»Erde an Ellie!«, rief Kara und schnippte mit den Fingern vor meinem Gesicht. Verärgert darüber, beim Gaffen erwischt worden zu sein, funkelte ich sie an.

Sie warf einen Blick über die Schulter und lächelte mir neckisch zu. »Na, wie ich sehe, himmelst du unseren hübschen Künstler an.«

»Mach dich nicht lächerlich«, knurrte ich, während ich mich von Flynns Anblick losriss, der jetzt einen Stapel Bücher einsammelte und in seiner Tasche verstaute.

»Dann sei nicht beleidigt. Du starrst den Typen an, als wolltest du ihn in Häppchen zerlegen und zum Abendessen verspeisen«, säuselte sie und ich ballte die Hände im Schoß, um ihr keine reinzuhauen.

»Das ist ein wunderschönes Bild, vielen Dank auch, Kara.« Ich sah auf die Uhr an der Wand und stellte fest, dass mir nur noch fünfzehn Minuten blieben, bis ich im Büro meiner Studienberaterin sein musste. Ich sammelte meine Bücher ein und stopfte sie in meine uralte Tasche.

Dabei behielt ich ständig im Blick, wo Flynn sich gerade aufhielt.

»Ich habe ihn schon öfter auf dem Campus gesehen. Er bleibt sehr für sich, aber ich habe gehört, dass er ein toller Künstler ist«, sagte Kara gerade, doch ich hörte ihr kaum zu. Ich war zu sehr damit beschäftigt zu entkommen, ohne von Flynn bemerkt zu werden.

»Ja«, sagte ich geistesabwesend.

»Er ist auf jeden Fall ein süßer Kerl, auch wenn er ein bisschen schräg rüberkommt. Ich hätte gegen so einen Kauz jedenfalls nichts einzuwenden«, zog sie mich auf und schon holte ich zum Gegenschlag aus.

»Er ist kein Kauz!«, sagte ich deutlich lauter als beabsichtigt.

Mist. Jetzt hatte ich im Umkreis von drei Tischen sämtliche Aufmerksamkeit auf mich gezogen. Flynns mit eingeschlossen. Er hob die Hand und ich konnte nicht anders, als zurückzuwinken.

Kara stand der Mund ein wenig offen, sie wurde rot. »Ich hab mir nichts dabei gedacht. Ich wollte nicht arschig sein«, sagte sie und fühlte sich offensichtlich verkannt.

Flynn stand am Ausleihschalter. Das Mädchen redete immer noch auf ihn ein, aber es war mehr als deutlich, dass er sie gar nicht mehr beachtete. Ich hatte den Eindruck, er wartete auf mich. So viel zu meiner Absicht, ihm aus dem Weg zu gehen.

Ich wandte mich wieder Kara zu und tat das Einzige, was ich beherrschte, wenn ich mich unbehaglich fühlte: Ich keilte aus.

»Dann benimm dich nicht so«, fauchte ich, hängte mir die Büchertasche um und ging davon. Das war's dann mit unserer aufkeimenden Freundschaft. Irgendetwas sagte mir, dass sie bei unserer nächsten Begegnung nicht ganz so erpicht darauf sein würde, Hallo zu sagen.

Mein im Auftauen begriffenes Herz fühlte sich nicht besonders wohl dabei.

»Hallo, Flynn«, sagte ich, weil mir klar war, dass ich keine Chance mehr hatte, ungesehen aus der Bibliothek zu gelangen. Und Versteckspiele waren ohnehin nicht meine Sache.

»Ich habe dich in letzter Zeit gar nicht mehr gesehen«, kam er wie immer gleich zur Sache. Die junge Bibliothekarin, die ihn angegraben hatte, merkte, dass sie abgemeldet war, und hielt mit ihrem Redeschwall inne.

»Vergiss deine restlichen Bücher nicht, Flynn«, unterbrach sie uns. Mir war danach, besitzergreifend zu knurren, aber ich war mir nicht sicher, woher diese unangebrachten Gefühle kamen.

Flynn sah sie nicht einmal an; er zog einfach die übrigen Bücher von der Theke und packte sie sorgfältig in seine Tasche.

»Ich kann deinen Workshop nächste Woche kaum erwarten! Ich komme mit einer Freundin hin. Wir finden deine Arbeit echt toll«, ließ das Mädchen nicht locker.

Flynn nickte und ließ sie einfach stehen, indem er sich wieder zu mir umwandte. Ich konnte mir ein Grinsen über seine Unhöflichkeit, mit der ich völlig einverstanden war, nicht verkneifen.

Der jungen Bibliothekarin blieb vor Schreck über diese unverhohlene Zurückweisung einen Moment lang der Mund offen stehen, dann trat sie so schnell wie möglich den Rückzug an.

»Du hast nächste Woche einen Workshop?«, fragte ich.

Flynn, der auf dem Weg aus der Bibliothek vor mir herging, nickte. Er hielt die Tür nicht fest, sondern ließ sie zurückschwingen, mir direkt ins Gesicht.

»Danke«, murmelte ich und rieb mir die Nase.

»Keine Ursache«, sagte Flynn, dem mein Sarkasmus wie immer entgangen war.

»Eine Bedingung für die mietfreie Nutzung der Kunstwerkstatt ist, dass ich zwei Mal im Semester einen Workshop veranstalte. Einer davon ist nächste Woche. Es geht ums Bildhauern mit ungewöhnlichen Materialien. Ich verwende Altmetall«, sagte er, während ich mich beeilte, mit seinen langen Beinen mitzuhalten.

»Wow, du unterrichtest eine Horde Leute darin, mit Metallschrott zu arbeiten? Das klingt ziemlich cool«, sagte ich, als ich endlich neben ihm in Schritt fiel.

»Ich unterrichte sie nicht. Ich arbeite. Sie sehen einfach zu und versuchen es nachzumachen. Ich rede nicht gern mit Leuten. Ich mag es auch nicht, wenn sie mich ansehen. Aber Kevin meint, es wäre ein wichtiger Schritt für mich. Also versuche ich es. Er will vielleicht aus Greensboro hochkommen, hat er gesagt.« Ich war überrascht über diese Fülle an Informationen, die er mir gerade gegeben hatte.

Er veranstaltete einen Kunstworkshop für Studenten. Sein Therapeut war in Greensboro. Dann musste er irgendwann dort gelebt haben.

»Du machst das sicher toll«, sagte ich, auch wenn sich meine Ermutigung lahm anhörte.

Flynn zuckte die Achseln. »Das sagt Kevin auch.«

»Dieser Kevin ist ein cooler Typ.« Ich lächelte.

»Ja. Er hilft mir. Er sagt mir, wenn ich etwas tue, was ich nicht tun sollte. Früher hat das meine Mutter gemacht«, fügte er eilig hinzu.

»Was tust du denn für Dinge, die du lieber nicht tun solltest?«, fragte ich nach.

»Leuten sagen, dass sie fett oder hässlich sind. Oder sie anschreien, wenn sie mich wütend machen. Kevin bringt mir bei, wann ich lieber still sein und zuhören soll, statt zu reden. Außerdem hilft er mir zu verstehen, wann Leute froh und wann sie wütend auf mich sind. Aber das habe ich zum Teil auch schon selbst gelernt. Ich kann zum Beispiel sehen, dass du mir zuhörst, weil du mich ansiehst. Und du bist nicht wütend, weil du das Gesicht nicht verziehst, aber du bist auch nicht froh, denn dann würdest du lächeln. Ich kenne dein Gesicht und ich weiß, wie es aussieht, wenn du bestimmte Dinge fühlst.«

Ich konnte nicht anders, als mich über seine Worte zu freuen, und musste lächeln.

Flynn zeigte auf mein Gesicht. »Siehst du, jetzt bist du froh. Und zwar über das, was ich gesagt habe. Warum ist das so?«, wollte er wissen und legte den Kopf schief, sodass ihm die Haare ins Gesicht rutschten, was ihn um einiges jünger erscheinen ließ als seine zweiundzwanzig Jahre.

»Weil du mich *kennst*, Flynn. Niemand achtet so sehr auf meine Gefühle wie du«, gab ich zu.

Flynn nagte an seiner Unterlippe und sah mich an. Obwohl er mir kein einziges Mal in die Augen schaute, betrachtete er mich trotzdem mit intensivem Blick.

»Es gefällt mir, dich zum Lächeln zu bringen. Weil ich dann auch lächeln muss«, sagte er und verzog den Mund zu einem wunderschönen Grinsen.

Zögernd streckte ich den Arm aus und nahm seine Hand, so wie ich es schon als Teenager getan hatte. Wir verschränkten unsere Finger und ich presste meine Handfläche gegen seine.

Beim ersten Mal vor vielen Jahren hatte er die Hand zurückgezogen. Es hatte eine ganze Weile gedauert, bis er so weit war, dass ich ihn berühren durfte. Und ich war mir nicht sicher, ob wir diesen Punkt jetzt schon wieder erreicht hatten. Es war so lange her, seit ich ihn das letzte Mal berührt hatte.

Aber ihn so glücklich zu sehen und zu wissen, wie sehr er auf mich eingestimmt war, war einfach zu verlockend.

Ich scheute vor körperlicher Nähe ebenso zurück wie er. Das war einer der vielen Gründe, warum ich mich Flynn in den Anfängen unserer Freundschaft so verbunden gefühlt hatte. Keiner von uns konnte damit umgehen, was Berührungen mit sich brachten. Wir waren beide so isoliert.

Doch dann hatten wir uns irgendwie gefunden.

Und hier waren wir wieder. Immer noch die gleichen bindungslosen Gestalten, die wir schon vor Jahren gewesen waren, nur ein bisschen älter und beschädigter.

Einmal mehr griff ich nach der Hand des einzigen Menschen, bei dem ich mich jemals sicher gefühlt hatte.

Flynn Hendrick.

Dem Freak mit Asperger. Dem Jungen, dem ich das Leben vermiest hatte, bevor ich ihn glücklich machte. Um ihn dann zu zerstören, ehe ich die Veränderungen genießen konnte, die er in meinem Leben bewirkt hatte.

Aber vielleicht hatte ich ihn gar nicht zerstört.

Vielleicht hatte ich es nur geschafft, mich selbst zu zerstören.

Denn Flynn wirkte keineswegs zugrunde gerichtet.

Im Gegenteil, er wirkte gesünder als je zuvor. Sein Selbstvertrauen war gewaltig gewachsen, auch wenn es immer noch angeschlagen war.

Dies war kein von den Umständen gebrochener Mann. Es war jemand, der das Leben auf die einzige ihm mögliche Weise umarmte. Auf die einzige Weise, die er sich zugestand.

Ich presste meine Handfläche gegen seine und drückte sanft seine Hand. Ich spürte, wie er sich versteifte und sich dann zurückzog. Seine Finger flüchteten, entwanden sich meinen.

Flynn presste die Hände zusammen und begann sie heftig zu reiben, wie ich es nur allzu gut kannte.

Ich ballte die Hände zu Fäusten. Seine Zurückweisung versetzte mir einen Stich. Ich wusste, dass es nicht seine Schuld war. Ich kannte seine körperlichen Grenzen. Ich konnte sie nachempfinden. Aber ich hatte gehofft …

Das war das Problem. Ich hatte *gehofft*.

Es wäre so leicht für mich gewesen, wütend zu werden. Flynn genauso zurückzuweisen, wie er es gerade getan hatte. Ihn zu beschimpfen. Ihm den Rücken zuzukehren und zu gehen.

Doch ich tat es nicht.

Ich grub die Nägel in die Handflächen und lächelte ihn an, als sei nichts gewesen.

Er war sich keiner Schuld bewusst.

»Wohin gehst du jetzt? Kann ich mitkommen?«, fragte er, während er weiter seine Hände rieb. Ich wünschte, er würde damit aufhören. Seine Anspannung war ansteckend.

»Ich habe einen Termin bei meiner Studienberaterin wegen der Kurse im nächsten Semester. Aber ich weiß nicht, ob ich überhaupt hingehen soll«, sagte ich und bekannte ihm damit etwas, das ich mir selbst noch nicht richtig eingestanden hatte.

Flynn hörte auf zu reiben und vergrub die Hände in seinen Hosentaschen. »Warum willst du nicht hingehen? Du musst dir doch Kurse aussuchen. Das ist wichtig«, sagte er, als wäre das so leicht.

»Hast du studiert, Flynn?«

Er nickte. »Ja, ich hab das Guildford College besucht. Bin letztes Jahr fertig geworden, bevor meine Mutter gestorben ist. Ich habe Kunst studiert.« Das überraschte mich nicht. Flynn war klug. Und er hatte Talent. Schon mit fünfzehn war mir klar gewesen, dass er für Höheres bestimmt war als Wellston, West Virginia.

»Ich habe nicht einmal die Schule abgeschlossen«, murmelte ich, den Blick auf meine Füße gerichtet. Wir gaben sicher ein lächerliches Bild ab, wie wir dastanden, ohne dass einer den anderen anblickte.

»Aber jetzt gehst du doch aufs College«, sagte Flynn ein wenig verwirrt.

Ich hob und senkte die Schultern in einem übertriebenen Achselzucken. »Ich weiß nicht, ob ich das durchziehen kann. Es ist schon viel«, formulierte ich die Ängste, die ich mit großer Mühe unter Verschluss gehalten hatte.

»Das verstehe ich nicht.« Ich konnte das Stirnrunzeln in Flynns Frage hören.

»Ich weiß einfach nicht, ob es das Richtige für mich ist«, erwiderte ich fast herausfordernd. Ich hätte ihm erzählen können, dass ein trauriges kleines Kind, das im Jugendhilfesystem groß geworden war, keine Chance auf eine leuchtende, glückliche Zukunft hatte. Dass ich mich damit abgefunden hatte, meine Tage in Wellston zuzubringen, wo ich mit Dania zusammenlebte und mit Stu, Shane und Reggie abhing, mich am Wochenende betrank und mit knapper Not meine Rechnungen bezahlen konnte.

Es mochte nicht das Leben sein, das ich mir erhofft hatte, aber es war das Leben, das mir zugeteilt worden war.

»Du solltest es durchziehen. Mir hat das College gut gefallen. Und dir wird es genauso gehen«, legte sich Flynns Aufmunterung wie eine Decke um mich.

Als er meine Hand nahm, schrak ich zusammen. Er schob die Finger zwischen meine, genau wie ich es vor ein paar Minuten getan hatte. Ich riss den Kopf hoch und begegnete seinem Blick, dessen Intensität mich schaudern machte.

Seine Finger zitterten, doch er zog sie nicht weg. Den Arm von sich gestreckt, hielt er weiter meine Hand. Er kam nicht näher. Wir taten nichts, um die Distanz zwischen uns zu überbrücken. Trotzdem lag in unseren aneinandergepressten Handflächen mehr Intimität, als wenn er mich im Arm gehalten hätte.

»Du solltest tun, was dich glücklich macht. Du bist klug und schön. Du kannst alles machen. Du gehörst nicht hierher. Du gehört nach da *draußen*«, sagte er. Ich war sprachlos. Etwas so *Eindringliches* hätte ich von Flynn niemals erwartet. Er überraschte mich.

Er gab mir genau im richtigen Augenblick den Schubs, den ich brauchte. Trotz seiner Unbeholfenheit im Umgang mit anderen Menschen sagte er mir das, was ich hören musste.

Seine Hand umklammerte meine und ich wünschte, er würde nie wieder loslassen.

»Ich muss zu meinem Termin. Willst du mich hinbegleiten?«, wisperte ich, aus Angst, den Mut zu verlieren, wenn ich lauter sprach.

Flynn nickte.

Den ganzen Weg über hielt er meine Hand.

16

Ellie

»Wo ist Murphy?«, fragte ich Erin, als ich an diesem Nachmittag ins Tierheim kam.

Flynn hatte mich zum Dunlop-Gebäude gebracht, wo er meine Hand losließ.

»Ich muss gehen«, sagte er.

»Danke fürs Mitkommen«, hatte ich geantwortet, doch das hörte er schon nicht mehr. Er ging bereits davon.

Dann hatte ich mich mit Frau Professor Au getroffen, einer weiteren Englischdozentin am College, und ihr von den Kursen erzählt, die Professor Smith vorgeschlagen hatte. Sie war ebenfalls der Meinung, dass es eine gute Auswahl sei. Nun musste ich einen weiteren Termin mit der Studienbeihilfe vereinbaren, um die finanzielle Förderung unter Dach und Fach zu bringen.

Dann hatte Frau Professor Au mich gefragt: »Wollen Sie versuchen, im Herbst an eine Universität zu wechseln?«

Doch selbst nach Flynns aufmunternden Worten und dem riesigen Schritt, den es für mich bedeutet hatte, mich für das nächste Semester einzuschreiben, schaffte ich es nicht, weitere Zusagen zu machen.

Also hatte ich ihre Frage auf meine taktlose, unwirsche Art beiseitegewischt und unser Treffen war kurz danach beendet.

Trotzdem fühlte es sich gut an. Mir war eine Portion vorsichtiger Optimismus mitgegeben worden. Und das war verdammt viel mehr, als ich je zuvor besessen hatte.

In bester Laune trat ich meinen Sozialdienst im Tierheim an. Ein bisschen Fell, Gesabber und Hundeliebe konnte ich gut gebrauchen. Daher packte mich ein ahnungsvoller Schmerz, als ich Murphys Käfig leer vorfand.

Ich wusste, dass er in der kommenden Woche eingeschläfert werden sollte, auch wenn ich den Gedanken bewusst verdrängt hatte. Ich wollte mir nicht vorstellen, dass man meinem großen, wunderschönen Hund eine tödliche Spritze gab. Doch sosehr er mir am Herzen lag, konnte ich mich einfach nicht dazu durchringen, ihn mit nach Hause zu nehmen.

Nicht jetzt, wo meine Zukunft so in der Luft hing. Wo ich in so viele Richtungen gleichzeitig gezogen wurde.

Murphy hatte etwas Besseres verdient als meine exzentrische Selbstsucht.

Erin trat hinter mich und legte mir die Hand auf die Schulter. Ich versteifte mich und wich unwillkürlich zur Seite. Ihr Mitleid erdrückte mich.

Ich kam zu spät.

Murphy war fort. Dabei hätte ich ihn retten können. Wieder einmal hatte mich meine Unfähigkeit, die richtige Entscheidung zu treffen, um etwas gebracht, das mir am Herzen lag.

»Er ist adoptiert worden«, sagte Erin und ich war so verloren in meinem Selbsthass, dass ihre Worte zunächst gar nicht zu mir durchdrangen.

Als mir schließlich dämmerte, was sie gerade gesagt hatte, zog sich mir die Brust zusammen.

»Was hast du gesagt?«, fragte ich nach.

Erin kicherte, fasste mich aber nicht mehr an, obwohl ich wusste, wie schwer es ihr fiel, mir nicht den Rücken zu tätscheln. Sie war von der gefühlsduseligen Sorte.

»Jemand ist am Wochenende hergekommen und hat ihn adoptiert. Die Papiere lagen auf meinen Schreibtisch, als ich heute Morgen herkam.«

»Er wurde adoptiert? Nicht eingeschläfert?«, fragte ich, um ganz sicherzugehen.

Erin schüttelte lächelnd den Kopf. »Nein, er ist wirklich adoptiert worden.«

Da sie bereits auf dem Weg ins Büro war, folgte ich ihr. »Und wer hat ihn adoptiert? Darf ich es sehen?«, fragte ich.

»Ich habe die Infos schon ins System eingegeben und die Unterlagen geschreddert.« Wieder sah sie mich mit ihrem Scheißmitleidsblick an. »Es spielt doch keine Rolle, *wer* es war. Die Hauptsache ist doch, *dass* er adoptiert wurde. Er hat ein neues Zuhause gefunden«, sagte sie.

»Aber woher wollt ihr wissen, dass es ein *gutes* Zuhause ist? Was ist, wenn die Leute nicht gut zu ihm sind? Wenn sie ihm wehtun?« Ich war mehr als nur ein bisschen panisch. Ich dachte an Murphy und seine sanften, liebevollen Augen, sein lachendes Maul. Und wenn seine neuen Besitzer nun Arschlöcher waren?

»Ich bin sicher, sie haben ihn genauso lieb wie du«, sagte Erin und ich richtete mich auf.

»Nun mal halblang, Erin. Ich will einfach nur sicher sein, dass er ein gutes Zuhause gefunden hat«, polterte ich, erbost darüber, dass sie mich mit meinen Gefühlen konfrontierte.

Was war nur los mit mir in letzter Zeit?

Dabei hatte sie recht. Ich liebte Murphy. Und obwohl ich tief im Innern froh darüber war, dass ihn jemand adoptiert hatte und ich nicht seinem drohenden Tod entgegensehen musste, tat es mir trotzdem weh, ihn bei jemandem zu wissen, der nicht ich war. Auch wenn ich die Möglichkeit gehabt hatte, ihm ein Zuhause zu geben, und es nicht getan hatte, weil ich unfähig war, mich ganz für etwas zu entscheiden.

Das zog sich durch mein ganzes Scheißleben.

Erin grinste mich an, als wäre sie gerade hinter ein Riesengeheimnis gekommen. Statt sie anzuknurren wie einer der Hunde hinter mir, machte ich auf dem Absatz kehrt und stiefelte davon.

Murphys Verschwinden hinterließ ein großes, klaffendes Loch in meiner Brust. Die anderen Hunde machten mir Spaß. Einige von ihnen waren verdammt niedlich, aber sie waren nicht Murphy. Es regte mich auf, wie sehr mir dieses Fellmonster ans Herz gewachsen war.

Ich erwischte mich dabei, dass ich unentwegt über seine neue Familie grübelte. Ich erwog, mir Zugang zu Erins Computer zu verschaffen und nachzusehen, wer die Leute waren, und musste mich im Laufe meiner Schicht mehrmals davon abhalten.

Erin hatte recht. Das *Wer* spielte eigentlich keine Rolle. Murphy war entkommen. Jemand hatte ihn haben wollen, hatte ihm ein Zuhause gegeben, als ich es nicht konnte.

Damit musste ich mich zufriedengeben.

Ich fühlte mich bleischwer, als ich das Tierheim am Abend verließ. Eigentlich hatte ich bei Dania vorbeikommen sollen, um mit ihr abzuhängen, aber ich hatte keine Lust darauf. Ich wollte nach Hause, mich zu einer Kugel zusammenrollen und schlafen, bis ich wieder aufwachte und mich halbwegs normal fühlte.

Als ob sie meine Gedanken gelesen hätte, zirpte in diesem Moment mein Handy in der Tasche, und als ich es herauszog, sah ich eine SMS von Dania. Wir unterhielten seit unserem Streit einen wackligen Waffenstillstand. Es war nicht das erste Mal, dass es mir gegen den Strich ging, dass sie von mir eine Entschuldigung für ihr Verhalten erwartete. Aber es war das erste Mal, dass ich es nicht auf sich beruhen lassen konnte.

Bisher hatte ich mir immer einreden können, Dania sei meine Familie. Ich rief mir die immer gleichen Fakten so lange in Erinnerung, bis ich mich besser fühlte: Sie hatte mir geholfen, als es sonst keiner getan hatte. Sie war für mich da gewesen, als man mich eingebuchtet und ich sie gebraucht hatte. Sie hatte mir den Rücken gestärkt. Bla, bla, bla.

Doch inzwischen fühlten sich diese Worte hohl und leer an. Und ich begann die gewaltigen Löcher in unserer Freundschaft zu sehen.

Ich öffnete die SMS und erblickte ein Foto von Dania, die eine Flasche Wodka in der Hand hielt, während ihr Shane den Hals leckte. Die Nachricht lautete: *Mach, dass du herkommst, Schlampe!*

Ich überlegte, ihr zu antworten und eine Ausrede vorzuschieben, doch ich wusste, dass ich damit nicht durchkommen würde, und mir fehlte die Energie, es schon wieder mit Danias Irrsinn aufnehmen zu müssen.

Also hüllte ich mich in meinen Mir-doch-egal-Schutzmantel und fuhr zu ihrer Wohnung. Dort klopfte ich an die Tür und unterdrückte ein Seufzen, als ich auf der anderen Seite Gelächter und laute Musik hörte.

Es war erst sieben Uhr abends, aber bei Dania schien es schon hoch herzugehen. Weiter den Gang hinunter hörte ich eine Tür aufgehen und eine ältere Dame streckte den Kopf heraus.

»Sind Sie eine Freundin von ihr?«, erkundigte sie sich, während sie auf Danias Tür zeigte.

Ich überlegte, es abzustreiten.

Nein, Ma'am, ich verkaufe bloß Bibeln.

»Ja«, sagte ich, wohl wissend, was nun kommen würde.

»Dann sagen Sie ihr, dass sie ihre verdammte Musik leiser stellen soll. Ich bin es leid, ständig an die Wand zu hämmern.« Die ältere Dame drohte mit dem Zeigefinger und funkelte mich an, als wäre ich das öffentliche Ärgernis.

»Ja, klar«, erwiderte ich im gleichen Moment, als sie die Tür zuschlug. Ich verdrehte die Augen. Kein Wunder, dass sie Dania vor die Tür setzten. Sie hatte jedenfalls nicht die geringste Ahnung, was es hieß, eine rücksichtsvolle Nachbarin zu sein.

Herrje, sie hatte generell keine Ahnung, was es hieß, auf *irgendwas* Rücksicht zu nehmen.

Als die Tür aufgerissen wurde, erblickte ich eine spärlich bekleidete Reggie. Die kurzen braunen Haare standen ihr in alle Richtungen vom Kopf ab und ihr glasiger Blick sagte mir, dass sie irgendetwas eingeworfen hatte.

»Ellie …«, lallte sie, als sie mich ins Zimmer zog. Ich entdeckte die üblichen Verdächtigen. Auch wenn einige nicht halb so betrunken waren wie Reggie, war klar, dass sie schon eine Weile zugange waren.

»Hier!« Reggie drückte mir ein Glas Schnaps in die Hand. Normalerweise hätte ich ihn, ohne nachzudenken, runtergekippt. Aber heute war mir nicht nach Feiern zumute. Ich war gereizt und bezweifelte, dass Alkohol die Sache besser machen würde.

Reggie taumelte davon und schon wurde ich ins Geschehen hineingezogen.

Wie sich schnell herausstellte, waren diese Treffen in nüchternem Zustand nicht halb so lustig wie betrunken. Danielle Davis, die im Jahrgang über mir gewesen war, kotzte gerade vom Balkon. Und Shane macht Jagd auf ein Mädchen, das aussah, als hätte es die Schule gerade erst hinter sich gebracht.

Dania hatte ich noch nicht entdeckt. Allerdings hatte ich mir auch noch nicht die Mühe gemacht, sie zu suchen.

Ich stellte das immer noch volle Schnapsglas auf den Wohnzimmertisch und ging in die Küche in der Hoffnung, sie dort zu finden. Stattdessen begrüßte mich eine Horde vollgedröhnter Idioten, die auf dem Telefonbuch Pillen zerdrückt hatten und sich das Pulver in die Nase zogen.

Wie oft hatte ich das schon gesehen, ohne mir etwas dabei zu denken? Oft genug hatte ich sogar mitgemacht. Jetzt schürzte ich die Lippen und zog mich angewidert ins Wohnzimmer zurück.

Ich war umgeben von Leuten, die ich nicht ausstehen konnte.

Ich ging in Richtung Badezimmer, um ein paar Minuten für mich allein zu sein und mir eine Ausrede einfallen zu lassen, die es mir erlauben würde, wieder zu gehen. Eine, die mir später keinen Ärger einbrachte.

Doch als ich die Tür öffnete, sah ich Dania, die mit Stu auf der Toilette vögelte. Ihr Babybauch wölbte sich vor, während Stu ihre Titten befingerte.

»Scheiße, tut mir leid«, sagte ich und hielt mir die Hand vor die Augen. Das Bild in meinem Kopf würde ich später irgendwie löschen müssen.

Dania ließ den Kopf zur Seite rollen, während ich rückwärts aus der Tür zu flüchten versuchte, ohne mich übergeben zu müssen.

»Ells!«, kreischte sie mit glasigem Blick und schwerer Zunge. Sie stieg von Stus Schoß, rannte mir nach und schlang die Arme um mich. Die Tatsache, dass sie splitterfasernackt war, schien ihr völlig gleichgültig zu sein.

»Verdammte Scheiße, Dania!«, schrie Stu, der seinen Schwanz zu streicheln begann, noch während ich dort stand. »Jetzt muss ich es selbst erledigen«, knurrte er. Dania kicherte.

Das hier war so verkehrt. So ganz und gar verkehrt.

Ich löste mich von Dania und taumelte rückwärts. Ich musste hier raus. Ich ertrug das einfach nicht.

Nicht mehr.

»Wo willst du hin?«, fragte Dania, die mir ins Wohnzimmer folgte.

Es gab Gelächter und Pfiffe, als sie vor der kompletten Partymannschaft nackt erschien. Sie legte die Hand auf die Hüfte und warf sich in Pose. Es war obszön.

Ich starrte auf ihren Bauch und dachte an das Baby, das darin lebte. Das Baby, dem sie mit ihrem selbstsüchtigen Verhalten Schaden zufügte.

Sie verschwendete keinen Gedanken an den Menschen, den sie eigentlich beschützen sollte. Sie warf sein Leben genauso weg, wie ihre Mutter es mit ihrem gemacht hatte.

Und wie meine es an jenem Tag getan hatte, als sie zur Tür hinausgegangen war und mich zurückgelassen hatte, sodass ich mich allein durchschlagen musste.

In diesem Moment hasste ich Dania.

Ich hatte wirklich einen Scheißhass auf sie.

»Ich muss gehen«, sagte ich und lief zurück zur Eingangstür.

Ich hörte Dania lachen, als ich floh.

Als die Tür hinter mir ins Schloss fiel, lehnte ich mich schwer dagegen. Das Wummern der Musik rüttelte meine Knochen durch, und meine Gedanken taten mit meinen Verstand das Gleiche.

Ich hatte mir Millionen Ausreden für Dania ausgedacht. Für meine Freunde. Für die Art, wie wir unser Leben führten.

Wie konnte ich nur? Wie konnte ich dastehen und behaupten, es wäre mir scheißegal?

Ich war so lange ohne jede Empfindung gewesen.

Aber mit jedem Tag, mit jeder Stunde tauten meine tiefgefrorenen Gefühle weiter auf.

Und das tat weh.

Es war eine Qual.

Aber es machte mich stark.

Ich umklammerte die Schlüssel in meiner Hand und ging hinaus zu meinem Wagen.

Ich wusste nicht, wohin ich fahren sollte, aber ich wusste, wo ich nicht bleiben würde.

Und das war hier. Festgefahren. Ohne jede Veränderung.

Es war Zeit, etwas dagegen zu tun.

17

Ellie

Ich fuhr eine Weile herum; dachte nach, bis ich glaubte, mein Schädel würde platzen. Irgendwann parkte ich am unteren Ende einer vertrauten gekiesten Zufahrt. Die Nacht war voller Geräusche, als ich aus dem Wagen stieg.

Es waren die ersten Oktobertage und die Septemberhitze ging langsam zurück. Die Nacht war erfüllt von den Lauten eines sterbenden Sommers.

Ich schloss die Wagentür, und das Geräusch war so laut wie ein Schuss. Warum ich hier gelandet war, wusste ich nicht. Ich wusste nur, dass es keinen anderen Ort gab, an den ich hätte gehen können.

Genau das hatte mich vor all den Jahren zu ihm geführt.

Ich nahm den ausgetretenen Pfad, der zwischen den Bäumen hindurchführte und dem Bachlauf folgte, der sich an der Grundstücksgrenze entlangzog. Ich hatte diesen Wald viele Male durchquert. Ich wusste genau, wohin der Weg mich führte.

Ich konnte ihn hören, noch ehe ich ihn sah, und mein Herz begann schneller zu schlagen.

Durch die Bäume arbeitete ich mich bis zum Rand seines Gartens vor. Ich konnte ihn im Mondlicht ausmachen, konnte sein Lachen hören und musste lächeln.

Was tat er da?

Eine riesige Gestalt donnerte an mir vorbei, sodass ich mir vor Schreck fast in die Hose gemacht hätte.

»Komm her, Murphy!«, hörte ich Flynn rufen und das haarige Wesen trottete mit einem Stock im Maul den Garten hinauf.

Ich trat ins Freie und konnte kaum glauben, was ich da sah. *Mein* Hund, *mein* Murphy rannte, so schnell ihn seine schlaksigen Hundebeine trugen, zu Flynn, der sich auf die Schenkel klopfte und ihn anfeuerte, schneller zu laufen.

Murphy ließ Flynn den Stock vor die Füße fallen und der kniete sich neben den Hund, den ich liebte, kraulte ihm den Kopf und fuhr ihm mit den Fingern durchs Fell. Auch wenn ich sein Gesicht in der Dunkelheit nicht sehen konnte, hörte ich ihn weiter lachen.

Kaum fähig, zu atmen und die Tränen zurückzuhalten, die hinter meinen Lidern brannten, ging ich auf die beiden zu.

Murphy schien meine Gegenwart zu wittern und kam den Hügel hinab auf mich zugerannt. Er sprang an mir hoch, stemmte mir die Pfoten in den Bauch, wie er es gemacht hatte, wenn ich ihn im Tierheim aus seinem Käfig gelassen hatte.

Er warf mich rückwärts um und ich landete mit Schwung auf dem Hintern. Murphys Zunge fuhr mir über die Wange, sein heißer Hundeatem drang mir in die Nase.

»Braver Hund«, gurrte ich und kraulte ihm das Kinn, wie er es gernhatte.

»Er mag dich.« Als ich aufschaute, sah ich Flynn auf uns zukommen.

Ich lachte, als Murphy mir mit dem Kopf unter das Kinn fuhr. Ich hatte geglaubt, ihn nie wiederzusehen, hatte den Großteil des Tages wie besessen darüber nachgegrübelt, was aus ihm geworden war.

Und dabei war er hier, beim einzigen Menschen, von dem ich wusste, dass er Murphy ebenso lieben würde wie ich.

»Ich kann es kaum glauben, dass ausgerechnet du ihn adoptiert hast«, stieß ich atemlos vom Lachen hervor.

»Was?«, fragte Flynn, der sichtlich verwirrt war.

Ich stand auf, während Murphy sich an meine Beine drängte.

»Du hast ihn aus dem Tierheim geholt. Ich mache dort Sozialdienst und habe mich um Murphy gekümmert, seit sie ihn im Sommer reingebracht haben«, erklärte ich, immer noch fassungslos darüber, dass *mein* Hund hier war. Nur dass er jetzt nicht mehr *mein* Hund, sondern *Flynns* Hund war. Was mich unglaublich glücklich machte.

»Willst du mitspielen?«, fragte Flynn mit einem schüchternen Lächeln. Seine unschuldige Frage reichte aus, um meinem Abend eine völlig andere Richtung zu geben.

Ich war aufgewühlt und verwirrt von Dania fortgegangen.

Und hatte hierhergefunden.

Hatte den Weg nach Hause gefunden.

Ich nahm Flynn den Ball aus der Hand und warf ihn hoch in die Luft, ehe ich ihn wieder auffing. Murphy wedelte mit dem Schwanz und stellte sich auf die Hinterbeine, um ihn mir wegzuschnappen.

»Lauf los, Flynn!«, rief ich, während ich den Arm hob, um den Ball davonzuschleudern.

»Wo soll ich hinlaufen?«, fragte Flynn, der rückwärts davontrabte.

Mit leisem Lachen zeigte ich auf eine Stelle auf der anderen Gartenseite, die von dem Strahler auf der Veranda erleuchtet wurde.

»Da rüber! Ich werfe ihn dir zu. Murphy liebt dieses Spiel. Wenn du den Ball fängst, wirfst du ihn gleich wieder zurück«, wies ich ihn an und verspürte dabei eine kaum zu beschreibende Freude.

»Okay. Ich werfe ihn zurück, sobald ich ihn gefangen habe«, bestätigte Flynn.

»Genau. Wirf ihn zurück, sobald du ihn gefangen hast.« Ich wusste, dass er die Wiederholung brauchte, um sicher zu sein, es richtig verstanden zu haben. Geduld war nicht gerade meine Stärke, aber bei Flynn, stellte ich fest, besaß ich sie in rauen Mengen. Bei jedem anderen hätte ich Befehle gebrüllt und Beleidigungen ausgeteilt, wenn sie es nicht kapierten. Bei jedem anderen hätte ich mir gewiss nicht die Mühe gemacht, im Dunkeln Bällchenholen zu spielen.

Aber das hier war nicht jeder andere.

Und die Erfahrung hatte gezeigt, dass ich bei Flynn einfach nicht so war wie sonst.

Ich warf den Ball, so weit ich nur konnte, und sah zu, wie Murphy ihm hinterhersprang. Flynn fing den Ball, bekam ihn aber nicht richtig zu fassen, sodass er zu Boden fiel.

»Schnapp ihn dir, Flynn. Schnell!«, rief ich lachend, während ich zusah, wie er mit dem Hund um den Ball kämpfte. Doch Murphy ließ nicht locker und trug den Sieg davon. Er trottete den Hügel hinauf, legte sich unter den alten Apfelbaum und kaute auf dem Ball herum. Wenn Hunde lächeln konnten, dann grinste er wie ein Irrer.

»Er hat ganz schön viel Kraft«, brummte Flynn, der sich im Gras den Hundespeichel von den Händen wischte. Er verzog das Gesicht und streckte beide Hände von sich. Ich zog ein Taschentuch hinten aus der Hose, nahm sanft eine seiner Hände und wischte sie bedächtig sauber.

Er zog sie nicht weg, sondern hielt still, bis ich fertig war und das Taschentuch wieder wegsteckte.

Ich stand so dicht vor ihm, dass ich den sauberen Geruch seiner Seife riechen konnte. Im Mondlicht sah man jede einzelne Strähne seines vollen, dunklen Haars. Seine sanft geschwungenen Lippen und die Mulde an seiner Kehle, dort, wo unter dem langärmeligen Hemd seine Schultern begannen.

Die Hände fest verschränkt, starrte Flynn zu Boden. Sein Brustkorb hob und senkte sich schnell, doch er wich nicht zurück.

Wir standen nur Zentimeter voneinander entfernt. Wenn ich die Arme ausgestreckt oder mich vorgebeugt hätte, hätte ich sie um ihn schlingen, ihn küssen, ihm den Kopf auf die Schulter legen können.

Ich versuchte den Kloß hinunterzuschlucken, der sich in meiner Kehle festgesetzt hatte. Die Luft vibrierte in stummem Begreifen und Flynns verkrampfte Schultern, sein zusammengepresster Kiefer zeigten mir, dass auch er etwas spürte.

Trotzdem bewegte er sich immer noch nicht …

»Können wir das noch mal versuchen? Diesmal kriegt er den Ball nicht«, holte er uns mit einem Mal aus unserer Versunkenheit.

Ich leckte mir die trockenen Lippen und konnte nur nicken. Mir fehlten die Worte.

»Lass mich den Ball holen. Es bringt nichts, wenn er dir die Hände wieder vollsabbert«, sagte ich mit einem, wie ich hoffte, überzeugenden Lächeln.

Flynn sah mich durch seine langen Haarsträhnen verstohlen an und antwortete mit einem unsicheren Lächeln.

In diesen wenigen Sekunden war etwas passiert, das alles verändert hatte.

Ich wusste nur nicht, was.

Ich ging zu Murphy hinüber, der mich beim Näherkommen misstrauisch beäugte. Sein Schwanz klopfte ins Gras, während er den Ball vor sich mit seinen riesigen Pfoten festhielt.

»Hallo, mein Großer«, gurrte ich und musste grinsen, als er heftig mit dem Schwanz wedelte. Ich ließ mich neben ihm auf den Boden fallen und kraulte ihn hinter den Ohren. Von allen Hunden, die Flynn sich hätte aussuchen können, hatte er ausgerechnet den adoptiert, den ich am meisten liebte. Zu dem ich eine Beziehung hatte aufbauen können wie zu niemand anderem. Außer zu Flynn.

Und jetzt würden sie zusammenleben. Sie würden einander Gesellschaft leisten und sich lieben. Und ich wünschte mir wie verrückt dazuzugehören. Ich wollte Teil dieser kleinen Familie werden, die Flynn gegründet hatte, indem er Murphy hierherbrachte.

Da waren sie schon wieder, diese verdammten Tränen. Der stinkende Hund und dieser frustrierende Mann machten aus mir ein schniefendes Häufchen Elend.

Ich fuhr mir mit dem Handrücken über die Augen, wischte die Feuchtigkeit weg, die sich unter meinen Lidern herausgestohlen hatte, und schnappte mir den Ball, während sich Murphy dem Ohrkraulen hingab.

Dann sprang ich auf und rannte los. Das Riesenvieh rumpelte mit aus dem Maul hängender Zunge hinterher.

»Hierher, Ellie! Ich fange ihn!«, brüllte Flynn, der beide Arme schwenkte. Ich warf den Ball in seine Richtung.

»Er kommt!«, schrie ich und bog mich vor Lachen, als Murphy hinterherstürzte, mit Flynn zusammenprallte und beide zu Boden gingen.

Kurz darauf trottete Murphy abermals siegreich davon.

Flynn setzte sich auf und hob die Hände. »Ich gebe auf. Der ist zu stark für mich!«

Ich setzte mich neben ihn ins Gras, die Erde unter mir war kühl.

»Ja, er ist ein bärenstarker Köter«, pflichtete ich ihm bei und sah dem besagten Hund zärtlich nach.

»Das hat Spaß gemacht«, grinste Flynn, der langsam die Beine von sich streckte, wobei er sorgsam darauf achtete, das Gras nicht mit den Händen zu berühren. Er faltete sie im Schoß und wirkte steif und unbehaglich.

»Stimmt. Das habe ich gebraucht«, sagte ich und meine Stimme klang plötzlich sehr laut. Mit einem Räuspern sah ich zum Haus hinauf. Es leuchtete wie ein Weihnachtsbaum. Hinter jedem Fenster brannte Licht. Es sah warm und einladend aus, wie immer.

Flynn rutschte hin und her auf der Suche nach einer anderen Sitzposition, um sich besser entspannen zu können.

»Wir müssen nicht hier auf dem Boden sitzen. Du hast ein paar sehr schöne Bänke, auf denen wir uns breitmachen können«, schlug ich ihm vor.

Er schüttelte den Kopf. »Nein. Kevin hat gesagt, dass ich neue Erfahrungen machen soll. Mit Dingen, die ich nicht mag oder die mich nervös machen.«

»Und auf dem Boden zu sitzen ist eine neue Erfahrung?«, fragte ich mit einem spöttischen Grinsen.

»Ich mag nicht, wie das Gras sich anfühlt. Es ist rau. Und es kribbelt. Ich hasse das«, murmelte er, während er seine Hände rieb.

Manchmal gelang es mir fast zu vergessen, dass an Flynn irgendetwas ungewöhnlich war. Offenkundig hatte er über die Jahre hart an seinen problematischeren Eigenschaften gearbeitet. Natürlich war er immer noch linkisch und sagte Dinge, die andere Leute nur denken würden. Aber seine Ehrlichkeit war auch erfrischend. Es war schön zu wissen, woran man bei jemandem war, statt ständig nur zu raten.

Doch dann gab es Momente wie diesen, in denen man unmöglich darüber hinwegsehen konnte, wie sehr er im Alltag zu kämpfen hatte. Ich bewunderte den Mann neben mir, der sich alle Mühe gab, nicht auszurasten, weil ihn das Gras kratzte.

Und *ich* bildete mir ein, es schwer zu haben. Ich hatte so lange in meiner egozentrischen Seifenblase gelebt, dass ich völlig vergessen hatte, wie viele andere Menschen es da draußen gab, deren Kämpfe wesentlich härter waren als meine.

Flynn erinnerte mich daran, dass man niemals kampflos aufgeben durfte.

»Kannst du dich ins Gras legen?«, fragte ich ihn. Er sah mich an, als hätte ich den Verstand verloren.

»Das Gras ist voller Insekten, Ellie. Sie können mir in die Haare krabbeln und in die Ohren.« Er klang, als stünde er kurz vor einer ausgewachsenen Panikattacke.

Ich musste es anders versuchen.

Ich zeigte über mich und legte den Kopf in den Nacken. »Schau nach oben«, sagte ich mit gedämpfter Stimme.

Flynn gehorchte und legte den Kopf in den Nacken.

»Was siehst du?«, fragte ich ihn.

Die Augen auf den Himmel gerichtet, schwieg Flynn. Dann antwortete er ebenso leise.

»Ich sehe das Universum.«

»Es ist wunderschön, nicht?«

Flynn sah mich an und ich erwiderte seinen Blick. Er wich mir nicht aus. Er sah nicht fort. »Ja, es ist wunderschön.«

Ich spürte, wie ich errötete, und musste mich räuspern. »Darf ich dich anfassen?«, fragte ich.

Flynn sagte lange nichts und ich dachte schon, er würde mir gar nicht mehr antworten. Doch dann nickte er. Gab mit einer leichten Neigung des Kopfes sein Einverständnis.

Ich legte vorsichtig die Finger unter sein Kinn und wandte seinen Kopf wieder dem Nachthimmel zu. »Wenn du lange genug hinschaust, siehst du vielleicht eine Sternschnuppe. Hast du schon mal eine gesehen?«

Er schüttelte den Kopf und flüsterte: »Nein, hab ich nicht.«

»Dann lass uns nach einer Ausschau halten. Es heißt, sie bringen einem Glück. Ich weiß nicht, wie es dir geht, aber ich könnte ein bisschen Glück im Leben gut gebrauchen«, sagte ich nachdenklich.

Wir saßen da, während uns die Nacht mit ihren schützenden Armen umfing, und sahen zu, wie die Sterne über uns schimmerten und funkelten. Nach einer Weile streckte ich den Arm aus und legte ihn Flynn um die Schulter. »Schau einfach weiter auf die Sterne«, murmelte ich, als ich ihn mit mir ins Gras zog.

Er sträubte sich nicht. Sein Körper versteifte sich einen Moment lang und ich dachte schon, dass er sich wieder aufsetzen würde, doch dann spürte ich, wie er sich entspannte. Ich rückte so dicht an ihn heran, wie ich meinte, es ihm zumuten zu können. Und wir fuhren fort, die funkelnden Welten über uns zu betrachten.

»Ich hab eine gesehen!«, sagte Flynn plötzlich atemlos und streckte den Arm aus. Ich folgte seinem Finger, konnte sie aber nicht entdecken.

»Sieht aus, als wäre das Glück ganz auf deiner Seite«, bemerkte ich leichthin. Flynn nahm meine Hand und ich atmete scharf ein, als er sie an seine Lippen zog. Schüchtern und unsicher küsste er mit quälender Langsamkeit meine Fingerknöchel.

Mein Herz schlug wie verrückt.

»Ist das okay?«, fragte er, während sein Atem über meinen Handrücken strich.

»Ja«, krächzte ich.

Wieder presste Flynn den Mund auf meine Hand, diesmal etwas fester und länger.

»Deine Haut fühlt sich gut an«, sagte er, meine Hand immer noch vor seinem Gesicht.

»Deinen Lippen fühlen sich auch gut an«, hauchte ich.

»Ich habe das noch nie gemacht«, stieß er aus.

Mit zur Seite geneigtem Kopf sah ich zu, wie er fortfuhr, in den Himmel zu schauen und meine Hand zu küssen. »Du hast was noch nie gemacht?«

Vorsichtig zog er meine Hand an seine Brust und legte sie auf sein Herz. Dann wandte er mir den Kopf zu. Seine grünen Augen lagen im Dunkeln und funkelten dennoch wie die Sterne.

»Ein Mädchen geküsst. Und angefasst. Das habe ich noch nie gemacht«, gestand er und ich war mehr als nur ein bisschen schockiert. Natürlich war er anders, aber das änderte nichts an der Tatsache, dass Flynn wunderschön war. Es musste doch im College oder sonst wo ein Mädchen gegeben haben, das erkannt hatte, was für ein unglaublicher Mann sich hinter seiner linkischen Art versteckte.

»Du hast noch nie jemanden geküsst? Dich hat noch nie jemand so berührt?«, fragte ich, während ich die Hand wegzog und ihm mit den Fingern sacht über die Wange strich.

Ich sah, wie sein Adamsapfel auf und ab hüpfte, legte die Hand auf die Mulde seiner Kehle und spürte das wilde Klopfen seines Herzens unter meinen Fingerspitzen.

»Ich mag es nicht, wenn Leute mich anfassen. Es fühlt sich komisch an. Und es macht mich nervös.«

Wollte er mir damit sagen, dass ich aufhören sollte?

Ich hob die Hand, doch er packte sie mit erschreckender Wildheit, hielt sie fest und presste die Augen zusammen, als leide er Schmerzen.

»Aber ich mag es, wenn du mich anfasst«, sagte er mit einem gequälten Seufzen.

Ich befreite meine Hand und legte sie wieder an sein Gesicht. »Ich bin ganz vorsichtig, Flynn. Das verspreche ich dir.«

Ich zeichnete den Bogen seiner Lippen nach und mein Atem beschleunigte sich. Wie konnte mir die bloße Berührung seines Mundes nur so zusetzen?

»Ich weiß, Ellie. Ich vertraue dir.«

Das brachte mich dazu, aufzuhören.

Er vertraute mir.

Dieser unglaubliche Mann vertraute *mir*! Ellie McCallum. Ich war gehässig. Rücksichtslos. Hatte nicht die leisesten Skrupel gehabt, ihn zur Zielscheibe meiner jugendlichen Grausamkeit zu machen. Ich war zu einer Frau geworden, die sich um nichts und niemanden scherte. Für die Menschen immer austauschbar gewesen waren. Niemand war es wert, dass ich ihn liebte und mich öffnete.

Ich wurde gehasst. Gefürchtet. Selbst von denen, die ich als Freunde betrachtete, nur mit knapper Not geduldet.

Und trotzdem vertraute mir Flynn Hendrick.

Der Macht dieser Worte konnte ich mich nicht entziehen. Ohne es auch nur zu ahnen, hatte er mir etwas unendlich Kostbares geschenkt. Er hatte es hergegeben, ohne zweimal darüber nachzudenken, *wem* er es gab.

Weil Flynn unschuldig war. Unverdorben. Er war ein *guter Mensch*.

Und dieser Mann vertraute mir.

Langsam griff ich ihm seitlich in den Nacken und vergrub die Finger in seinen Haaren. Ich hörte, wie er die Luft anhielt, als ich mich in voller Länge an ihn presste. Unsere Körper berührten sich von der Brust bis zu den Füßen.

Als mein Atem sich mit seinem vermischte, kniff er die Augen zusammen. Ich konnte ihn nicht bitten, sie zu öffnen. Sosehr ich mir wünschte, er möge mich anschauen, mich sehen, wusste ich instinktiv, dass es zu viel verlangt war.

»Ist es okay, wenn ich dich küsse, Flynn?«, fragte ich, während mein Daumen mit langsamen, beruhigenden Bewegungen über die Haut unter seinem Ohr kreiste.

»Ja«, presste er hervor, so leise, dass ich es kaum verstehen konnte.

Doch ich hörte ihn. In der Tiefe meines Herzens würde ich ihn immer hören können.

Ich beugte mich vor und legte meine Lippen auf seine. Dann hielt ich still. Ich küsste ihn nicht. Machte ihn nur mit der Berührung meines Mundes vertraut. Wenn er sich zurückziehen wollte, hatte er jetzt die Gelegenheit dazu. Ehe ich mich gehen ließ und ihn so küsste, wie ich es wollte.

Er atmete laut durch die Nase. Die Luft fuhr so schnell ein und aus, dass ich ein wenig Angst hatte, er würde hyperventilieren.

»Ist das okay?«, fragte ich, während ich mit den Lippen über seine glitt.

Er nickte nur.

Also schloss ich die Augen und gab meinen Lippen mehr Nachdruck. Dann küsste ich ihn.

Ich fing langsam an, so schwer es mir auch fiel. Gab ihm zarte Küsse auf den Mund, während er herauszufinden versuchte, was er tun sollte. Kleine Zärtlichkeiten. Leichte Berührungen.

Es schien eine Ewigkeit zu dauern, bis er endlich reagierte und meine Küsse zu erwidern begann. Seine zarten, unschuldigen Berührungen entfachten ein Feuer in mir, von dem ich bisher nicht einmal etwas geahnt hatte. Als ich ihm vorsichtig über die Unterlippe leckte, schauderte er.

Ich züngelte noch einmal, diesmal, indem ich zwischen seine Lippen drängte. Er biss die Zähne zusammen, als wollte er mir den Eintritt verwehren. Also zog ich mich ein wenig zurück und streichelte seinen Nacken.

»Bitte, lass mich dich schmecken«, bat ich ihn. Ich wusste nicht, was ich tun würde, wenn er jetzt einen Rückzieher machte. Wahrscheinlich würde ich in ein sexuell frustriertes Häufchen zerbröseln und nie mehr aufstehen.

»Ich will dich auch schmecken«, wisperte er und streckte mir plötzlich die Zunge entgegen. Ich umschloss sie mit den Lippen und brachte ihm bei, mich zu küssen, als wollte er mich verschlingen.

Für jemanden, der vom Knutschen keine Ahnung hatte, begriff er die Grundlagen erstaunlich schnell. Der Mann war ein Naturtalent. Als er an meiner Zunge saugte, konnte ich ein tiefes, kehliges Stöhnen nicht unterdrücken. Ich erstarrte, weil ich fürchtete, ihn mit meiner instinkthaften Reaktion verschreckt zu haben.

Doch ich war angenehm überrascht, als es den gegenteiligen Effekt zu haben schien. Flynn hob die Hände und presste sie auf meinen Rücken. Er grub mir die Finger ins Fleisch, als wollte er sie in mich hineingraben. Sein Mund war heiß und hastig.

Doch weiter durfte ich nicht gehen. Ich hätte schreien können über diese Ironie. Endlich hatte ich einen Mann gefunden, dem ich mich ganz hingeben wollte, doch für ihn war es noch zu früh.

Ich wollte ihn packen und streicheln. Ihm die Kleider vom Leib reißen und mit den Händen über seinen glatten, festen Körper fahren. Doch das ging nicht.

Das hier war der erste Schritt. Weiter durfte ich mich nicht vorwagen. Auch wenn sich das Verlangen zwischen meinen Schenkeln zu einem unerträglichen Crescendo steigerte.

Also zwang ich mich nach einigen Minuten, den Rückzug anzutreten. Ich wollte es nicht und merkte, dass auch Flynn es nicht wollte. Seine Lippen suchten nach meinen, seine Finger wurden zu Klauen, mit denen er mich fest an sich zog. Mit leisem Lachen lehnte ich mich zurück und legte ihm den Finger auf den Mund.

»Lass mich mal Luft holen«, flehte ich. Wenn ich nicht kurz innehielt, würde ich ihn drängen weiterzumachen. Ich war in unserem Szenario eindeutig der Kerl.

»Aber ich will dich weiterküssen. Es gefällt mir«, schmollte er, und ich konnte nicht anders, als ihn noch einmal zu küssen. Doch als er heftiger wurde, zog ich mich zurück und rollte mich auf den Rücken.

Wir sprachen lange kein Wort. Ich legte den Arm über die Augen und versuchte, meinen hormonellen Aufruhr in den Griff zu bekommen. Flynns Küsse machten mich mehr an als der Sex mit all den Kerlen, die vor ihm da gewesen waren.

Unsere rauen Atemzüge waren das einzige Geräusch. Es war ein Moment wohltuender Intimität, nebeneinander im Gras zu liegen, sich lediglich an den Armen zu berühren und in den Wellen einer Leidenschaft dahinzutreiben, die ich kaum zu fassen vermochte.

»War es okay? Hat es dir gefallen?«, fragte Flynn und ich hörte den darin mitschwingenden Zweifel. Seine normalerweise so ausdruckslose Stimme war voller Sorge.

Ich ließ den Arm sinken und rollte mich auf die Seite, damit ich ihn wieder ansehen konnte. Sein Blick war in den Himmel gerichtet und ich streckte die Hand aus und legte sie ihm auf die Brust.

»Ich bin hin und weg. Es war der Wahnsinn«, sagte ich wahrheitsgemäß. Ich hoffte, er würde meine Aufrichtigkeit erkennen und dieses eine Mal aus meiner Stimme und Betonung das echte Gefühl heraushören. Denn das, was ich sagen wollte, aber nicht konnte, ging wesentlich tiefer.

Ich liebe dich, Flynn.

»Gut, denn ich will das wieder tun.« Mit einem Grinsen drückte er meine Hand und setzte sich dann auf.

Ich musste lachen.

Flynn pfiff nach Murphy, der mit seinen langen, unbeholfenen Sprüngen durch den Garten galoppiert kam. Sein großer Körper prallte gegen Flynn, der die Arme um seinen Bauch schlang.

Er berührte und knuddelte das Tier mit solcher Selbstverständlichkeit. Eines Tages, so hoffte ich, würde er mich mit der gleichen selbstverständlichen Zärtlichkeit berühren.

»Mir ist kalt. Ich habe Bananenbrot im Haus. Komm und iss etwas davon«, lud er mich ein, als er aufstand und sich systematisch das Gras von Hemd und Hose wischte. Es war nie eine Frage. Flynn kannte nur Befehle.

Doch ich ging ausnahmsweise nicht in Abwehrstellung. Mein Trotz war sicher verstaut. Diesmal fügte ich mich mit Freuden.

Also folgte ich dem Mann, der mir mein Herz gestohlen und meine Seele wieder zusammengeflickt hatte, ins Haus unserer gemeinsamen Kindheitstage. Wo ich mich an die Person erinnern konnte, die ich fast einmal gewesen war.

Und vielleicht, ja vielleicht konnte ich sie jetzt sein.

18

Flynn

Vor vielen Jahren …

Am nächsten Tag war mein sechzehnter Geburtstag. Mom hatte mir versprochen, meinen Lieblingskuchen zu backen. Vanillekuchen mit Schokoladenguss. Ich sagte ihr, dass ich Ellie zu Kuchen und Eis nach Hause einladen wolle. Mom hatte das Gesicht verzogen und Nein gesagt.

Da war ich wütend geworden. Ich hatte mein Glas weggeschleudert und Mom damit am Arm verletzt. Ich fühlte mich schrecklich und fing an zu weinen, als ich das Blut sah. Es war widerlich. Mir wurde schlecht davon.

Mom sagte, ich solle mir keine Sorgen machen. Sie würde es wegwischen und dann wäre sie wie neu. Aber ich müsse aufhören, mit Dingen um mich zu werfen, wenn ich wütend war. Ich solle reden, statt gewalttätig zu werden.

Ich versprach ihr, es zu versuchen.

Dann sagte sie, dass Ellie kommen dürfe, und ich war froh.

Als ich in die Schule kam, wollte ich sie ansprechen, aber sie war mit Dania und Stu und den anderen zusammen.

»Ich habe morgen Geburtstag«, sagte ich zu ihr. Dania fing an zu lachen. Und ich wurde wütend.

»Der Spast hat morgen Geburtstag, Stu!«, sagte Dania und ihre Stimme klang dabei wie eine Kuh, die ich brüllen gehört hatte, als sie auf dem Feld unseres Nachbarn gestorben war.

Ich hielt mir die Ohren zu, um ihre Stimme auszublenden. »Sei still!«, schrie ich. Sie lachten immer weiter.

Ellie hielt sie nicht davon ab. Sie lachte mit. Davon bekam ich Bauchschmerzen.

»Hört auf zu lachen!«, schrie ich noch lauter. Vielleicht würden sie mich hören und aufhören, wenn ich nur laut genug schrie.

»Der Spast hat Geburtstag! Sind wir auf die Party eingeladen? Gibt es auch Luftballons? Wie wär's mit einem Clown?« Stu lachte und lachte und ich wurde immer wütender.

Ich schlug gegen das Schließfach und rannte durch den Korridor davon. Ich hasste sie alle. Sogar Ellie.

Als der Englischunterricht zu Ende war, drehte sich Ellie auf ihrem Stuhl zu mir um. Ich wollte nicht mit ihr reden. Sie war gemein zu mir gewesen. Das war sie jetzt dauernd. Früher war sie meine Freundin. Und manchmal war sie es noch. Wenn sie zu mir nach Hause kam, war sie nett. Sie lächelte viel und das mochte ich.

Aber in der Schule mochte ich sie nicht.

Wenn sie mit ihren anderen Freunden zusammen war.

»Es tut mir leid wegen vorhin, Flynn. Aber du kannst nicht einfach vor allen mit mir reden. Darüber haben wir doch gesprochen«, sagte sie so leise, dass ich sie kaum verstand.

»Warum redest du so leise? Ich kann dich nicht hören«, sagte ich laut, um ihr zu zeigen, wie sie mit mir reden sollte.

»Pst! Hör auf!«, sagte sie mit gerunzelter Stirn. Da wusste ich, dass sie wieder sauer auf mich war.

Ich wollte sie nicht ansehen. Sie machte mich traurig. Und das wollte ich nicht. Mom hatte gesagt, wenn sie mich traurig mache, sei sie nicht wirklich meine Freundin.

Ich wollte, dass sie meine Freundin war.

Aber ich war jetzt die ganze Zeit über traurig.

»Ich habe ein Geburtstagsgeschenk für dich. Ich gebe es dir morgen nach der Schule, ja?«, sagte sie und redete schon wieder so leise.

Ich sah sie nicht an. Obwohl sie mir etwas schenken wollte.

»Vielleicht kann ich morgen auch mit zu dir gehen. Wir könnten zusammen abhängen. Uns das A-Team ansehen. Ich schaue mir sogar die dämliche Zeichentrickserie an, die du so gernhast«, sagte sie und ich lächelte, weil ich so gern mit ihr fernsah. Sie konnte mit verstellter Stimme sprechen und brachte mich zum Lachen.

»Sie heißt Aqua Teen Hunger Force«, sagte ich. Aqua Teen Hunger Force war meine Lieblingssendung, aber Ellie wollte sie nie ansehen. Sie fand sie blöd.

Ich freute mich, dass sie sie mit mir anschauen wollte.

»Genau, Aqua Teen Hunger Force.« Ellie machte ein Geräusch mit der Nase, das mich zum Lachen brachte.

»Verzeihst du mir?«, fragte sie.

Ich nickte. Ich war nicht gern böse auf sie. Es war mir lieber, wenn sie nett zu mir war. Dann war ich glücklich.

Ellie legte die Hand auf meinen Arm, das mochte ich auch.

»Wir verbringen deinen Geburtstag zusammen. Versprochen«, sagte sie.

Ich glaubte ihr.

Ich war so aufgeregt wegen meines Geburtstags, dass ich nicht schlafen konnte. Die Laken störten mich wieder. Mom hatte vergessen, sie vor dem Zubettgehen glatt zu ziehen, und sie fühlten sich schrecklich an.

Ich rief so lange nach Mom, bis sie kam und die Laken wechselte. Diesmal hatte ich sie nicht aus dem Fenster geworfen. Mom sagte, sie sei stolz auf mich.

An meinem Geburtstag ging ich in meinem Lieblingshemd zur

Schule. Es war blau und die Ärmel reichten bis auf meinen Handrücken. Wenn man darüberrieb, fühlte es sich ganz weich an.

Ich sah Ellie, sobald ich in die Schule kam, sprach sie aber nicht an, weil ich wusste, dass sie das nicht wollte. Doch sie lächelte mir zu und das freute mich.

Sie hatte versprochen, den Tag mit mir zu verbringen, und ich glaubte ihr.

Im Englischunterricht war sie nett zu mir und ich brachte sie zum Lachen, indem ich ihr einen lustigen Witz erzählte. Das fühlte sich gut an.

Als die Schule aus war, sah ich auf die Uhr und machte mich auf den Nachhauseweg. Ellie hatte gesagt, sie würde mich an der Brücke treffen. In zwölf Minuten würde ich sie sehen. Siebenhundertzwanzig Sekunden.

Dann sah ich sie neben der Brücke stehen. Sie sah hübsch aus. Ihre Haare waren nicht bunt, sondern gelb. Das gefiel mir.

»Ellie!«, rief ich und winkte ihr zu. Sie winkte nicht zurück. Ihr Gesicht sah merkwürdig aus.

»Da ist ja unser Lieblingsspast!«

Jemand packte mich und drückte mich nach unten. Ich versuchte mich mit Tritten zu befreien, aber sie packten mich noch fester.

Dann legten sie mir etwas auf den Kopf und ich schrie los. Ich hörte Dania lachen.

»Seht euch nur den süßen kleinen Freak mit seinem süßen kleinen Geburtstagshut an«, sagte sie und ich schrie sie an, mich in Ruhe zu lassen.

Ich schlug nach Stu, doch er wich mir aus. Ich kickte ihm Schotter auf die Schuhe und ließ meine Büchertasche fallen. Dann sah ich zu Ellie hinüber, aber sie lachte auch.

Sie hatte gesagt, dass sie meinen Geburtstag mit mir verbringen würde! Dass sie sich Aqua Teen Hunger Force mit mir ansehen würde. Sie hatte Moms Kuchen essen sollen!

Ich fing an zu weinen. In mir drinnen tat es so weh, dass mir schlecht wurde.

Ich wollte weglaufen, aber Stu und Dania hielten mich fest.

»Das Geburtstagskind kann doch nicht ohne seinen Kuchen gehen«, sagte Dania.

Ich sah Ellie an. Sie lachte immer noch.

Stu steckte mir etwas in den Mund. Es schmeckte grauenhaft. Ich wollte es ausspucken, aber es blieb an meinen Zähnen kleben.

»Ein Scheißesandwich für den Scheißspasti«, schrie Stu mir ins Ohr, als ich die Zunge mit der Hand abwischte, um den Geschmack loszuwerden.

Ich fing an zu würgen und dann musste ich brechen.

Ich erbrach mich auf meine Schuhe und die ganze Hose.

»Verdammt, ist das widerlich!«, sagte Dania, die zurückwich.

Ich brach immer weiter. Es war schrecklich.

Ich weinte und weinte. Warum waren sie nur immer so gemein zu mir?

Es war doch mein Geburtstag!

Mein ganz besonderer Tag!

»Du hast gelogen!«, schrie ich Ellie an, die jetzt nicht mehr lachte. Dania und Stu waren fort. Ich weiß nicht, wohin sie gegangen waren.

Ellies Gesicht war nass.

»Es tut mir leid, Flynn«, sagte sie.

»Mom hat recht! Du bist nicht meine Freundin. Du bist ein Miststück!«

Ellies Gesicht sah traurig aus. Das verstand ich nicht. Ich war doch traurig. Nicht sie. Sie war gemein.

Ich wischte mir den Mund ab und hob meine Büchertasche auf. Dann lief ich weg.

Es tat so weh, dass ich keine Luft bekam.

»Ich hasse dich!«, schrie ich ihr über die Schulter zu.

»Ich weiß«, hörte ich sie sagen.

19

Ellie

Es war schwer zu beschreiben, was Flynn und ich füreinander wurden. Seit dem Abend mit ihm und Murphy verbrachten wir mehr und mehr Zeit miteinander. Gewöhnlich fuhr ich nach der Arbeit zu seinem Haus, wo wir zusammen fernsahen. Manchmal brachte ich etwas zu essen mit; manchmal bereitete er etwas für mich zu.

Zu meiner Überraschung stellte ich fest, dass Flynn Hendrick ein ausgezeichneter Koch war.

Mit erstaunlicher Leichtigkeit fielen wir beide in angenehme alte Muster zurück. Allerdings mit einigen äußerst wichtigen Unterschieden.

Der erste war die Tatsache, dass jetzt auch Küssen dazugehörte. Sehr viel Küssen.

Ich fühlte mich sehr zu Flynn hingezogen. Natürlich war er seltsam und linkisch und hatte schlechtere Manieren als ich. Aber ich suchte keinen Gentleman, niemanden, der mir die Tür aufhielt oder Gesundheit sagte, wenn ich nieste. Diese Dinge waren völlig unwichtig.

Was Flynn für mich war, überwog den ganzen trivialen Mist, den

Frauen bei Männern, die sie sich an ihre Seite wünschen, für entscheidend halten. Flynn war zärtlich. Freundlich. Er wollte mich glücklich machen.

Er verzieh, ohne Fragen zu stellen, auch wenn meine wiederkehrenden Schuldgefühle mir sagten, dass ich es gar nicht verdiente. Das Wissen um meine Tat belastete mich. Ich konnte einfach nicht ausblenden, dass Flynn nicht wusste, was vor all den Jahren wirklich geschehen war. In jener Nacht, die mein Leben ruiniert und seinen Hund das Leben gekostet hatte.

Es drohte alles zu überschatten. Je näher wir uns kamen, umso dringender wollte ich es ihm erzählen. Doch ich hatte Angst. Ich wollte die Art, wie er mich ansah, nicht aufs Spiel setzen. Nicht diese sich entwickelnde Beziehung, die eindrücklichste Erfahrung meines Lebens.

Ich war egoistisch. Hatte das jemals in Zweifel gestanden? Ich dachte nur an mich selbst. Daran, was es für *mich* bedeuten würde, wenn Flynn die Wahrheit herausfand.

Ich war nicht fair. Er musste es erfahren. Trotzdem brachte ich es einfach nicht über mich. Nicht jetzt.

Wir sprachen nicht viel über die Highschool und die Art, wie ich ihn behandelt hatte. Ein Teil von mir wollte dieses Thema ausklammern. Am liebsten hätte ich mir wieder eingeredet, dass ich gar kein abscheuliches Miststück gewesen war. Jahrelang hatte ich mir mein Verhalten schöngeredet. Hatte mir weisgemacht, dass Flynn gar nicht mein Freund gewesen sei. Dass unsere Beziehung für mich keine Rolle gespielt habe. Ich hatte mich gezwungen, die Einzelheiten zu vergessen. So hatte ich leichter akzeptieren können, dass ich ohne einen echten Grund unermesslichen Schaden angerichtet hatte.

Manchmal erwähnte Flynn etwas, das mich daran erinnerte, wie schön es gewesen war. Zum Beispiel die Zeit, als ich ihm das Gitarrespielen beigebracht hatte.

Ich war keine große Musikerin, aber ich konnte einigermaßen spielen. Flynn dagegen war ein hoffnungsloser Fall. Trotzdem hatte es Spaß gemacht, wie ich mir jetzt zu erinnern gestattete.

»Spielst du immer noch Gitarre?«, hatte Flynn mich gefragt und mir war schlagartig bewusst geworden, dass ich seit Jahren nicht mehr ans Spielen gedacht hatte.

Nicht, seit ich mit sechzehn in den Jugendknast gewandert war.

Noch etwas, das ich genossen, aber verloren und absichtlich vergessen hatte.

Natürlich überreichte mir Flynn bei unserem nächsten Wiedersehen mit einem zaghaften Lächeln einen ramponierten Gitarrenkoffer.

»Was ist das?«, fragte ich, als ich ihn langsam entgegennahm.

»Mach ihn auf«, sagte Flynn mit einem Grinsen und ich konnte nur den Kopf schütteln.

Ich legte den Koffer im Wohnzimmer auf den Boden und bückte mich, um die Schnallen aufspringen zu lassen. Als ich den Deckel aufklappte, erblickte ich eine eindeutig gebrauchte, aber immer noch wunderschöne Taylor-Akustikgitarre.

»Scheiße, Flynn. Die muss ein Vermögen gekostet haben. Taylor-Gitarren sind sauteuer«, rief ich aus, weil ich kaum glauben konnte, was er da für mich getan hatte. Er achtete wirklich auf alles. Es gab nichts, was er von mir nicht wusste und irgendwo abgespeichert hatte.

Warum lag ihm nur so viel an mir? Was hatte ich je getan, um das zu verdienen?

»Hör auf zu fluchen, Ellie«, ermahnte er mich ausdruckslos. Ich entschuldigte mich mit leisem Lachen.

Dann strich ich über den abgewetzten Hals. Das Instrument war viel schöner als die Klampfe, die ich mit fünfzehn besessen hatte. Bei der alten war der Hals gebrochen gewesen und ich hatte versucht, ihn mit Superkleber zu reparieren. Danach ließ sie sich nie mehr richtig stimmen. Außerdem waren die Bünde abgebrochen und verschlissen und ein paar Wirbel hatten gefehlt.

Diese hier war zum Verlieben, auch wenn sie offensichtlich aus zweiter Hand stammte. Ich hob sie behutsam aus dem Koffer, setzte mich im Schneidersitz auf den Boden und nahm die Gitarre auf den Schoß. Dann legte ich die linke Hand um den Hals, drückte auf die Saiten und fuhr mit den Fingern auf und ab.

»Ich habe dir so gern zugehört, wenn du gespielt hast. Und ich fand es schön, als du es mir beibringen wolltest. Ich will, dass du wieder spielst. Es hat dich glücklich gemacht. Du hast beim Spielen immer gelächelt«, sagte Flynn, als er sich neben mich setzte und zusah, wie ich die wenigen Akkorde zusammensuchte, an die ich mich noch erinnerte. Es war lange her und ich war aus der Übung.

»Ich fasse es nicht, dass du das für mich gemacht hast, Flynn.« Meine Stimme war ein heiseres Krächzen, so sehr schnürten mir die Gefühle die Kehle zu. Ich schämte mich für meine Tränen.

Aber Flynn hatte mich daran erinnert, dass es okay war zu weinen. Dass mich Tränen nicht schwach machten und dass ich nicht gebrochen war, nur weil ich sie zuließ. Es konnte auch bedeuten, dass ich wieder zu mir fand.

Flynn legte mir die Hand aufs Bein. Ich sah auf die Stelle, an der er mich berührte, und dann in sein Gesicht. Berührungen gingen nur selten von ihm aus. Für uns beide waren körperliche und emotionale Nähe in jeder Abstufung neu. Er war es nicht gewohnt, überhaupt jemanden anzufassen. Und ich hatte keine Erfahrung damit, von jemandem angefasst zu werden, dem tatsächlich etwas an mir lag.

Aber *wenn* er mich berührte, sprengte mir die Wucht meiner Empfindungen fast das Herz. Für ihn war ich etwas Kostbares und Bedeutsames. In meinem ganzen Leben hatte mich noch nie jemand so gemocht wie er. Nicht als Kind, als ich von einer Pflegefamilie zur nächsten verfrachtet worden war. Nicht als Teenager, als ich Sex benutzte, um mich anderen verbunden zu fühlen. Und mit Sicherheit nicht als Erwachsene, die ihre emotionale Isolation akzeptiert und aufgehört hatte, überhaupt etwas zu empfinden.

»Spiel etwas für mich«, drängte Flynn und presste mir die Finger in den Schenkel. Die Wärme seiner Hand verbrannte mich förmlich.

Ich hob die Hand und strich ihm die Haare aus der Stirn. Er versteifte sich, ließ es aber zu.

»Darf ich dich vorher küssen? Um mich zu bedanken?« Ich fragte ihn immer um Erlaubnis, weil ich nach wie vor das Gefühl hatte, ihm nicht zu nahe treten zu dürfen. Ich hielt jedes Mal den Atem an, bevor er einwilligte, als wartete ich darauf, dass er mich schließlich zurückwies und sich abwandte. Ich mochte mir gar nicht vorstellen, was geschehen würde, wenn es jemals dazu kam.

Flynn nickte und ich griff in seinen Nacken und zog ihn an mich. Er schloss bereits die flatternden Lider und ich gab ihm einen Kuss auf die Nasenspitze, bevor sich unsere Münder berührten. Er öffnete sofort die Lippen. Inzwischen wusste er seine Zunge ziemlich geschickt einzusetzen. Und er lernte allmählich, seine Stummheit zu überwinden.

Er stöhnte auf, als ich ihm mit der Zunge in den Mund fuhr, und mein Unterleib reagierte sofort, indem er sich zusammenzog. Eine tiefe, glühende Wärme breitete sich in meinem Körper aus. Ich fuhr ihm mit den Fingern durch die Haare, was ihm zu gefallen schien. Er stöhnte abermals und sein Mund wurde drängender.

Als er mir ein wenig fester in die Unterlippe biss, als mir lieb war, musste ich einen Schmerzenslaut unterdrücken. Er war immer noch dabei, herauszufinden, was mir gefiel und was nicht. »Nicht so fest, Süßer«, wisperte ich an seinem Mund, um es ihn wissen zu lassen.

»Tut mir leid«, flüsterte er zurück, während er mit der Zunge über die Haut fuhr, die er gerade gebissen hatte. Ich stöhnte, um ihn zu ermutigen.

Doch als er mir plötzlich beide Hände auf die Brüste legte, wäre ich vor Schreck fast zurückgewichen. Damit hatte ich nicht gerechnet.

Er hielt die Hände ganz still. Rieb nicht und knetete nicht. Seine Handflächen lagen einfach auf meinen Nippeln und seine Finger umspannten die Wölbung meiner Brüste. Sollte ich ihm zeigen, was er tun sollte? Oder würde er dann ausflippen und sich zurückziehen?

Wir küssten uns weiter, doch ich war völlig auf seine Hände konzentriert, die bewegungslos auf meiner Brust lagen. Schließlich lehnte ich mich zurück und sah demonstrativ auf seine Hände. »Na, was wird das denn?«, sagte ich.

Flynn folgte meinem Blick und ließ hastig die Hände fallen. »Tut mir leid«, murmelte er, während er sie im Schoß faltete.

O Mist, er fing an zu reiben. Außerdem nagte er an seiner Unterlippe, ein weiteres Zeichen dafür, dass er aufgeregt war.

»Es ist okay, Flynn. Ich war bloß überrascht, sonst nichts«, versuchte ich ihm klarzumachen. Flynn war abgetaucht und gab keine Antwort. Er hatte sich in seinen Kopf zurückgezogen. Alles war so gut gelaufen, bis ich meine blöde Klappe aufgerissen und alles kaputt gemacht hatte.

»Ich wollte dich gern anfassen. Ich hab das schon im Fernsehen gesehen. Es sah schön aus. Und ich dachte, ich fasse dich auch so an«, sagte er, während er fortfuhr, fieberhaft die Hände zu reiben.

Ich hätte meinen Kopf vor Frust gegen die Wand schlagen können. Taktgefühl und Diplomatie waren wirklich nicht mein Ding. Ich beherrschte diesen Eiertanz nicht. Ich trampelte geradewegs auf die Scheißeier drauf und verschmierte das Eigelb überall.

Aber bei Flynn musste ich behutsam sein. Er forderte mich auf eine Weise, auf die ich nicht gefasst gewesen war.

Ich spürte das vertraute Wutgefühl in mir aufsteigen, den Wunsch, um mich zu schlagen und mich einfach abzuwenden von dem, was anfing, schwierig zu werden.

»Ich wollte, dass du dich genauso gut fühlst wie ich«, sagte er und schon löste sich mein Ärger auf und war verflogen.

Ich nahm seine Hand und schob sie unter mein Shirt, sodass sie zwar auf meiner Brust, aber über dem dünnen Gewebe des BHs zu liegen kam. Flynn stockte der Atem und seine Augen weiteten sich. Er war so unschuldig, dass es mich manchmal irritierte. Aber sein Lerneifer machte mich total an.

»Fass mich an, Flynn. Reib meine Nippel«, ermunterte ich ihn und meine Stimme wurde rau, als er unter meiner Hand die Finger zu bewegen begann.

Anfangs war er zögerlich, doch ich lenkte seine Bewegungen. Nach einigem unangenehmen Zwicken und ungelenken Grapschen hatte er schließlich den Bogen heraus und ich ließ seine Hand los.

Es fühlte sich gut an. Richtig gut. Ich packte den Saum meines Shirts, zog es über den Kopf und ließ es zu Boden fallen. Die Augen auf die Hand gerichtet, mit der er meine Brust umfasst hielt, befeuchtete Flynn seine Lippen.

Scheiße, war das scharf. Ich sah die Beule in seiner Hose und wusste, dass er es ebenso genoss wie ich.

»Nimm die andere Hand für meine linke Brust«, forderte ich ihn atemlos auf. Und das tat er. Er wurde mutiger und schob den Baumwoll-BH zur Seite, um meine nackte Haut zu berühren.

Als er die Finger spielen ließ, legte ich den Kopf in den Nacken. »Deine Haut fühlt sich so gut an, Ellie«, sagte er mit belegter Stimme. Er drehte und knetete meine Nippel, bis ich aufstöhnte. Ich wollte, dass er mich überall berührte, obwohl ich wusste, dass er im Moment nicht weitergehen konnte. Es musste genügen.

Wenig später ließ er die Hände sinken. Ich schlug die Augen auf und war erleichtert, ihn lächeln zu sehen. Dann rückte ich meinen BH zurecht und zog mich wieder an.

»Das war schön«, gestand er befangen, den Blick unverhohlen

auf meinen Busen gerichtet. Ich lachte und beugte mich vor, um ihn zu küssen.

»Für mich auch, Flynn«, gurrte ich.

Von da an wollte er ständig meine Brüste berühren. Und das in den überraschendsten Momenten. Wenn wir im Auto saßen zum Beispiel oder mit Murphy im Wald hinter dem Haus spazieren gingen.

Als er mich in Ma's Diner begrapschen wollte, musste ich ihn daran erinnern, dass wir uns in der Öffentlichkeit befanden und diese Dinge warten mussten, bis wir zu Hause waren. Auch wenn ich seine Berührung ebenso herbeisehnte wie er.

Wir verlebten die Tage in wunderbarer Zweisamkeit. Je mehr Zeit ich mit Flynn verbrachte, desto weiter entfernte ich mich von allem anderen.

Ich hatte Dania seit ihrer Party nicht wiedergesehen, war ihr aus dem Weg gegangen. Wir hatten einige Male miteinander telefoniert und ich hatte mit Erleichterung vernommen, dass sie beschäftigt war. Das linderte mein schlechtes Gewissen wegen der Ausreden, die ich erfand, um sie nicht sehen zu müssen.

Ich hätte mir denken können, dass meine Ausweichmanöver nicht ewig funktionieren würden, und das zeigte sich, als ich mich das erste Mal seit Tagen wieder auf meiner eigenen Couch entspannte und an mein Handy ging.

Sobald ich Hallo gesagt hatte, bombardierte mich Dania mit Fragen über die Wohnung, die wir uns vor einigen Wochen zusammen angesehen hatten. Ob ich mich mit dem Vermieter getroffen habe, wollte sie wissen. Ich könne wenigstens so ehrlich sein, ihr zu sagen, dass ich es nicht getan hatte.

Ich hatte die Sache tatsächlich nicht sonderlich aktiv weiterverfolgt, doch das sagte ich ihr nicht. Ich war noch nicht bereit, zu bekennen, dass aus unserem Zusammenleben nichts werden würde.

»Vielleicht sollten wir uns noch ein paar andere Wohnungen ansehen. Mein Vermieter führt sich auf wie ein Arsch. Er sagt, er gibt mir bis Ende Dezember, um auszuziehen. Das sind nur noch zwei Monate.« Es klang fast vorwurfsvoll, als sei es meine Schuld, dass sie auf die Straße gesetzt wurde.

»Wie war es beim Arzt?«, fragte ich, um das Thema zu wechseln.

»Äh. Okay, denke ich. Er war ein bisschen besorgt, weil das Baby nicht so zu wachsen scheint, wie es soll, und er hat mir die Hölle heißgemacht, weil ich immer noch rauche. Ich hab ihm gesagt, er kann mich mal. Was weiß er denn schon von mir oder meinem Baby?«, höhnte sie.

»Na ja, er ist Arzt, Dania. Er hat das studiert. Wer so lange an der Uni war, hat schon ein bisschen Ahnung, wovon er redet«, konnte ich es mir nicht verkneifen zu sagen. Auch wenn ich augenblicklich wusste, dass ich die falschen Worte gewählt hatte.

»Du musst natürlich zum Arzt halten, Ellie! Du unterstützt mich überhaupt nicht mehr. Du verurteilst mich genauso wie alle anderen in dieser Scheißstadt!«, kreischte sie ins Telefon.

»Herrje, Dania. Ich hab bloß gesagt, dass du vielleicht auf ihn hören solltest. Du willst doch, dass dein Baby gesund ist, oder nicht?«, fragte ich im Versuch, sie zu beruhigen und die Wogen zu glätten.

»Ich scheiße auf das blöde Baby! Es hat mein ganzes Scheißleben kaputt gemacht! Es soll einfach rauskommen! Damit ich es endlich loswerden kann. Das hätte ich schon machen sollen, als ich von der Schwangerschaft erfahren hab!«, schrie sie.

Mir fiel fast das Handy aus der Hand. Ihren bösartigen Ausbruch gegen das unschuldige Kind in ihrem Leib konnte ich nicht nachvollziehen.

»Soll das heißen, dass du ihn zur Adoption freigeben willst?«, fragte ich vorsichtig und darauf bedacht, das Baby »ihn« zu nennen und nicht »es«. Dania musste daran erinnert werden, dass dieses Kind ein Mensch war, ob sie es wollte oder nicht.

»Weiß ich nicht, verdammt noch mal! Ich kann jede Menge Stütze einsacken für ein Kind. Wusstest du, dass ich vom Staat zusätzlich 1500 Dollar im Monat kriegen kann? Außerdem kann ich beim Ernährungsprogramm für Frauen, Säuglinge und Kinder mitmachen, da bezahlen sie mir die Lebensmittel. Und das Sozialamt hilft mir mit den Kosten für die Wohnung und die Kinderbetreuung. Die Knete kann ich echt gebrauchen, Ellie.«

Mir kam die Galle hoch. Das war der einzige Grund für sie, das Baby zu behalten? Damit sie mehr Geld vom Staat kassieren konnte. War das ihr Ernst?

»Wow, das ist echt selbstlos von dir«, erwiderte ich trocken und gab mir alle Mühe, meine Wut unter Kontrolle zu halten.

»Ach, halt die Klappe, Ellie. Du wirst mir noch dankbar sein, wenn ich die Knete kriege, um jeden Monat unsere Miete zu bezahlen. Also komm mir nicht deinem scheinheiligen Getue!«

Ich wollte weder ihr Geld noch ihre verdammten Dramen. Ich wollte nicht danebensitzen und zusehen, wie sie das Leben ihres Babys genauso versaute, wie unsere Mütter unser Leben versaut hatten.

»Ich muss los«, sagte ich, um das Gespräch zu beenden, bevor ich noch etwas sagte, das sich nicht mehr zurücknehmen ließ.

»Du fehlst mir, Ells. Ich sehe dich überhaupt nicht mehr. Wie wär's, wenn ich heute Abend mit einem Becher Eis bei JAC's vorbeikomme? Mit heißer Karamellsoße und Schokostreuseln, so wie du's gern magst?«, flötete Dania zuckersüß in einem Stimmungsumschwung von 180 Grad.

»Du musst mich nicht mit Eiscreme bestechen, Dania«, erklärte ich ihr erschöpft.

Ich hörte sie am anderen Ende seufzen. »Du bist meine beste Freundin, Ellie. Wir haben immer zusammengehalten. Du warst diejenige, die Stu in der Schule die Reifen aufgeschlitzt hat, nachdem ich ihn beim Fremdgehen erwischt hab. Und ich habe dich jedes Wochenende im Knast besucht. Wir helfen uns gegenseitig. So wie Freundinnen das machen«, erinnerte sie mich.

Was sie gerade beschrieben hatte, klang eher nach einer billigen Talkshow-Episode als nach einer gesunden Freundschaft. Ihre Beschreibung machte mir klar, wie armselig unsere Beziehung schon immer gewesen war. Wir brachten gegenseitig das Schlechteste in uns zum Vorschein.

Aber in einem Punkt hatte sie recht.

Wir waren immer füreinander da gewesen.

Auch wenn ich mir nicht sicher war, ob es uns besonders gutgetan hatte.

»Okay, bring den Eisbecher vorbei«, sagte ich.

»Mach ich! Vielleicht bringe ich sogar noch einen Milchshake mit«, erwiderte sie begeistert und ich konnte nur den Kopf schütteln, auch wenn sie es nicht sehen konnte.

»Bis dann«, sagte ich und legte auf. Ich fühlte mich ausgelaugt. Mit Dania zu reden, war schon in guten Zeiten anstrengend genug. Aber jetzt, wo sich mein Leben langsam und schrittweise veränderte, fiel es mir noch schwerer, mit ihr zusammen zu sein.

Denn wenn ich meine Freundin jetzt betrachtete, sah ich nur einen Menschen, der so war, wie ich nie sein wollte.

Ein Blick auf die Uhr zeigte, dass mir nur noch eine Dreiviertelstunde blieb, bis ich Flynn im Gemeindecollege treffen sollte. Er wollte unbedingt, dass ich bei seinem Workshop dabei war. Und ich hatte eingewilligt, weil ich wusste, wie viel es ihm bedeutete.

Er war nervös. Den Abend zuvor hatte er weitgehend damit verbracht, sich Notizen zu machen und sie sich so lange vorzusagen, bis er sie auswendig konnte. Dann hatte er mich gebeten, mit ihm einen Probedurchgang zu machen, aber ich hatte ihm erklärt, dass ich von Kunst keine Ahnung hatte.

Das hatte ihn so aufgeregt, dass ich ihn beruhigen und ihm versprechen musste, ihm zu helfen. Dabei ging er nicht davon aus, viel reden zu müssen. Die Studenten sollten ihm dabei zusehen, wie er eine Reihe einfacher Skulpturen anfertigte, während der Kunstdozent ihnen gleichzeitig das Prinzip erläutern wollte.

Ich verstand die ganze Aufregung nicht, aber hier ging es um Flynn und der war mit den Nerven am Ende.

»Früher haben mir meine Mutter und Kevin bei solchen Sachen geholfen. Sie sind alles mit mir durchgegangen, was mich nervös machte, bis ich mich sicher gefühlt habe. Mom hat mir Dinge aufgeschrieben. Aber sie sind nicht da«, hatte er gesagt und sich dabei die Hände gerieben.

»Ich übernehme das, Flynn. Ich kann dafür sorgen, dass du dich sicher fühlst. Vertraust du mir?«, hatte ich ihn gefragt.

Flynn hatte genickt und das Händereiben eingestellt. »Ich vertraue dir immer, Ellie«, hatte er gesagt und ich spürte einmal mehr das ungeheure Gewicht dieser Aussage. Sein Vertrauen war ein Geschenk, aber es gab Momente, in denen ich mich der Tragweite dieses Geschenks nicht gewachsen fühlte.

Ich ging ins Schlafzimmer, um frische Klamotten zu holen, die ich anziehen wollte, bevor meine Schicht bei JAC's begann. Ich hatte vor, nach dem Workshop mit zu Flynn zu fahren und mich dort fertig zu machen.

Als ich die Kommode aufzog, fiel mein Blick auf die Skulpturensammlung darauf. Ich stellte die winzige Pyramide auf meine Handfläche und betrachtete sie. Es war schon länger her, seit ich mir das letzte Stück bestellt hatte.

Es hatte eine Zeit gegeben, in der diese winzigen Kunstwerke meine einzige Freude gewesen waren. Ich hatte sie angesehen und mir ausgemalt, welche Orte ich besuchen würde, wenn ich es nur könnte. Als kleines Mädchen, bevor ich im Jugendhilfesystem aufgerieben wurde, hatte ich mich oft in Reiseführer vertieft, fasziniert von den vielen Orten, die ich besuchen wollte, wenn ich älter war. Julie hatte mir einen Reiseführer für die ganze Welt gekauft, als ich sieben war, und ich hatte ihm so oft durchgeblättert, dass die Seiten schließlich ganz verblichen und voller Eselsohren waren.

Irgendwann war das Buch bei einem meiner zahllosen Umzüge verloren gegangen. Doch zu diesem Zeitpunkt hatten sich die Träume und Fantasien bereits verflüchtigt.

Ich wusste nicht genau, warum ich die erste Skulptur gekauft hatte. Ich hatte eines Abends bei Shane im Internet gesurft. Wir hingen dort alle zusammen ab, aber ich war nicht in der Stimmung gewesen, mir mit dem Rest der Leute einen billigen Porno anzusehen.

Also hatte ich mir wahllos verschiedene Seiten angeschaut und war schließlich bei eBay gelandet. Die Kollektion des Künstlers wurde auf der Homepage angezeigt und aus einer Laune heraus klickte ich sie an. Dann sah ich den kleinen Tadsch Mahal und den Mini-Parthenon und bestellte kurz entschlossen einen von ihnen.

Vielleicht war es die Erinnerung an eine Zeit, in der ich gewagt hatte, von Dingen zu träumen, die außerhalb von Wellston lagen. Vielleicht aber auch nur die Tatsache, dass ich betrunken war und sie niedlich fand. Wer weiß? Aber ich bestellte den Mini-Parthenon und vergaß ihn sofort wieder.

Bis er in meinem Postfach landete.

Ich war nicht darauf vorbereitet, wie glücklich es mich machte, dieses kleine Ding in der Hand zu halten. Irgendwie war es lächerlich. Es war schließlich nur ein Stück Ton, meine Güte.

Ich war nach Hause gefahren und hatte die kleine Skulptur auf meine Kommode gestellt. Und als ich es mir leisten konnte, bestellte ich das nächste Stück. Und dann noch eines. Jetzt besaß ich eine ganze Sammlung. Ich liebte die bis ins Kleinste ausgearbeiteten Details. Der Künstler war offensichtlich sehr begabt.

Ich fragte mich, ob Flynn diese Serie kannte, und beschloss, eines meiner Exemplare mitzunehmen, um ihn zu fragen. Also wickelte ich den Eiffelturm in einige Papiertücher und steckte ihn in die Tasche.

Als ich gerade die Wohnung verlassen wollte, klingelte mein Handy. Auf dem Display sah ich den Namen von jemandem, mit dem ich lieber nicht sprechen wollte, dessen Anruf ich aber nicht ignorieren konnte.

»Hallo, Mr Schwantz«, begrüßte ich meinen Bewährungshelfer und bemühte mich, ernst zu bleiben, als ich den Namen aussprach. Es war jedes Mal dasselbe.

»Hallo, Ellie. Ich rufe nur an, um Sie an Ihre Anhörung morgen Nachmittag zu erinnern. Sie findet um drei Uhr statt, aber ich möchte, dass Sie zwanzig Minuten vorher bei mir im Büro vorbeikommen, damit wir ein paar Sachen durchgehen und dann zusammen zum Gericht gehen können.«

Ich unterdrückte ein Stöhnen. Die anstehende Anhörung hatte ich tatsächlich vergessen. Ich hatte sämtliche Auflagen erfüllt, auch wenn das widerspenstige Kind in mir am liebsten die Zunge herausgestreckt und den Gehorsam verweigert hätte.

Ich pinkelte einmal im Monat in einen Becher. Ich schluckte meinen Ärger hinunter, wenn Mr *Schwantz* (kommt schon, das ist wirklich ein witziger Name!) nach Lust und Laune an meinem Arbeitsplatz auftauchte und mir hinterherschnüffelte. Ich leistete meine Sozialstunden ab und verpasste nie eine Schicht.

Ich wusste, dass ich alles richtig gemacht hatte, aber das hielt meine Paranoia nicht davon ab, mich selbst infrage zu stellen. Es schien einfach mein Schicksal zu sein, dass alles genau in dem Moment auseinanderfiel, in dem ich das Gefühl hatte, halbwegs wieder klarzukommen.

»Sicher. Bis dann«, murmelte ich.

»Gut. Aber kommen Sie nicht zu spät«, sagte Mr Schwantz und ich konnte seine verächtlich geschürzten Lippen förmlich vor mir sehen, sein Überlegenheitsgefühl bis hierhin spüren.

»Mache ich nicht, Mr Schwantz«, sagte ich und diesmal lachte ich wirklich. Ich konnte einfach nicht anders.

»Das will ich auch nicht hoffen, Miss McCallum. Es würde keinen guten Eindruck machen«, belehrte er mich, während ich die Augen verdrehte.

»Ja, Sir!«, schnarrte ich.

Mr Schwantz war mit meiner sarkastischen Art noch nie klargekommen. Also hörte ich zu, während er sekundenlang leere Drohungen ausstieß, ehe er sich schließlich verabschiedete.

Dann legte ich auf und versuchte die düstere Weltuntergangsstimmung zu ignorieren, die der Anruf in mir ausgelöst hatte.

Als ich beim Verlassen der Wohnung auf die Uhr sah, merkte ich, dass ich mich zu Flynns Workshop verspäten würde. Mist!

Unter Missachtung mehrerer Geschwindigkeitsbeschränkungen raste ich zum Campus, schoss in die einzige leere Parklücke und hastete zum Kunsttrakt.

Ich spähte durch das Fenster in die Werkstatt und sah, dass der Workshop bereits angefangen hatte.

Außerdem fiel mir auf, dass alle Anwesenden Flynn anstarrten, der mit gesenktem Kopf und krampfhaft geballten Händen auf seinem Stuhl saß.

Mist! Mist! Mist!

Ich öffnete die Tür und glitt in den Raum. Dann sah ich mich nach einem Platz in Flynns Nähe um, doch es war alles belegt. Während ich mich suchend umblickte, bemerkte ich eine Hand, die mir zuwinkte.

Kara Baker schwenkte den Arm, um mich auf sich aufmerksam zu machen. Ich bahnte mir einen Weg durch die Studenten, bis ich hinter Flynn anlangte.

Mir war klar, dass ich keine Chance hatte, mich unauffällig zu verhalten, deshalb legte ich ihm einfach die Hand auf die Schulter und beugte mich an sein Ohr.

»Ich bin da, Flynn«, flüsterte ich, zog die Hand schnell wieder weg und ging zu dem Platz neben Kara. Alle starrten mich an, doch das kümmerte mich nicht im Geringsten. Die einzige Person, die mich kümmerte, saß stumm vorn im Raum und sah aus, als würde sie jeden Moment ausrasten.

»He, du«, sagte Kara leise, als ich mich setzte. Offensichtlich ließ sie ihre Haare wieder wachsen, denn sie standen ihr wild und stachlig vom Kopf ab.

»He«, erwiderte ich, als ich, ohne Flynn aus den Augen zu lassen, meine Tasche auf den Boden fallen ließ.

Ich sah, wie er tief Luft holte und seine krampfhaft geballten Fäuste öffnete. Er blickte nach wie vor nicht auf, nahm aber langsam einige der metallenen Abfälle in die Hand, die vor ihm aufgehäuft waren.

»Das hier ist Metallschrott. Daraus könnt ihr Kunstwerke machen«, sagte er laut. Die abrupte Unterbrechung des Schweigens ließ die meisten im Raum zusammenfahren.

Ich sah, wie sich mehrere Leute anblickten und zu flüstern begannen, und mein Gesicht fing an zu brennen. Wenn sie sich über ihn lustig machten, würde ich ausflippen.

»Ich fertige jetzt einen Baum«, erklärte Flynn ausdruckslos. Der Kunstprofessor bat einen Studenten, das Licht zu dimmen, und beeilte sich, den Projektor anzuwerfen, der auf das Metall gerichtet war, das Flynn jetzt bog und formte.

»Beachten Sie bitte die von Mr Hendrick angewandte Technik. Er hat die Kunst der Montage perfektioniert. Er verwendet unterschiedliche Materialien und fügt sie zu einer Skulptur zusammen. Das Zusammensetzen ist ein komplizierter additiver Prozess. Präzise und detailreich«, deklamierte der Dozent, während Flynns Finger sich mit einer Schnelligkeit und Sicherheit bewegten, die ihm sonst nicht zu eigen war.

»Kennst du ihn?«, flüsterte Kara. Ich verfolgte Flynns Arbeit wie gebannt, sah mit angehaltenem Atem zu, wie er einen Lötkolben hervorzog und die Teile zusammenschweißte.

»Ja«, erwiderte ich knapp. Es hatte mir auf der Zunge gelegen, unsere Beziehung zu verleugnen. Alte Gewohnheiten sind schwer wieder abzulegen, nehme ich an. Aber ich war stolz auf Flynn. Und ich schämte mich nicht, es zuzugeben.

»Hab ich mir gedacht. Wir haben hier eine Viertelstunde rumgesessen und darauf gewartet, dass er den Mund aufmacht. Als der Professor ihn etwas gefragt hat, ist er fast ausgeflippt. Aber dann bist du reingekommen und schon war alles in Butter!«, stellte Kara fest.

Ich erwiderte nichts darauf. Ich kannte sie nicht gut genug, um sie ins Vertrauen zu ziehen.

»Er ist anders, nicht? Ich habe einen autistischen Cousin, der sich ganz ähnlich verhält. Er ist ein absoluter Mathecrack und löst diese ganzen ultrakomplizierten Aufgaben im Kopf. Ohne Zettel oder Taschenrechner oder sonst etwas. Echt verrückt.«

Sie nickte in Flynns Richtung, der das Metall zurechtbog und verlötete. Allmählich konnte ich den Baum erkennen, der gerade entstand. Die anderen im Raum waren von seinem Talent ebenso hingerissen wie ich. Der holprige Start war vergessen.

Ausgelöscht von seiner Kunst.

»Er erinnert mich an meinen Cousin. Ich finde ihn zwar nicht so extrem, aber es sind diese Eigenheiten und so. Dabei ist er echt großartig. Sieh dir nur den Baum an. So was könnte ich nie.«

Dieses seltsame Mädchen mit den komischen Stachelhaaren schaffte es einfach so, die Dinge an Flynn zu benennen und zu akzeptieren, mit denen klarzukommen ich sieben Jahre gebraucht hatte. Ich kam mir klein und unglaublich dumm vor.

Denn sie hatte recht. Flynn *war* großartig.

»Wir sind zusammen«, hörte ich mich sagen. Ich gab es zu. Ich machte es zu einem Teil von mir. So wie ich angefangen hatte, ein Teil von Flynn zu sein.

»Cool«, sagte Kara mit einem Lächeln. Und ich wusste, dass sie es ehrlich meinte.

»Ja, ist es.« Ich erwiderte ihr Lächeln, ehe ich mich wieder Flynn zuwandte. Er war fertig mit dem Baum und stellte ihn mitten auf den Tisch. Bewunderndes Gemurmel setzte ein. Der Professor nahm die Skulptur in die Hand.

»Fantastisch! Sehen Sie sich nur diese Details an. Diese Komplexität!«, schwärmte er. Ich beobachtete Flynn, der das enthusiastische Lob gar nicht zu hören schien.

Er hob den Kopf und strich sich die dunklen Haare aus dem Gesicht. Seine Augen huschten durch den Raum, bis er mich entdeckte.

Und er grinste mich an. Sein Herz in den Augen.

Er war mehr als großartig.

Er war alles.

20

Ellie

»Wo willst du hin? Kann ich mitkommen?«, fragte Flynn. Ich war gerade aus der Dusche gestiegen und wollte mich fertig machen. Er hatte sich angezogen, während ich im Badezimmer war, und stand nun in Hemd und seinen leicht zerknitterten Kakihosen in der Tür.

Ich hatte die Nacht bei Flynn verbracht. Wir hatten nicht miteinander geschlafen, sondern einfach zusammen im gleichen Bett gelegen.

Flynn hatte die ganze Nacht meine Hand gehalten und das hatte sich besser angefühlt als Sex.

Jetzt musste ich mich beeilen, um fertig zu werden und zu Mr Schwantz' Büro in die Stadt zu fahren.

»Ich hab es dir doch erklärt, Flynn. Es ist bloß eine Anhörung. Ich bin wahrscheinlich nicht länger als eine Stunde weg.« Ich bürstete mir die Haare. Sie waren ausgesprochen lang geworden und reichten mir jetzt bis zur Taille. Ich hatte sie noch nie so lang wachsen lassen. Mich um mein Aussehen zu kümmern, hatte auf meiner Prioritätenliste bisher nicht sehr weit oben gestanden.

Aber jetzt wollte ich gut aussehen. Ich wollte hübsch sein. Denn es machte mich glücklich, mich gut zu fühlen.

Flynn fingerte an den Knöpfen seiner Manschette herum. Er nagte an der Unterlippe und ich fragte mich, womit ich ihn beunruhigt hatte.

»Was ist los, Flynn?«, hakte ich nach. Ich lernte allmählich, dass es im Umgang mit ihm das Beste war, direkt zu sein. Manchmal antwortete er gleich. Manchmal wurde er aber auch wütend und es ging nicht ohne Ausflippen.

So oder so bekam ich meistens die Antworten, die ich brauchte.

»Ich will einfach mitkommen. Ich mag es nicht, wenn du weggehst«, sagte er. Obwohl er genauso ausdruckslos klang wie immer, sagten mir seine Augen alles, was ich wissen musste. Und seine Augen waren unglücklich.

Ich durchquerte das Zimmer und küsste ihn sanft. Am liebsten wäre ich mit den Fingern durch seine Haare gefahren, aber es gab immer noch Zeiten, in denen es nicht gut war, ihn zu häufig anzufassen. Es kam immer noch vor, dass er sich versteifte und zurückwich, und das irrationale Gefühl der Zurückweisung machte mir zu schaffen.

Obwohl ich ihn mochte und akzeptierte, wie er war, änderte das nichts an den Schwierigkeiten, die das Zusammensein mit jemandem wie Flynn mit sich brachte. Und ich war mir sicher, dass das Zusammensein mit mir für Flynn seine eigenen Schwierigkeiten hatte. Wir waren ein gestörtes, kompliziertes Paar. Aber irgendwie funktionierten wir zusammen.

»Ich gehe auch nicht gern von dir weg. Wie wär's, wenn wir uns um zwölf Uhr in Ma's Diner treffen? Wir könnten zusammen zu Mittag essen und dann begleitest du mich zu meinem Termin auf dem Campus«, schlug ich vor, als ich mich von ihm löste, ehe er es tun konnte.

Flynn ließ seine Unterlippe los, weigerte sich aber immer noch, mir in die Augen zu sehen. »Willst du dich an der Uni bewerben?«, fragte er, während sich seine Miene ein wenig aufhellte.

Das war unser Dauerthema. Flynn hatte sich an meiner Unibewerbung festgebissen wie Murphy an seinem Gummispielzeug. Er war entschieden dafür, es zu tun.

Weil es mich *glücklich* machen würde.

Darauf lief alles hinaus. Das, was mich glücklich machte. Für Flynn war es das Wichtigste überhaupt.

Ich hatte entsetzliche Angst, mich auf eine solche Sache festzulegen, und war mir alles andere als sicher, ob ich für einen derartig großen Schritt bereit war.

Doch je länger ich in Wellston lebte, desto schwieriger wurde es, mir einzureden, dass ich mit den Aussichten zufrieden war, die sich mir hier boten.

Ich war glücklich mit Flynn. Glücklich damit, ein paar Kurse am College zu belegen. Aber beides hatte mir die Augen für das geöffnet, was ich sonst noch tun könnte. Was ich sonst noch sein könnte. Und das war ein verlockendes Bild.

Ohne Flynn hätte ich niemals davon zu träumen gewagt. Er war auf der Universität gewesen. Er hatte Wellston verlassen. Trotz seiner Isolation und Distanziertheit hatte er mehr erlebt als ich.

Mein Blick fiel auf den Gitarrenkoffer, der in Flynns Schlafzimmer in der Ecke lehnte. Ich hatte ihn dagelassen, weil Flynn es gernhatte, wenn ich für ihn spielte. Im Gebrauchtwarenladen in der Stadt hatte ich mir Notenhefte besorgt, um mir ein paar neue Akkorde beizubringen. Und egal, wie schlecht ich spielte, Flynn klatschte immer. Selbst wenn er mir ins Gesicht sagte, dass es lausig war.

Genau darum ging es in einer gesunden Beziehung. Den anderen auch dann anzufeuern, wenn seine Bemühungen für die Tonne waren.

Und genau das tat er. Er würde mir sagen, wenn ich Scheiße baute, mich aber trotzdem ermutigen.

»Ich habe einen Termin bei der Leiterin der Studienberatung. Sie will mir helfen, ein paar Online-Bewerbungen loszuschicken, um zu sehen, was dabei herauskommt. Weißt du was? Während ich das tue, könntest du dich nach Professor Channing umsehen und mit ihm bereden, ob du nicht noch ein paar Workshops veranstalten sollst«, schlug ich vor.

Flynns Kinn begann zu zucken und er grub die Zähne in seine Unterlippe. Ich wusste, dass ihm meine Worte Stress bereiteten.

Professor Channing, der Kunstdozent, der auch seinen vorigen Workshop koordiniert hatte, hatte ihm eine Teilzeitstelle am College angeboten. Als ich dem Professor beigepflichtet und die Idee gelobt hatte, war Flynn vor Wut fast handgreiflich geworden. Er hatte mit Gegenständen um sich geworfen und mich angebrüllt.

Er musste sich erst beruhigen und seinen Therapeuten Kevin in Greensboro anrufen, ehe er mir sagen konnte, dass er das nicht fertigbringen würde. Dass er es hasste, wenn die Leute ihn anstarrten.

»Aber sie finden dich toll, Flynn!«, hatte ich eingewandt. Doch das spielte keine Rolle. Er wollte sich nicht dauernd anstarren lassen. Es machte ihn nervös.

Das hielt mich allerdings nicht davon ab, das Thema weiterzuverfolgen, wann immer ich es für sicher hielt. Bislang waren die Gespräche nicht allzu gut gelaufen, aber er redete mir schließlich auch zu, über meinen eigenen Schatten zu springen. Es erschien mir nur gerecht, das umgekehrt auch zu tun.

»Vielleicht«, murmelte Flynn, woraufhin ich den Kopf schief legte und ihm das Ohr zuwandte.

»Wie war das? Hab ich da gerade ein Vielleicht gehört?«, fragte ich lächelnd.

Flynn grinste nicht, wie ich es mir gewünscht hätte. Seine Miene blieb ernst.

»Ja, ich habe ›vielleicht‹ gesagt«, erwiderte er im Abwenden. Ich wäre am liebsten herumgesprungen und hätte vor Freude in die

Hände geklatscht. Wenn ich zu der Sorte Leute gehört hätte, die herumsprangen und in die Hände klatschten.

»Mit einem Vielleicht kann ich leben«, sagte ich und gab ihm einen Kuss, ehe ich wieder ins Schlafzimmer ging, um mich fertig zu machen.

Murphy kam ins Zimmer getappt und stupste mit dem Kopf gegen meine Hand. Lachend kraulte ich ihn hinter den Ohren. Ich fühlte mich trotz der bevorstehenden Anhörung glücklich. Es war unglaublich, dass ein Wort wie *vielleicht* in mir die Bereitschaft auslösen konnte, es mit allen aufzunehmen.

»Nicht jetzt, mein Großer. Ich muss weg. Vielleicht spielt Flynn mit dir Stöckchenholen, während ich weg bin«, sagte ich bedeutungsvoll. Flynn ließ immer noch den Kopf hängen, aber ich konnte förmlich zusehen, wie er sich entspannte, als Murphy beschloss, sich seinem Besitzer zuzuwenden. Flynns Gesicht begann zu leuchten, wenn Murphy in der Nähe war. Es war faszinierend, die Verbindung zwischen den beiden zu beobachten.

Ich frisierte mich zu Ende und entschied mich für einen tief sitzenden, nüchtern wirkenden Pferdeschwanz. Die Erfahrung hatte mich gelehrt, dass man vor Gericht mit freundlicheren Augen betrachtet wurde, wenn man nett angezogen war.

Es schüttelte mich, wenn ich daran dachte, wie ich mich aufgeführt hatte, als ich mit sechzehn das erste Mal vor einem Richter erschienen war. Julie hatte mir ein Paar schicke Hosen und eine hübsche, pinkfarbene Bluse mitgebracht, doch ich hatte mich geweigert, sie anzuziehen.

Ich war verletzt und wütend. Mir war damals nicht klar gewesen, dass sich hinter meiner Wut nichts als Schuldgefühle verbargen. So aggressiv und frech, wie ich mich verhalten hatte, war es kein Wunder, dass der Richter mir eine harte Strafe aufgebrummt hatte.

Gut, dass ich aus dieser schrecklichen Situation wenigstens eines gelernt hatte.

Ich strich meine schwarze Hose glatt und steckte das himmelblaue Top in den Bund. Es war kein besonders tolles Outfit. Ich hatte es im Ausverkauf bei JCPenney gekauft, aber es sah um einiges besser aus als die Schlampenshorts und das Neckholder-Top, in denen man mich das erste Mal vor den Kadi gezerrt hatte.

»Du siehst hübsch aus, Ellie«, sagte Flynn.

»Danke, Flynn«, erwiderte ich. Als ich mich umdrehte, sah ich, dass er Murphy streichelte.

Ich nahm meine billige Wal-Mart-Handtasche, hängte sie mir über die Schulter und ging zu Flynn hinüber, der zum Knutschen unglücklich aussah.

»Hör auf, so ein Gesicht zu machen, Süßer. Du willst bestimmt nicht in einem stickigen Gerichtssaal sitzen, während mich ein Richter zusammenstaucht wie eine Zweijährige«, malte ich ihm aus.

Flynn begann zu grinsen. Seine Augen funkelten und ich verstand nicht, woher dieser plötzliche Stimmungsumschwung kam.

»Was?«

Zaghaft begegnete er meinem Blick. »Du hast mich Süßer genannt. Das gefällt mir.«

Oh.

»Darf ich dich anfassen?«, fragte ich.

Er nickte.

Ich schlang die Arme um seinen Hals und zog ihn sanft an mich.

»Freut mich, dass dir das gefällt, Süßer«, sagte ich, bevor ich ihm das Lächeln aus dem Gesicht küsste.

Flynn zeigte sich zunehmend … *begeistert*, wenn wir miteinander rummachten. Es war gleichzeitig befriedigend und total frustrierend, weil ich *mehr* wollte. Ich wollte ihn überall anfassen. Wollte, dass er *mich* überall anfasste.

Ich war zweiundzwanzig, ging mit einem Typen, auf den ich total stand, und kam trotzdem nicht übers Fummeln hinaus.

Vermutlich hatte ich das, seit ich dreizehn war, nicht mehr erlebt.

»Sehen wir uns mittags? Gehst du mit mir essen?«, fragte ich, als wir uns voneinander lösten. Flynns Gesicht war gerötet und ich hatte Mühe, normal zu atmen.

»Wir treffen uns in Ma's Diner. Um zwölf. Wir setzen uns in die Nische hinten am Fenster. Ich sitze auf der rechten Seite. Und du isst Key Lime Pie«, zählte er auf.

Mit beiden Händen streichelte ich ihm die Wangen, ehe ich sie wieder sinken ließ. Es tat fast weh, dieses letzte bisschen Körperkontakt zu verlieren.

»Jep. So machen wir's«, bestätigte ich.

Ich winkte ihm zu und ging hinaus zu meinem Wagen.

Zehn Minuten später erreichte ich das Gebäude mit dem Büro meines Bewährungshelfers. Ich ging schnell hinein, weil ich wusste, dass ich kurz davorstand, mich zu verspäten, und meldete mich bei Patty, der Frau am Empfang.

Ich musste nicht lange draußen sitzen, bis Mr Schwantz mich in sein Büro winkte. Zu meiner Überraschung war auch Julie da.

»Was machst du denn hier?«, fragte ich und ließ die Umarmung über mich ergehen, auf der sie bestand.

»Nehmen Sie Platz, Miss McCallum«, forderte Mr Schwantz mich auf, nachdem er uns mit einem Räuspern unterbrochen hatte. Ich setzte mich auf den schrecklichen Stuhl mit dem kratzigen Polster und hoffte inständig, diese verdammte Tortur nie wieder ertragen zu müssen. Ich hasste sein steriles Büro mit den beigefarbenen Wänden und den billigen Kunstdrucken. Ich fiel schon beim Hereinkommen ins Koma.

Auf der Suche nach einer bequemen Sitzposition rutschte ich hin und her. Flynn wäre an die Decke gegangen, wenn er sich auf diese Dinger hätte setzen müssen. Julie lächelte mich herzlich an und ich zwang mich stillzusitzen.

Mr Schwantz holte meine Akte aus der Schublade und schlug sie auf. Dann studierte er sie bedächtig, als habe er das nicht schon hundert Mal getan.

»Ich werde empfehlen, Ihre Bewährungszeit zu beenden«, sagte er, als er den Ordner eine Minute später zuklappte.

Ich blinzelte mehrmals, weil ich mir nicht sicher war, ihn richtig verstanden zu haben. Dann sah ich zu Julie hinüber, die den Daumen in die Luft reckte.

»Äh?«, fragte ich mit offenem Mund wie ein Idiot.

Mr Schwantz faltete die Hände auf dem Schreibtisch und beugte sich vor. Zum ersten Mal, seit ich ihn ein Jahr zuvor kennengelernt hatte, lächelte er. Es war mehr ein schmerzhaftes Verziehen der dünnen Lippen, aber vermutlich sollte es ein Lächeln darstellen.

»Sie haben sämtliche Bewährungsauflagen erfüllt. Ihre Sozialstunden sind abgeleistet. Erin Hoffman hat sie gestern abgezeichnet und gesagt, Sie seien eine musterhafte Helferin gewesen und wunderbar mit den Tieren umgegangen. Gut gemacht!«, sagte er mürrisch.

Ich verschluckte mich fast. War das etwa ein Kompliment?

»Äh, danke«, stotterte ich.

»Außerdem haben Sie alle vorgeschriebenen Drogentests bestanden. Kein einziger davon war positiv.« Er klang, als könnte er nach wie vor nicht verstehen, wie ich es geschafft hatte, sein narrensicheres System auszutricksen. Ich sah ihm an, dass er mich immer noch für eine kiffende Kriminelle hielt. Das Traurige war, dass er bis vor nicht allzu langer Zeit damit hundertprozentig richtiggelegen hatte.

»Sie haben eine dauerhafte Anstellung und einen festen Wohnsitz. Und von Miss Waterman weiß ich, dass Sie das Gemeindecollege besuchen. Alle Achtung, Miss McCallum.« Julie grinste wie eine Irre. Ich wusste, dass es für sie eine ebenso große Bestätigung war wie für mich. Lange Zeit war sie die Einzige gewesen, die an mich geglaubt hatte. Und jetzt sah sie, dass sie sich nicht getäuscht hatte.

Ich hatte mich tatsächlich sehr bemüht, mir keine Schwierigkeiten mehr einzuhandeln. Wieder hinter Gittern zu landen war das Letzte, was ich wollte. Ich hatte dort genug gesehen und erlebt und mir wie zum Beweis sogar eine Narbe über dem Bauchnabel eingehandelt, die von einem Messer stammte.

Trotzdem hatte ich nicht ein einziges Mal den Gedanken zugelassen, dass ich diesen hässlichen Teil meiner Vergangenheit vielleicht endlich hinter mir lassen und meine dämlichen Entscheidungen in die Vergangenheit verbannen könnte, wo sie hingehörten.

Mr Schwantz räusperte sich und Julies fröhliche Miene wurde wieder ernst. »Ich hoffe, Sie machen so weiter. In Anbetracht Ihrer Vorerfahrungen mit der Justiz gehe ich davon aus, dass die Richter in Zukunft nicht sonderlich nachsichtig sein werden. Für Menschen, die ihre Lektion nicht lernen können, hat man bei Gericht wenig Verständnis«, belehrte er mich, seinem inneren Drang folgend.

Ich ließ ihn gewähren. Denn ich hörte ihm ohnehin kaum noch zu.

Gleich würde meine Bewährungszeit vorüber sein!

Nachdem er noch einige Minuten vor sich hin geschimpft hatte, zog Mr Schwantz schließlich seinen Mantel an, Julie nahm ihre Handtasche und wir gingen zu dritt über die Straße zum Gericht.

Ich setze mich im Gang auf einen Stuhl und wartete dort, während Julie und Mr Schwantz loszogen, um mit dem Gerichtsassistenten zu sprechen.

»He, Ells!« Schon war meine gute Laune verschwunden.

Mit einem Plumps sank Dania auf den Stuhl neben mir. Ich hatte sie schon eine Weile nicht mehr gesehen, sie schien kräftig zugenommen zu haben. Sie war wie immer unpassend gekleidet. Der Rock reichte ihr kaum über den Hintern und ihr winziges Shirt, auf dem quer über der Brust das Wort »Minderjährige« prangte, spannte sich über ihrem Bauch.

»Ist heute deine Anhörung?«, fragte sie, während sie lautstark auf ihrem Kaugummi herumkaute.

»Äh, ja. Und was machst du hier?«, fragte ich, während ich sie misstrauisch beäugte. Es lag eindeutig Spannung in der Luft. Es gefiel mir nicht, aber ich konnte nichts dagegen tun.

»Ich bin mit Stu hergekommen. Er hatte heute auch eine Anhörung«, sagte sie. Ich sah mich um, konnte ihn aber nirgends entdecken.

»So, dann seid ihr also wieder zusammen?«, fragte ich.

»Denk schon. Hoffe ich jedenfalls.« Dania lächelte.

»Das ist doch super.« Ich erwiderte ihr Lächeln. Es war ihr innigster Wunsch gewesen, wie ich wohl wusste. Eigentlich hätte ich mich für sie freuen sollen. Aber in Wahrheit deprimierte es mich.

»Ist er noch im Saal?«, fragte ich.

»Nö. Sie haben ihn wieder in den Knast verfrachtet«, erwiderte Dania wegwerfend.

»Was?«

Dania zuckte die Achseln. »Sein letzter Pisstest war positiv und der Bewährungshelfer hat es dem Richter gesteckt. Außerdem hat er noch keine einzige Sozialstunde abgeleistet. Also haben sie ihn für zwei Wochen verknackt.«

»Kommst du damit klar? Ich meine, wenn ihr wieder zusammen seid, muss dir das doch was ausmachen?«, fragte ich verblüfft.

Dania zuckte abermals die Achseln. »Sind doch bloß zwei Wochen.« Da war sie wieder, diese riesige Kluft zwischen uns. Ihre abgestumpfte Haltung, wenn es um Richtig oder Falsch ging, konnte ich einfach nicht mehr teilen. Ich war inzwischen schlauer.

»Und was tust du dann noch hier?«, fragte ich sie.

»Ich warte darauf, dass Shane beim Gerichtsassistenten fertig wird. Sie haben seine Bewährung um zwölf Monate verlängert, aber wenigstens muss er nicht in den Bau.« Sie spuckte ihren Kaugummi in ein Stückchen Taschentuch, das sie unter den Stuhl klebte.

»Scheiße. Jetzt werde ich aber langsam nervös. Das klingt, als wäre der Richter eine echte Spaßbremse.« Ich hatte mich gut gefühlt. Zuversichtlich. Aber nun war ich mir nicht mehr so sicher.

Dania kniff die Augen zusammen, ihr Gesicht wirkte plötzlich finster und gemein. »*Du* hast doch nichts zu befürchten. Ellie McCallum fällt immer auf die Füße, oder etwa nicht?«

Was zum Teufel?

Bevor ich sie fragen konnte, was ihr Problem war, kam Shane herüber.

»He, Chica! Lange nicht gesehen!« Er beugte sich vor und umarmte mich, und ich war froh, dass er mich mitten im Gerichtsgebäude nicht auch noch begrapschte.

»Dania hat mir gerade erzählt, dass sie deine Bewährungszeit verlängert haben. So ein Mist«, sagte ich bedauernd.

Shane hob die Hände. »Was soll man machen? Das kommt dabei raus, wenn man so ein wilder Hund ist.« Er grinste wie ein Idiot.

Dania boxte ihm in den Bauch. »Oder ein totaler Vollpfosten«, sagte sie in scherzhaftem Ton, aber ihre Augen waren kalt.

»Hast du auch eine Anhörung?«, fragte Shane.

»Jep. Hoffen wir mal, dass ich nicht neben Stu lande.« Ich lachte nervös.

Shane kicherte. »Falls doch, back ich dir eine Feile in den Kuchen«, versprach er mir mit einem Schulterklopfen.

Wir lachten gezwungen.

»Wollen wir los, D?«, fragte Shane, den es offensichtlich fortzog.

Dania sah mich an und schüttelte den Kopf. »Ich warte auf Ells. Als moralische Unterstützung«, sagte sie mit einem scheinbar aufrichtigen Lächeln.

Oh, Mist. Das war das Letzte, was ich gebrauchen konnte. Nicht, wenn ich mich hinterher mit Flynn treffen wollte.

»Schon gut, Dania. Das brauchst du nicht. Ich rufe dich an, wenn irgendwas ist«, drängte ich sie, in der Hoffnung, sie loszuwerden.

Dania legte die Stirn in Falten und sah mich durchdringend an. »Nein, ich bleib hier. Dann können wir ein bisschen reden. Das haben wir schon lange nicht mehr gemacht, außerdem müssen wir uns was wegen der Wohnung überlegen«, sagte sie.

Verdammt! Dania wurde man schwerer wieder los als eine Hepatitis.

Bevor ich weitere Argumente vorbringen konnte, kamen Mr Schwantz und Julie zurück und erklärten, dass es Zeit sei hineinzugehen.

»Ich warte hier auf dich. Und bringe mich in Sachen Barschfischerei ein bisschen auf Stand«, sagte Dania, die nach einer zehn Jahre alten Angelzeitschrift griff.

Ich folgte meinem Bewährungshelfer in den Saal. Bevor wir eintraten, hielt Julie mich noch einmal auf.

»Viel Glück, Ellie! Du hast das alles so gut gemacht! Ich bin stolz auf dich.« Sie nahm mich fest in den Arm und ich ließ sie gewähren. Es fühlte sich gut an.

Drinnen waren ziemlich viele Leute und ich setzte mich mit Julie und Mr Schwantz nach hinten.

Der Richter war im Verzug, deshalb würde ich erst in einer halben Stunde aufgerufen werden. Ich kannte ihn. Es war der gleiche Richter, vor dem ich als Teenager die Klappe aufgerissen hatte.

Mist. Mist. Mist.

Als der Gerichtsdiener endlich meinen Namen aufrief, schwitzte ich Blut und Wasser.

»Miss McCallum hat alle ihre Bewährungsauflagen erfüllt, Euer Ehren. Sie hat ihren Sozialdienst abgeleistet und wurde von ihrer Vorgesetzten als echter Gewinn beschrieben. Im Moment geht sie aufs Black River Community College, wo sie Kurse besucht. Sie hat sämtliche Urin- und Bluttests bestanden und arbeitet seit mehr als zwei Jahren Vollzeit im JAC's Quick Stop. Ich empfehle daher, ihre Bewährungszeit zu beenden und die Strafe zu erlassen«, trug Mr Schwantz vor.

Der Richter, ein kleiner Mann mit einem kahlen Fleck auf dem Kopf, machte sich ein paar Notizen, ehe er sich an mich wandte.

»Nun, das hört sich an, als hätten Sie eine komplette Kehrtwende vollzogen, seit Sie vor ein paar Jahren als Teenager vor mir standen«, sagte er und schielte dabei über seine Brillengläser.

Scheiße, er erinnerte sich an mich!

»Ja, Euer Ehren. Ich gebe mir Mühe«, sagte ich kleinlaut, faltete die Hände und machte ein aufmerksames Gesicht.

»Ich hatte gerade eben mit zwei von Ihren Freunden zu tun. Sie scheinen mir nicht in Ihre Fußstapfen zu treten.« Er meinte natürlich Stu und Shane.

Der Richter klickte ein paar Mal mit seinem Kuli, während er mich unentwegt musterte. »Sie werden nach den Leuten beurteilt, mit denen Sie sich umgeben, Miss McCallum. Wir leben in einer kleinen Stadt, hier bildet man sich schnell ein Urteil. Ich kenne Ihren Ruf und ich bin sicher, dass Sie ihn auch kennen«, sagte er mit strengem Blick.

»Ja, Euer Ehren«, stieß ich hervor.

»Nun, Mr Schwantz hat vorgetragen, dass Sie das Gemeindecollege besuchen. Das freut mich zu hören. Denn wenn Sie sich mit Leuten abgeben wie diesen beiden Kerlen, die ich hier gerade im Saal hatte, werden Sie nicht weit kommen im Leben. Verstehen Sie, was ich Ihnen damit sagen will?«, wollte er wissen.

»Ja, Euer Ehren.« Ich schluckte.

»Ich akzeptiere Mr Schwantz' Empfehlung und erlasse Ihnen die Strafe«, sagte der Richter und ich glaubte, vor Erleichterung in Ohnmacht fallen zu müssen. Mr Schwantz nickte mir zu.

»Ich hoffe allerdings sehr, dass ich Sie hier nie wieder sehen werde, Miss McCallum«, fügte der Richter als klare Warnung hinzu.

»Das werden Sie nicht, Euer Ehren«, erwiderte ich. Und das war mein Ernst. Um keinen Preis der Welt wollte ich seine herablassende und missbilligende Miene noch einmal sehen.

Julie und Mr Schwantz führten mich aus dem Gerichtssaal und brachten mich zum Schalter, an dem ich meine Unterlagen abholen konnte.

Ich stand ein bisschen neben mir. Es war vorbei. Was für eine Erleichterung.

Es war schön, einen Mühlstein weniger um den Hals zu tragen.

»Herzlichen Glückwunsch!«, rief Julie, die über das ganze Gesicht strahlte. Immer noch unter Schock, konnte ich nur blinzeln.

»Du solltest dir zu Herzen nehmen, was der Richter gesagt hat. Du bist auf einem guten Weg. Mach weiter so. Lass dich nicht von anderen Leuten abbringen«, sagte Julie und runzelte die Stirn, als Dania auf uns zukam.

»Wie ist es gelaufen?«, fragte diese.

»Ich muss los. Glückwunsch noch mal, Ellie. Lass uns demnächst zusammen Kaffee trinken«, verabschiedete sich Julie, die ihre Abneigung gegen Dania hinter einem charmanten Lächeln verbarg.

»Du redest noch mit der? Das war doch deine Sozialarbeiterin, oder? Scheiße, meine ist vorzeitig in Pension gegangen, als ich mit achtzehn aus der Jugendhilfe rauskam. Wahrscheinlich war ich einfach zu viel für sie«, spottete Dania.

»Ja. Jedenfalls ist meine Bewährungszeit vorbei und sie haben mir die Strafe erlassen«, erklärte ich.

Danias Mund lächelte, aber ihre Augen waren ausdruckslos. »Genial, Ells! Das sollten wir feiern!«, begeisterte sie sich.

Der Gerichtsassistent händigte mir meine Unterlagen aus und ich schüttelte Mr Schwantz die Hand. »Vielen Dank für alles, Sir«, sagte ich und merkte, dass ich es auch so meinte.

Mr Schwantz tätschelte mir den Arm. »Viel Glück, Ellie«, verabschiedete er sich knapp. Dann ging er davon, wahrscheinlich in der Hoffnung, mich nie wiederzusehen.

Ich wandte mich wieder zu Dania um, die mit der Hand auf dem Bauch ungeduldig dastand. »Wie sieht's aus, gehen wir zu Ma's und holen uns was zu futtern? Dann kannst du mir erzählen, warum ich dich seit Wochen nicht mehr gesehen habe, und ich kann dir erzählen, wie sauer ich auf dich bin«, schlug sie mit einem Lachen vor, auch wenn ich wusste, dass es ernst gemeint war. Sie war stocksauer. Auf dem Weg nach draußen suchte ich krampfhaft nach einer Möglichkeit zu verschwinden.

»Äh, also eigentlich …«, begann ich und schon flog meine Welt in die Luft.

»Ellie!« Nein, nein, nein!

»Ist das der Freak?«, kicherte Dania, die zusah, wie Flynn über die Straße eilte.

»Ellie!«, rief er noch einmal aus vollem Hals und schwenkte die Arme, während er geradewegs durch den Verkehr lief. Hupen ertönten und er hielt sich die Ohren zu.

»Hört auf!«, schrie er.

»O Gott! Was macht der denn, Scheiße noch mal?« Dania war fast hysterisch vor Lachen.

Schließlich gelang es Flynn, unfallfrei die Straße zu überqueren. Ich hätte ihn am liebsten in den Arm genommen. Er wirkte gehetzt und mehr als nur ein bisschen außer sich, doch als er mich sah, lächelte er glücklich.

»Ellie!«, rief er noch einmal, während ich wie angewurzelt neben Dania stand.

»Warum brüllt der ständig nach dir? Hat er sie nicht mehr alle? Was für ein Spast!«, höhnte sie.

Ihre harten Worte rissen mich aus meiner tranceartigen Starre.

»Genau genommen ist er mit mir verabredet«, erklärte ich ihr scharf. Dania fuhr mit offenem Mund zu mir herum.

»Willst du mich verarschen? Du gibst dich mit diesem verdammten Freak ab? Soll das ein Witz sein?«, ätzte sie.

Ich sah das Mädchen an, das die letzten zehn Jahre meine beste Freundin gewesen war. Die Person, von der ich geglaubt hatte, ich würde ihr bedingungslos beistehen.

Wir waren gar nicht so verschieden, Dania und ich. Wir konnten beide fies und gehässig sein. Grausam und boshaft, aber auch unsicher und verletzlich.

Der eine große Unterschied zwischen uns bestand darin, dass ich bereit war, diese schmerzhaften Seiten abzulegen. Mir war endlich klar geworden, dass ich mein Leben nicht in emotionaler Leere verbringen wollte. Zu dieser Erkenntnis war Dania leider noch nicht gelangt. Ich hoffte, die Geburt ihres Babys würde das ändern, aber ich war mir nicht sicher, ob es überhaupt etwas gab, das sie aus ihrer Selbstsucht herausreißen konnte.

Ich trat einen Schritt von ihr weg. »Nein, das ist kein Witz. Flynn und ich sind jetzt zusammen«, sagte ich und ärgerte mich darüber, dass meine Stimme trotz meiner Entschlossenheit zitterte. Ich wollte stark und zuversichtlich sein, nicht kleinlaut und schwach.

Flynn trat neben mich und lächelte mich an. »Ich habe Hunger. Und du?«, fragte er, ohne Dania eines Blickes zu würdigen.

»Mir knurrt schon der Magen«, erwiderte ich, als ich lächelnd zu ihm aufsah. Danias Augen wanderten von einem zum anderen. Ich wappnete mich gegen den Angriff, der mit Sicherheit kommen würde.

»Willst du mich verarschen?«, wiederholte Dania mit schmalen Augen.

Flynn warf ihr einen Blick zu und sah dann zu Boden. Er begann seine Hände zu reiben, hörte aber gleich wieder auf. Ich war stolz, wie beherrscht er die Arme an den Körper legte.

»Erinnerst du dich noch an *Flynn*, Dania?«, fragte ich, mit besonderem Nachdruck auf seinem Namen. Sie gab keine Antwort, doch die Röte, die sich langsam auf ihrem Hals ausbreitete, verriet mir, dass sie gleich explodieren würde.

»Haben wir uns deshalb so lange nicht gesehen? Weil du bei dem verdammten Spast Babysitterin gespielt hast?«, wollte sie wissen, die Stimme schrill und laut. Ich sah, wie mehrere Leute in unsere Richtung schauten.

»Ich bin kein Spast«, schrie Flynn zurück.

Wenn ich die Sache nicht beendete, würde sie gleich eskalieren.

»Hör auf damit, Dania. Flynn zu beschimpfen ist kindisch und unreif. Meinst du nicht, dass wir für diesen Highschool-Mist langsam zu alt sind?«, fragte ich, bemüht, nicht selbst aus der Haut zu fahren. Ich hatte es Dania gegenüber immer geschafft, mich zu beherrschen. So gern ich ihr manchmal die Meinung gegeigt hätte, war es mir immer gelungen, mich zurückzuhalten.

Aber nicht heute. Nicht, wenn sie es darauf anlegte, den einzigen Menschen niederzumachen, der mir je am Herzen gelegen hatte.

Dania richtete sich auf. »Du verdammtes Miststück! Du lässt mich fallen, weil du's mit dem Dorfdeppen treibst? Ist das dein Ernst? Hast du vergessen, wie sehr du ihn in der Schule gehasst hast? Dass du diejenige warst, die darauf gekommen ist, ihn Flynn der Freak zu nennen? Dass du …«

»Das reicht, Dania!«, schrie ich, ehe sie den Satz beenden konnte. Flynn hatte sich bereits abgekapselt.

Ich legte ihm die Hand auf die Schulter, doch er wischte sie fort. »Fass mich nicht an!«, schrie er und wich stolpernd zurück. »Fass mich nie mehr an!« Damit drehte er sich um und rannte den Bürgersteig entlang.

Mein Herz zerbrach in tausend kleine Stücke, als ich ihn vor mir davonlaufen sah.

Ich fuhr herum und starrte das Mädchen an, das ich für meine Freundin gehalten hatte. »Bist du jetzt zufrieden? Fühlt sich das gut an? Herrje, Dania, du bist der selbstsüchtigste, gehässigste und gemeinste Mensch, der mir je begegnet ist. Ich kann echt nicht glauben, dass ich dich so lange verteidigt und dein Scheißverhalten entschuldigt habe! Lass mich bloß in Ruhe! Lass mich verdammt noch mal in Ruhe!«, zischte ich sie an und sah mit Befriedigung, wie sie die Augen aufriss und einen Schritt zurückwich.

Doch sie gewann ihre Fassung schnell zurück. »Nur weil ich schwanger bin und du mit dem Freak rummachst, glaubst du, du wärst was Besseres. Hältst du dich jetzt für mitfühlend oder was? Hör doch auf, Ellie! Ich bin gehässig und gemein? Und was ist mit dir? Mit dem, was du angestellt hast? Es ist ja so leicht, andere Leute zu verurteilen, aber du vergisst, wie gut ich dich kenne. Ich war immer dabei. Bei jedem Kampf und jeder Lüge. Bei jedem Haus, das abgebrannt ist. Ich habe alles gesehen.« Dania gab mir einen Stoß gegen die Brust, sodass ich rückwärtstaumelte. Mein Fuß verfing sich an einem kaputten Pflasterstein und ich wäre um ein Haar auf dem Hintern gelandet.

»*Ich* habe dich nie verurteilt, *Ells*«, fauchte sie, sobald ich das Gleichgewicht wiedergewonnen hatte. »Schade, dass ich von meiner besten Freundin nicht dasselbe behaupten kann. Ich hoffe, du bist glücklich auf deinem hohen Ross. Soll mächtig wehtun, wenn man von da oben wieder runterfliegt«, höhnte sie, machte auf dem Absatz kehrt und stürmte davon.

So viel zu meinem Neuanfang.

Da stand ich also allein auf dem Bürgersteig.

Allein.

Nichts war mir vertrauter als das.

21

Flynn

Vor vielen Jahren …

Ich redete nicht mehr mit Ellie.

In der Schule sah ich sie zwar immer noch, aber sie drehte sich im Englischunterricht nicht mehr um, um Hallo zu sagen. Als ich ihr sagte, dass mir ihre Haare gefielen, beachtete sie mich gar nicht. Sie waren jetzt nicht mehr bunt, sondern gelb. So gefiel es mir. Sie sah damit richtig hübsch aus.

Das sagte ich ihr auch, aber sie beachtete mich nicht. Da wurde ich wütend und warf meinen Bleistift nach ihr. Er traf sie hinten am Kopf. Sie steckte ihn ein. Ich schrie sie an, ihn mir zurückzugeben.

Mr Goodwin schickte mich aus der Klasse. Ich würde den Unterricht stören, sagte er. Ich trat einen Papierkorb um und musste im Büro des Direktors warten. Sie riefen meine Mutter an. Und sie war traurig.

Ich sagte ihr, dass Ellie jetzt nicht mehr meine Freundin war.

Da nahm sie mich in den Arm. Ich mochte es nicht, wenn sie mich umarmte.

Ich mochte es, wenn Ellie mich umarmte.

Aber das tat sie nicht mehr.

Sie war gemein und nannte mich wieder Flynn der Freak. Außerdem hatte sie mir mein Geburtstagsgeschenk immer noch nicht gegeben. Sie hätte mir etwas ganz Besonderes gekauft, hatte sie gesagt, es mir aber nicht gegeben.

Als ich sie fragen wollte, wo mein Geschenk war, stieß sie mich weg, richtig fest. Es tat weh. Ich fiel gegen ein Schließfach und wurde wütend. Ich schrie sie an und nannte sie Miststück und warf meine Tasche nach ihr.

Diesmal lachte sie nicht. Sie hob die Tasche auf und gab sie mir.

Ihr Mund machte wieder diese komische Bewegung.

Ich ging allein nach Haus. Es dauerte achtzehn Minuten. Zur roten Scheune. Dann zum Bach mit den vier Steinen. Zum lila Briefkasten und zur Holzbrücke.

»Flynn!« Ich konnte es nicht leiden, wenn Leute aus dem Wald kamen, wo ich sie nicht sehen konnte.

»Lass das!«, schrie ich.

Ellie hielt mir ein Geschenk hin.

»Das war für deinen Geburtstag«, sagte sie. Ich nahm es, denn ich mochte Geschenke. Ich riss das Papier ab. Es war ein Notizbuch von Aqua Teen Hunger Force.

»Damit du was zum Zeichnen hast. Und weil du die Sendung so magst. Auch wenn sie echt schräg ist.«

Sie lächelte, aber es gefiel mir nicht.

Erst war sie gemein zu mir gewesen. Und jetzt gab sie mir ein Geburtstagsgeschenk.

»Bist du jetzt wieder meine Freundin?«, fragte ich, während ich das Geschenkpapier zu einem Quadrat faltete und es in die Tasche steckte.

»Nein«, sagte Ellie und das verstand ich nicht. Sie hatte mir gerade etwas geschenkt. Freunde machten sich doch Geschenke. Und sie hatte mir ein Notizbuch gegeben. Er war glatt und fühlte sich gut an, wenn ich mit dem Finger darüberfuhr.

»Wir sind keine Freunde, Flynn. Es tut mir leid, wie ich dich behandle. Es tut mir leid, dass ich so gemein bin. Aber ich kann nicht mehr mit dir zusammen sein. Ich kann dich auch nicht mehr nach Hause begleiten. Und du darfst in der Schule nicht mehr mit mir reden.«

Ich bekam Bauchschmerzen von ihren Worten.

»Du hast mir ein Geschenk gegeben«, sagte ich und zeigte ihr das Notizbuch.

Ellie runzelte die Stirn. War sie wütend?

»Ich habe es gekauft, weil ich wollte, dass du es kriegst. Das war's, Flynn«, sagte sie.

»Das war's«, wiederholte ich. Ellie legte die Hände vors Gesicht. Warum machte sie das?

Was hatte sie nur?

»Wir sind keine Freunde, Flynn!«, schrie sie mich an. Ich hielt mir die Ohren zu. Sie war sehr laut. Warum war sie nur so laut?

»Hör auf!«, schrie ich zurück.

»Tut mir leid«, sagte sie. Ihr Gesicht war nass. Sie weinte. Das bedeutete, dass jemand traurig war, hatte Mom gesagt.

»Warum bist du traurig?«, fragte ich und zeigte auf ihr nasses Gesicht.

»Ich bin nicht traurig! Sei nicht so ein Spast!«

Das machte mich wütend.

»Ich bin kein Spast!«

Ellie wischte sich das Gesicht ab. Es war immer noch nass.

»Geh einfach nach Hause, Flynn. Und sprich nie wieder mit mir«, sagte sie.

Ich warf mein Geburtstagsgeschenk in den Bach und rannte bis nach Hause. Ich sah nicht mal auf die Uhr.

22

Ellie

Nach der Begegnung mit Dania machte ich mich auf die Suche nach Flynn. Ich war völlig durch den Wind, um es vorsichtig auszudrücken. Er war zu Hause und spielte im Garten mit Murphy.

Zuerst wollte er nicht mit mir reden.

Ich entschuldigte mich immer wieder, obwohl ich mir nicht sicher war, ob er mich überhaupt hörte.

»Du hast dir den Namen ausgedacht? Flynn der Freak?«, fragte er schließlich, als ich den Tränen nahe war.

»Ja«, gestand ich. Wenigstens etwas, das ich aus der Welt schaffen konnte.

»Ich hasse den Namen. Er macht mich wahnsinnig vor Wut. Und du hast ihn dir ausgedacht. Hast ihnen gesagt, dass sie mich so nennen sollen.« Flynn schleuderte für Murphy den Ball davon, der von der Spannung zwischen den beiden Menschen in seinem Leben nichts mitbekam.

»Ich weiß, Flynn. Es tut mir leid.«

»Das ist so ein gemeiner Name. Du bist ein gemeiner Mensch«, sagte er unumwunden. Völlig emotionslos. Ohne jedes Gefühl. Er sagte mir einfach nur die nackte Wahrheit.

»Ja, das bin ich«, pflichtete ich ihm bei, die Brust so eng, dass es wehtat.

»Ich heiße nicht Flynn der Freak. Sondern einfach nur Flynn. Flynn Hendrick. Ich wohne in der Hollow Point Road 16. In 22098 Wellston, West Virginia. Ich bin einsachtzig groß und wiege achtundsiebzig Kilo. Ich bin nicht Flynn der Freak!« Je mehr er sich aufregte, desto lauter wurde er.

Murphy ließ den Ball vor seine Füße fallen und er kickte ihn quer durch den Garten.

»Ich weiß, dass du nicht Flynn der Freak bist! Es tut mir leid, dass ich mir das ausgedacht habe. Ich war dumm und gemein! Ich hatte einfach Angst, zuzugeben, was ich wirklich für dich empfunden habe. Das ist alles! Aber es war falsch! Total falsch! Ich liebe dich, Flynn«, rief ich aus.

Scheiße! Das hatte ich nicht sagen wollen. Nicht zu diesem Zeitpunkt. Und nicht so.

Flynn schüttelte wild den Kopf. Er zerrte so sehr an seinen Haaren, dass ich fürchtete, er würde sie sich büschelweise ausreißen. »Ich bin nicht Flynn der Freak!«, schrie er.

Er hatte mein großes Geständnis gar nicht mitbekommen.

Ich wusste nicht, ob ich froh oder enttäuscht sein sollte.

Murphy, der jetzt spürte, in welchem Zustand sein Herrchen war, begann zu winseln.

»Du bist nicht Flynn der Freak!«, schrie ich und wurde selbst immer aufgeregter.

»Du hast mich ständig beschimpft! Hast dafür gesorgt, dass es mir schlecht ging, Ellie! Ich wollte, dass du meine Freundin bist. Dass du mich magst!« Seine Stimme schwoll immer mehr an, er weinte inzwischen.

Ich wusste weder vor noch zurück. Ich hatte Angst, dass alles, was ich sagen oder tun könnte, ihn noch mehr aufregen würde. Ich hatte ihn früher schon so erlebt, als wir jünger waren.

Aber damals war es mir nicht darum gegangen, ihn zu beruhigen. Ich hatte gelacht, gespottet und gequält. Hatte seine Ausraster bis ins Letzte ausgekostet.

Jetzt tat ich das nicht. Jetzt fühlte ich mich nur noch hilflos.

Ich war der letzte Mensch, der ihn wieder zu sich bringen konnte. Mir war klar, dass diese Ausbrüche ein Teil dessen waren, was ihn ausmachte. Trotzdem machten sie mir Angst.

»Ich bin nicht Flynn der Freak!«, klagte er weiter und rieb seine Hände. Strich sich über die Arme. Fuhr immer wieder fest und systematisch auf und ab.

Ich holte tief Luft, um mich selbst zu sammeln. Schloss die Augen, während er weiterschrie. Murphy, der jetzt sichtlich verzweifelt war, lief unentwegt im Kreis.

Um ihn nicht noch weiter aufzuregen, ging ich langsam zu Murphy hinüber. Dabei achtete ich darauf, genügend Abstand zu Flynn zu wahren, der immer noch seine Hände rieb. Murphy drehte neben dem Apfelbaum winselnd seine Runden. Ich beugte mich zu ihm hinab und begann ihm mit langen, gleichmäßigen Bewegungen den Kopf zu streicheln. »Ist schon gut, mein Junge«, sprach ich beruhigend auf ihn ein. Obwohl Flynn hinter mir weitertobte, entspannte es mich, über Murphys dichtes, seidiges Fell zu streichen und dabei unentwegt beruhigend auf ihn einzureden. Seine Unruhe ließ nach und er legte sich schwanzwedelnd auf den Boden.

»So ist es fein. Ganz ruhig«, sagte ich leise. Die Worte galten mir ebenso sehr wie dem Hund. Ich merkte, dass auch Flynn ruhiger geworden war. Als ich mich umdrehte, sah ich, dass er zwar immer noch seine Hände rieb, aber er hatte aufgehört zu schreien und sah zu, wie ich seinen Hund streichelte.

»Braver Hund«, gurrte ich, als Murphy an mir schnupperte.

Fast zwanzig Minuten verharrte ich so. Streichelte Murphy und wartete ab, was Flynn tun würde. Er rieb sich die ganze Zeit über die Hände.

Schließlich kam er herüber, kniete sich neben mich und legte Murphy die Hand auf den Kopf.

Man konnte förmlich sehen, wie es Flynn beruhigte, Murphy zu streicheln. Ich stieß die Luft aus, die ich, ohne es zu merken, angehalten hatte.

Wir sprachen lange kein Wort; Murphys Hecheln und sein klopfender Schwanz waren die einzigen Geräusche.

»Willst du dich setzen?«, fragte ich, als ich mich auf dem Boden niederließ.

Flynn sagte immer noch nichts, setzte sich aber neben mich. Wir schwiegen weiter. Mein Rücken wurde langsam steif, aber ich würde mich nicht von hier fortbewegen. Mich nicht zurückziehen. Ich würde für Flynn hier ausharren. Und sei es nur, um zuzusehen, wie er Murphy streichelte.

Kurz darauf legte er mir die Hand aufs Bein. Die schlichte Geste rührte mich fast zu Tränen.

Er hatte mir verziehen. Auch wenn er es mit Worten nicht ausdrücken konnte.

Ich liebte diesen Mann so sehr. Doch wie oft würde unsere zerstörerische Vergangenheit die Zukunft, die wir zusammen aufzubauen versuchten, noch entgleisen lassen? Konnten zwei Menschen, die sich so verletzt hatten, zusammen glücklich werden?

Ich hoffte es. Denn ein Leben ohne Flynn Hendrick konnte ich mir nicht vorstellen.

Irgendwie mussten wir einen Weg finden, nicht nur uns zu vergeben, sondern auch unserer Vergangenheit.

Falls das möglich war.

Nachdem Flynn sich beruhigt hatte, war er ins Haus gegangen, während ich zurückblieb. Ich war ihm nicht gefolgt, weil ich das Gefühl hatte, dass er etwas Abstand brauchte, und ich ihn nicht bedrängen wollte.

Also blieb ich noch fast eine Stunde mit Murphy draußen. Als ich schließlich ins Haus ging, schlief Flynn in seinem Zimmer. Ich störte ihn nicht. Aber ich ging auch nicht.

Ich verbrachte die Nacht auf der Couch, weil ich ihm einfach nahe sein wollte.

Die nächsten Tage waren ein wenig angespannt, aber nach und nach stellte sich unsere Art von Normalität wieder ein. Ich hatte mein Treffen mit der Studienberaterin auf einen späteren Termin in der Woche verlegt. Flynn begleitete mich zum Campus und ging in die Kunstwerkstatt, während ich meine Möglichkeiten für die nächsten Jahre erörterte.

Ich hatte beschlossen, mich an zwei Universitäten zu bewerben. Die eine war in West Virginia, nur eine gute Stunde entfernt. Die andere war meine Traum-Uni. Sie hatte einen fantastischen Englischfachbereich, aber sie befand sich in Maryland. Ich war noch nie über die Grenzen meines Bundesstaates hinausgekommen. Der Gedanke war furchterregend. Trotzdem entschloss ich mich, es zu versuchen. Ich rechnete mir zwar keine Chancen aus, konnte mir aber wenigstens sagen, dass ich es versucht hatte.

Ich war regelrecht beschwingt, als ich fertig war. Cathy, die Beraterin, war sehr nett gewesen und hatte mir ein paar Broschüren gegeben, die ich mir ansehen sollte.

Ich fand Flynn so vor, wie ich es mir vorgestellt hatte: in der leeren Kunstwerkstatt über einen Klumpen Ton gebeugt. Wenn es nicht gerade klapperte, weil er ein Werkzeug fallen ließ und ein anderes in die Hand nahm, war es vollkommen still.

Obwohl ich beim Eintreten nicht allzu leise gewesen war, sah Flynn nicht auf. Doch das überraschte mich nicht. Er tauchte völlig ein in das, was er gerade tat.

Als ich hinter ihn trat und ihm über die Schulter schaute, staunte ich.

Er formte eine Miniaturausgabe von Mount Rushmore. Ich erkannte die Gesichter der Präsidenten, die er gerade herausarbeitete.

»Wofür machst du das?«, fragte ich, als ich mich neben ihn setzte, aber darauf achtete, dass er genug Platz zum Arbeiten hatte.

Flynn hielt immer noch nicht inne. Er strich etwas von dem überschüssigen Ton ab, fügte der Skulptur dann eine weitere Portion hinzu und verlieh ihr durch Glätten und Reiben Form.

»Die verkaufe ich«, sagte er, ohne den Blick von dem gerade entstehenden Kunstwerk abzuwenden.

»Echt? Und verkaufst du nur Mount Rushmores?«, fragte ich weiter.

Er schüttelte den Kopf, während er das Werkzeug, das er gerade in der Hand hielt, beiseitelegte und ein kleines, scharfes Modelliermesser aufhob. »Ich mache gerne Pyramiden und Big Bens, die Chinesische Mauer und Machu Picchu. Wenn ich in Büchern irgendwas entdecke, modelliere ich es nach. Und dann verkaufe ich die Figuren. Meine Mutter hat mir geholfen, das Geschäft aufzubauen. Ich verdiene viel Geld damit«, sagte er lapidar.

Ich musste lachen.

Flynns Gesicht verfinsterte sich. »Lach mich nicht aus!«, verlangte er.

Ich zwang mich aufzuhören, weil ich nachvollziehen konnte, wie er empfand.

»Ich lache nicht *über* dich, Flynn«, erklärte ich ihm.

»Du lachst. Und das gefällt mir nicht. Hör auf damit«, sagte er unumwunden.

»Nein, ich schwöre es dir. Es ist nur so, dass ich die Dinger kaufe«, sagte ich und zeigte auf Mount Rushmore in seiner Hand.

Endlich hob er den Kopf und sah mich an.

»Du kaufst meine Statuen?«, fragte er mit einem Blick auf die winzige Kreation.

»Ja. Schon seit mehr als einem Jahr. Ich habe inzwischen ziemlich viele. Sie sind unglaublich!«, schwärmte ich, ein wenig geschockt über diese weitere seltsame Wendung des Schicksals.

Das Universum hatte wirklich Überstunden gemacht, um uns zusammenzubringen.

»Und sie gefallen dir?«, fragte er schüchtern, während er seine Arbeit wieder aufnahm.

Ich sah zu, wie er den Lehm bearbeitete, bis er mit dem Ergebnis zufrieden war.

»Ich liebe sie, Flynn. Sie sind wunderschön. Es sind genau die Orte, die ich irgendwann besuchen will. Vielleicht können wir das ja zusammen tun«, schlug ich vorsichtig vor. Es war das erste Mal, dass ich meinen Wunsch nach einer gemeinsamen Zukunft direkt aussprach.

Flynn blieb stumm. Er stand auf, ging zum Brennofen hinüber und stellte die Skulptur hinein. Dann schloss er die Ofentür und kam wieder zum Tisch zurück.

»Ich möchte ans Meer«, sagte er ohne weitere Vorrede.

Was?

»Du willst ans Meer?«, wiederholte ich, unsicher, was das zu bedeuten hatte.

»Nachdem unser Haus abgebrannt war, sind Mom und ich nach North Carolina gezogen. Dort ist sie mit mir ans Meer gefahren. Ich fand es schrecklich. Ich habe den Sand gehasst und das Gefühl, ihn zwischen den Zehen zu haben. Mom hat versucht, mich ins Wasser zu locken, aber es war zu laut«, erzählte er.

Jetzt war ich endgültig verwirrt.

»Und trotzdem willst du wieder hin? Das hört sich nicht nach einer guten Erfahrung an«, stellte ich fest.

»Warst du schon mal am Meer?«, fragte er mich.

»Nein. Ich bin noch nie aus West Virginia herausgekommen«, gestand ich.

»Ich will das Meer mit dir zusammen sehen, Ellie.« Sein Ton duldete keinen Widerspruch.

»Aber es ist laut und du kriegst Sand zwischen die Zehen«, gab ich zu bedenken. Ich wollte nicht, dass er irgendwo hinfuhr, wo er unglücklich sein würde. Schließlich wusste ich genau, wie schrecklich es für ihn war, wenn ihm etwas nicht gefiel. Das wollte ich nicht … für keinen von uns beiden.

»Ich will das Meer sehen. Wir fahren hin«, sagte er bestimmt, während er seinen Arbeitsplatz aufräumte.

»Okay. Wann fahren wir?«, fragte ich und staunte nicht schlecht über die Art, wie er das Kommando übernahm. Diese Seite kannte ich nicht an ihm, aber irgendwie gefiel sie mir.

»Es sind noch zwei Tage bis Samstag. Wir könnten zwei Nächte bleiben«, sagte er und ich nickte.

»Also in zwei Tagen. Dann sollten wir uns wohl überlegen, wohin wir fahren wollen«, sagte ich, während ich ihm beim Wegräumen seiner Modellierwerkzeuge half.

»In zwei Tagen fahren wir an den Strand und sehen das Meer. Wir werden über den Sand laufen und diesmal werde ich nicht weinen, wenn er mir zwischen den Zehen durchquillt.« Er lächelte.

Ich lachte.

»Diesmal lachst du mich nicht aus«, stellte er fest und wirkte ziemlich stolz darauf, den Unterschied erkannt zu haben.

»Nein, ich lache dich nicht aus. Ich bin glücklich. Manchmal lacht man einfach, weil man sich gut fühlt«, erklärte ich.

»Und du fühlst dich gut, weil du ans Meer fährst?«, fragte er.

»Ich fühle mich wunderbar, egal, wohin ich mit dir fahre«, erwiderte ich.

23

Ellie

Wir fanden ein Hotel in der Nähe von Sandbridge Beach in Virginia. Die Fahrt dorthin würde über fünf Stunden dauern, aber Flynn war bereits dabei, die Reise auszuarbeiten. Er hatte die Entfernung ausgerechnet und die Stopps, die wir unterwegs einlegen würden.

Er plante den Trip von A bis Z durch, von der Farbe der Hemden, die er mitnehmen würde, bis zu den Socken, die für die lange Fahrt am besten geeignet waren.

Es war schwer zu sagen, ob er sich auf die Reise freute oder nicht. Ich war aufgeregt, geradezu ekstatisch darüber, dass wir fuhren. Es war immer mein Traum gewesen, einmal das Meer zu sehen, meine Zehen in den sonnenwarmen Sand zu graben und in den Wellen zu planschen. Obwohl ich mir nicht sicher war, wie viel Meer und Sand Flynn wirklich verkraften konnte, konnte ich es kaum erwarten.

Ich war in der Stadt, um für die Reise ein paar Dinge zu besorgen, als mir Reggie über den Weg lief. Ich hatte seit Wochen niemanden mehr aus meiner alten Clique gesehen. Selbst wenn ich bei JAC's Dienst hatte, kam niemand vorbei, wie sie es sonst immer taten. Ich ging nicht mehr ins Woolly und fuhr auch nicht zum Fluss hinunter, wo die Leute gerne abhingen.

Ehrlich gesagt war es ziemlich traurig, dass sich, nachdem ich von meiner alten Welt abgerückt war, nicht einer die Mühe machte, nachzusehen, wo ich abgeblieben war.

Ich hatte die ganzen Jahre über darauf geachtet, dass meine Freundschaften nicht zu innig wurden. Selbst bei Dania. Es gab nur bestimmte Dinge, die ich von mir preisgab, und ich ließ die Leute nur bis zu einem gewissen Grad an mich heran. Was sie allerdings nicht sonderlich kümmerte.

Und es hatte funktioniert. Lange Zeit war ich ziemlich zufrieden mit meiner Abschottungsstrategie. Aber seit Flynn in mein Leben getreten war, begriff ich, wie einsam ich in Wirklichkeit gewesen war. Wie sehr ich mich isoliert hatte. Ich hatte existiert, aber nicht gelebt. Das war ein riesengroßer Unterschied.

Reggie und ich hatten uns nie nahegestanden. Sie war ein Anhängsel. Jemand, den der Rest von uns tolerierte, weil sie nützlich für uns war. Sie hatte einen Apotheker zum Vater, und in unserer Highschoolzeit war es ganz praktisch gewesen, dass sie Zugriff auf verschreibungspflichtige Medikamente hatte. Die Kerle mochten sie, weil sie große Titten und null Hemmungen hatte. Sie hatte kein Problem damit, jemandem einen zu blasen oder die Beine breit zu machen, solange man sie nur vorher abfüllte.

Dania verachtete sie, obwohl sie sich von Reggie durch die Gegend kutschieren ließ, wann immer sie irgendwo hingefahren werden wollte. Wir machten uns hinter ihrem Rücken über sie lustig oder auch in aller Offenheit und taten dann so, als sei alles gar nicht ernst gemeint. Wir verpassten ihr sogar den Spitznamen TSH, Titten statt Hirn.

Wir waren wirklich schreckliche Menschen.

»Hi, Ellie!«, begrüßte sie mich auf ihre übertrieben quirlige Art.

»Hi, Reggie, wie geht's?«, fragte ich verlegen, weil ich mir bereits überlegte, wie ich das Gespräch abwürgen und verschwinden konnte.

»Ach, weißt du, mal so, mal so. Ist das nicht scheiße, dass Stu wieder im Knast sitzt?«, fragte sie, während sie sich mit den Fingern durch ihre fettigen Haare fuhr. Ihre Augen waren leicht blutunterlaufen und sie wirkte noch zappeliger als sonst. Ich nahm an, dass sie vor nicht allzu langer Zeit eine Ladung Crystal eingefahren hatte.

»Ja, echt blöd für ihn«, stimmte ich ihr zu, während ich eine Flasche Shampoo in den Einkaufskorb legte.

»Shane schmeißt heute Abend eine Party. Du solltest echt kommen. Wir haben dich schon seit Wochen nicht mehr gesehen. Dania hat auch schon drüber abgelästert. Sie meint, du hältst dich jetzt für was Besseres, wo du mit dem Spast vögelst.« Reggie gackerte.

Am liebsten hätte ich ihr das vollgedröhnte Grinsen aus dem Gesicht geschlagen. So viel zu meinem schlechten Gewissen darüber, wie ich sie behandelt hatte. Sie konnte von Glück sagen, dass ich ihr nie einen Stiefel in den Allerwertesten gerammt hatte.

»Pass auf, wie du von Flynn redest. Ich würde ungern eine Szene machen und dir das hässliche Kraut vom Kopf reißen, das du Haare nennst.« Ich schenkte ihr ein öliges Lächeln und wandte mich wieder meinen Einkäufen zu, in der Hoffnung, sie würde den Wink verstehen.

»Scheiße, tut mir leid, Ellie. Ich hab mir nichts dabei gedacht. Er ist nett. Ehrlich. Und sieht echt süß aus. Nicht, dass ich den Kerl vögeln will oder so. Du weißt ja, was für ’n Freak er ist. Aber er ist bestimmt ein toller Typ.« Reggie quasselte immer weiter und mir ging langsam die Geduld aus.

»Halt die Klappe, Reggie«, zischte ich mit zusammengebissenen Zähnen.

»Ja, klar. Mach ich. Äh, wow, das ist ja ’ne Menge Zeug. Wofür brauchst du das alles, Ells?«

Junkies waren wirklich unerträglich.

»Ich fahre ein paar Tage weg«, erklärte ich ihr in der Hoffnung, sie würde mich in Ruhe lassen.

Es wäre besser gewesen, die Wahrheit für mich zu behalten, denn jetzt war sie überhaupt nicht mehr zu bremsen.

»Du fährst weg? Wohin denn?«

Ich seufzte und spürte, dass Kopfschmerzen im Anzug waren.

»Bloß ein paar Tage ans Meer. Keine große Sache«, gab ich mich zugeknöpft, um sie vielleicht auf diese Weise zum Aufgeben zu bringen.

Aber es war nicht gerade mein Glückstag.

»Ans Meer? Wie cool! Ich war als Kind auch mal am Meer. Mein Dad ist mit uns auf die Outer Banks gefahren. Das ist in North Carolina. Warst du mal dort? Ist wunderschön da! Ich fand's echt toll. Das Meer war kalt, weil's schon September war. Aber es hat wahnsinnig Spaß gemacht. Ich hab die größte Sandburg gebaut –«

»Okay, danke für die Info, Reggie«, unterbrach ich sie. Sie war zappelig und redselig und würde ewig weitermachen, wenn ich es zuließ.

»Klar, kein Problem. Dann kommst du also nicht auf die Party?«, fragte sie, während sie an der Nase einen Pickel aufkratzte.

»Nö, Reg. Eher nicht. Aber ich hoffe, ihr amüsiert euch«, sagte ich, alles andere als aufrichtig.

»Oh, das machen wir. Du kennst uns ja. Du hättest vorgestern da sein müssen. Das war echt verrückt! Dania und Shane wären um ein Haar verhaftet worden! Ich hab so viel Koks reingezogen, dass ich dachte, mir platzt der Kopf. Aber es war total cool –«

»Moment! Dania ist fast verhaftet worden? Was war denn los?«, fiel ich ihr besorgt ins Wort.

Reggie lachte laut auf. Ein paar Leute schauten in unsere Richtung und ich konnte ihnen am Gesicht ablesen, was sie dachten.

Was für armselige Loser.

Ich konnte nicht mehr nachvollziehen, dass es für mich jemals okay gewesen war, mit ihnen in einen Topf geworfen zu werden. Ich hatte tatsächlich geglaubt, genauso schlimm oder sogar noch schlimmer zu sein als die Leute, mit denen ich mich abgab. Wieso hatte ich nie mehr angestrebt als das?

»Sie war hackedicht. Also echt h-a-c-k-e-dicht, ey«, sagte sie gedehnt.

»Und?«, versuchte ich die leicht abzulenkende Reggie in der Spur zu halten.

»Na ja, sie und Shane wollten mehr Bier. Also sind sie bei JAC's eingestiegen, um ein paar Kisten zu besorgen. Da ist natürlich der Alarm losgegangen und die Bullen hätten sie fast erwischt. Haben sie aber nicht. Es war der Hammer, Ells!«

Von einem Einbruch bei JAC's hatte ich nichts gehört. Allerdings hatte ich meine Stunden reduziert, um mich besser aufs College konzentrieren zu können, und seit Anfang der Woche keinen Dienst mehr gehabt. Trotzdem hätte ich erwartet, dass mir so etwas zu Ohren kommen würde.

Was hatte sich Dania nur dabei gedacht? Sie war besoffen gewesen. Das war nichts Neues. Aber es sah ihr einfach nicht ähnlich, so leichtsinnig zu sein. Das war mein Part gewesen, nicht ihrer.

»Wie besoffen war sie, Reg?«, fragte ich.

Reggie kicherte. »Ich glaub nicht, dass ich sie so schon mal gesehen hab. Ein Typ aus Dale County war da und hat irgendein Wahnsinnsdope vertickt. Erstklassiges Zeug, echt, Ells. Dania hat ihm gefallen. Sie haben eine Zeit lang rumgemacht.«

»Was für Dope hat er verkauft?«, fragte ich.

»Du weißt schon, Crystal Meth, Gras, Pillen. Das Übliche. Dania und ich haben uns ein Häufchen Crystal geteilt, das war der Burner!«

Nicht nur, dass sie sich um den Verstand soff, jetzt konnte Dania auf ihrer Liste auch noch harte Drogen im sechsten Schwangerschaftsmonat abhaken. Sie rauchte Pot, qualmte nach wie vor eine halbe Packung Zigaretten am Tag und soff wie ein Loch, aber Drogen hatte ich sie seit über einem Jahr nicht mehr nehmen sehen.

»Ich glaube es einfach nicht!«, knurrte ich, während ich in den Korb warf, was ich sonst noch brauchte, und durch den Gang zur Kasse stürmte.

Reggie lief hinter mir her. »Es war total geil, Ellie! Was soll der Stress?«

Ich wandte mich zu meiner ehemaligen Freundin um und bekam einen meiner berühmten Tobsuchtsanfälle. Es war nichts zu machen. Ich rastete komplett aus.

»Weil sie schwanger ist, du verdammter Schwachkopf! Sie hat ein Baby im Bauch!« Ich zeigte zur Verdeutlichung auf Reggies Bauch.

Der war das Lachen vergangen. Sie kannte den Ausdruck auf meinem Gesicht nur allzu gut und hatte bereits den Rückwärtsgang eingelegt.

»Sie sagt, dem Baby geht's gut«, rechtfertigte sie sich und einen Moment lang erwog ich, ihr die Shampooflasche, die ich gerade aufs Band gelegt hatte, an die hohle Birne zu klatschen.

»Hast du in der Schule denn gar nichts geschnallt? Drogen machen dich kaputt. Die sorgen dafür, dass dem Baby mitten auf der Stirn ein Scheißarm wächst! Wach endlich auf, Reggie! Hör auf, die dämliche Schlampe zu sein, für die dich alle halten! Schalt deinen Grips ein!«, tobte ich.

Reggie machte ein finsteres Gesicht und für einen kurzen Moment bekam ich fast ein schlechtes Gewissen. Ich hätte sie nicht so anbrüllen sollen. Sie hatte Dania nicht gezwungen, solche blöden Entscheidungen zu treffen. Sie war nicht diejenige, auf die ich wirklich wütend war.

»Dania hat recht. Du bist wirklich ein Miststück geworden«, fauchte Reggie, bevor sie aus dem Laden stürmte.

Mit einem Stoßseufzer wandte ich mich zu der Kassiererin um, die mich mit großen Augen ansah. Sie wirkte nicht einen Tag älter als sechzehn und mein Ausbruch hatte ihr ganz offensichtlich Angst gemacht.

In aller Hast tippte sie meine Einkäufe ein und drückte mir dann eine Tüte in die Hand. Mit einem aufmunternden Lächeln gab ich ihr das Geld. Sie lächelte nicht zurück.

»Danke!«, sagte ich, als sie mir den Kassenzettel reichte.

Sie sagte immer noch nichts und machte ein Gesicht, als würde sie vor Erleichterung ohnmächtig werden, sobald ich verschwand.

Ich zog mein Handy heraus und sah nach, wie spät es war. Flynn hatte ich gesagt, dass ich nur ein paar Stunden weg sein würde, höchstens drei. Das seien einhundertachtzig Minuten, hatte er mich wissen lassen.

Ich musste noch zu meiner Wohnung und ein paar Sachen einpacken, hatte aber das Gefühl, dass es noch etwas anderes gab, was ich tun musste. Es gab einen Menschen, der mich brauchte, ob es ihm klar war oder nicht.

Ich konnte Dania jetzt nicht im Stich lassen. Egal wie selbstzerstörerisch und widerlich sie sich benahm.

Ich wählte die vertraute Nummer und hielt das Handy ans Ohr. Ob Dania antworten würde, wenn sie meine Nummer erkannte?

Es überraschte mich, als sie nach dem vierten Klingeln ranging.

»Was willst du?«, raunzte sie ins Telefon. Sie klang heiser, ich erkannte ihre Katerstimme. Offensichtlich erholte sie sich gerade von einem Besäufnis.

»Mit dir reden. Ich mag die Dinge nicht einfach so auf sich beruhen lassen«, sagte ich.

»Warum? Du hast doch bestimmt Besseres zu tun, jetzt, wo du mit dem Scheißfreak vögelst. Warum verpisst du dich nicht, kriegst deine kleinen Freakbabys und lässt uns Loser in Ruhe«, fauchte sie.

Am liebsten hätte ich sie durchs Telefon gewürgt.

»Na schön, soll mir recht sein. Ich dachte bloß, unsere Freundschaft wäre mehr wert als das. Aber offensichtlich bin ich die Einzige, die so denkt«, fauchte ich zurück.

»Das sieht dir ähnlich, Ellie. Immer schiebst du alles auf die andern. Klar ist es meine Schuld! Ich bin immer an allem schuld!« Je mehr sie sich aufregte, desto lauter wurde Dania.

Ich holte tief Luft, atmete durch die Nase ein und durch den Mund wieder aus. Wer hätte gedacht, dass die bescheuerten Atemtechniken, die ich vor Jahren in der Therapie gelernt hatte, sich doch noch einmal als nützlich erweisen würden.

»Hör zu. Komm doch einfach bei mir vorbei. Ich muss in meiner Wohnung ein bisschen was erledigen und würde dich gern sehen. Ich glaube, wir beide haben uns einiges zu sagen«, schlug ich vor und bemühte mich, so beruhigend und vernünftig wie möglich zu klingen.

Dania schnaubte. Ich hörte, wie sie das Mikro zuhielt und gedämpft gemurmelt wurde. Dann war sie wieder da.

»Na schön. Craig hat gesagt, dass er mich gleich bei dir absetzen kann«, sagte sie und legte auf.

Sie hatte nicht lange gebraucht, um Stu zu ersetzen.

In der Gewissheit, dass dieses Treffen genauso schrecklich verlaufen würde, wie ich befürchtete, verdrehte ich die Augen.

Meine Wohnung war ein Saustall, aber ich hatte weder die Zeit noch die Geduld für die Grundreinigung, die sie benötigte. Ich klopfte die dünnen Sofakissen auf und spülte einen Teil des Geschirrs, das sich im Spülbecken stapelte.

Dann ging ich ins Schlafzimmer und grub hinten im Schrank den einzigen Koffer aus, den ich besaß. Julie hatte ihn mir gekauft, als ich noch ein Kind gewesen war. Sie wollte, dass ich etwas Eigenes besaß, etwas, das ich mitnehmen konnte, wenn ich von einer Pflegefamilie zur nächsten wechselte. Damals fand ich den Koffer hübsch. Er war leuchtend pink gewesen, mit lila Punkten, und der gebogene Griff war einmal mit Glitzer übersät. Ein wirklich cooles Teil für eine Siebenjährige.

Heute war er nur noch eine traurige Erinnerung an eine schreckliche Kindheit. Die lilafarbenen Punkte waren schon lange verblichen, in schmutzigem Beige hoben sie sich vom kaum noch pink zu nennenden Hintergrund ab. Er war schon seit Jahren an der Seite aufgerissen, sodass ich ihn mit einem Tacker hatte zusammenheften müssen. Der Griff war auseinandergebrochen und mit Klebeband umwickelt.

Der Koffer war alt und ramponiert, aber er würde seinen Zweck erfüllen. Wenn ich wirklich an die Uni wollte, würde ich mir ein paar neue Gepäckstücke zulegen müssen. Der Gedanke war ebenso aufregend wie beängstigend.

Ich zog einige Unterhosen und Socken heraus und stopfte sie in den Koffer. Dann knallte ich die Schublade zu, sodass ein paar Miniaturskulpturen umfielen, die oben auf der Kommode standen. Mit einem Lächeln richtete ich sie wieder auf.

Sie stammten von Flynn. Die ganze Zeit über hatte ich, ohne es zu wissen, kleine Teile von ihm geliebt. Es war wunderbar, perfekt und bestätigte mich darin, dass es richtig war, mit ihm zusammen zu sein.

Ich hörte, wie meine Eingangstür aufging und mit einem wütenden Knall wieder zufiel.

Dania war da.

Das Drama begann.

»Ellie!«, brüllte sie aus vollem Hals.

Ich holte tief Luft – das tat ich in letzter Zeit ziemlich häufig – und sammelte mich, damit ich ihr begegnen konnte, ohne ihr die Haare auszureißen.

»Hier hinten!«, rief ich.

Ich hörte, wie sie mit wütenden Schritten auf mein Schlafzimmer zustampfte. Im nächsten Moment füllte ihr anschwellender Leib den Türrahmen aus. Sie wirkte müde und abgezehrt. Ihr sonst so gesundes, glänzendes Haar war matt und schlaff. Sie hatte dunkle Ringe unter den Augen und ihre Haut war aschfahl.

»Hallo«, sagte ich und versuchte ein kleines Lächeln.

Dania erwiderte es nicht. Sie sah so unglücklich und mordlustig aus wie noch nie.

»Also. Du wolltest, dass ich herkomme. Hier bin ich. Was hast du mir zu sagen?«, ging sie sofort zum Angriff über. Damit hatte ich gerechnet. Ich war darauf vorbereitet. Im Umgang mit ihren Launen und Wutausbrüchen war ich ein alter Hase. Aber ich spürte, dass meine Geduld für ihre grenzenlose Gemeinheit erschöpft war. Ich hatte sie zu mir eingeladen, weil ich hoffte, reinen Tisch machen zu können. Doch ihre aggressive Abwehrhaltung machte mir klar, dass das nicht passieren würde.

Das hier konnte auf zwei Arten verlaufen. Entweder rollte ich mich wie ein Hund auf den Rücken und streckte ihr meinen Bauch entgegen, gestand meine Fehler und winselte um Gnade. Oder ich blieb standhaft und sah zu, wie eine zehn Jahre alte Freundschaft endgültig zerbrach.

Und nach Winseln war mir nicht zumute.

»Du kannst gern reinkommen«, sagte ich munter.

Dania beäugte mich misstrauisch, machte aber einen Schritt ins Zimmer. Dann sah sie den Koffer auf meinem Bett und die Klamotten, die ich gerade hineinlegte.

»Fährst du weg?«, fragte sie.

»Ja, ich fahre für ein paar Tage ans Meer«, sagte ich, während ich aus den Augenwinkeln sah, wie sie sich auf die Bettkante setzte und dabei den Koffer zur Seite schob, um mehr Platz zu haben.

»Mit dem Freak?«, stieß sie hervor.

»Mit *Flynn*, ja«, erwiderte ich kühl.

»Ich kann einfach nicht glauben, dass du dich mit dem Lauch abgibst. Was ist bloß in dich gefahren?«, höhnte sie.

Ich nahm einen Stapel Shirts, ging zu ihr und legte sie in den Koffer. Dania schnappte sich einen meiner schöneren Pullover und schürzte die Lippen.

»Warum willst du dich so aufbrezeln? Er hat doch gar nicht genug in der Birne, um es zu merken«, sagte sie garstig.

Ich riss ihr den Pulli aus der Hand und faltete ihn wieder zusammen.

»Okay, lass uns zur Sache kommen, Dania. Du bist sauer. Du glaubst, ich hätte dich hintergangen oder so was. Aber das ist Blödsinn. Ich date Flynn, na und? Was hat das mit dir zu tun?«, fragte ich sie.

Dania funkelte mich an. »Es hat mit mir zu tun, weil ich dich jeden Tag in diesem widerlichen Jugendknast besucht hab, wo du wegen diesem Scheißfreak gesessen hast! Es geht mich verdammt noch mal was an, weil wir zwei Pläne hatten! Du hast versprochen, mir zu helfen und mit mir zusammenzuziehen, aber das hat sich jetzt wahrscheinlich erledigt, da du mit *Flynn* zusammen bist.« Sie sprach seinen Namen aus wie ein Schimpfwort.

»Und du *hast* mich hintergangen, Ellie! Weil du mir nichts erzählt hast! Mir nicht gesagt hast, was los ist! Ich dachte, du wärst meine Freundin. Meine beste Freundin. Und dann hältst du so eine Riesensache vor mir geheim! Das ist beschissen und verkehrt!«

Dania wurde immer aufgebrachter. Sie atmete schwer und hatte rote Flecken auf Hals und Dekolleté.

Aber ich war ebenfalls sauer.

»Zunächst mal war ich im Knast wegen dem, was ich getan habe. Was *wir* getan haben!« Ich ließ den Zeigefinger zwischen uns hin und her wandern.

»Das hatte mit Flynn nichts zu tun. *Ich* habe diese Entscheidungen getroffen.«

»Aber du hast gesagt –«, wandte Dania ein.

Ich unterbrach sie sofort.

»Ich weiß, was ich gesagt habe. Was ich *immer* gesagt habe. Aber das stimmt nicht. Ich habe mich geirrt. Kapierst du das denn nicht? Ich habe Mist gebaut. Und den Preis dafür bezahlt. Und ich muss mit dem, was ich Flynn angetan habe, für den Rest meines Lebens klarkommen. Hast du gewusst, dass sein Hund noch im Haus war? Wir haben seinen Hund umgebracht, Dania!«

Dania schnaubte. »Na und? Das war doch bloß ein Hund. Ist ja nicht so, als ob irgendwelche Leute umgekommen wären. Außerdem habe ich gehört, dass er das Haus wieder in Schuss gebracht hat und es jetzt besser aussieht als vorher. Deshalb verstehe ich nicht, warum du dich so aufregst, verdammt noch mal. Ich hab den Eindruck, dass er besser weggekommen ist als du. Tut mir leid, aber ich kapiere einfach nicht, warum du dich mit dem Typen abgibst. Du hast ihn gehasst! Erzähl mir bloß nicht, dass das nicht stimmt«, forderte sie mich heraus.

Ihr Mangel an Schuldgefühlen, ihre völlige Abgestumpftheit überraschten mich nicht. Ich hatte damit gerechnet. Im Grunde waren wir zwei Seiten der gleichen Medaille. Dania anzusehen und reden zu hören war, als beobachtete ich eine frühere Ausgabe von mir.

Kopfschüttelnd drehte ich mich zur Kommode, holte die anderen beiden Jeans aus der Schublade, die ich besaß, und legte sie ordentlich zusammen.

»Ich bin mit Flynn zusammen. Und ich liebe ihn, Dania. Entweder akzeptierst du das oder du lässt es bleiben. Aber ich mache nicht mit ihm Schluss, nur weil du ihn nicht leiden kannst. Du hängst nämlich in irgendeiner armseligen Zeitschleife fest und redest dir ein, du müsstest ihn fertigmachen, damit es dir besser geht. Werde endlich erwachsen, Dania. Ich versuche es jedenfalls«, warf ich ihr an den Kopf.

Dania ballte die Fäuste.

»Du selbstgerechte, arrogante Schlampe!«, knurrte sie. »Seit wann bist du was Besseres als die anderen? Seit wann bildest du dir ein, dass du auf uns runterschauen kannst? Ich weiß wirklich nicht, für wen du dich hältst…«

»Für jemanden, der versucht, aus Wellston rauszukommen und sich ein Leben aufzubauen«, rief ich.

Dania zuckte zurück, als hätte ich sie geschlagen.

»Wir sind dir also nicht mehr gut genug. Verstehe. Dann weiß ich nicht, was wir uns noch zu sagen hätten. Du hast dich ja klar ausgedrückt«, sagte sie eisig. Sie stand auf, sah sich in meinem Zimmer um und erklärte voller Verachtung:

»Du bist genauso ein Stück Dreck wie wir anderen auch. Egal, wie sehr du aufräumst.«

»Ich gehe aufs College, Dania. Das könntest du auch. Du kannst Kurse belegen. Du bist clever. Du kannst etwas aus dir machen«, widersprach ich ihr in einem letzten Versuch, eine Freundschaft zu retten, die mir über einige der schlimmsten Zeiten meines Lebens hinweggeholfen hatte.

Dania lachte bitter. »Im Gegensatz zu dir bin ich total zufrieden damit, wie's läuft. Ich muss nicht so tun, als wäre ich jemand, der ich nicht bin. Das überlasse ich lieber dir«, höhnte sie.

»Du bist zufrieden damit, dich jeden Abend bis zur Besinnungslosigkeit volllaufen zu lassen? Dir Drogen einzuwerfen und das Baby, das du in dir hast, vielleicht schlimmer zuzurichten, als deine Eltern es mit dir gemacht haben? Du wirst bald Mutter, Dania. Fang endlich an, dich wie eine zu verhalten!«, rief ich.

Danias Gesicht nahm eine beängstigend glühende Farbe an. Schwer atmend kam sie auf mich zu. Ihr Blick war vernichtend.

»Erzähl mir nicht, wie man eine Mutter zu sein hat! Was zur Hölle weißt du denn schon davon? Dein scheinheiliges Getue hängt mir echt zum Hals raus!«, schrie sie. Dann hob sie den Arm und wischte alles von meiner Kommode, was darauf stand.

»Du anmaßendes, blödes Miststück!«, kreischte sie, während sie zu meinem Bett hinüberrannte und den Inhalt meines Koffers auskippte. Alles flog auf den Boden.

»Hör auf damit, Dania!«, rief ich und versuchte sie festzuhalten.

»Oh, ich hör schon auf. Diese Freundschaft ist vorbei! Ich will dich nie wieder sehen! Ruf mich bloß nicht mehr an! Und lass dich ja nicht mehr blicken! Vergiss mich einfach! Ich schaff es auch allein! Ich hab dich nie gebraucht, *Ells*«, schrie sie.

»Du warst bloß ein armseliger kleiner Trauerkloß, der mir leidgetan hat. Ich hab Mr Flanders dazu gebracht, die Finger von dir zu lassen, damit ich nicht mitansehen musste, wie du rumschniefst und heulst. Das ging mir total auf den Zeiger. Hast du ernsthaft geglaubt, mir liegt was an dir? Scheiße, nein! Was haben wir hinter deinem Rücken über dich gelacht. Shane hat dich früher Fischfick genannt! Darüber haben wir uns kaputtgelacht. Er hat erzählt, wie du stocksteif dagelegen hast, wenn er dich gefickt hat. Und dass er dich ungefähr so sexy fand wie 'n toten Fisch. Und du hast dir die Augen aus dem Kopf geflennt, weil er dich nicht angerufen hat. Du armselige kleine Schlampe! Und dann war da noch dieser Aaron in der Elften, hinter dem du her warst. Ja, er hat dich gefickt. Aber was du nicht weißt, ist, dass ich ihn gleich danach gefickt hab. Und weißt du, was er mir erzählt hat? Dass er dich ätzend fand. Dass ich viel besser war als du. Dass du nicht mal 'n Dildo ficken könntest! Jeder Typ, den du jemals gewollt hast, wollte *mich* mehr! Vergiss das nicht. Deine Freunde haben sich bloß mit dir abgegeben, weil ich es ihnen gesagt hab. Niemand mag dich, Ellie. Das war schon immer so.«

Ich wusste nicht, was ich sagen sollte. Sie verspritzte ein Gift, das sich über zehn Jahre angesammelt hatte, und ich hatte nicht einmal geahnt, dass sie so empfand. Natürlich wusste ich, dass sie selbstsüchtig und egozentrisch war. Aber bis zu einem bestimmten Grad hatte ich immer geglaubt, sie möge mich.

Aber das, was jetzt aus ihrem Mund kam, war bittere, hasserfüllte Eifersucht. Sie war darauf angewiesen, dass Leute sie lieber hatten und mehr wollten als mich. In ihrem Kopf hatten wir uns jahrelang in einem Wettstreit befunden, der mir gar nicht bewusst gewesen war.

Ich hatte geglaubt, keine tieferen Gefühle für sie oder unsere Freundschaft zugelassen zu haben. Dass unsere Beziehung eher aus der Not geboren als eine bewusste Entscheidung gewesen war. Irgendwie hatte ich mir eingeredet, nie sonderlich an Dania gehangen zu haben.

Das war eine Riesenlüge gewesen.

Ihre hasserfüllte Tirade traf mich mitten ins Herz. Sie tat weh. Und zwar sehr.

»Deshalb ist es auch kein Wunder, dass du bei diesem Spast gelandet bist. Dich will nämlich sonst keiner! Also geh und fick deinen Freak. Für mich bist du sowieso Luft!« Damit warf sie sich die Haare über die Schulter und stürmte aus dem Zimmer.

Unfähig, mich zu rühren oder ihr etwas hinterherzuschreien, stand ich da.

Dann fiel die Wohnungstür hinter ihr ins Schloss. Und mir nichts, dir nichts war unsere Freundschaft vorüber.

Als ich mich zur Kommode umwandte, sah ich das Chaos, das sie mit meinen Sachen angerichtet hatte. Ich kniete mich auf den Boden und hob eine meiner Skulpturen auf. Der winzige Big Ben war in zwei Teile zerbrochen. Ich wühlte in den Scherben herum. Sämtliche Plastiken waren unwiderruflich kaputt.

Wahrscheinlich war es nur konsequent, dass Dania sie zerstört hatte. Offensichtlich hatte sie die ganze Zeit über nichts mehr gewollt, als mich zu zerstören.

Doch es brauchte mehr als ihre hasserfüllten Worte, um mich zur Strecke zu bringen.

Weil ich jetzt etwas hatte, für das es sich zu kämpfen lohnte.

Ich strich mit dem Finger über das winzige Kunstwerk, das Flynn geschaffen hatte.

Ich hatte Flynn. Und ich hatte eine Zukunft.

Das konnte Dania mir niemals wegnehmen.

24

Ellie

Flynn ging zum hundertsten Mal die Liste durch, die er geschrieben hatte. Wir wollten um elf Uhr losfahren. Jetzt war es halb elf. Er hatte alles auf die Sekunde genau geplant.

Sorgfältig sah er seinen Koffer durch, zählte die Hemden und die Hosen. Dann seine Socken und Boxershorts.

Dieser Ausflug war wesentlich schwieriger für ihn, als ich vermutet hatte. Dabei hätte ich es eigentlich besser wissen müssen. Flynn kam mit Abweichungen von der Routine nicht gut zurecht. Er hatte seine Tage genau durchstrukturiert.

Obwohl er die Fahrt vorgeschlagen hatte, hätte mir klar sein müssen, dass von seiner Seite eine Menge Planung und Vorausdenken erforderlich sein würde, wenn es keine Verstimmung geben sollte.

Einen Ausraster hatte ich bereits erlebt, als ich ihm aus Versehen die falsche Zahnpasta gekauft hatte. Er verwendete mit fast religiösem Eifer Colgate Max White. Als er mir sagte, dass er für die Reise eine neue Tube brauchte, bot ich an, sie ihm zu besorgen. Mindestens vier Mal nannte er mir die Sorte, die er brauchte.

Aber Reggie und ihr Gequassel hatten mich abgelenkt und ich hatte stattdessen Colgate Total genommen.

Das Ergebnis war ein Wutausbruch erster Güte.

»Ich benutze Colgate Max White. *Nur* Colgate Max White. Weil sie mir schmeckt. Das Zeug hier ist widerlich. Das nehme ich nicht!« Er redete so schnell, dass ich kaum mitkam.

Dann schleuderte er die Zahnpasta quer durchs Zimmer. Ich versuchte, ihn zu beschwichtigen, ihm zu erklären, dass ich zurückfahren und die richtige Sorte holen würde. Doch er hörte mir gar nicht mehr zu und wollte allein gelassen werden.

Ich wollte Einwände machen. Ihn anschreien, dass er sich abregen sollte. Dass es sich schließlich nur um Zahnpasta handelte!

Aber ich wusste, dass es zwecklos war. Er hatte angefangen, die Hände zu reiben, und lief auf und ab. Mit Vernunft war da nichts mehr zu machen.

Also erklärte ich ihm, dass ich nach unten gehen würde. Dann verließ ich das Zimmer, zog die Tür hinter mir zu und wartete im Wohnzimmer auf ihn. Oben war Getrampel zu hören, aber ich blieb, wo ich war. Murphy war neben mich auf die Couch gesprungen und hatte seinen Kopf in meinen Schoß gelegt. Er gewöhnte sich allmählich an Flynns Anfälle. Doch obwohl ich inzwischen gelernt hatte, wie man am besten mit ihnen umging, selbst wenn es meinen Intuitionen widersprach, war ich mir alles andere als sicher, mich jemals an sie gewöhnen zu können.

Seine Ausraster setzten mir zu. Sie weckten bei mir gleichzeitig Angst und Wut. Wenn er anfing herumzuschreien, wollte ich zurückschreien, ihn anbrüllen, dass er aufhören solle.

Ein anderer Teil von mir wollte davonlaufen, ohne sich noch einmal umzublicken. Der selbstsüchtige Teil von mir fand, dass es der Mühe zu viel sei. Dass Flynn ein Mädchen wie mich einfach überforderte, weil ich selbst nur über begrenzte Bewältigungsstrategien verfügte und gerade erst gelernt hatte, etwas anderes als schlechte Entscheidungen zu treffen.

Doch dann erinnerte ich mich daran, wie oft man mir das Gefühl gegeben hatte, die Mühe nicht wert zu sein. Jedes Mal, wenn ich abgeholt und zu einer neuen Pflegefamilie gebracht worden war, hatte ich gewusst, dass wieder niemand mit mir fertiggeworden war. Dass die Menschen, von denen ich geglaubt hatte, sie könnten mich lieben, in Wirklichkeit nicht genug für mich übrig hatten, um sich anzustrengen.

Das würde ich Flynn nicht antun. Denn er war es definitiv wert. Er war alles wert.

Flynn Hendrick hatte mir beigebracht zu fühlen. Er hatte mir beigebracht zu leben.

Und er hatte mir beigebracht zu lieben.

Als Flynn sich beruhigt hatte, ging ich wieder hinauf, öffnete langsam die Tür und sah ihn auf dem Bett sitzen.

Er weigerte sich, mich anzusehen.

»Tut mir leid«, murmelte er.

»Ist schon okay«, sagte ich, ging zu ihm und holte seine Liste heraus.

»Lass uns alles noch mal durchgehen, ja? Und ich besorge dir neue Zahnpasta«, schlug ich möglichst unbefangen vor.

Flynn brauchte lange, bis er mir wieder ins Gesicht sehen konnte. Man merkte ihm an, dass er sich schämte. Das tat er immer nach einem Ausraster. Aber ich ließ nicht zu, dass er sich so fühlte. Er sollte sich nicht schlecht fühlen müssen, nur weil er war, wie er war.

Also machte ich weiter und gestattete keinem von uns, länger darüber nachzudenken.

»Sechs Hemden. Zwölf Paar Socken …«, murmelte Flynn vor sich hin.

»Wir werden nur zwei Nächte weg sein, Flynn. Das sind eine Menge Klamotten, die du mitnehmen willst«, wandte ich ein.

Flynn schüttelte den Kopf. »Nein, ich brauche zwölf Paar Socken. Sechs Hemden. Sechs Paar Hosen. Zwölf Boxershorts. Außerdem muss ich meine Zahnbürste mitnehmen, Zahnpasta, Shampoo, eine Nagelschere und Deo.« Er ging seine Liste mechanisch durch. Ich ließ ihn alles, was er glaubte, mitnehmen zu müssen, mehrere Male durchgehen, ehe er schließlich den Koffer zuklappte und den Griff packte.

»Es ist Viertel vor elf. In einer Viertelstunde müssen wir los. Ich muss noch Murphys Hundefutter und Spielzeug holen. Er liebt den quietschenden Cheeseburger«, fuhr Flynn fort. Wir hatten Glück gehabt, ein Hotel zu finden, das Haustiere akzeptierte, weil Flynn sich weigerte, Murphy in eine Hundepension zu geben.

»Ich habe schon alles zusammengepackt: sein Futter, die Schüsseln und seine Lieblingsspielzeuge. Und seine Decke liegt schon auf dem Rücksitz«, erklärte ich ihm. Natürlich überprüfte Flynn die Tasche mit den Hundesachen trotzdem noch fünf Mal, ehe er zufrieden war, dass wir nichts vergessen hatten.

Wir gingen durchs Haus, um uns zu vergewissern, dass alle Lichter aus und die Fenster verschlossen waren. Zehn Minuten später zerrten wir unsere Koffer zum Auto.

Flynns Methode, die Koffer zu stapeln, hatte große Ähnlichkeit mit Tetris. Daher ließ ich ihn damit allein, bugsierte Murphy ins Auto und platzierte ihn auf dem Rücksitz.

»Bereit für den Strand?«, fragte ich den Hund und gab ihm einen Kuss auf den Kopf. Er leckte mir die Wange und ich lachte.

Flynn setzte sich auf den Fahrersitz und holte einen Zettel heraus, den er auf die Mittelkonsole legte. »Bis nach Sandbridge Beach sind es fünfhundertzweiundfünfzig Kilometer. Dafür brauchen wir fünf Stunden und fünfzehn Minuten«, erklärte er.

»Je nach Verkehrslage«, warf ich ein.

Flynn runzelte die Stirn, ignorierte meinen Einwurf aber ansonsten.

»In einer Stunde und einundfünfzig Minuten halten wir in Lexington, Virginia, um etwas zu essen«, fuhr er fort.

»Das klingt gut. So machen wir es!« Ich klatschte in die Hände und endlich lächelte Flynn.

»Okay. Dann los«, sagte er, als er den Hügel hinab in Richtung Straße rollte. Flynn fuhr für sein Leben gern Auto. Als Beifahrer hingegen war er unausstehlich, deshalb zog ich es vor, ihn ans Steuer zu lassen. Sicher, er fuhr wie ein siebzigjähriger Opa, aber das war nur ein kleiner Preis dafür, ihn lächeln zu sehen.

Er hatte die Angewohnheit, pausenlos die gleiche Musik zu hören. Auch wenn es mich fast wahnsinnig machte, The Cure in Endlosschleife zu hören, war es für ihn ein Genuss, also hielt ich den Mund. Da es ihm half, ruhig zu bleiben, schluckte ich meine Aversion gegen The Cure hinunter und fand mich damit ab.

Murphy lag glücklich auf dem Rücksitz, während Flynn uns durch die Stadt zum Highway lotste. Da er unsere Route bis ins letzte Detail durchgeplant hatte, wusste er genau, wann wir wo ankommen würden. Selbst die Wettervorhersage für Sandbridge Beach fasste er für mich zusammen. Wie es aussah, würde an beiden Tagen die Sonne scheinen, mit Temperaturen im niedrigen zweistelligen Bereich. Nicht unbedingt perfektes Strandwetter, aber meine Vorfreude war nicht zu bremsen.

»Wir fahren ans Meer«, sagte Flynn glücklich, nachdem er, wenn auch langsam, auf den Highway gefahren war. Ich hatte ihn noch nie auf der Autobahn erlebt und machte mir mehr als nur ein bisschen Sorgen, wie er mit den chaotischen Fahrern und den lauten Sattelschleppern klarkommen würde. Doch er schlug sich besser als ich. Ich hätte dem Fahrer hinter uns schon längst den Stinkefinger gezeigt und dem Biker, der gerade an uns vorbeigeknattert war, wüste Beschimpfungen hinterhergeschickt.

Ich grinste. »Wir fahren ans Meer«, wiederholte ich und konnte es selbst kaum glauben.

Wir vertrieben uns die Zeit damit, abwechselnd zu schweigen und uns zu unterhalten. Wir diskutierten die verschiedenen Handlungsstränge von Aqua Teen Hunger Force, das er immer noch leidenschaftlich gern sah, bis wir nach Virginia kamen.

Mein Magen schlug einen Purzelbaum. Ich hatte mein ganzes Leben innerhalb der Grenzen von West Virginia verbracht. Selbst Wellston hatte ich nur verlassen, weil man mich ins Jugendstrafgefängnis von Mt. Hope geschickt hatte.

Als wir das Schild *Willkommen in Virginia* passierten, stockte mir der Atem, so als könnte ich jeden Moment aufwachen und sich alles nur als Traum herausstellen. Ich hatte höllische Angst, mich bibbernd unter den dünnen Decken in meiner schäbigen Wohnung wiederzufinden und Flynn, der Strand, das College, *einfach alles*, würden sich einfach nur als riesiges Hirngespinst meines gestörten Unterbewusstseins erweisen.

»Warum machst du dieses Geräusch?«, fragte Flynn und unterbrach meine leicht verrückten Gedankengänge.

Ich lachte und sagte: »Ich hab gar nicht gewusst, dass ich ein Geräusch mache.«

»Doch, es hört sich an, als würdest du summen.«

Ich sah aus dem Fenster, während Autos, Bäume und Farmen an uns vorbeiflogen. Bisher unterschied sich Virginia nicht sonderlich von West Virginia, was gleichzeitig tröstlich und enttäuschend war.

»Wahrscheinlich tue ich das einfach manchmal«, erwiderte ich.

»Früher hast du das im Englischunterricht gemacht. Ich habe es gehasst«, ließ Flynn mich wissen.

Bei jedem anderen wäre ich beleidigt gewesen und wütend geworden. Ich hätte dafür gesorgt, dass es ihm leidtat, überhaupt den Mund aufgemacht zu haben.

Aber bei Flynn war es keine Unverschämtheit. Er dachte einfach nicht darüber nach, ehe er einen Gedanken aussprach, der ihm gerade durch den Kopf ging. Bei ihm wurde nichts gefiltert. Er hatte keine Ahnung, wie man das machte. Ich fand es erfrischend, mit jemandem zusammen zu sein, der kein Problem damit hatte, auszusprechen, was alle zwar dachten, aber nicht zu sagen wagten.

»Dann lasse ich es in Zukunft sein«, versprach ich.

»Jetzt macht es mir nichts mehr aus. Es stört mich nicht. Damals hat es mich gestört. Aber damals warst du auch oft nicht sehr nett«, erwiderte Flynn. Ich sah zu ihm hinüber. Er saß kerzengerade da, hatte die Hände fest um das Lenkrad gelegt und die Augen starr auf die Straße gerichtet.

Ich seufzte. »Nein, war ich nicht. Ich war echt widerlich«, stimmte ich ihm zu.

»Aber warum? Du warst doch meine Freundin. Bist zu mir nach Hause gekommen, hast mit mir ferngesehen und Moms Bananenbrot gegessen. Du hast gesagt, dass du mich magst. Und dann hast du mich in der Schule beschimpft und zugelassen, dass deine Freunde mich schlagen. Hast sogar zugesehen, wie sie mich in den Bach stießen. Das war das Letzte.« Seine Stimme klang trügerisch emotionslos. Doch mir war klar, dass ihn diese Erinnerung wütend machen musste.

Herrje, sie machte mich selbst wütend. Wütend auf den Menschen, der ich einmal gewesen war, auf die Dinge, die ich getan hatte, und auf das, was ich andere ihm hatte antun lassen.

»Ich war ein ignoranter, selbstsüchtiger und oberflächlicher Mensch, Flynn. Ich habe mich selbst so gehasst, dass ich nicht wusste, wie man überhaupt zu jemandem nett ist«, hörte ich mich sagen, auch wenn ich mir nicht sicher war, ob er diese Enthüllung verstehen würde.

Flynn kaute auf seiner Unterlippe. »Du warst nicht dumm. Du warst sogar sehr klug. Und manchmal warst du auch nett«, sagte er, als wollte er mich trösten, obwohl ich wusste, dass er nur die Fakten darlegte, wie er sie sah.

»Ich war sehr oft gemein zu dir. Und das tut mir mehr leid, als du dir vorstellen kannst. Das hattest du nicht verdient«, sagte ich und dachte an das, was ich ihm noch angetan hatte, ohne dass er davon wusste. Die Wahrheit lastete schwer auf mir und ich wusste, dass ich sie ihm eingestehen sollte. Die Schuld fraß mich regelrecht auf.

Trotzdem konnte ich es nicht. Nicht jetzt. Ich hatte entsetzliche Angst, dass er mich wegschicken und nie wieder mit mir sprechen würde. Gleichzeitig fürchtete ich mich ebenso davor, dass er mir vergeben könnte, wie schon so oft zuvor.

Ich war nicht sicher, das ertragen zu können. Ich hatte seine Vergebung nicht verdient und das würde ich wohl auch nie.

Murphy schob den Kopf zwischen die Vordersitze und beschnupperte mein Gesicht. Ich kraulte ihn am Hinterkopf. »Ich habe mir ein anderes Aqua-Teen-Hunger-Force-Notizbuch gekauft. Ich habe es immer noch. Es sind Zeichnungen von mir darin und es ist mein liebstes Notizbuch. Vielleicht zeige ich es dir, wenn wir zurückkommen«, sagte Flynn.

Es dauerte eine ganze Weile, bis ich begriff, warum er mir das gesagt hatte. Was war so wichtig an einem Aqua-Teen-Hunger-Force-Notizbuch?

Dann fiel es mir wieder ein.

Ich hatte ihm ein solches Notizbuch zum Geburtstag gekauft. Damals hatte ich nicht viel eigenes Geld. Deshalb hatte ich welches aus dem Portemonnaie meiner Pflegemutter gestohlen, um das Heft kaufen zu können. Sie hatte mich später dafür geohrfeigt und ich weiß noch, dass ich dickes Make-up auflegen musste, um den blauen Fleck zu verdecken. Aber das war es wert gewesen, weil ich Flynn etwas zum Geburtstag hatte kaufen können, von dem ich mir sicher war, dass er es lieben würde.

Dann hatte ich es ihm gegeben. Und ihm hinterher gesagt, dass ich nicht mehr seine Freundin sein würde.

Ich war immer mein schlimmster Feind gewesen, ich hatte mir niemals erlaubt, glücklich zu sein. Also zerstörte ich das Einzige, was mich jemals begeistert hatte: Flynn und seine Freundschaft und ihm dabei zuzusehen, wie er zeichnete.

Er hatte das Notizbuch, für das ich Prügel kassiert hatte, in den Bach geschleudert und war davongerannt. Was er nicht wusste, war, dass ich es aus dem Bach gefischt und mitgenommen hatte, um es zu Hause auf der Heizung zu trocknen.

Anschließend hatte ich es als Tagebuch benutzt. Es war das Einzige, was ich in den Jugendknast mitgenommen hatte.

Mit dem Wissen, wie weh ich ihm getan hatte, sah ich zu Flynn hinüber. Schon damals hatte ich mich dafür gehasst. Ich hatte unsere Freundschaft zerstört, und warum?

Weil ich nicht zugeben wollte, wie sehr ich den Schulfreak mochte?

Weil ich meinen Gefühlen in seiner Gegenwart nicht trauen konnte und es einfacher war, gar nichts zu fühlen? Gefühle bedeuteten Schmerz, und Schmerz hatte ich schon genug für ein ganzes Leben durchlitten.

Oder lag es daran, dass ich jung und dumm und dazu bestimmt war, alle zu verprellen?

Jeder einzelne dieser Gründe war Unsinn, denn ich hatte mich einfach nur feige davongeschlichen.

Für mich war es ein Wendepunkt gewesen. Und zwar nicht zum Besseren. Nachdem ich auf Flynns Herzen herumgetrampelt hatte, war ich mit einer neuen Eisschicht um mein eigenes Herz nach Hause gegangen. Ich verhärtete mich, schaltete ab und machte dicht. Und so war es geblieben, bis Flynn vor einigen Monaten bei JAC's hereinspaziert und wieder in mein Leben getreten war.

Und er hatte sich ein neues Aqua-Teen-Hunger-Force-Notizbuch gekauft. Ich wusste genau, was er mir damit sagen wollte.

Flynn konnte mir zwar nicht sagen, dass er mich liebte, konnte nicht in Worte fassen, was er empfand. Aber mit solchen Dingen sagte er mir alles, was ich wissen musste: dass ihm an mir lag. Dass ich ihm etwas bedeutete. Dass *wir* ihm etwas bedeuteten.

»Ich würde es schrecklich gern sehen«, sagte ich mit belegter Stimme.

Danach schwiegen wir lange und lauschten den endlosen Wiederholungen von The Cures *Wish*-Album; jeder in seinen Erinnerungen verloren, die zu schmerzhaft waren, um sie zu teilen.

»Hast du Hunger?«, fragte Flynn nach einer Weile. Wir näherten uns unserem ersten Halt und Murphy wurde auf dem Rücksitz langsam unruhig.

»Ich könnte was zu essen vertragen«, sagte ich im gleichen Moment, in dem mein Magen knurrte.

Flynn lächelte mich an. »Das war lustig«, sagte er mit funkelnden Augen.

Wir lachten beide. Ich leise und rau. Flynn steif und abgehackt. Laute, die eigentlich nicht zusammenzupassen schienen und doch perfekt ineinanderflossen.

Flynn fuhr an einer Raststätte vom Highway ab. Es herrschte ziemlich wenig Betrieb. Ich nahm Murphys Leine aus dem Handschuhfach und stieg aus. Flynn öffnete den Kofferraum und holte eine kleine Kühlbox heraus, die er vor unserem Aufbruch bestückt hatte.

Wir gingen zu einem Picknicktisch zwischen ein paar Bäumen. Es war kühl und ungemütlich, aber die frische Luft tat gut.

»Ich gehe ein Stück mit Murphy, dann kannst du den Tisch decken«, schlug ich vor. Als Flynn nickte, spazierte ich mit seinem Hund davon und überließ ihm die Arbeit.

Sobald Murphy sein Geschäft erledigt hatte, kehrten wir zum Tisch zurück, wo ich ein Sandwich, eine Tüte Chips und eine Limo vorfand. Ich band Murphy an der Bank fest und setzte mich.

»Danke«, sagte ich, als ich mein Sandwich in die Hand nahm und hineinbiss. Pute mit Speck, meine Lieblingssorte.

»Du weißt es noch«, sagte ich.

»Ich weiß noch alles von dir. Sogar das, was ich lieber vergessen würde«, sagte er unumwunden und schon zerplatzte meine Glücksblase unter dem Gewicht der alten Schuld. Dieses Mal erinnerte mich seine Ehrlichkeit nur an die tausend Arten, auf die ich ihm unrecht getan hatte.

Wir aßen schweigend. Als wir fertig waren, sammelte Flynn den Abfall bis auf den letzten Krümel ein und entsorgte ihn. Zum Dasitzen und Entspannen blieb keine Zeit; es ging zurück zum Auto. Die von Flynn für das Mittagessen vorgesehene Zeit war vorüber, wir mussten weiterfahren.

»Wie lange willst du eigentlich in Wellston bleiben?«, fragte ich Flynn etwas später, als ich das Greinen von The Cure einfach nicht länger ertrug.

»Wellston ist meine Heimat. Ich habe nicht vor wegzuziehen«, gab er überraschend zur Antwort.

»Du willst dableiben? Warum? Wellston ist das Letzte! Es muss doch eine Million andere Orte geben, an denen du lieber wärst!« Seine Antwort entsetzte mich. Jetzt, wo ich selbst handfeste Zukunftspläne schmiedete, war es mein größtes Ziel, meine Heimatstadt zu verlassen, ehe sie mir alles Blut aus den Adern gesaugt hatte.

Dank Flynns Ermutigung hatte ich angefangen, davon zu träumen, zur Uni zu gehen. Davon, mir weit weg ein anderes Leben aufzubauen.

Aber wie sollte ich das tun, wenn Flynn dortblieb? Wie konnte ich ihn verlassen, wenn wir uns gerade wiedergefunden hatten?

Und was noch wichtiger war: Wie sollte ich mir eine Zukunft mit diesem Mann vorstellen, wenn unsere Ziele und Träume in völlig verschiedene Richtungen führten?

»Aber was ist, wenn ich weggehe?«, fragte ich leise, wütend darüber, wie traurig und verletzlich ich klang, auch wenn ich wusste, dass er es nie ausnutzen oder gegen mich verwenden würde.

»Dann gehst du eben weg. Und ich bin da, falls du zurückkommen willst«, sagte Flynn rundheraus. Ihn zu verstehen war schon in guten Zeiten nicht einfach, doch jetzt, wo ich so gerne gewusst hätte, was er dachte, fiel es mir besonders schwer.

Ich versuchte mich über seine Nonchalance nicht zu ärgern, kämpfte gegen die Bitterkeit, die mich drängte zurückzuschlagen. Wie konnte ihn der Gedanke an unsere Trennung so unbekümmert lassen? Wie konnte er mich so kampflos ziehen lassen?

Aber Flynn war kein Kämpfer. Jedenfalls nicht so, wie ich es gern gehabt hätte.

Was nicht hieß, dass er nicht auf seine Art um mich kämpfen würde. Mit Unterstützung, Verständnis und hundertprozentiger Bestärkung.

Trotzdem hatte ich das Gefühl, als würde an unserer Beziehung mit einem Mal ein Ablaufdatum kleben, und das machte mich wütend.

»Das ist alles?«, fragte ich, ein bisschen lauter, als es in dem geschlossenen Raum erforderlich gewesen wäre.

»Was meinst du damit? Das verstehe ich nicht«, sagte Flynn verwirrt.

»Du hast also kein Problem damit, wenn ich weggehe? Wenn ich mein Leben ohne dich führe?«, wollte ich wissen.

Flynn packte das Lenkrad fester. Ich sah, wie er anfing, seine Unterlippe mit den Zähnen zu bearbeiten.

»Nein. Ich will nicht, dass du mich verlässt. Aber du hasst Wellston. Und du willst auf die Universität gehen. Das habe ich schon getan. Also kann ich nicht mit dir gehen. Das sollte dich glücklich machen, nicht wütend. Warum bist du so sauer?«, versuchte er zu ergründen, warum ich mich so aufregte, und im Gegenzug regte ich ihn auf.

»Ich bin sauer, weil ich will, dass du mit mir kommst! Ich will, dass du da bist, wenn ich mich dafür entscheide! Ich will dich nicht zurücklassen, Flynn!«

Er erwiderte nichts auf meinen Ausbruch. Die Stille dehnte sich zwischen uns aus. Ich hatte gehofft, er würde verstehen, wie viel mir an ihm lag. Wie gern ich mein Leben mit ihm teilen wollte. Dass ich Zukunftspläne entworfen hatte, die ihn auf jede erdenkliche Weise miteinschlossen.

Wie es schien, hatte ich nicht mehr erreicht, als ihn in Aufregung zu versetzen. Er rieb seine Hände am Lenkrad und kaute so fest auf seiner Unterlippe herum, dass sie zu bluten begann.

»Flynn«, sagte ich, doch er unterbrach mich.

»Sag jetzt nichts, Ellie. Lass mich einfach in Ruhe«, fauchte er. Na toll! So viel zu unserem wunderbaren Ausflug. Meine Unfähigkeit, mich zurückzuhalten, hatte mich schon immer in Schwierigkeiten gebracht.

Manche Dinge änderten sich einfach nie.

Flynn schwieg fast fünfundvierzig Minuten lang. Wir waren gerade vor Lexington auf die I-64 gewechselt, als er endlich den Mund aufmachte.

»Wir halten auf dem nächsten Rastplatz. Murphy muss aufs Klo«, sagte er, als hätten wir nicht gerade eine Stunde in tiefem Schweigen verbracht.

»Flynn … ich finde wirklich, dass wir –«, setzte ich an, doch er schnitt mir abermals das Wort ab.

»Außerdem habe ich Hunger. Ich habe Chips und Obst eingepackt. Das können wir essen, wenn wir dort sind.«

Okay.

Offensichtlich würde es kein Gespräch über unsere Zukunft geben. Ich war frustriert. Abgesehen von der möglichen räumlichen Entfernung zwischen uns fragte ich mich, wie wir als Paar überleben wollten, wenn wir nicht miteinander reden konnten? Wenn

Flynn mich jedes Mal abwürgte, sobald ich etwas ansprach, das ihm unangenehm war?

Ich war mit Sicherheit kein sonderlich kommunikativer Mensch. Ich fraß die Dinge genauso in mich hinein wie all die anderen Gestörten. Trotzdem war mir klar, dass man über manche Dinge reden musste. So schwer es mir auch fiel. Und obwohl ich den größten Teil meines Lebens damit verbracht hatte, das glatte Gegenteil zu tun, war ich jetzt bereit, die Dinge richtig anzugehen.

Murphy begann auf dem Rücksitz zu winseln. Ich nahm an, dass er die Anspannung im Wagen spürte. Herrje, ich würde selbst anfangen zu winseln, wenn ich nicht bald herauskäme.

Als Flynn die Musik lauter drehte, hätte ich am liebsten im Takt den Kopf aufs Armaturenbrett geknallt. Jammergesang war wirklich nicht das richtige Mittel zur Beruhigung meiner angegriffenen Nerven.

Als wir schließlich auf dem Rastplatz anhielten, sprang ich förmlich aus dem Wagen. Ich brauchte ein wenig Freiraum, ehe ich etwas sagte, das ich hinterher womöglich bereuen würde. Mit Zurückweisungen und Kränkungen konnte ich nicht gut umgehen. Der Drang, ihn ebenso zu verletzen, wie er mich soeben verletzt hatte, war überwältigend.

»Willst du was essen?«, rief Flynn, als ich mich auf den Weg zur Toilette machte.

»Nein! Ich bin gleich wieder da!«, erwiderte ich, ohne ihn anzusehen.

Ohne mich an dem widerlichen Geruch zu stören, spritzte ich mir auf der Toilette Wasser ins Gesicht und betrachtete mein Spiegelbild.

Was war nur los mit mir?

Ich wusste doch, dass ich an Flynn keine unrealistischen Erwartungen stellen durfte. Er würde nie in der Lage sein, sie zu erfüllen.

Doch als das mit uns begann, hatte ich gehofft, dass am Ende ein *Wir* dabei herauskommen würde.

Ich hatte fest darauf gebaut.

Und jetzt begriff ich allmählich, dass ich mich darauf vielleicht nicht würde verlassen können.

Es war, als würde man am Weihnachtstag aufwachen und feststellen, dass das Christkind nicht da gewesen war und dass sowieso nur die eigenen Eltern dahintersteckten, die allerdings vergessen hatten, einem Geschenke zu kaufen, so besoffen, wie sie waren (meine Kindheit eignete sich nicht für positive Metaphern). Es war niederschmetternd.

Ich atmete ein paar Mal tief durch und versuchte mich zu beruhigen.

Es war nicht Flynns Schuld. Er war, wie er war. Er hatte sich niedergelassen und fühlte sich wohl. Ich konnte von ihm nicht verlangen, seine Wurzeln zu kappen und mir zu folgen, wo immer es mich hintreiben würde. Er brauchte Kontinuität und Normalität.

Er brauchte Wurzeln.

Und ich war der letzte Mensch auf der Welt, der sie ihm geben konnte.

Wie fand man sich mit dem Wissen ab, dass das eigene Leben und das des Mannes, den man liebte, niemals dem gleichen Pfad folgen würden?

Mit einem Papierhandtuch tupfte ich mir das Gesicht trocken. Ich musste mich auf Flynn und auf dieses Wochenende konzentrieren, musste mich darauf verlassen, dass sich alles finden und wir es irgendwie hinbekommen würden.

Scheitern kam nicht infrage, wenn es um Flynn und mich ging.

Ich verließ die Toilette und gesellte mich zu Flynn, der vor einer Baumreihe stand, wo Murphy auf dem Boden herumschnüffelte.

»Warst du auf dem Klo? Geht es dir jetzt besser?«, fragte er und ich verzog das Gesicht.

»Also komm, Flynn, so was fragt man nicht«, rügte ich ihn.

»Wohin soll ich kommen?«, fragte er kopfschüttelnd.

»Egal«, murmelte ich, während ich Murphy dabei zusah, wie er einem Eichhörnchen nachsetzte.

Kurz darauf sah Flynn auf die Uhr und befand, dass es Zeit sei weiterzufahren. Er hatte ausgerechnet, dass wir weitere dreieinhalb Stunden brauchen würden, und sein Plan sah vor, zur Abendessenszeit in Sandbridge anzukommen. Sein Zeitplan duldete keine Abweichungen.

Ehe ich, nach wie vor mutlos und niedergeschlagen, einsteigen konnte, nahm er meine Hand. Ich erschrak bei der Berührung. Er schob seine Finger zwischen meine und lächelte mich zaghaft an.

»Es macht mich froh, mit dir ans Meer zu fahren«, sagte er leise.

Und schon schmolz ich dahin. Im nächsten Moment heulte ich Rotz und Wasser. Meine Sorgen, meine Unsicherheiten, mein ganzer, nicht enden wollender persönlicher Ballast schwammen davon und wurde belanglos. Mit einem tränennassen Lächeln drückte ich seine Hand.

»Darf ich dich küssen?«, fragte ich.

»Ja, das wäre schön«, willigte er ein.

Ich drängte mich an ihn und schlang langsam die Arme um seinen Hals. Dann stellte ich mich auf die Zehenspitzen und presste meinen Mund auf seinen. Er erwiderte den Kuss mit gleicher Heftigkeit.

Wenn Flynn mich küsste, vergaß ich alles andere auf der Welt. Seine Lippen kommunizierten Dinge, die er niemals hätte aussprechen können. Doch auch wenn er es mir in Worten nicht sagen konnte, sagten mir seine Küsse alles.

Deutlich sanfter als in der Vergangenheit biss er mir in die Unterlippe. Er lernte dazu. Ich lächelte, den Mund an seinem Mund. Als sich seine Hände unter meinem Shirt nach oben zu arbeiten begannen, wich ich zurück.

»Flynn, denk daran, dass wir so was nur machen, wenn wir allein sind. Ich habe nichts gegen eine kleine Erregung öffentlichen Ärgernisses, aber die Trucker da drüben müssen nicht unbedingt mitbekommen, wie du mich betatschst«, sagte ich mit leisem Lachen.

»Ich will dich anfassen. Ich mag es, deine Haut zu spüren«, sagte er atemlos.

»Ich weiß. Ich mag das Gefühl auch, Süßer. Aber lass uns bis nachher damit warten«, vertröstete ich ihn, als er die Hände aus meinem Shirt zog und sich ungeniert die Hose zurechtrückte.

»Wir sollten uns besser beeilen, wenn wir bis zum Abendessen am Strand sein wollen. Ich wollte schon immer einen Sonnenuntergang am Meer sehen«, sagte ich, als ich Flynn Murphys Leine abnahm.

»Wir müssen noch dreihundertsechsundfünfzig Kilometer fahren«, sagte Flynn und stellte The Cure an, sobald wir im Auto saßen.

»Warum probieren wir nicht mal aus, was im Radio läuft?«, schlug ich vor.

»Ich mag The Cure. Das ist meine Lieblingsband. Ich will sie hören«, beharrte Flynn und ich bedrängte ihn nicht weiter, auch wenn ich mir vornahm, dass auf der nächsten längeren Fahrt mit Flynn unbedingt Ohrstöpsel mit ins Gepäck mussten.

Auf dem restlichen Weg sprachen wir nicht viel. Und das störte mich nicht.

Manchmal sagte Schweigen mehr als Worte.

25

Ellie

Ich konnte es spüren, als wir uns dem Meer näherten. Die Landschaft veränderte sich völlig. Ich hatte mein ganzes Leben inmitten von Hügeln und Bergen verbracht. Etwas anderes kannte ich nicht.

Deshalb wirkten die Büsche, die windgepeitschten Bäume und die endlose Weite wie ein fremder Planet. Möwen schossen über die Bäume und die Sonne wirkte greller.

Ich ließ meine Scheibe herab, um die salzige Luft einzuatmen.

»Mach das Fenster zu!«, sagte Flynn irritiert.

»Ich wollte doch nur die Seeluft riechen, Flynn. Das ist doch nicht schlimm«, murmelte ich, während ich das Fenster wieder schloss.

»Es ist zu laut. Ich mag den Lärm nicht«, erwiderte er, bereits wieder ruhiger, weil seine Musik die Verkehrsgeräusche wieder übertönte.

»Tut mir leid«, sagte ich, bemüht, ihn meine Verdrossenheit nicht spüren zu lassen.

Der Weg nach Sandbridge Beach führte uns durch einige belebte städtische Gebiete. Ich war von allem fasziniert, was ich sah.

Nach und nach machten die Bilder und Geräusche der Stadt

Sanddünen und malerischen Strandbuden Platz. Wir folgten der Straße weiter und mit einem Mal sah ich im Seitenfenster den Ozean schimmern. Ich kannte dieses perfekte Blau bisher nur aus dem Fernsehen. Jetzt sah ich es mit eigenen Augen.

»Sieh doch nur, Flynn«, sagte ich mit ungläubigem Staunen.

Flynn sah nicht hin; er war völlig auf das Fahren konzentriert. Mit zunehmend besorgter Miene schaute er immer wieder auf den Zettel mit der Wegbeschreibung.

»Das ist nicht richtig. Ich hätte dort hinten rechts abbiegen müssen, aber da war keine Straße.« Als ich seinen panischen Gesichtsausdruck sah, wusste ich, dass er kurz vor einem Ausbruch stand.

»Lass mich fahren, Flynn. Ich bringe uns schon hin«, sagte ich besänftigend. Flynn schüttelte den Kopf.

»Ich fahre. Ich muss das machen. Da hinten hätte eine Straße sein müssen. Aber da war keine. In der Wegbeschreibung steht, dass dort eine Straße ist. Siehst du, da habe ich es aufgeschrieben.« Er zeigte auf den Zettel, den er gut sichtbar am Armaturenbrett befestigt hatte.

Ich hatte schon vor unserer Abfahrt versucht, ihn zu überreden, das Navi seines Handys zu benutzen. So würden wir unser Hotel leichter finden, wenn wir nach Sandbridge kamen, hatte ich argumentiert. Aber Flynn hatte sich strikt geweigert mit der Begründung, dass er es sich aufschreiben würde. Ich wusste, dass er sich wohler fühlte, wenn er Dinge aufschrieb, doch ich hatte befürchtet, dass so etwas passieren könnte.

»Kann ich dein Handy haben?«, fragte ich so ruhig wie möglich.

»Da hinten war keine Straße! Da hätte eine Straße sein müssen«, sagte Flynn wieder.

Ich wusste, dass er gefährlich nahe dran war auszurasten, und nahm das Handy aus der Mittelkonsole. Dann suchte ich die Navigations-App und gab die Adresse des Hotels ein. Sekunden später erschienen die Anweisungen.

»Du kannst an der nächsten Ampel rechts abbiegen, Flynn. Es ist alles okay«, versuchte ich ihn zu beruhigen, indem ich ihm das Handy zeigte.

»Nein, da stand, ich hätte dort hinten abbiegen müssen«, beharrte Flynn. Er fuhr nur noch zwanzig Stundenkilometer, hinter uns hatte sich eine lange Autoschlange gebildet. Als jemand auf die Hupe drückte, umklammerte er das Lenkrad so fest, dass ich fürchtete, er würde es in der Mitte durchbrechen.

Ich musste ihn dazu bringen, rechts ranzufahren, damit ich ans Steuer konnte. Aber wie sollte ich das anstellen, ohne den Wutausbruch noch zu befördern?

»Hör zu, Flynn. Ich finde, du solltest anhalten. Ich kann weiterfahren, dann kannst du dich entspannen und mir die Sache überlassen. Bitte, Flynn, tu's für mich«, sagte ich und vermied jede Berührung. Ich wusste, das wäre fatal.

»Bitte, Flynn«, sagte ich wieder. Plötzlich riss er das Steuer abrupt nach rechts und wir rollten knirschend auf den mit Sand und Muscheln bedeckten Seitenstreifen. Er rammte den Schalthebel in die Parkposition, stieß die Fahrertür auf und sprang aus dem Wagen, sodass er fast im vorbeirollenden Verkehr gelandet wäre.

Die Leute hupten. Einige schrien Flynn durchs Wagenfenster an, der nun händereibend vor dem Wagen auf und ab lief.

Ich stieg nicht sofort aus, sondern blieb, wo ich war, und ließ ihn nicht aus den Augen. Bei jedem Hupen hielt er sich die Ohren zu.

Schließlich wurden seine Schritte ruhiger und das Händereiben hörte auf. Ich stieg aus, ging um den Wagen herum und setzte mich, ohne ihn anzusprechen, ans Steuer. Er würde kommen, wenn er so weit war.

Ich rief in Flynns Handy die Adresse wieder auf und legte das Gerät aufs Armaturenbrett. Murphy winselte leise auf dem Rücksitz. Ich wartete.

Es dauerte weitere fünfzehn Minuten, bis Flynn auf der Beifahrerseite einstieg. Er sah mich nicht an, sondern hielt den Kopf gesenkt. Dann schnallte er sich an und setzte sich in abgewandter Haltung zurecht.

»Das Hotel liegt eine Viertelstunde entfernt«, sagte ich, als ich den Blinker setzte und den Wagen in den Verkehr einfädelte.

Flynn antwortete nicht. Ich wusste, dass er sich schämte. Er war nach einem Wutausbruch immer verlegen. Trotzdem bemühte ich mich, so zu tun, als sei nichts geschehen. Das Letzte, was ich wollte, war, seine Verlegenheit über etwas, das er nicht kontrollieren konnte, noch schlimmer zu machen.

Mein Verständnis für Flynn war in vielerlei Hinsicht überraschend. Ein Leben lang hatten mir Therapeuten und Sozialarbeiter erklärt, dass ich nicht die Fähigkeit besäße, mich in andere einzufühlen. Mir würde eine wichtige Voraussetzung fehlen, die für die Identifikation mit anderen erforderlich sei. Man hatte mich etikettiert. Definiert. Erklärt und diagnostiziert. Und jeder Einzelne von ihnen hatte sich geirrt.

Denn ich verstand Flynn. Ich fühlte mich ihm verbunden. Ich wollte ihm das gleiche gute Gefühl geben, das er mir gab.

Und das widersprach allem, was man mich über mich selbst glauben gemacht hatte.

Ich drehte The Cure lauter und sorgte dafür, dass ihn die Musik auf eine Weise beruhigte, wie ich es niemals gekonnt hätte.

Allmählich merkte ich, wie er trotz der Demütigung die Fassung wiedergewann. Als er aus dem Fenster sah, lächelte er.

»Du fährst zu schnell. Hier darf man nur vierzig fahren«, erklärte er mir und wies auf das Verkehrsschild, an dem wir gerade vorüberfuhren.

Ein Blick auf den Tacho zeigte mir, dass ich nur acht Kilometer schneller fuhr, doch zum Verdruss der Leute hinter mir ging ich trotzdem vom Gas. Sie würden damit klarkommen müssen.

»Fahr nicht so dicht auf. Du solltest mindestens zwei Wagenlängen Abstand halten«, sagte Flynn missbilligend und zeigte auf unseren Vordermann. Am liebsten hätte ich seinen ausgestreckten Zeigefinger weggeschlagen.

Es war, als wäre man mit einem sprechenden Handbuch unterwegs.

»Das gilt eigentlich nur für Autobahnen, Flynn«, konterte ich. Schließlich hatte ich die schriftliche Führerscheinprüfung auf Anhieb bestanden. Er war nicht der Einzige, der sich mit Verkehrsregeln auskannte.

Flynn gab einen Laut von sich, der verdächtig nach einem Schnauben klang. Bei einem kurzen Seitenblick sah ich, dass er die Mundwinkel zu einem Schmunzeln nach oben gezogen hatte. Es war das erste Mal, dass ich ihn schmunzeln sah. Ich musste grinsen.

»Du hast recht. Es gilt nur auf Autobahnen«, gab er zu.

»Wow, ich habe etwas gewusst, was du nicht wusstest. Das müssen wir im Kalender anstreichen«, neckte ich ihn.

Flynn runzelte die Stirn. »Warum sollen wir das im Kalender anstreichen? Das ist dumm.«

Jetzt musste ich schnauben. »Das ist nur eine Redensart, Flynn. Wir tun das nicht wirklich«, erklärte ich ihm.

»Oh. Na, dann ist es eine blöde Redensart. Sie ergibt überhaupt keinen Sinn«, erwiderte Flynn.

»Wie auch immer.« Ich verdrehte die Augen.

Kurz darauf fuhren wir vor einem älteren, aber gepflegten Hotel vor. Es schien seinen Zenit schon lange überschritten zu haben, sich aber verdammt viel Mühe zu geben, seinen Rang zu behaupten. Und es stand direkt am Strand. Ich konnte vom Parkplatz aus die Linie zwischen Himmel und Meer sehen. Es gefiel mir auf Anhieb. Wir hatten Glück gehabt, ein so gutes Angebot zu bekommen, weil die Nachfrage nachließ und die Touristensaison zu Ende ging. Daher würde ich mich über die nicht mehr ganz neuen Markisen und den grellbunten Außenanstrich nicht beklagen.

Ich parkte den Wagen und sah zu Flynn hinüber, der Murphy geistesabwesend den Kopf kraulte und auf den Ozean hinaussah. Der Strand war so gut wie leer. Nur ein paar Leute auf Boogieboards trotzten den vermutlich kalten Wassertemperaturen im Oktober.

»Gehen wir rein und melden uns an«, sagte ich begeistert. Flynns Stimmung war immer noch gedämpft, aber er schien langsam die Kurve zu kriegen.

Er reagierte nicht sofort, sondern streichelte Murphy gleichmäßig weiter. Der Hund, der von der merkwürdigen Stimmung seines Herrchens nichts mitbekam, war begeistert.

»Bist du so weit, Flynn?«, fragte ich.

Mit einem Nicken legte er sich Murphys Leine um den Hals und stieg aus. Zu dritt betraten wir die kleine Halle und gingen zum Empfangstresen.

Alles wirkte hübsch und aufgeräumt. Der ganze Empfangsbereich war mit den typischen Muscheln und Gläsern mit farbigem Sand dekoriert. An der Wand hing ein mit Seesternen und Sanddollars übersätes Fischernetz.

»Hallo, willkommen im Sandbridge Inn! Darf ich Ihren Namen wissen?«, fragte eine ältere Frau mit beeindruckend silberblau getönten Haaren und der Aufschrift Paula auf dem Namensschild, die Flynn und mir mit einem freundlichen Lächeln entgegensah.

Ich sah zu Flynn hinüber, der ihr jedoch nicht antwortete. Er kaute wieder auf der Unterlippe und wickelte sich unentwegt Murphys Hundeleine um die Hand.

»Äh, Hendrick«, sagte ich mit einem Lächeln, um Flynns Unhöflichkeit zu überspielen.

Flynn sah sich in der Empfangshalle um und wirkte alles andere als glücklich dabei.

Die silberblaue Paula tippte auf ihrem Computer herum, bis sie unsere Reservierung gefunden hatte. »Nur zwei Nächte, richtig?«, vergewisserte sie sich.

Mit einem schnellen Seitenblick auf Flynn nickte ich. Er war immer noch völlig weggetreten.

Ich seufzte; es war nicht zu ändern. Das hier hatte perfekt werden sollen. Aber wie es schien, hatte ich Flynn überschätzt. Das veranlasste mich, meinen Frust über seine Weigerung, mit mir wegzuziehen, noch einmal zu überdenken. Ihn so angespannt und unglücklich zu sehen ließ mich begreifen, dass ich womöglich zu viel an *mich* dachte und nicht annähernd genug daran, was für *Flynn* am besten war. Es war schon ätzend, selbstlos zu sein.

»Da haben wir Sie ja. Sie haben die King Suite gebucht mit einer zusätzlichen Kaution von fünfzig Dollar für den Hund.« Paula beugte sich über den Tresen, um einen Blick auf Murphy zu werfen, der sich erstaunlich gut benahm.

»Oh, ist das aber ein großer Kerl, was?«, staunte Paula, die die Augen aufriss, als sie Murphys gewaltige Ausmaße sah.

»Stimmt, aber er ist ein sanfter Riese«, versicherte ich ihr. Ich erinnerte mich noch gut daran, wie verunsichert die anderen Freiwilligen im Tierheim bei Murphys Ankunft reagiert hatten. Er war riesig und hatte die Leute allein schon durch seine Größe nervös gemacht. Aber dann hatte sich herausgestellt, dass es wirklich das einzig Einschüchternde an ihm war.

»Darf ich ihm eine Leckerei geben?«, fragte die Frau und ich nickte.

Sie kam hinter dem Empfangstresen hervor, um Murphy einen kleinen Knochen zu geben.

»Lassen Sie das!«, raunzte Flynn sie an. Paula erschrak und wich unwillkürlich zurück.

»Flynn. Das ist okay. Es ist doch nur eine Leckerei«, versuchte ich ihn zu beschwichtigen, während ich der nervös gewordenen Rezeptionistin ein beruhigendes Lächeln zuwarf.

»Nein, er bekommt erst um sechs zu fressen. Und eine Stunde später kriegt er seine Leckerei. Aber nicht vor dem Abendessen.

Das weißt du doch, Ellie!« Flynns Stimme schwoll an und ich sah, wie sich seine Schultern verkrampften und er den Kiefer straffte.

Super, noch ein Wutausbruch.

»Du hast recht, Flynn. Keine Leckereien«, erwiderte ich ruhig, trotz des Gewinsels von Murphy, der den Knochen witterte.

»Keine Leckereien, Ellie! Er kriegt sie nach dem Abendessen, nicht vorher«, wiederholte Flynn und ich nickte.

»Nach dem Abendessen. Nicht vorher«, sagte ich hastig, weil mir klar war, wie das auf die silberblaue Paula wirken musste. Sie sagte kein Wort, während sie uns misstrauisch beobachtete. So viel zum guten ersten Eindruck.

Glücklicherweise beruhigte sich Flynn wieder und kraulte Murphy den Kopf. Die beiden schwangen sich wieder ein.

Paulas Lächeln war ein wenig spröde, als sie mir den Zimmerschlüssel reichte. »Fahren Sie mit dem Aufzug bis in den vierten Stock. Dann gehen Sie nach links und bis ans Ende des Gangs. Ihr Zimmer hat die Nummer 410. Frühstück gibt es jeden Morgen ab sieben, aber den Hund dürfen Sie nicht in den Speisesaal mitnehmen.« Sie hatte jeden Anschein von Höflichkeit fahren lassen und schien nur noch darauf bedacht, dass wir auf unser Zimmer gingen und sie uns loswurde.

Ich sah zu Flynn hinüber, der Löcher in den Fußboden starrte. »Zimmer 410, Flynn. Das ist am Ende des Gangs im vierten Stock«, sagte ich. Er nickte.

»Zimmer 410. Ende des Gangs im vierten Stock«, wiederholte er. Paula betrachtete ihn mit einer verkniffenen, ablehnenden Miene, die ich schon oft gesehen hatte.

Ein bisschen heftiger als beabsichtigt nahm ich ihr die Schlüssel aus der Hand. »Hören Sie auf, ihn so anzusehen. Das mag er nicht«, zischte ich so leise, dass Flynn es nicht mitbekam, aber laut genug, um ihr die Botschaft klar und deutlich zu vermitteln.

Sie richtete sich kerzengerade auf und warf sich empört in die

Brust. Den Preis für die beliebtesten Gäste würden wir wohl nicht mehr bekommen. Dann drückte sie mir rüde die Anmeldepapiere in die Hand und ich warf ihr mit schmalen Augen einen warnenden Blick zu. Ohne ein weiteres Wort drehte ich mich zu Flynn um und legte ihm die Hand auf den Arm. Statt zurückzuweichen, lehnte er sich an mich.

»Komm mit«, sagte ich sanft, als ich ihm Murphys Leine abnahm. Mit unseren Koffern in der Hand folgte er mir zum Aufzug. Ich konnte die Anspannung, die von ihm ausging, förmlich spüren, hoffte aber, dass es ihm besser gehen würde, sobald wir in unserem Zimmer wären. Es war nicht der beste Start in unsere Miniferien.

Sobald die Tür des Fahrstuhls zuglitt und es nach oben ging, wurde mir klar, dass Flynn und Aufzüge sich *nicht* vertrugen. Er drängte sich in die Ecke und atmete in tiefen, zittrigen Zügen. Er schien kurz vor einer Panikattacke zu stehen. Unsere Ferien waren kaum eine halbe Stunde alt und ich war bereits völlig erschöpft und fragte mich, ob wir nicht lieber wieder nach Hause fahren sollten.

Dann ging die Fahrstuhltür auf und Flynn stürzte an mir vorbei in den Gang. Murphy, der zu glauben schien, dass es sich um ein Spiel handelte, versuchte mich hinterherzuzerren. Flynn fand schnell unser Zimmer und ich gab ihm den Schlüssel. Kaum waren wir über die Schwelle getreten, blieb ich vor Staunen wie angewurzelt stehen.

Das Zimmer war riesig! Ein Kingsize-Bett dominierte den Großteil der Suite, doch es gab auch eine kleine Sitzecke mit Couchtisch und Fernseher. An der Wand stand ein Schreibtisch, daneben eine Stehlampe. Außerdem gab es eine Kaffeemaschine, eine Mikrowelle und einen kleinen Kühlschrank, der im Wandschrank untergebracht war.

Doch das, was mich wirklich faszinierte, war die Aussicht. Die gesamte gegenüberliegende Wand bestand aus einer Glasfront, deren Schiebetür auf einen kleinen Balkon mit Blick auf den Ozean hinausführte. Die Sonne stand schon tief und warf einen leuchtenden Streifen über das Wasser.

Murphy trottete ins Zimmer und sprang aufs Bett, wo er es sich gemütlich machte. Flynn zog die Tür hinter sich zu und sah sich um.

»Es ist sauber. Das ist gut«, sagte er, die Hände fest zusammengepresst. Er war nervös, ich dagegen in Ehrfurcht erstarrt.

Als würde ich vom Sand unten angezogen, ging ich zur Glastür und legte die Hand an die Scheibe.

»Es ist wunderschön«, hauchte ich.

Flynn gab keine Antwort, aber das erwartete ich auch nicht. Ich konnte es kaum fassen, dass ich hier war, und das verdankte ich ausschließlich dem Mann hinter mir, dessen Nerven flirrten wie die Wellen, die sich unten am Ufer brachen.

Als ich mich umdrehte, stellte ich fest, dass er keinen Zentimeter weiter ins Zimmer gekommen war. Ich kämpfte gegen meine Gereiztheit an. *Warum kann er nicht wenigstens dieses eine Mal normal sein?*, dachte ich verärgert, ehe ich es verhindern konnte.

Im nächsten Augenblick schämte ich mich für diesen Gedanken. Ohne Flynn wäre ich jetzt nicht hier. Er tat das für mich. Für sich. Für uns. Es war unfair, sich über etwas zu ärgern, über das er keine Kontrolle hatte.

Dennoch hielt es mich nicht davon ab, mir wie eine egoistische Göre zu wünschen, dass er sich dieses eine Mal zusammenreißen möge.

Ich schloss die Augen und atmete tief durch. *Er kann nichts dafür*, sagte ich mir immer wieder. *Er tut das für dich.*

Dann öffnete ich die Augen und ging zu Flynn zurück. Ich legte unsere Koffer auf das Bett. »Lass uns auspacken und alles an seinen Platz räumen. Damit du dich wohlfühlst, bevor wir überlegen, was wir als Nächstes tun«, schlug ich vor.

Flynn nickte und trat zu mir. Die nächste Stunde verbrachten wir damit, unsere Klamotten aus den Koffern zu nehmen und im Schrank unterzubringen. Dann positionierte Flynn seine Toilettenartikel im Badezimmer genauso wie auf seinem Waschbecken zu Hause. Zusammen erforschten wir jeden Spalt und jeden Winkel des Zimmers, bis er es in- und auswendig kannte.

Ich merkte, dass er langsam ruhiger wurde. Er kaute zwar weiter auf seiner Unterlippe, hatte aber aufgehört, die Hände zu reiben.

Ich holte Murphys Schüsseln heraus und füllte sie mit Wasser und Futter, das er in Windeseile vertilgte, um dann sein Nickerchen auf dem Bett fortzusetzen.

»Hast du Lust, an den Strand zu gehen?«, fragte ich Flynn in der Hoffnung, er würde Ja sagen, auch wenn ich es insgeheim besser wusste.

Flynn setzte sich zögernd aufs Bett. »Ich weiß nicht«, sagte er, während er den Blick zur Glastür wandte. Ich konnte es kaum erwarten, über den Sand zu spazieren und meine Zehen ins Wasser zu tauchen. Aber ich durfte ihn nicht drängen.

»Wie wäre es, wenn wir zuerst die Glastür aufmachen und auf den Balkon hinausgehen. Dann sehen wir, wie es sich für dich anfühlt«, schlug ich vor.

Flynn starrte noch einen Moment aus dem Fenster und nickte dann. »Okay«, stimmte er zu, auch wenn er immer noch nervös klang.

Ich öffnete die Schiebetür und wartete auf Flynn, ehe ich hinaustrat. Vom Meer wehte eine kräftige Brise, ich spürte, wie sich das Salz auf meine Haut legte, und leckte mir die Lippen, um es zu schmecken.

»Es ist kalt«, sagte Flynn.

»Willst du ein Sweatshirt?«, fragte ich. Er schüttelte den Kopf.

»Nein, ist schon gut.« Er verschränkte die Arme vor der Brust und betrachtete den Anblick, der sich uns darbot.

»Was meinst du? Ist es so schlimm wie beim letzten Mal?«, fragte ich.

Flynn zuckte die Achseln. »Es stinkt genau wie damals. Nach Fisch. Das ist eklig. Und es stört mich, dass meine Haut sich so klebrig anfühlt. Ich muss mir die Hände waschen«, sagte er und streckte wie angewidert die Handflächen aus.

Ich nahm eine seiner Hände und drückte sie. »Ich finde, sie fühlen sich genau richtig an«, erklärte ich.

Flynn lächelte, sah aber immer noch aufs Meer hinaus.

»Es ist schön«, sagte er leise.

»Stimmt«, nickte ich.

»Ich bin gern hier mit dir. Das macht mich glücklich. Dich auch?«, fragte er besorgt.

Ich drehte ihn an den Schultern zu mir herum und hob sein Kinn sanft an, sodass er mich endlich ansah. Dann ließ ich den Daumen über seine Unterlippe gleiten.

»Ich bin so glücklich wie noch nie in meinem Leben. Danke, dass du mich hergebracht hast, Flynn«, sagte ich aufrichtig.

Flynns zaghaftes Lächeln ließ mir fast das Herz zerspringen. Das seltsame Gefühl, das durch mich hindurchrauschte und von dem ich ohne jeden Zweifel wusste, dass es Liebe war, trieb mir die Tränen in die Augen.

Wir standen eine ganze Weile so da und hielten uns an den Händen, während der vom Meer kommende Wind um uns herumwirbelte. Ich legte den Kopf an seine Brust, spürte seinen Herzschlag an meinem Ohr, der mich mit seinem beruhigenden Gleichklang einlullte.

Dann zog Flynn die Hand weg, aber nur um sie mir auf den Rücken zu legen und mich an sich zu ziehen. Seine Umarmungen waren so selten, dass ich diesen Augenblick förmlich in mich aufsog.

»Ich liebe dich, Flynn«, sagte ich zu ihm, ohne eine Antwort zu erwarten oder auch nur zu brauchen. Und es tat nicht weh, als sie ausblieb. Ich wusste auch so, dass er mich liebte. Er hatte mir mit seinen Taten schon immer sagen können, was ich hören musste.

»Ich habe etwas für dich«, sagte er nach einiger Zeit. Seine grünen Augen leuchteten, als ich zu ihm aufblickte.

»Ach ja?«, fragte ich.

Ich folgte ihm ins Zimmer und schloss die Tür hinter mir.

Flynn wühlte in seiner Tasche und holte etwas Kleines heraus, das er mit den Fingern verdeckte.

Dann streckte er die Hand aus, den geheimnisvollen Gegenstand in der Faust versteckt.

»Gib mir deine Hand«, sagte er mit einer Spur seiner üblichen Ungeduld in der Stimme.

Als ich tat wie geheißen, legte er mir etwas auf die Handfläche.

Es war eine winzige Sandburg. Ich hielt sie ans Licht, damit ich sie besser sehen konnte. Sie schien tatsächlich aus Sand zu bestehen. Sie glitzerte und funkelte, wenn ich sie bewegte.

»Das ist unglaublich«, sagte ich begeistert.

Obwohl er den Kopf gesenkt hielt und mich nicht ansah, merkte ich, dass ihn meine Begeisterung beglückte.

»Als Erinnerung an deinen Besuch am Meer. Deine anderen Skulpturen stammten alle von Orten, an denen du noch nie warst. Aber hier bist du jetzt gewesen. Ich wollte, dass du eine Skulptur von einem Ort hast, den du tatsächlich gesehen hast«, sagte er mit einer Spur Freude in der Stimme.

Ich schloss die Finger um die winzige Sandburg und drückte sie an die Brust. »Danke, Flynn«, krächzte ich, ehe mir die Stimme wegblieb.

Flynn erwiderte nichts, aber das sanfte Lächeln wich nicht aus seinem Gesicht.

26

Ellie

Wir beschlossen, im Hotel zu Abend zu essen. Ich hatte nicht das Gefühl, dass Flynn danach zumute war, woanders hinzugehen. Nicht, wenn er sich gerade erst an die neue Umgebung zu gewöhnen begann. Auch wenn ich für mein Leben gern in einer der kleinen Fischbuden gegessen hätte, mit denen der Strand gesprenkelt war, wusste ich, dass gewisse Zugeständnisse unumgänglich waren.

Wir ließen Murphy dösend im Zimmer zurück und gingen in die kleine Bar hinunter. Flynn bestellte sich ein Steak und ich eine Muschelsuppe mit einer Portion Pommes als Beilage. Das Restaurant war leer und es war gut für Flynn, dass wir die einzigen Gäste waren.

Der Barkeeper versuchte, ein wenig höfliche Konversation zu betreiben, merkte aber schnell, dass Flynn nicht zum Plaudern aufgelegt war. Nachdem dieser ihn ermahnt hatte, lieber zu arbeiten, als sich mit Leuten zu unterhalten, die eigentlich essen wollten, ließ uns der Barmann mit unserem Abendessen allein.

»Er wollte doch nur nett sein, Flynn«, sagte ich, als der Mann mit geröteten Wangen peinlich berührt davongegangen war.

Flynn kümmerten die verletzten Gefühle des Barkeepers nicht

im Geringsten. »Ich habe Hunger und will essen. Ich habe keine Lust, mich mit jemandem zu unterhalten, den ich nicht kenne.« Er griff über den Tisch, um eine Handvoll Pommes von meinem Teller zu stibitzen, und sah mich an.

»Du kannst es nicht leiden, wenn ich das tue, stimmt's?«, fragte er, die Hand mit den Pommes noch über meinem Teller.

»Nein, eigentlich nicht. Du hast schließlich dein eigenes Essen«, machte ich ihm klar. Flynn öffnete die Faust und ließ die Pommes auf meinen Teller zurückfallen.

»Tut mir leid«, murmelte er, während er sich wieder seinem Steak zuwandte.

»Schon gut«, sagte ich, nahm die Pommes und legte sie ihm auf den Teller.

»Aber ich dachte, du willst nicht, dass ich sie dir wegesse«, sagte er verwirrt, um sich dann trotzdem eine Fritte in den Mund zu schieben.

»Wenn *ich* sie dir gebe, ist es okay, Flynn. Du sollst dich bloß nicht bedienen, ohne zu fragen«, erklärte ich ihm.

Diese Erklärung gefiel ihm, auch wenn er trotzdem alle meine Pommes aufaß.

Als wir fertig waren und Flynn den immer noch äußerst verstimmten Barkeeper bezahlt hatte, schlenderten wir zurück in die Empfangshalle.

Flynn schien bereit, den Tag in unserer Suite zu beschließen, doch ich wollte den Abend nicht vergeuden. Ich konnte nicht aufs Zimmer zurückgehen, ohne die Zehen in den Sand gesteckt zu haben. Ich musste ihn spüren. Es war Zeit, ein wenig energischer zu werden.

»Ich würde furchtbar gern noch an den Strand gehen, Flynn«, sagte ich und machte mich auf eine Absage gefasst.

Die Hände in den Kakihosen vergraben, stand Flynn da und schwieg. »Okay«, sagte er nach einem kurzen Moment.

»Okay?«, fragte ich, fassungslos darüber, wie leicht es gewesen war.

Unsere Blicke trafen sich für einen Moment, ehe Flynns Augen wieder davonglitten. »Ja, lass uns zum Strand gehen. Ich weiß, dass du ihn sehen willst. Und ich will dich glücklich machen.« Ich konnte das Grinsen nicht zurückhalten. Es war so breit, dass mir die Wangen wehtaten.

»Lass uns Murphy holen, dann können wir ihn gleich ausführen«, schlug ich vor und klang so aufgeregt wie ein kleines Kind.

Wir nahmen die Treppe, statt mit dem Fahrstuhl zu fahren, und hasteten ins Zimmer, um den Hund zu holen. Ich schnappte mir meine Jacke und erinnerte Flynn daran, ein Sweatshirt mitzunehmen, weil ich wusste, dass es kühl werden würde, dann liefen wir die Treppe wieder hinab.

Ich konnte vor Aufregung kaum an mich halten, als wir über die Straße zu den Stufen hinübergingen, die zum Strand hinabführten. Ich setzte mich auf eine Bank und zog Schuhe und Strümpfe aus.

»Willst du dir auch die Schuhe ausziehen?«, fragte ich Flynn.

Er zögerte und ich griff nach seiner Hand. »Es wird alles gut«, beruhigte ich ihn, da bückte er sich, zog seine Schnürsenkel auf und streifte sich die Schuhe von den Füßen. Er krümmte die Zehen und verzog das Gesicht, als seine nackten Füße den sandigen Bürgersteig berührten.

Doch er sagte nichts dazu und ich dachte mir, so weit, so gut.

»Bist du bereit?«, fragte ich, als ich die Hand nach ihm ausstreckte. Murphy war bereits die Stufen hinabgesprungen und sauste im Kreis durch den Sand. Flynn sah seinem Hund ein paar Minuten zu, ehe er meine Hand ergriff.

Ich stieg die Stufen hinab und musste kichern, als meine Füße den Sand berührten. Ellie McCallum *kicherte*!

Ich stellte meine Schuhe neben die Stufen und machte ein paar

Schritte vorwärts, drückte die Zehen dabei tief in den immer noch warmen Sand.

»Mein Gott! Das ist unglaublich!«, sagte ich atemlos, ehe ich in die Hocke ging und meine Hände neben meinen Füßen in den Sand presste.

Es dauerte nicht lang, bis ich merkte, dass Flynn hinter mir keinen Ton von sich gab. Als ich mich umdrehte, stand er nach wie vor neben der letzten Stufe. Seine Füße steckten im Sand, doch er war sichtlich aufgewühlt.

»Flynn?«

»Lass mich bitte einfach in Ruhe«, sagte er mit wildem Kopfschütteln. Ich machte den Mund auf, um etwas zu sagen, beschloss aber, ihm ein bisschen Zeit zu geben. Ich kam nicht näher, ging aber auch nicht weg. Stattdessen setzte ich mich und sah zu, wie Murphy die Nase in den Sand bohrte und ihn hinter sich aufwirbelte, als er zum Wasser galoppierte.

Ich weiß nicht, wie lange ich dort saß und darauf wartete, dass Flynn sich wieder fasste. Es mochten Minuten gewesen sein oder auch Stunden. Das Licht schwand langsam vom Himmel und es würde kühler. Ich war froh, dass ich daran gedacht hatte, meine Jacke mitzunehmen.

Ich konnte Flynn spüren, noch bevor ich ihn sah. Als ich den Kopf hob, blickte er mit gerunzelter Stirn auf mich hinab.

»Hast du Lust, mit mir ans Wasser zu gehen?«, fragte ich und betete insgeheim, dass er Ja sagen würde. Ich wünschte mir so sehr, es mit ihm zusammen zu erleben.

Ich wollte ihn nicht unter Druck setzen, aber, herrje, ich wünschte mir einfach diesen einen perfekten Moment mit ihm.

Flynn wackelte mit den Zehen. »Ich hasse den Sand. Er quillt mir zwischen die Zehen. Außerdem ist er rau und kratzig. Ich will ihn abwaschen«, stieß er fast panisch hervor.

»Dann lass uns ans Meer gehen und dir die Füße abspülen«,

schlug ich vor. Vielleicht war es egoistisch von mir, ihn so zu bedrängen, aber ich konnte einfach nicht anders. Er sollte mich unbedingt begleiten.

»Okay«, sagte er und erfüllte mir damit meinen Wunsch.

Ich sprang auf und wollte seine Hand nehmen, befand dann aber, dass es im Augenblick wohl eher keine gute Idee war. Mit langsamen, verhaltenen Schritten gingen wir auf das rauschende Wasser zu. Je näher wir kamen, desto lauter wurde es. Flynn hielt sich die Ohren zu.

»Es ist zu laut«, rief er, obwohl das nicht nötig war. Ich konnte ihn problemlos verstehen.

Wir gingen bis zu der Linie, die die Wellen erreichten. Flynn hatte die Hände heruntergenommen und Murphy rannte vor Aufregung im Kreis um uns herum. Ich wollte noch näher heran, wusste aber, dass Flynn sich weigern würde weiterzugehen.

Eine Welle brach sich am Strand, das Wasser rauschte auf uns zu und umspülte unsere Füße. Flynn verzog das Gesicht, wich aber nicht zurück.

»Es ist kalt«, sagte er.

Ich nickte. Er hatte recht. Das Meer war wirklich kalt. Aber auch atemberaubend.

»Ich gehe noch weiter rein. Bleib am besten hier. Du kannst mich ja sehen«, versicherte ich ihm.

Flynn umklammerte meine Hand. »Geh nicht zu weit. Versprich es mir«, verlangte er.

»Versprochen«, sagte ich, hob seine Hand und küsste ihn sanft auf den Handrücken.

Ich lief dem Wasser nach, krempelte meine Jeans hoch und watete bis zu den Schienbeinen hinein. Murphy bellte neben Flynn, der aussah, als ob er am liebsten wegrennen würde.

Ich wusste, dass ich zu ihnen zurückkehren sollte. Aber ich brachte es nicht über mich. Noch nicht. Eine große Welle brach und ich schrie auf, als das Wasser auf mich zurauschte und meine Hosenbeine durchnässte.

Als ich mich endlich vom Ozean losriss und zu Flynn zurückkehrte, war ich halbtot vor Lachen.

»Du lachst«, stellte er fest.

»Ja. Das hat Spaß gemacht«, erwiderte ich, während ich mir die Hosenbeine wieder herunterkrempelte.

»Du bist glücklich«, sagte er mit einem Lächeln, das es bis zu seinen Augen schaffte.

»Jep. Und du auch«, sagte ich und wies auf sein grinsendes Gesicht. Er lachte, ein seltenes Geräusch.

»Bin ich. Weil du mich glücklich machst«, sagte er. Dann legte er mir die Hand in den Nacken, was mich mächtig erschreckte.

Er zog mich mit solcher Kraft an sich, dass ich vorwärtsstolperte. Ich lachte wieder.

»Was machst du da, Flynn?«, fragte ich; mein Herz klopfte so heftig, dass es fast wehtat. Diese Seite von Flynn kannte ich noch nicht. Er hatte noch nie versucht, bei unseren Körperkontakten die Kontrolle zu übernehmen. Das war bisher immer mein Part gewesen.

Aber jetzt übernahm er sie.

Und es war scharf.

Er ließ mir keine Chance, noch etwas zu sagen, sondern presste seinen Mund so hart auf meinen, dass unsere Zähne schmerzhaft aneinanderstießen. Ich lehnte mich ein wenig zurück. »Nicht so fest, Flynn. Wir wollen doch keinen Zahn verlieren.«

Natürlich kam mein Scherz nicht bei ihm an, aber mein Vorschlag fand Anklang. Als er mich wieder küsste, waren seine Lippen sanft, und er legte eine solche Leidenschaft an den Tag, dass mir Hören und Sehen verging.

Der Wind nahm zu und peitschte uns meine Haare ins Gesicht. Flynn strich sie weg, ohne sich beim Küssen stören zu lassen. Er legte eine Hand an mein Gesicht und umfasste mich mit der anderen.

Es war real. Grandios.

Absolut perfekt.

Dann löste sich Flynn abrupt von mir, der Mund gerötet und geschwollen. »Ich will am Strand entlanggehen. Kommst du mit?«, fragte er, während ich immer noch mit dem Ansturm meiner Hormone zurechtzukommen versuchte.

»Äh, klar«, sagte ich mit verwirrtem Blinzeln.

Flynn nahm meine Hand und rief Murphy heran, der auf einem Stück Treibholz herumkaute.

Mir hatte diese unerwartete Demonstration von Zärtlichkeit die Sprache verschlagen. Ich fuhr mit den Fingern über meine Lippen, die noch prickelten vom Druck seines Mundes. Flynns Gesicht war gerötet und ich konnte ihm ansehen, dass er erregt war. Aber ich wusste auch, dass wir wieder einmal gegen seine unsichtbare Wand gestoßen waren.

Bisher ging unser Körperkontakt nie über einen gewissen Punkt hinaus. Aber irgendetwas sagte mir, dass er sich anspornte weiterzugehen. Was ich ebenso erregend wie beängstigend fand.

Als wir etwa zwanzig Minuten gelaufen waren, blieb Flynn urplötzlich stehen.

»Was glaubst du, was die dort machen?«, fragte er und zeigte auf ein großes Schiff in Ufernähe, auf dem eine Maschine stand, die aussah wie ein Bagger. Unter lautem Gepolter schaufelte sie Sand aus dem Wasser und beförderte ihn weiter in Richtung Wasserkante.

Nachdem ich eine Weile zugesehen hatte, begriff ich, was der Bagger dort tat.

»Ich glaube, er holt den Strand zurück«, erklärte ich Flynn.

»Es ist so laut, können wir ein Stück weitergehen?«, fragte Flynn, der sich die Ohren zuhielt. Ich nickte und pfiff nach Murphy, während wir uns schnell von dem Schiff entfernten.

Als es leiser wurde, ließ Flynn die Hände sinken.

»Sie vergrößern den Strand«, stellte er fest.

»Ja, sieht ganz so aus. Der Strand erodiert nach und nach und die scheinen den Sand wieder an seinen Platz zu befördern.«

Flynn nickte. »Das Meer trägt ihn weg, bis nichts mehr da ist. Und das Schiff holt ihn wieder zurück.«

»Ja, das nehme ich an«, stimmte ich ihm zu. Auf einmal blieb Flynn stehen und setzte sich in den Sand. Ich tat es ihm nach, gefolgt von Murphy, der sich zwischen uns drängte und Flynn den Kopf in den Schoß schob.

Flynn legte die Hand auf den großen Hundeschädel und starrte zu dem fernen Bagger hinüber, der weiter Sand heraufholte.

»Es ist wichtig, was sie da machen. Wenn sie es nicht tun, verschwindet der Strand«, sagte er, während er weiter zusah, wie sie den Sand heraufholten.

»Stimmt«, sagte ich leise in den Wind, der meine Worte davonwehte.

Aneinandergeschmiegt saßen wir in der kühler werdenden Luft und sahen zu, wie das Schiff den Strand an seinen Platz zurückbeförderte.

Während ich dasaß und die Wellen mit ihrer beruhigenden Sinfonie auf den Sand schlugen, wurde mir plötzlich klar, dass ich wie das Meer war, das den Strand abtrug. Ich hatte achtlos genommen und zerstört. Hatte Flynn den Sand entrissen, ohne mich um die Konsequenzen zu scheren.

Dabei war ich selbst weggewaschen worden und hatte mich verloren.

Aber Flynn hatte mich zurückgeholt und mich hingebracht, wo ich hingehörte. Er gab mir meinen Strand zurück.

Ich wischte mit dem Handrücken die Tränen fort, die mir plötzlich vom Gesicht tropften, zog die Nase hoch, um nicht beim Flennen erwischt zu werden.

Und natürlich ertappte mich Flynn ausgerechnet in dem Moment, als ich mich auf seine Ahnungslosigkeit verließ.

»Du weinst. Bist du traurig?«, fragte er stirnrunzelnd. Er wischte mir die Tränen vom Gesicht und verrieb sie zwischen den Fingern, während er zu ergründen suchte, was mit mir los war.

Ich fuhr mir über das Gesicht. »Ich bin nicht traurig, Flynn. Ich bin dankbar. Dankbar dafür, dass du in mein Leben gekommen bist und mich verändert hast. Ich war so ein verdammtes Miststück, bevor du zurückgekommen bist.« Beschämt ließ ich den Kopf hängen.

»Hör auf zu fluchen, Ellie«, rügte mich Flynn.

»Tut mir leid«, murmelte ich, während sich ein Lächeln in meinen Mundwinkel stahl. »Aber es *stimmt*. Ich war wirklich schrecklich. Ich habe dich so furchtbar behandelt, Flynn. Wie konntest du mir das nur verzeihen? Wie hältst du es aus, mich anzufassen, nach allem, was ich getan habe?« Jetzt weinte ich ernsthaft. Das Mädchen, das nie eine Träne verdrückt hatte, heulte wie ein Schlosshund.

Flynn legte nicht den Arm um mich. Er unternahm auch keinen Versuch, mich zu trösten, wie andere es getan hätten. Mit einem merkwürdigen Ausdruck im Gesicht sah er mir einfach beim Weinen zu. Murphy hob den Kopf und stupste mich an, als wollte er fragen, was los sei.

»Wein doch nicht. Das macht mich auch traurig. So als müsste ich auch gleich losweinen«, sagte Flynn mit gequälter Miene.

Ich rang um Fassung. Gab mir wirklich Mühe. Aber es war, als wäre ein Damm gebrochen und die jahrelang unterdrückten Tränen strömten nur so heraus.

»Es tut mir so leid, Flynn. Alles tut mir leid. Dass ich dich beschimpft habe. Dass ich deine Freundin war und dir diese Freundschaft dann aus lauter Feigheit wieder weggenommen habe. Dass ich nicht für dich eingetreten bin, als ich es hätte tun müssen. Dass ich nicht stärker war«, stammelte ich, während ich Rotz und Wasser heulte. Angewidert fuhr ich mir mit dem Handrücken über die Nase.

Flynn erwiderte nichts auf meine Entschuldigung. Er sah einfach weiter zu, wie ich mich ausheulte.

»Ich weiß, Ellie«, sagte er, als ich mich wieder beruhigt hatte.

»Was?« Ich war mir nicht sicher, ihn richtig verstanden zu haben.

»Ich weiß, dass es dir leidtut. Du warst nicht sehr nett zu mir. Du hast mich wütend gemacht und traurig und ich habe viel geweint wegen dir. Aber jetzt bringst du mich zum Lachen. Du lachst, ich lache und wir haben Spaß zusammen. Du willst mit mir zusammen sein und ich mit dir. Wir gehören zusammen«, sagte er zutiefst überzeugt und so bewegt, wie ich ihn noch nie gehört hatte.

»Du glaubst, dass wir zusammengehören?«, fragte ich kläglich.

Flynn nickte und sah auf seine Finger, die durch den Sand fuhren. Wäre ich nicht in diesem jämmerlichen Zustand gewesen, hätte mich dieser Riesenfortschritt zutiefst beeindruckt. Er zuckte nicht zurück, sondern griff mit voller Absicht in den Sand unter sich.

»Du tust mir gut, Ellie. Und ich bringe dich zum Lachen. Wir sind glücklich zusammen. Nur darauf kommt es an.«

Er hatte recht. Das war alles, worauf es ankam. Wir hatten einander.

Ich liebte ihn. Er hatte mir ein Leben geschenkt, das ich mir nie hatte vorstellen können. Durch ihn hatte ich Gemeinsamkeit, Zugehörigkeit und Akzeptanz erfahren.

Er war zu meiner Welt geworden.

Als ich mich vorbeugte, um ihn auf die Wange zu küssen, senkte er verschämt den Kopf.

»Können wir jetzt ins Hotel zurückgehen? Ich will duschen. Ich habe genug vom Sand«, erklärte er, als er aufstand und sich die sandigen Hände an der Hose abwischte.

»Gehen wir«, sagte ich und kam auf die Beine.

Als ich ihm hinterherging und mich von ihm zu den Stufen zurückführen ließ, wo wir unsere Schuhe gelassen hatten, wurde mir bewusst, dass ich Flynn Hendrick überallhin folgen würde.

Sobald wir in unserem Hotelzimmer ankamen, verschwand Flynn augenblicklich im Badezimmer. Ich hörte, wie er den Wasserhahn aufdrehte, und wusste, dass er dort eine Weile zugange sein würde. Er gehörte nicht zu den Schnellduschern.

Ich rubbelte Murphy mit einem Handtuch trocken und bereitete ihm ein Lager, damit er nicht wieder auf unser Bett sprang. Er folgte meinem Befehl, rollte sich brav zu einer Kugel zusammen und schnarchte augenblicklich los.

Anschließend holte ich ein paar kurze Schlafanzughosen und ein Tanktop aus dem Schrank. Ich musste unbedingt duschen, denn ich fühlte mich ziemlich eklig von all dem Sand und Salz. Aber ich musste warten, bis Flynn sich sauber genug fühlte, um herauszukommen.

Beim Gedanken daran, dass Flynn nur wenige Meter von mir entfernt nackt und nass im Bad stand, stieg mir die Röte ins Gesicht und mein Körper begann zu kribbeln. Es war lange her, seit ich das letzte Mal Sex gehabt hatte. Wobei ich mir über Sex nie allzu viele Gedanken gemacht hatte.

Doch jetzt, wo ich mich mehr und mehr in Flynn verliebte, stellte ich fest, dass ich … gar nicht mehr aufhören konnte, daran zu denken.

Ich hätte alles dafür gegeben, die Tür aufmachen und hinter ihm in die Dusche steigen zu können, aber ich wusste, dass das überhaupt nicht infrage kam.

Ich sah zu dem großen Bett hinüber, das wir uns teilen würden. Obwohl wir seit Wochen im gleichen Bett schliefen, hatte ich sorgsam darauf geachtet, meine Begierde in Schach zu halten. Allerdings fiel mir das immer schwerer. Etwas langsam anzugehen war noch nie meine Stärke gewesen. Und allmählich hatte ich das Gefühl, noch langsamer könnte ich eigentlich nur als Tote machen.

Sex war für mich immer nur Sex gewesen. Er hatte nie etwas bedeutet. Sicher, als junges Mädchen hatte ich mir eingebildet, indem ich mit Shane oder irgendwelchen anderen gesichtslosen Typen schlief, brächte ich sie dazu, mich gernzuhaben. Dann würde ich ihnen etwas *bedeuten*.

Doch als sie mich fallen ließen, nachdem sie bekommen hatten, was sie wollten, war es vor allem mein Stolz gewesen, den sie verletzt hatten. Ich hatte sie zwar in meinen Körper gelassen, aber nie in mein Herz.

Flynn dagegen hatte sich tief in mich eingegraben. Sollte er mich jemals zurückweisen, käme Weitermachen für mich nicht infrage, das wusste ich.

Ich wollte mich ihm hingeben. Ich wollte, dass wir uns körperlich ebenso nahe kamen, wie wir es in jeder anderen Beziehung waren.

Ich *brauchte* es.

Ich *verzehrte* mich danach.

Meine Gedanken begannen zu rasen, als ich mir vorstellte, dass Flynn mich berührte. Mich auszog. Mich überall küsste.

Als er in seiner Flanellpyjamahose und dem üblichen T-Shirt endlich aus dem Badezimmer kam, aus dem die Dampfwolken in unser Zimmer quollen, schob ich ihn regelrecht beiseite, um selbst ins Bad zu gelangen und die Tür hinter mir abzuschließen.

Ich stellte das Wasser ein wenig kälter ein, als mir lieb war, denn ich musste mich dringend abkühlen, bevor ich gänzlich den Verstand verlor. Anziehungskraft und Lust waren mächtige Emotionen. Aber die Liebe übertrumpfte sie alle. Gegen sie kam man nicht an.

Sie nahm einen in Besitz.

Zähneklappernd und mit geschrumpelter Haut stieg ich aus der

Dusche. Aber es funktionierte. Ich hatte meine entfesselten körperlichen Begierden wieder unter Kontrolle. Was fast ein bisschen traurig war.

Als ich aus dem Badezimmer kam, saß Flynn auf dem Bett und sah aufs Meer hinaus. Ich hatte ein Fenster gekippt, damit wir das Tosen der Brandung hören konnten, und er hatte sich ausnahmsweise nicht beklagt.

Die Wellen donnerten im Takt mit meinem Herzschlag, als ich den Mann ansah, der mein Ein und Alles geworden war.

Ich setzte mich neben ihn und streifte ihn dabei leicht. Er versteifte sich für einen Moment, entspannte sich dann aber wieder.

Wir sprachen lange kein Wort, was uns schon zur Gewohnheit geworden war.

Den dunklen Lockenkopf gesenkt, fingerte Flynn an der Kordel seiner Hose herum. Ich wünschte, ich hätte gewusst, was ihm durch den Kopf ging. Aber im Gedankenlesen war ich schon immer lausig gewesen.

Doch es dauerte nicht lange, bis ich erfuhr, was ihm Sorgen bereitete.

»Ich hab das noch nie gemacht«, sagte er leise und in verkrampfter Haltung. Überrascht von dieser seltsamen Feststellung, blinzelte ich.

»Du hast was noch nie gemacht?«, fragte ich.

»Mit jemandem geschlafen«, erwiderte er schroff und in seiner normalerweise so sachlich und nüchtern klingenden Stimme lag so viel Gefühl, dass mir schwindlig wurde.

Offensichtlich ging es uns ähnlich, ohne dass es mir bewusst gewesen wäre. Ich hatte geglaubt, mit meinem kaum beherrschbaren Verlangen allein zu sein, doch wie es aussah, trieb es Flynn genauso um wie mich.

Es überraschte mich nicht, dass er noch Jungfrau war. Herrje, bis vor einigen Monaten hatte er noch nicht einmal jemanden geküsst.

Es machte mir Angst, die Erste für ihn zu sein. Das war eine große Verantwortung. Was, wenn ich nicht sanft genug war? Wenn er es furchtbar fand? Oder ich es so sehr vermasselte, dass er nie wieder Sex haben wollte?

Gott, was für ein grauenhafter Gedanke!

Für jemanden wie mich war es nicht leicht, mit einem solchen Druck fertigzuwerden. Ich sah auf seinen gesenkten Kopf und wusste, dass er dieses Erlebnis mit mir teilen wollte. Wir erlebten so viele erste Male zusammen: den ersten Spaziergang im Sand, den ersten Kuss, die erste Liebe.

Das hier war nur ein weiteres erstes Mal, das wir unserer immer länger werdenden Liste hinzufügen konnten.

Ich wollte ihn anfassen, wollte seine Hand nehmen und dieses Unbehagen verscheuchen, um es ihm leichter zu machen. Und mir ebenfalls. Denn ich war mit den Nerven am Ende.

Mein Mund war wie ausgetrocknet, deshalb räusperte ich mich. »Das ist okay«, setzte ich an, weil ich ihn nicht drängen wollte, aber Flynn fiel mir ins Wort.

»Ich weiß nicht, was ich machen muss. Ich werde mich doof anstellen und du wirst es furchtbar finden«, murmelte er und ich sah entgeistert zu, wie er anfing seine Hände zu reiben.

Er war aufgewühlt und kurz davor, etwas zu zerschlagen oder durch die Gegend zu schleudern. Die von ihm ausgehende Anspannung breitete sich aus wie die Wellen am Strand.

»Hör auf damit«, sagte ich ein wenig strenger als beabsichtigt. Ich konnte mich gerade noch davon abhalten, seine Hände zu packen.

Sein offensichtliches Unbehagen zehrte an meinen Nerven.

Dabei war nicht ich die Jungfrau in diesem Zimmer. Also warum zitterte ich wie ein Mädchen vor dem ersten Rendezvous?

Weil Flynn mir das Gefühl gab, unschuldig und unberührt zu sein. Weil ich vergessen würde, dass es jemals einen anderen gegeben hatte, wenn ich das erste Mal mit ihm zusammen war.

Weil es mit ihm keinen anderen *gab*.

Er rieb immer weiter. Er würde sich noch die Haut aufscheuern, wenn er so weitermachte.

»Ich kann das nicht, Ellie. Ich habe keine Ahnung, was ich tun soll.« Flynns Stimme stieg um eine ganze Oktave, ich hätte ihn am liebsten angeschrien, dass er aufhören sollte. Ich wollte ihn ohrfeigen, ihn zwingen, mich anzusehen und nicht seine ganze Aufmerksamkeit auf eine Stelle in seinem Schoß zu richten.

Ich brauchte ihn bei mir. Nicht zurückgezogen in seinem Kopf.

Meine unsinnige Wut hob ihr hässliches Haupt und ich hatte alle Mühe, sie unter Kontrolle zu halten.

»Darf ich dich anfassen, Flynn?«, fragte ich sanft.

Flynn antwortete nicht. Er rieb einfach weiter.

Diesmal fragte ich nicht erst, sondern sagte ihm, was ich tun würde.

»Ich werde dich jetzt anfassen, Flynn. Und du wirst es zulassen. Du wirst nicht ausflippen und dich auch nicht aufregen. Du wirst mich spüren und ich werde dich spüren und es wird der Wahnsinn«, erklärte ich ihm, ohne Widerspruch zu dulden.

Ich hatte es freundlich und sanft versucht. Jetzt war es an der Zeit, ich selbst zu sein. Ellie McCallum nahm das Heft in die Hand.

Ich legte meine Hand auf seine, verschränkte die Finger und presste die Handfläche auf seinen Handrücken.

Flynn war wie erstarrt. Ich sah, wie sein Kiefer arbeitete, während er an seiner Unterlippe nagte.

Mit langsamen, bedachten Bewegungen fuhr ich mit dem Daumen wieder und wieder über seine Hand. Ich rang damit auch meine eigene Anspannung nieder, lockerte meine Schultern und entspannte meinen ganzen Körper. *Schön locker bleiben, Ellie,* sagte ich mir.

»Wir müssen nichts tun, was du nicht willst, Flynn. Deine Tugendhaftigkeit ist in guten Händen, ich verspreche es dir«, neckte ich ihn, um die ernste Stimmung ein wenig aufzulockern, auch wenn ich wusste, dass er meinen Humor nicht verstand.

Flynns Körper bebte leicht und ich begann mich zu fragen, ob dieser Ausflug nicht doch eine schlechte Idee gewesen war. Er war noch nicht bereit. Verdammt, ich war mir nicht mal sicher, ob ich es war. Wir waren zwei total gestörte Menschen, die blindlings durch die Gegend stapften und hofften, nicht irgendwo vor die Wand zu knallen.

Noch nie hatte es beziehungsuntauglichere Gestalten gegeben als uns. Wir lagen komplett falsch. Wir hatten keine Chance.

Und genau deswegen war ich bereit, umso härter darum zu kämpfen.

Die Beziehung zu Flynn hatte den Gladiator in mir geweckt. Vergessen war das Mädchen, das ihr Schicksal still und ergeben akzeptierte. Die alte Ellie war an dem Tag gestorben, an dem Flynn bei JAC's hereingeschneit war.

Flynn war genau in dem Moment wieder in mein Leben getreten, als ich ihn gebraucht hatte. Ich hatte am Scheideweg gestanden und die Wahl gehabt. Ich hätte vorwärtsgehen oder dort steckenbleiben können, wo ich mich festgefahren hatte.

Er hatte mich ermutigt vorwärtszugehen. Und jetzt würde ich für ihn das Richtige tun.

Für uns.

Wie hatte dieser Mann, den ich so lange für alles Schlechte in meinem Leben verantwortlich gemacht hatte, für mich nur so wichtig werden können? So unentbehrlich?

Wir hatten beide die Vergangenheit hinter uns lassen wollen, hatten unser Leben weitergelebt in der Hoffnung, der Schmerz wäre vorbei.

Aber der Schmerz hatte mir auch *ihn* gebracht.

Ich liebte diesen Schmerz.

Ich würde ihn niemals loslassen.

»Wir können hier einfach nur … zusammen sein«, sagte ich leise und drückte dabei seine Hand.

Flynns Finger lagen leblos unter meinen, doch nach und nach entspannte er sich. Mit einem lauten Seufzen schüttelte er die wirren Haare aus dem Gesicht.

»Ich will aber, Ellie. Ich will dich anfassen und dich spüren. Ich will wissen, wie es ist, mit dir nackt zu sein«, bekannte er auf seine knappe, zögerliche Art.

Ich musste schlucken. »Okay«, krächzte ich und das Kribbeln in meinem Körper, das ich mit der eiskalten Dusche betäubt hatte, setzte wieder ein.

Flynn hob den Kopf und sah mich an. Und wie jedes Mal, wenn ich mit einem Blick aus seinen wunderschönen grünen Augen belohnt wurde, stockte mir das Herz.

»Darf ich dich anfassen?«, fragte er. Meine Augen weiteten sich ein wenig.

Das hatte er mich noch nie gefragt. Es war, als würden wir plötzlich die Rollen tauschen. Es war nervenzehrend, aber auch aufregend.

Ich nickte und hielt ganz still, als er die Hand hob und sie mir langsam und behutsam seitlich an den Nacken legte. Ich versuchte ganz still zu halten.

Er starrte mir ins Gesicht, als wollte er sich vergewissern, dass das, was er tat, in Ordnung war. Ich biss mir auf die Lippe, rührte mich aber nicht, als er mir die Handfläche auf die Haut presste und die Finger in meinen Haaren vergrub.

»Ich mag deine Haare, wenn sie normal sind. Diese ganzen Farben waren furchtbar«, sagte er. Ich musste lächeln bei der Erinnerung daran, wie sehr es ihm missfallen hatte, als ich sie in der Schule immer gefärbt trug.

»Lass sie so«, verlangte er und klang dabei fast wütend.

Er zog die andere Hand unter meiner hervor und fuhr mit dem

Finger die Konturen meiner Lippen nach. Ich hätte am liebsten die Augen zugemacht; die zarte Berührung seines Fingers brachte mich fast um.

Aber ich konnte nicht aufhören, ihn anzusehen, während er meine Haut erkundete. So sanft. Und mit so rührender Entschlossenheit.

»Ich verändere sie nicht mehr. Versprochen«, sagte ich.

Flynns schönes Gesicht entspannte sich. Sein Lächeln flutete den Raum.

»Du bist so schön«, sagte er mit Nachdruck, als würde ich mich dagegen wehren wollen. Wie sollte ich ihm widersprechen, wenn er es mit solcher Überzeugung sagte?

Dann lagen seine Lippen plötzlich auf meinen und mir blieb kaum Zeit, es zu begreifen, als er sich auch schon wieder zurückzog, genau wie er es am Strand getan hatte. Er keuchte und seine Wangen waren gerötet. Dann ließ er die Hände sinken und starrte wieder in seinen Schoß.

Was zum Teufel war gerade passiert?

»Ist schon gut«, sagte ich zu ihm. Flynn zu küssen war ein einzigartiges Erlebnis. Kein Kuss glich dem anderen.

Der, den er mir gerade gegeben hatte, war heftig, hart und voller widerstreitender Gefühle gewesen.

Kopfschüttelnd begann er wieder die Hände zu reiben. Diesmal hielt ich sie fest, ohne ihn erst um Erlaubnis zu bitten. Ich hob seine Finger an den Mund und begann sie sanft zu küssen.

Seine Hände zitterten.

»Ist schon gut«, sagte ich wieder.

Als er nickte, führte ich seine Hände an mein Gesicht. Ohne aufzusehen, umfasste er meine Wangen.

»Es ist *nicht* gut. Ich will dich anfassen. Es fühlt sich nur so … komisch an«, sagte er stirnrunzelnd.

»Wir können uns Zeit lassen. Wir müssen das nicht jetzt tun.

Wir haben alle Zeit der Welt, Flynn. Ich gehe nirgendwo hin.« Es war mir wichtig, das zu betonen. Ich würde nirgendwo hingehen. *Nicht jetzt.*

Flynn strich sich die Haare aus dem Gesicht und sah mir in die Augen, als zwinge er sich, meinem Blick direkt zu begegnen.

»Ich habe noch nie mit jemandem schlafen wollen. Und auch noch nie jemanden berühren wollen. Aber dich will ich anfassen, Ellie. Und ich will, dass du mich anfasst. Du musst mir nur Zeit lassen, mich daran zu gewöhnen«, sagte er unruhig.

Ich lachte, und während Flynn meinen Mund beobachtete, begann er selbst zu lächeln.

»War das lustig?«, fragte er.

Ich schlug die Hände vors Gesicht und versuchte mich zusammenzureißen. Mit einem tiefen Atemzug schüttelte ich den Kopf.

»Nein, du bist perfekt, Flynn. So wie du bist«, sagte ich voller Überzeugung. Nach all diesen Jahren war mir klar, dass Flynn mit seinen ganzen Einschränkungen alles war, was ich je gewollt hatte.

Warum hatte ich das nicht schon früher verstanden?

Mist, die Wasserspiele gingen schon wieder los! *Es reichte jetzt!*

Tränen nützten nichts. Sie bewirkten überhaupt nichts.

Aber sie fielen trotzdem weiter.

Doch es waren nicht die Tränen einer Gebrochenen. Es waren die Tränen von jemandem, den man wieder zusammengefügt hatte.

Flynn, der mich nicht aus den Augen ließ, packte den Saum seines T-Shirts und zog es sich über den Kopf. Sein Brustkorb hob und senkte sich schnell, als er es zu Boden fallen ließ.

»Wahnsinn«, hauchte ich beim Anblick seines nackten, gut gebauten Oberkörpers. Ich konnte nicht anders, als die Hand auszustrecken und seinen Bauch zu berühren. Seine Muskeln zitterten unter meinen Fingern, die ihm quer über den Leib strichen.

»Das kitzelt«, sagte er angespannt.

Ich legte ihm die flache Hand auf den Bauch und spürte seine Wärme in meinen Arm aufsteigen.

»Ziehst du deins auch aus?«, fragte er. Ich lachte leise.

»Möchtest du das gern?«, erwiderte ich kokett.

Flynn legte den Kopf schief und starrte auf meine Brust. Seine Augen brannten Löcher in mein T-Shirt.

»Das will ich«, murmelte er und seine Stimme kippte, als er zusah, wie ich langsam das Shirt über den Kopf zog und es zu seinem auf den Boden warf.

Mit gespreizten Fingern hob Flynn die Hände, um meine Brüste zu umfassen. Mein Busen hatte es ihm echt angetan.

Ein leises, tiefes Stöhnen drang aus seiner Kehle und ich spürte, wie mir die Hitze zwischen die Schenkel kroch.

Obwohl ich wusste, dass ich ihn nicht drängen durfte, ertrug ich es einfach nicht länger und setzte mich rittlings auf seinen Schoß. Flynns Augen weiteten sich und sein Mund klappte herunter, als ich mich auf die Verhärtung presste, die ich in seiner Jeans spüren konnte.

»Das fühlt sich wirklich gut an«, keuchte er. Ich musste lächeln über den euphorischen Ausdruck in seinem Gesicht. Ich fühlte mich stark, weiblich und geliebt. So von Flynn gehalten zu werden war das Erotischste, was ich je erlebt hatte, dabei waren wir immer noch fast vollständig angezogen.

Seine Lippen fanden die Stelle zwischen meinen Brüsten und küssten mich behutsam. Ich erbebte unter der federleichten Berührung seines Mundes. Dann fuhr er mir mit der Zunge zögernd über die Haut und ich bäumte mich auf, als er anfing, meine Brüste zu drücken und zu kneten.

Langsam und mit wachsendem Selbstvertrauen begann Flynn meinen Körper zu erkunden. Ich wollte das Ganze beschleunigen und gleichzeitig hinauszögern. Ich brannte lichterloh und verging fast, Flynn folterte mich bis zum Äußersten.

Die Leidenschaft zeigte mir eine Seite von ihm, von der ich bisher nichts geahnt hatte. Er wurde zu einem anderen. Er war ruhig und sicher, benutzte seine Hände und seinen Mund, als könnte er nicht genug von mir bekommen.

In kurzen, abgehackten Sätzen erklärte er mir, wie schön ich sei. Er weckte Gefühle in mir, die ich nie wieder würde verdrängen können.

Wenig später zog er mir die Hose aus, dann folgte seine eigene. Es dauerte eine Weile, aber schließlich waren wir beide nackt. Wir atmeten flach; mein Herzschlag dröhnte mir in den Ohren.

Wir sprachen kein Wort, nahmen nichts wahr, außer dem lustvollen Gefühl, einander zu berühren und zu schmecken.

»Ist das richtig so?«, fragte Flynn, als er mich zum ersten Mal zwischen den Beinen berührte. Er rieb und streichelte mich zart und bedächtig und gerade fest genug, um mir Hören und Sehen vergehen zu lassen.

»*Ja*«, stöhnte ich, als er langsam einen Finger in mich hineinschob.

So ging es über Stunden, vielleicht auch nur Minuten. Flynns Berührungen raubten mir jeden Überblick und jedes Zeitgefühl.

Mit Flynn zu schlafen war anders als alles, was ich je erlebt hatte. Es war weder gehetzt noch peinlich, nicht einmal, als er mit dem Kondom herumfummelte. Da er nicht genau wusste, wie er es sich überziehen sollte, musste ich die Sache schließlich übernehmen, was wir beide ausgiebig genossen.

Es war sein erstes Mal, deshalb dauerte es nicht lange. Aber in diesen wenigen seligen Augenblicken fühlte ich mich ihm näher als je einem anderen Menschen zuvor.

Ich hatte mich nicht geirrt. Das, was uns verband, war viel mehr als nur Sex.

Es war eine Nähe, die darauf gründete, jemandem sein Herz zu offenbaren, von dem man wusste, dass er gut damit umgehen würde.

Und er sah mich an. Er sah mich richtig an. Ohne sein Gesicht zu verstecken. Unsere Blicke trafen sich und hielten einander ebenso fest wie unsere aneinandergeklammerten Leiber. Es gab keinen Rückzug. Und keine Frage, was das hier war.

Es war Liebe.

Schlicht und einfach und total kompliziert.

Es brannte mir in der Kehle, ihm das zu sagen; meine Augen wurden glasig von ungeweinten Tränen, als er in mich eindrang.

Doch ich blieb stumm. Es brauchte keine Worte. Die Wahrheit lag in der Art, wie wir uns berührten. Uns bewegten. Uns ansahen, ohne auch nur einmal den Blick abzuwenden.

Es laut auszusprechen hätte die Offenheit nur belastet, die mit Worten nicht herzustellen war.

»Flynn …«, seufzte ich und legte meine Seele in den Hauch seines Namens. Seinen Lippen lagen in der Beuge meines Halses, seine Hände hielten mich fest; Schweiß trocknete auf unserer Haut, als wir auf die Erde zurückkehrten.

Ich liebte ihn.

Wirklich.

Ich hatte noch nie jemanden geliebt, aber jetzt liebte ich ihn mit meinem ganzen Wesen.

Es zerriss mich.

Ich gehörte ihm. Ganz und gar.

Es gab kein Zurück.

Flynn hatte mich wiedergewonnen.

27

Flynn

Vor vielen Jahren ...

Ich redete nicht mehr mit Ellie.

Als sie mir in Englisch etwas sagen wollte, fauchte ich sie an, dass sie die Klappe halten sollte. Ihre Haare waren wieder blau.

Ich hasste ihre Haare.

Ich hasste Ellie.

Sie hatte mir wehgetan.

Als ich heute Morgen zur Schule kam, riefen mir ihre Freunde »Spast« hinterher.

Ellie lachte auch, aber später entschuldigte sie sich dann.

Sie tat mir ständig weh.

Ich hatte es satt, traurig zu sein.

Diesmal war ich nicht wütend geworden, als Mom sagte, dass sie keine echte Freundin sei.

Ellie war keine Freundin.

Sie war gemein.

Ich konnte gemeine Leute nicht ausstehen.

Warum tat mir die Brust weh?

»Bitte rede einfach mit mir, Flynn!«

Ich wollte nicht mit Ellie reden.

Aber sie sah so traurig aus und ich wollte nicht, dass sie so traurig war wie ich.

Ich musste in die Cafeteria, um schnell mein Mittag zu essen, ehe Stu es mir wegnahm. Ich war hungrig. Mom hatte mir Hühnchensalat eingepackt. Mein Lieblingsessen.

»Es tut mir leid. Kann ich zu dir kommen?«, fragte sie.

Ich mochte es, wenn sie zu mir nach Hause kam. Es machte mich froh. Bei mir zu Hause war sie nie gemein.

»Da ist ja der Freak! He, Flynn, du Freak!«, schrie Dania und Ellie lachte. Ihr Gesicht sah komisch aus, als sie mich ansah.

Ich wurde wütend.

»Du darfst nicht vorbeikommen! Ich hasse dich!«, schrie ich sie an, ehe ich mich umdrehte und durch den Gang davonrannte.

Als ich nach Hause kam, war ich traurig. Ich hatte keine Lust auf mein Bananenbrot und Mom sagte, dass sie sich Sorgen um mich mache. Als ich ihr von Ellie erzählte, wurde sie böse. Sie würde in der Schule anrufen, sagte sie, und dafür sorgen, dass man etwas unternahm.

Ich bat sie, es nicht zu tun, weil ich Ellie nicht in Schwierigkeiten bringen wollte.

Ich hatte ihr gesagt, dass ich sie hasste, aber das stimmte nicht.

Sie machte mir immer noch ein komisches Gefühl im Bauch, aber jetzt war ich ständig traurig wegen ihr.

Sie lachte überhaupt nicht mehr.

Mom sagte, sie würde den Direktor anrufen. Vielleicht könnte er mir helfen und dafür sorgen, dass Stu, Dania und Ellie aufhörten, so gemein zu mir zu sein.

Das hörte sich gut an.

Ich wollte nicht, dass Ellie Schwierigkeiten bekam, aber sie sollten auch nicht länger gemein zu mir sein. Also sagte ich Ja. Mom lächelte und versprach mir, sich darum zu kümmern.

Mom schrie mich an, dass ich aufstehen solle. Sie schüttelte mich und ich schlug nach ihr, damit sie aufhörte.

»Wir müssen raus aus dem Haus, Flynn!«, schrie sie.

Als ich die Augen aufmachte, war mein Zimmer voller Rauch. Ich musste husten und meine Augen brannten. Es roch schlecht. So wie wenn Mom der Schmorbraten anbrannte.

»Beeil dich, Flynn! Das Haus brennt!«, schrie sie und schüttelte mich wieder.

Ich mochte das Schütteln nicht, aber ich hatte Angst. Das Haus brannte. Der Rauch war schlimm und ich bekam keine Luft mehr.

Ich konnte nur noch husten.

Als Mom meine Tür aufriss, war im Flur noch mehr Rauch.

Ich fing an zu weinen.

»Wo ist Marty?«, fragte ich, aber Mom befahl mir immer wieder, die Treppe hinunterzugehen und das Haus zu verlassen.

Wo war mein Hund? Wo war Marty?

Ich weinte immer mehr und schrie Mom an, dass sie Marty suchen sollte.

Sie weinte ebenfalls. Wir liefen aus dem Haus. Ich konnte nicht atmen. Meine Augen brannten. Als Mom den Arm um mich legte, ließ ich sie.

»Geh und hol Marty!«, schrie ich sie an, aber sie sagte immer wieder, dass sie das nicht könne.

Dann kamen die Feuerwehrleute und spritzten Zeug auf mein Haus. Ich schrie die Männer an, sie sollten meinen Hund holen. Es machte mich wütend, dass mir keiner zuhörte.

»Wo ist mein Hund?«, schrie ich und Mom versuchte wieder, mich in den Arm zu nehmen. Ich stieß sie weg und sie fiel hin.

Einer der Feuerwehrleute wollte mich wegziehen, deshalb schlug ich nach ihm.

»Du musst dich beruhigen, junger Mann. Und hör auf, deine

Mutter zu schlagen«, sagte er. Er machte mir Angst mit seinem Helm.

»Er hat Asperger. Er weiß nicht, was er tut«, erklärte meine Mutter dem Feuerwehrmann. Der sah mich an. Und das wollte ich nicht.

Ich wusste sehr wohl, was ich tat. Ich war wütend. Ich wollte sie schlagen, weil sie meinen Hund nicht holten.

Mom weinte und sagte, es würde alles wieder gut werden.

Ich wollte einfach nur meinen Hund haben.

Jemand erzählte Mom, dass es so aussähe, als wäre das Feuer absichtlich gelegt worden. Da weinte sie noch mehr.

Niemand holte meinen Hund.

Er sei zu meinem Dad in den Himmel gegangen, sagte Mom. Sie würden jetzt zusammen spielen.

Aber ich wollte nicht, dass Marty bei meinem Dad im Himmel war! Ich wollte ihn hier bei mir haben!

Ich schrie und war wütend, aber ich schlug sie nicht. Der Feuerwehrmann sollte mich nicht wieder anschreien.

Marty war tot.

Mein Haus war abgebrannt.

Ich weinte die ganze Nacht, bis Mom mich in ein Hotel brachte.

28

Ellie

Wir berührten uns nicht mehr, aber ich spürte immer noch Flynns Wärme auf meiner Haut. Ich starrte an die Decke, während Flynn neben mir schlief. Wir hatten die Tür zum Balkon ein wenig offen stehen, sodass ich die donnernden Wellen hören konnte. Ich fror von dem kühlen Luftzug, der ins Zimmer strich.

Schaudernd zog ich mir das Laken über die Schultern. Murphys leichtes Schnarchen war wie der rhythmische Widerhall von Flynns schweren Atemzügen.

In meinem Kopf und meinem Herzen ging alles durcheinander und ich fand keine Ruhe. Mit Flynn zu schlafen war unglaublich gewesen. Danach hatte er nicht gewusst, was er tun sollte. Das Nachspiel war wesentlich peinlicher gewesen als der eigentliche Akt. Er wirkte schüchtern und verlegen und hatte mir nicht in die Augen sehen können.

»Hat es dir gefallen?«, wollte er wissen, während er auf seiner Unterlippe herumkaute. Ich zog mir das Laken über die nackte Brust, und Flynn, der mich immer noch im Arm hielt, rutschte unruhig hin und her und spreizte mehrmals die Finger, als wollte er von mir abrücken.

»Natürlich hat es mir gefallen. Und dir?«, fragte ich zurück, weil ich mich plötzlich unsicher fühlte. O Gott, und wenn es für ihn ätzend gewesen war? Wenn ich ätzend war? Ich zweifelte nicht daran, dass Flynn es mir sagen würde. Wahrscheinlich würde ich ausrasten, wenn er mich zu einer Null im Bett erklärte.

Doch dann hatte Flynn durch seine dunklen Haarsträhnen verschmitzt zu mir aufgesehen. »Ich will das noch mal machen«, hatte er zärtlich gesagt und dabei gelächelt. Schon war die scheußliche Angst verflogen. Ich lachte glücklich und zufrieden.

Wir schliefen zwar nicht noch einmal miteinander, aber es gab jede Menge weitere Küsse und Berührungen. Flynn war besonders angetan von meinem Bauch und natürlich von meinen Brüsten und widmete diesen Bereichen viel Zeit und Aufmerksamkeit. Wogegen ich nichts einzuwenden hatte.

»Mach das nie mit jemand anderem. Nie«, sagte er, während er den Leberfleck auf meiner Hüfte küsste. Auf die Ellbogen gestützt, sah ich auf seinen Kopf hinab. Sein Atem strich warm über meine Haut und ich spürte das feuchte Gleiten seiner Zunge.

»Was meinst du damit?«, fragte ich mit rauer Stimme, weil ich ihm schon wieder erlag.

Flynn hielt inne und sah zu mir auf, seine grünen Augen blitzten. »Du sollst das nur mit mir machen, ja?« Er formulierte es als Frage, doch es klang wie ein Befehl.

»Du willst nicht, dass ich mit anderen rummache?«, fragte ich grinsend.

Flynn schüttelte wild den Kopf. »Nein! Leute, die sich lieben, tun das nicht mit anderen.«

Ich verschluckte mich fast.

Flynn Hendrick hatte mir gerade gesagt, dass er mich liebte.

Flynn liebte *mich*!

»Und begleitest du mich dann auch, wenn ich an die Uni gehe?«, fragte ich sanft, obwohl ich mich dafür hätte ohrfeigen können, in einem so entspannten und friedlichen Moment ein derart heikles Thema anzusprechen.

Aber diesmal blieb Flynn gelassen. Er schob sich im Bett nach oben und legte den Kopf neben mir auf das Kissen. »Darüber will ich jetzt nicht reden. Es macht mich wütend. Und dich traurig. Darauf habe ich keine Lust. Ich will mich gut fühlen mit dir. Nicht wütend.« Stirnrunzelnd sah er mich an, als wollte er mich für meine Gedankenlosigkeit zurechtweisen.

Seine Weigerung zu antworten wurmte mich, auch wenn ich mir Mühe gab, das Gefühl zu ignorieren. Wir hatten wieder angefangen, uns zu küssen, zu streicheln und zu lieben. Ich verdrängte die quengelnde Stimme in meinem Hinterkopf, die mich warnte, dass das alles verschwinden würde.

Anschließend zog Flynn seinen Schlafanzug an, kuschelte sich unter die Decke und schlief prompt ein, während ich mit rasenden Gedanken und klopfendem Herzen zurückblieb.

Flynn liebte mich.

Diese schlichte und doch so erschütternde Tatsache schwirrte mir durch den ohnehin bereits übervollen Kopf.

Das Wissen, dass meine Gefühle erwidert wurden, erfüllte mich mit einem so strahlend hellen Glück, dass ich wie geblendet war.

Doch an den Rändern meiner Freude lauerte eine Dunkelheit, und je mehr ich sie zu ignorieren versuchte, desto größer wurde sie. Bis sie sich schließlich ganz vor die Sonne von Flynns Liebe schob.

Da waren sie wieder, meine alten Freunde … Schuld und Scham.

Flynn liebte mich. Aber würde er es auch noch tun, wenn ich ihm die Wahrheit sagte? Würde er mich noch berühren wollen, wenn ich ehrlich zu ihm war und ihm gestand, was ich vor Jahren getan hatte?

Mir war schlecht und mein Kopf tat weh.

Ich musste es ihm sagen.

Ich durfte keinen Tag länger warten.

Er verdiente es zu wissen, wem er sein Herz schenkte. Ich lag im Bett und starrte an die Decke, während ich Flynns Atemzügen lauschte, und fühlte mich wie das größte Schwein auf Erden. Wer würde einem Menschen, den er zu lieben vorgab, ein so großes Geheimnis vorenthalten?

Egoistischer Feigling, der ich war!

Flynn stieß einen Laut aus und drehte sich um. Seine Lider öffneten sich zitternd und er sah mich in der Dunkelheit an.

»Warum bist du noch wach?«, fragte er, die Stimme rau und verschlafen.

»Ich bin noch nicht müde«, log ich. In Wirklichkeit war ich so erschöpft, dass ich es bis in die Knochen spüren konnte. Doch es war keine Müdigkeit, die der Schlaf kurieren würde.

Flynn schob die Hände unter sein Gesicht und ließ mich nicht aus den Augen. Ausnahmsweise war mir seine Aufmerksamkeit diesmal nicht angenehm, nicht, wenn ich so sehr mit mir selbst haderte.

Die Wahrheit lag mir gefährlich locker auf der Zunge und verlangte nach ihrem Recht. Ich musste reinen Tisch machen, bevor sich diese Sache noch weiter entwickelte.

Ich durfte nicht länger zulassen, dass er einen Menschen liebte, den er gar nicht richtig kannte.

»Ich muss dir etwas sagen«, setzte ich an.

Flynn gähnte. »Was denn?«, fragte er nichts ahnend.

Ich holte tief Luft und rollte ich mich auf die Seite, um ihn anzusehen. Das einzige Licht stammte von einer Straßenlaterne draußen vor dem Hotel. Es sickerte in unser Zimmer und erhellte ganz schwach das Bett. Ich schob die Hände unter das Gesicht, genau wie er. Wir berührten uns nicht, und so gern ich ihn angefasst hätte, brachte ich es nicht über mich.

»Wir haben nie richtig darüber geredet, was in der Schule los war«, begann ich.

Flynn schüttelte den Kopf. »Ich will darüber nicht reden«, unterbrach er mich.

»Ich weiß«, flüsterte ich. »Aber das müssen wir«, ließ ich nicht locker.

»Warum?«, fragte er gereizt. Ich konnte es ihm nicht verdenken. Wer wollte schon über eine Vergangenheit reden, die so weh tat? Warum eine gemeinsame Geschichte hochholen, die wir mit so viel Mühe hinter uns gelassen hatten?

»Weil es ein paar Dinge gibt, die du wissen musst«, sagte ich und schluckte schwer.

Flynn schwieg. Er stellte keine weiteren Fragen, versuchte aber auch nicht mehr, mich zum Schweigen zu bringen. Was es mir ermöglichte, mich zu sammeln und darüber nachzudenken, wie ich die Sache angehen wollte. Am besten so, wie man ein Pflaster entfernte. Schnell und schmerzhaft.

»Nach deinem Geburtstag, als Stu und Dania so gemein zu dir waren, habe ich mich schrecklich gefühlt. Aber ich war es leid, mich schrecklich zu fühlen. Es war deine Schuld, dass ich mich so fühlte und ein schlechtes Gewissen hatte. Mir war es immer egal gewesen, was andere Leute über mich dachten. Bis du kamst«, erklärte ich ihm, meine Stimme schwankte bereits.

Zieh das durch, Ellie, spornte ich mich an.

»Warum hast du dich über mich lustig gemacht, wenn du dich dabei so schrecklich gefühlt hast? Du warst schlimmer als die anderen. Dabei hättest du zu mir halten müssen.« Seine Worte waren keine Anklage, nur ehrlich.

»Ich weiß. Ich glaube, ich habe mich deshalb schlimmer benommen, weil mir mehr an dir lag, falls das irgendeinen Sinn ergibt«, versuchte ich ihm zu erklären.

Flynn begann an seiner Unterlippe zu kauen. Ich wusste, dass dieses Thema das Potenzial hatte, ihn durch die Decke gehen zu lassen. Es war ein großes Risiko, das ich da einging. Für uns beide.

War es egoistisch von mir, auf Kosten von Flynns Wohlbefinden mein Gewissen entlasten zu wollen? Beichten konnten katastrophale Folgen haben. Und ich war mir fast sicher, dass meine genau dies nach sich ziehen würde.

»Das ergibt keinen Sinn. Wenn du meine Freundin gewesen wärst, hättest du mich nicht beschimpft. Und du hättest nicht gelacht, als Dania und Stu mich geschlagen und gehänselt haben. Wenn du mich gerngehabt hättest, hättest du zu mir halten müssen. Das machen Leute, die sich mögen.«

Seine Schwarz-Weiß-Beschreibungen taten mir weh, aber nur, weil sie der Wahrheit entsprachen. Es war schrecklich, dass er glaubte, ich hätte nichts für ihn empfunden. Ich wünschte, ich könnte ihm klarmachen, wie viel er mir in Wirklichkeit bedeutet hatte, auch wenn es nicht so ausgesehen hatte. Ich war damals ein total gestörtes Mädchen gewesen. Das war ich immer noch. Ich durchschaute mich heute nur besser als früher. Und das alles erklärte ich ihm gerade überhaupt nicht gut.

»Wir waren Freunde, Flynn. Ich war einfach nur schwach. Und ich dachte, es wäre leichter, mit Dania, Stu und Shane mitzuhalten, statt mich gegen sie zu stellen. Ich wollte nicht, dass sie mich für einen Loser halten.«

»Und als meine Freundin wärst du ein Loser gewesen«, konstatierte Flynn, was mich zusammenzucken ließ.

»Nein, ich war so oder so ein Loser. Und ein Trottel. Du nicht. Du warst mein Freund und ich habe dich behandelt wie Dreck.« Ich sprühte vor Selbstverachtung, die ich nicht zurückhalten konnte.

Dann atmete ich abermals tief durch und redete weiter, ehe mich der Mut verließ. »Außerdem war ich ständig wütend. Wütend auf mich selbst, weil ich dich so behandelt habe, und wütend auf dich, weil du mich überhaupt erst dazu gebracht hattest, mich darüber zu ärgern, wie ich dich behandelte. Und blöd wie ich war, dachte ich, es wäre einfacher, wenn ich meine Gefühle abstelle und vergesse, dass es dich je gegeben hat. Dania und Stu wurden schon misstrauisch. Sie hänselten mich die ganze Zeit und erzählten überall herum, ich wäre ein Freakliebchen. Alle haben mich ausgelacht. Niemand wollte mehr mit mir reden. Es wurde immer schlimmer. Und das machte mich noch wütender. Auf dich. Weil in meiner Vorstellung nichts von alldem passiert wäre, wenn du nicht nach Wellston gezogen wärst und ich mich nicht zu dir hingezogen gefühlt hätte. In meiner Vorstellung warst du an allem schuld.«

Ich riskierte einen kurzen Blick auf Flynn, konnte ihn im Dämmerlicht aber kaum ausmachen. Nur seine Nase und sein Kinn waren im Licht der Straßenlaterne zu sehen. Er bewegte sich nicht. Es war schwer zu erkennen, ob er atmete.

Wie gern hätte ich ihn angefasst. Ich wollte mich an ihn klammern und dieses schreckliche Geständnis für mich erträglicher machen.

Doch das hatte ich nicht verdient. Es war nur gerecht, dass es schmerzhaft und schwierig war und mich fast zerriss.

»Die einzige Möglichkeit, dich loszuwerden, die Gefühle für dich loszuwerden, bestand darin, dich so zu behandeln wie alle anderen auch. Ich wollte Dania, Stu und den anderen beweisen, dass ich mir nichts aus dir machte. Und mich wollte ich auch überzeugen. Also habe ich Stu und Dania eines Abends gesagt, dass sie mit mir zu deinem Haus kommen sollten.«

Ich spürte, wie mir übel wurde. Es fühlte sich an, als müsste ich mich gleich übergeben.

»Wir hatten getrunken und Stu hatte eine Schachtel Feuerwerkskörper mitgebracht. Ich schlug ihnen vor, ein paar anzuzünden und in deinen Garten zu werfen. Ich wollte dich erschrecken, weil ich ja wusste, dass du laute Geräusche nicht ausstehen kannst.«

Flynn musste wissen, worauf all dies hinauslief. Ich wünschte, er würde irgendetwas sagen, doch er schwieg beharrlich und gab nicht im Mindesten zu erkennen, ob er hörte, was ich ihm erzählte. Aber ich sah, dass er wach war und mich weiter beobachtete.

Also fuhr ich fort.

»Wir haben uns zu deinem Garten geschlichen und hinter einem der Außengebäude versteckt. Dann haben Dania, Stu und ich jeder einen Feuerwerkskörper genommen, angezündet und in Richtung Haus geworfen. Mir war sofort klar, dass wir einen schrecklichen Fehler gemacht hatten. Stus Knaller ging aus, als er im nassen Gras landete. Danias flog seitlich gegen das Haus und macht *plopp*, bevor er erlosch. Aber meiner … meiner sauste durch das offene Kellerfenster. Ich sah, wie er explodierte, und im nächsten Augenblick waren überall Flammen und Rauch. Es gab einen gewaltigen Knall. In deinem Haus ist irgendetwas explodiert und ich lief weg. Dania und Stu schrien mir zu, wir müssten so schnell wie möglich verschwinden. Sie liefen immer weiter, durch den Wald und zur Straße, wo Stu sein Auto geparkt hatte. Aber ich konnte nicht weglaufen. Ich wollte dir helfen. Ich wusste nur nicht, was ich tun sollte. Das Feuer breitete sich so schnell aus. Und dann kamen die Feuerwehr und die Polizei, also versteckte ich mich zwischen den Bäumen.«

Die Erinnerung an jene Nacht vor sechs Jahren überwältigte mich und raubte mir jede Kraft. Hinter den Bäumen versteckt hatte ich zugesehen, wie Flynn und seine Mutter in den Garten geflüchtet waren. Ich war unendlich erleichtert gewesen, dass sie es nach draußen geschafft hatten, aber dann war etwas sehr Merkwürdiges geschehen. Ich war wütend geworden. Voller Zorn hatte ich zugesehen, wie Flynns Haus qualmte und brannte.

Denn ich hatte es vermasselt. Ich hatte mein Leben ruiniert. Und wofür? Für wen?

Für Flynn. Ich hatte zugelassen, dass meine irrationalen Gefühle von einem Jungen beherrscht wurden, der keine Ahnung hatte, welche Verheerung er mit seiner Zuneigung für mich angerichtet hatte.

Als die Polizei mich im Wald entdeckte und wissen wollte, was ich dort verloren hatte, ging mein dummes Mundwerk mit mir durch, ehe ich mich besinnen konnte.

Danach war das Leben, das ich kannte, vorbei.

Und alles nur, weil ich etwas hatte beweisen wollen. Weil ich vergessen wollte, wie viel mir Flynn Hendrick bedeutete.

Also hatte ich angefangen, ihn zu hassen. Das war leichter, als mich daran zu erinnern, wie sehr ich ihn geliebt hatte.

Denn ich hatte ihn geliebt. Auch damals schon.

»Ich habe dein Haus angezündet und Marty umgebracht. Das war ich, Flynn. Ich habe dein Leben ruiniert. Und *mein* Leben genauso. Es ist alles meine Schuld.« Mein Brustkorb hob und senkte sich rasch, so atemlos war ich. Eigentlich hatte ich erwartet, mich besser zu fühlen, jetzt, wo die Wahrheit heraus war.

Aber das tat ich nicht.

Denn Flynn sagte *kein Wort*.

Er lag einfach weiter da, die Hände unter der Wange, und betrachtete mich mit ruhigem, undurchschaubarem Blick.

Weil ich ihn nicht länger ansehen konnte, stand ich auf, um die Schiebetür zu schließen. Ich sah zum Strand hinüber, den wir noch vor wenigen Stunden entlangspaziert waren. Ich hatte alles kaputt gemacht.

Ich fühlte mich leer und einsam.

Und er sagte immer noch nichts.

Sein Schweigen war schlimmer als seine Wut.

Ich wünschte mir fast, er würde ausflippen und mit Dingen um sich werfen. Er sollte mich beschimpfen und anschreien.

Damit konnte ich umgehen. Ich wusste, wie solche Reaktionen zu handeln waren.

Aber er tat einfach *gar nichts*!

Und ich hatte keine Ahnung, was ich tun sollte.

Plötzlich begann mein Handy zu klingeln und ließ mich zusammenfahren. Ich warf einen Blick zu Flynn hinüber, der sich endlich aufgerichtet hatte, die Haare standen ihm wild vom Kopf ab. Er wirkte weder erschüttert noch wütend. Es war unmöglich zu erkennen, was er empfand.

Ich wollte den Anruf nicht annehmen. Ich wollte wissen, wie es um uns stand. Das hatte für mich Vorrang.

Aber das ununterbrochene Klingeln war nervenzehrend.

»Geh ran«, sagte Flynn und deutete auf das Handy, das auf dem Tisch lag.

Weil ich die Situation durch meine Weigerung nicht noch schlimmer machen wollte, schaute ich auf das Display, wo mir zu meiner Überraschung Reggies Nummer entgegenleuchtete.

»Hallo?«, meldete ich mich.

»Gott sei Dank, dass du rangegangen bist!«, stieß Reggie in einem Atemzug hervor.

»Was ist los, Reggie?«, fragte ich, ohne mit meiner Verärgerung hinter dem Berg zu halten. Ich sah zu Flynn hinüber, der mich nicht aus den Augen ließ. So lange hatte er mich noch nie angestarrt, und dass er es jetzt tat, nach allem, was ich ihm gerade erzählt hatte, war extrem irritierend.

»Wo bist du?«, fragte Reggie, die panisch klang, wie ich bemerkte.

»Äh … in Virginia, falls du dich erinnerst.«

»Scheiße! Verdammte Scheiße! Du musst sofort herkommen!«

So hatte ich Reggie noch nie erlebt. Wie Nadeln drang die Besorgnis durch meine Betäubung.

»Sag mir einfach, was los ist, Reggie«, blaffte ich sie an.

»Es ist Dania«, sagte sie leise.

Mir rutschte das Herz in die Hose.

»Was ist mit Dania?«, fauchte ich, während die Angst in mir hochkroch. Wir waren zwar im Streit auseinandergegangen, aber Dania war zehn Jahre lang meine beste Freundin gewesen. Sie lag mir am Herzen, ob ich es wollte oder nicht.

»Gestern haben bei ihr vorzeitig die Wehen eingesetzt. Ich glaube, Stu war bei ihr und hat sie ins Krankenhaus gebracht. Es ist alles gut gegangen, bis das Baby kam. Aber es hat nicht geatmet. Sie mussten es wiederbeleben oder so. Ich weiß nicht genau, aber es war ziemlich schlimm.«

Aufgewühlt fuhr ich mir über das Gesicht. »Geht es dem Baby gut?«, fragte ich, während ich mir die Schläfe massierte.

»Ich weiß es nicht. Sie haben es nach der Geburt weggebracht. Und jetzt lassen sie Dania nicht zu ihm. Heute sind ein paar Leute gekommen und haben mit ihr geredet und jetzt dreht sie durch. Sie fragt immer wieder nach dir. Die Schwester musste ihr ein Beruhigungsmittel geben, damit sie aufhört rumzuschreien. Sie hat sich überhaupt nicht mehr eingekriegt.«

Scheiße!

»Es ist übel, Ells. Echt übel. Stu hat gesagt, dass sie ihr das Baby nicht geben, weil sie so viel Mist gebaut hat, während sie schwanger war. Mit Drogen und Alkohol. Der Junge ist mit einem Herzfehler auf die Welt gekommen und kann nicht allein atmen. Und er ist wohl drogenabhängig oder so was. Sie sind sich nicht sicher, ob er durchkommt. Und jetzt lassen sie Dania nicht mal zu ihm. Sie dreht total durch, Ells. Du musst sofort herkommen. Sie will niemanden sehen außer dir.«

Ich sah zu Flynn hinüber, der sich immer noch nicht bewegt hatte. Murphy war während des Anrufs wach geworden und aufs Bett gesprungen, sein Kopf lag in Flynns Schoß. Es war furchtbar, nicht zu wissen, wie es um uns stand. Aber ich konnte mich jetzt nicht darum kümmern. Ich musste zu Dania. Sie hatte mich gebraucht und ich war nicht da gewesen.

Nahm die Schuld denn nie ein Ende?

»Ich komme, sobald ich kann. Wir sind fast sechs Stunden entfernt. Es wird also eine Weile dauern«, sagte ich und hörte Reggie erleichtert aufatmen.

»Danke! Ich weiß einfach nicht, was ich machen soll. Dabei mag Dania mich nicht mal besonders. Mit Stu wollte sie auch nicht reden, da hat er gesagt, sie kann ihn mal, und ist gegangen. Und Shane geht nicht ans Telefon. Also bin bloß noch ich da und du weißt, wie sehr ich Krankenhäuser hasse. Ich kann den Geruch nicht ausstehen und die Leute, die hier rumrennen. Ich ertrage das einfach nicht. Ich muss hier raus«, flüsterte Reggie total gaga ins Telefon; sie war komplett neben der Spur. Das konnte Dania nicht gebrauchen.

»Geh nach Hause, Reggie. Ich bin bald da und kümmere mich um Dania«, versicherte ich ihr, weil ich wusste, dass es das war, was sie hören wollte.

»Gut. Also schön. Dann bis später.« Damit legte sie auf.

Ich versuchte mich zu sammeln, denn ich fühlte mich wie ein Blatt im Wind. Ich hatte mein Riesengeständnis bei Flynn abgeladen, auf das er immer noch reagieren musste. Dabei war ich mir fast sicher, dass meine Ehrlichkeit mich um den Menschen bringen würde, der mir wichtiger war als alles andere im Leben. Sein Schweigen war wie das Totenglöckchen unserer Beziehung.

Und bevor ich richtig um sie trauern durfte, erhielt ich die Nachricht, dass meine beste Freundin gerade durchdrehte und mich brauchte.

»Ich muss nach Hause«, sagte ich zu Flynn, griff nach meinem Koffer und fing an, meine Klamotten hineinzustopfen.

»Was ist mit dem Hotelzimmer?«, fragte Flynn.

Nun war ich an der Reihe auszuflippen. »Das ist mir scheißegal! Ich muss sofort zurück nach Wellston! Dania braucht mich!«

Ich stopfte meine restlichen Sachen in den Koffer.

»Du bist durcheinander«, sagte Flynn mit völlig ausdrucksloser Stimme. Es war kaum zu glauben, dass wir uns noch vor wenigen Stunden in den Armen gelegen hatten. Dass er mich berührt hatte und ich ihn und wir völlig miteinander verschmolzen waren.

Es fühlte sich an wie in einem anderen Leben.

»Ja, ich bin durcheinander, Flynn. Dania hat ihr Baby bekommen. Es ist krank. Ich muss zurück und bei ihr sein«, sagte ich so ruhig wie möglich. Es würde alles nur schlimmer machen, wenn ich mich noch weiter aufregte.

»Okay. Dann fahren wir zurück«, sagte Flynn, der langsam aus dem Bett stieg.

Die nächsten zwanzig Minuten verbrachten wir damit, alles genau wieder so in Flynns Koffer zu packen wie für die Herfahrt. Über mein Geständnis sprachen wir nicht. Es war, als sei die Zeit, um darüber zu reden, abgelaufen. In Minutenschnelle hatte sich die Welt um uns herum verändert und wir blieben haltlos zurück.

Wir wechselten nicht mehr als ein Dutzend Worte. Und diesmal war das Schweigen kein angenehmes. Es fühlte sich an wie das Ende.

Flynn bestand darauf, zu fahren. Er habe geschlafen und sei nicht müde, beteuerte er. Ich war froh darüber, denn ich konnte kaum noch die Augen offen halten. Als wir losfuhren, sah ich aus dem Fenster. Der Ozean funkelte im Mondlicht und mir ging durch den Kopf, dass das Mädchen, das durch den Sand gelaufen war und von Liebe und einer besseren Zukunft geträumt hatte, eine totale Idiotin war.

29

Ellie

Auf der Rückfahrt schlief ich irgendwann ein und erwachte erst, als Flynn mich schüttelte.

Erschrocken setzte ich mich auf. Wir waren zurück in Wellston. Es war bereits Morgen. Die Sonne war aufgegangen und die Stadt sah im frühen Morgenlicht nicht ganz so deprimierend aus wie sonst.

»Ich war mir nicht sicher, wohin ich dich bringen sollte«, sagte Flynn, der sich müde anhörte.

»Bring mich einfach nach Hause. Ich kann mit meinem Auto zum Krankenhaus rüberfahren«, sagte ich, während ich mir die Augen rieb und spürte, wie es in meinem Kopf vor Anspannung und Schlafmangel zu hämmern begann.

Flynn räusperte sich. »Ich kann dich auch zum Krankenhaus bringen und bei dir bleiben, wenn du willst«, bot er an.

Wenn ich in einer besseren Verfassung gewesen wäre, hätte ich seine Worte als das aufgefasst, was sie waren: ein Versuch, die Dinge zwischen uns in Ordnung zu bringen. Er wollte für mich da sein.

Doch Kummer und Schuld waren zerstörerische Kräfte und ich hörte nur die leidenschaftslose Stimme, mit der er mir dieses Angebot machte, weil er sich dazu verpflichtet fühlte. Dabei hätte ich es besser wissen müssen. So etwas gab es bei Flynn nicht.

Ich war müde und gestresst und nicht in der Stimmung, mir einen Weg durch das unzugängliche Dickicht von Flynns Denken zu bahnen.

»Bring mich einfach nach Hause. Ich muss allein dorthin«, sagte ich. Schweigend tat Flynn, worum ich bat. Als er mich absetzte, stieg er nicht aus, um mir mit dem Koffer zu helfen. Und er brachte mich zum Abschied auch nicht zur Haustür. Er unternahm keinen Versuch, die verworrenen Fäden unserer angeschlagenen Beziehung zu entwirren. Was allerdings auch nicht wirklich seine Aufgabe war. *Ich* hatte die Sache verbockt. Dafür konnte ich mich schlecht von ihm trösten lassen.

Das verdiente ich nicht.

Und es war am besten, allein damit klarzukommen.

»Mach's gut, Ellie«, sagte er, als ich auf dem Weg zu meinem Wohnblock an ihm vorbeiging.

Ich erwiderte nichts.

Mit dem Gefühl, um Jahre gealtert zu sein, betrat ich meine Wohnung. Ich sprang unter die Dusche, in der Hoffnung, dadurch munter zu werden. Ich musste wach sein für das, was mich im Krankenhaus erwartete.

Dann zog ich mich um und schnappte mir meine Autoschlüssel.

Ich war so in Gedanken, dass ich Flynns Auto übersah, das immer noch vor meinem Haus stand. Und ich bemerkte auch nicht, dass sein Blick mir folgte, während ich davonfuhr.

»Ich suche Dania Blevins. Sie hat gerade ein Kind bekommen«, sagte ich zu der missmutigen Frau am Informationsschalter des Krankenhauses. Sie sah mich kaum an, sondern wies einfach den Gang entlang.

»Kreißsaal und Entbindungsstation sind da entlang. Lesen Sie einfach die Schilder. Das hilft in den meisten Fällen«, sagte sie ironisch. Da fühlte sich aber jemand richtig wohl in seinem Job.

»Wow, danke. Ich werde Ihren Chef wissen lassen, wie hilfreich Sie waren«, erwiderte ich mit einem zuckersüßen Lächeln. Sie machte Glupschaugen und verzog den Mund. Mit einem grüßenden Fingerwackeln eilte ich den Gang entlang.

Mit einiger Mühe fand ich den Weg auch ohne die Hilfe der verbiesterten Empfangsdame. Die Geburtsstation im Wellston General Hospital war nicht sehr groß. Das Säuglingszimmer befand sich gleich am Eingang und die vier Patientenzimmer lagen hintereinander auf der rechten Seite.

Vor der Glasscheibe des Raums, in dem die Babys in ihren winzigen Babybetten schliefen, blieb ich stehen. Ich fragte mich, welches davon wohl Danias Junge war. Doch dann fiel mir ein, dass Reggie gesagt hatte, er könne nicht selbstständig atmen. Was bedeutete, dass er wahrscheinlich nicht bei den anderen lag. Wo mochte er wohl sein?

Ich fand Danias Zimmer und schaute zur Tür hinein. Sie schien wach zu sein. Ihre langen Haare waren oben auf dem Kopf zu einem unordentlichen Knoten aufgetürmt und sie trug ein unscheinbares Krankenhausnachthemd. Sie hatte das Gesicht zum Fenster gewandt und lag so klein und verloren da, dass es mir das Herz brach.

Ich klopfte sacht an die Tür. »Dania?«

Sie wandte den Kopf, zeigte aber keine Regung, obwohl sie mich erkannte. Reggie hatte gesagt, dass Dania mich unbedingt sehen wollte. Trotzdem wirkte sie nicht sehr erfreut über meinen Anblick.

»Ellie«, sagte sie mit ausdrucksloser Stimme.

Ich ging zu ihr. Sie hatte eine Braunüle an der Hand, schien aber ansonsten körperlich in Ordnung zu sein. Ihr dicker Bauch, an den ich mich so gewöhnt hatte, war verschwunden.

Ich überlegte, ob ich mich nach ihrem Befinden erkundigen

sollte, hielt es aber für eine dumme Frage. Ich wollte wissen, wo ihr Baby steckte und was mit ihm geschehen war. Aber ich wagte es nicht, das Thema anzusprechen, solange sie nicht von sich aus darauf kam.

Also setzte ich mich auf die Bettkante und nahm ihre Hand.

»Ich bin jetzt da«, sagte ich leise. Ihre Finger krümmten sich leicht zwischen meinen Handflächen. Ihr Gesicht war beängstigend ausdruckslos. Sie wirkte blass und apathisch. Schweigend saßen wir da, während der Fernseher Schatten über die Wand tanzen ließ.

»Er ist weg, Ellie«, murmelte Dania. Ich sah zu ihr hinab, weil ich nicht sicher war, sie richtig verstanden zu haben.

Große, dicke Tränen begannen über ihr Gesicht zu laufen und ihre Brust hob und senkte sich hektisch. »Ich hab ihn verloren. Sie haben ihn weggebracht«, stieß sie unter Schluchzen hervor.

Ich hielt ihre Hand ganz fest. »Wir schaffen das schon, Dania. Wir gehen das zusammen an«, versprach ich ihr.

Und plötzlich ließ sie los und begann richtig zu weinen. Sie schloss die Augen, lag regungslos da, nur ihre Schultern bebten. Ich rückte näher und legte vorsichtig die Arme um sie. Doch sie lag steif und abgewandt da. Sie gestand es sich nicht zu, Trost zu suchen. Ich hielt sie trotzdem und versuchte sie zu beruhigen, indem ich ihr über den Rücken strich und ihre Haare streichelte. Nichts half.

Dania war zerbrochen.

Als es ihr endlich gelang, mit dem Weinen aufzuhören, wischte sie sich wütend die Tränen fort. Ihre Nase war rot und ihre Augen blutunterlaufen und geschwollen.

»Was ist passiert, Dania?«, fragte ich.

Sie kaute an ihrem Daumennagel und schien schon wieder mit den Tränen zu kämpfen.

»Ich hatte keine Ahnung, dass irgendwas nicht stimmt. Ich wusste nicht, dass er einen Herzfehler hat! Woher sollte ich das wissen?«, fragte sie in gefährlich hysterischem Ton.

»Hat dein Arzt denn nie gesagt, dass etwas nicht stimmt?«, fragte ich skeptisch, unsicher, ob ich ihr glauben konnte. Ich hatte Dania einige Male zu ihren Untersuchungen begleitet. Und ich wusste, dass sie dazu neigte, alles zu ignorieren oder zu überhören, was sie nicht hören wollte.

»Keine Ahnung … vielleicht doch. Ich weiß es nicht mehr«, gab sie zu. Sie hob ihr tränenüberströmtes Gesicht und ihre Augen flehten mich um etwas an, das ich ihr nicht geben konnte.

»Ich will ihn einfach nur sehen. Ich muss wissen, ob er okay ist. Ich weiß, dass ich Mist gebaut habe. Aber ich brauche meinen kleinen Jungen.« Ihre Worte endeten in einem merkwürdigen Flüstern. Ich nahm ihre Hand, damit sie zudrücken konnte, so fest, wie sie es brauchte.

Ich schwieg … weil es ziemlich sicher nichts gab, was die Sache für sie besser machen würde.

Später am Nachmittag saß ich wieder neben Dania. Ich war ihr nicht von der Seite gewichen, außer um ihr gegen Mittag aus Ma's Diner etwas zu essen zu holen. Ich entschied mich für ihre geliebten Pommes mit Käse, in der Hoffnung, sie zum Essen bewegen zu können. Doch sie hatte mich nur müde angelächelt, sich bedankt und die Schachtel beiseitegeschoben.

Ihre Teilnahmslosigkeit machte mir Angst. Selbst als unsere Pflegemutter sie während unserer Highschoolzeit windelweich geprügelt oder nachdem Stu ihr den Laufpass gegeben hatte, hatte sie sich nie aufgegeben. Sie hatte sich immer diesen Funken bewahrt, der Dania so unverkennbar ausmachte.

Doch das hatte sich komplett verändert. Ihr Feuer war erloschen.

Dania hatte resigniert.

Ihr Arzt, Dr Ball, kam mehrmals herein, um nach ihr zu sehen. Er bat mich, draußen zu warten, damit er nach ihrer Kaiserschnittwunde sehen konnte.

Ich tat, worum er mich bat, und ging in den Gang hinaus. Während ich dort herumstand, sah ich zwei Frauen in Hosenanzügen mit der diensthabenden Schwester reden.

Mein Instinkt sagte mir, dass sie wegen Dania da waren. Und ich hatte recht. Wenige Minuten später kam die Schwester mit den beiden durch den Gang. Ich sah zu, wie sie Danias Zimmer betraten und die Tür schlossen. Kurz darauf kamen Dr Ball und die Schwester wieder heraus und sagten mir, ich könne wieder hineingehen.

Danias Schultern bebten, als ich eintrat. Obwohl ihr die Haare ins Gesicht hingen, wusste ich, dass sie weinte. Eine der beiden Anzugträgerinnen saß auf einem Stuhl neben Danias Bett. Die andere stand ein Stück entfernt an der Seite. Beide sahen mich an, als ich hereinkam.

Die Frau auf dem Stuhl warf mir ein angespanntes Lächeln zu. »Sind Sie eine Familienangehörige?«, fragte sie.

»Sie ist meine Schwester«, erwiderte Dania trotzig. Sie hatte einige Papiere im Schoß, die mit Tränen übersät waren.

»Oh, dann, hallo, ich bin Sharon Miller, die zuständige Sozialarbeiterin der Kinderschutzabteilung des Amtes für Gesundheitspflege und Soziale Dienste. Ich bin hier, um über Miss Blevins Baby zu reden.«

»Er hat einen Namen! Er heißt Brandon!«, schrie Dania, deren Tränen in Wut übergingen. Es erleichterte mich, ihren Funken zumindest wieder aufglimmen zu sehen. Eine wütende Dania war um Längen besser als eine teilnahmslose Dania.

Brandon.

Es war das erste Mal, dass ich seinen Namen hörte.

»Natürlich.« Sharon Miller nickte und blickte auf die Mappe, die in ihrem Schoß lag. »Ihre Anhörung wurde auf diesen Freitag festgesetzt. Es obliegt Ihnen, dort zu erscheinen«, sagte sie. Wer zum Teufel benutzte Wörter wie *obliegen*? Ich hätte ihr am liebsten eine reingehauen.

»Der Richter wird sich die Sachlage ansehen und entscheiden, ob Brandon langfristig in staatlicher Obhut bleibt. Ich erarbeite gerade einen Hilfeplan, den wir der mit Ihrem Fall betrauten Betreuerin übergeben werden. Darin werden die Kriterien für Besuche und eine mögliche Rückführung festgelegt. Allerdings ist die Sache ernst, Miss Blevins. Ihr Sohn hat gravierende gesundheitliche Probleme, die ihn für den Rest seines Lebens begleiten werden. Und das hängt unmittelbar mit Ihrem fahrlässigen Verhalten zusammen. Der Richter wird sich die Berichte Ihres Arztes ansehen und auch den Bericht der Neugeborenenabteilung, in der Ihr Sohn derzeit versorgt wird. Sie sollten sich Gedanken machen, wie es jetzt für Sie weitergehen soll und was Sie tun können, um Ihren Sohn wiederzusehen, wenn das Ihr Wunsch ist«, sagte Sharon, deren freundliches Lächeln erlosch. Ihr Mund wurde zu einem dünnen Strich, als sie Dania mit kaum verhohlener Verachtung ansah.

»Moment, dann hat man Brandon also in staatliche Obhut genommen?«, fragte ich, weil ich genau verstehen wollte, worum es hier für Dania ging.

Ich sah zu ihr hinüber, aber sie hatte wieder angefangen zu weinen und die Hände vors Gesicht geschlagen. Offensichtlich würde ich hier keine Antworten bekommen, also wandte ich mich an Sharon, die nickte.

»Wir wurden nach Brandons Geburt vom diensthabenden Kinderarzt verständigt. Angeblich war Miss Blevins betrunken, als man sie für einen Notkaiserschnitt ins Krankenhaus einlieferte. Das Ungeborene war in großer Gefahr. Brandon kam mit einem Loch im Herzen zur Welt und musste operiert werden. Seine Lungen sind nicht ausreichend entwickelt, weil er drei Monate zu früh gekommen ist. Im Augenblick wird er beatmet. Sein Zustand ist sehr ernst. Man geht zwar davon aus, dass er überleben wird, aber er hat einen langen und schwierigen Weg vor sich. Man hält seinen Zustand für eine direkte Folge von Miss Blevins fortgesetztem Drogen- und Alkoholmissbrauch während der Schwangerschaft. Bei Brandon wurde, neben den Schädigungen, ein fetales Alkoholsyndrom festgestellt. Dem Staat wurde das Notfallsorgerecht zugesprochen, das ist in solchen Fällen üblich. Wenn er stabil genug ist, um aus der Kinderintensivstation drüben im Barkley General entlassen zu werden, wird man für ihn eine Pflegefamilie suchen.«

Sharon stand auf und schob die Mappe, die sie festgehalten hatte, wieder in ihre Tasche. Ihre Kollegin, die kein Wort gesagt hatte, trat in den Gang hinaus. Sharon sah zu Dania hinunter, die immer noch vor sich hin weinte.

»Ich weiß, dass das für sie nicht leicht ist. Aber sie muss lange und ausgiebig darüber nachdenken, wie es jetzt weitergehen soll. Sie hat die Möglichkeit, das Ruder herumzureißen. Das Amt wird ihr die Mittel an die Hand geben, um sich beraten zu lassen und sie in ihrer Mutterschaft zu unterstützen. Möglicherweise darf sie Brandon sogar besuchen. Und vielleicht besteht am Ende des Wegs auch die Aussicht, ihn selbst aufzuziehen.« An Sharons milder werdender Miene erkannte ich, dass sie kein schlechter Mensch war. Nur jemand, der in einem traurigen und deprimierenden Job arbeitete.

»Können Sie dafür sorgen, dass sie am Freitag zu ihrer Anhörung kommt?«, fragte sie mich.

Ich nickte. »Ich versuche es.«

Sharon nickte ebenfalls und schenkte mir ein kleines Lächeln. »Okay, dann sagen Sie Dania bitte, dass wir in Kontakt bleiben«, sagte sie, ehe sie aus dem Zimmer ging.

Ich drehte mich wieder zu Dania um. Sie hatte aufgehört zu schluchzen und starrte an die Decke.

Ich ging zu ihr und nahm ihr die Papiere aus der Hand. Es handelte sich um ein amtliches Dokument mit den Einzelheiten zur Inobhutnahme von Brandon durch das Amt für Gesundheit und Soziale Dienste. Darin hieß es, die Maßnahme erfolge auf der Grundlage von Kindeswohlgefährdung, Misshandlung und Vernachlässigung durch die biologische Mutter, Dania Blevins. Außerdem war der Anhörungstermin vor Gericht am Freitag aufgeführt.

»Alles okay, Dania?«, fragte ich, weil ich nicht wusste, was ich sonst sagen sollte.

Sie schüttelte nur den Kopf und schon liefen die Tränen aufs Neue.

»Er ist weg. Ich hab ihn verloren«, murmelte sie.

»Aber die Frau hat gesagt, dass du dich dafür einsetzen kannst, ihn zurückzubekommen. Und du kannst ihn besuchen«, redete ich ihr zu.

Dania schüttelte nur den Kopf. »Er ist weg«, sagte sie wieder.

Weil ich nicht wusste, was ich sonst tun sollte, setzte ich mich auf den Stuhl, den Sharon gerade geräumt hatte, und hielt Danias Hand, während sie weinte.

30

Ellie

Dania blieb noch zwei Tage im Krankenhaus. Dr Ball ließ mich wissen, dass sie nach ihrer Entlassung möglichst nicht allein bleiben sollte, was zumindest teilweise damit zu tun hatte, dass sie sich weiter von ihrem Kaiserschnitt erholen musste, daneben aber war er besorgt über ihre derzeitige postnatale Depression.

Angesichts des Traumas, das sie durchlebt hatte, stimmte ich Dr Ball zu und wir richteten es so ein, dass sie zu mir nach Hause kommen sollte. Es würde extrem eng werden in meiner kleinen Wohnung, aber das würde ich hinkriegen.

Nach dem Besuch der Sozialarbeiterinnen weigerte sich Dania, noch einmal von Brandon zu sprechen. Selbst nachdem sie entlassen worden war und ihr Leben wieder halbwegs normal verlief, erwähnte sie weder ihn noch die Möglichkeit, ihren kleinen Sohn zu besuchen.

Sie weigerte sich, zu ihrer Anhörung zu gehen, und machte nicht die geringsten Anstalten, dem Hilfeplan zu folgen, den man für sie angefertigt hatte. Die Besuchserlaubnis hing davon ab, dass sie die vom Amt für Gesundheit und Soziale Dienste gemachten Vorgaben genau einhielt. Aber sie hatte nicht einmal den Umschlag geöffnet, als er mit der Post kam. Es war, als hätte sie sich komplett aus der Verantwortung gezogen.

Es gab Tage, an denen ich es ihr so übel nahm, ihr Baby aufgegeben zu haben, dass ich mich ins Auto setzen und herumfahren musste, um von ihr wegzukommen. Ich hätte ihr sonst etwas an den Kopf geworfen, das uns beide verletzt hätte.

Von unseren Freunden war bisher niemand aufgetaucht, um sie zu besuchen. Nachdem ich sie in meiner Wohnung einquartiert hatte, versuchte ich Reggie und Shane zu erreichen, aber keiner von beiden ging ans Telefon oder erwiderte meine Anrufe. Ich wurde gemieden. Das war offensichtlich.

Eines Tages stand ich in der Schlange an der Supermarktkasse, um ein Sandwich und Kartoffelchips zu bezahlen, die ich Dania mitbringen wollte, weil sie von sich aus immer noch nicht richtig aß. Plötzlich sah ich, dass Stu mit zwei Packs Billigbier ein Stück weiter vor mir stand.

»Stu!«, rief ich. Er sah zu mir hin und machte eine kaum wahrnehmbare Kopfbewegung in meine Richtung, ehe er sich wieder zur Kassiererin umwandte und ihr das Geld gab. Ohne ein Wort zu sagen, marschierte er aus dem Laden. Ich ließ meine Sachen fallen und rannte ihm nach.

»Warte mal, Stu! Bleib stehen!«, rief ich. Stu hielt inne, drehte sich aber nicht um.

Ich keuchte, als ich ihn endlich eingeholt hatte. »He, Ellie«, sagte er und klappte die Sonnenbrille vor die Augen. Er wirkte genervt, als würde ich ihn von irgendetwas abhalten.

»Wo willst du hin?«, fragte ich mit einem bedeutungsvollen Blick auf das Bier.

»Ein paar von uns sind bei Shane und schauen Football. Willst du vorbeikommen?«, fragte er.

»Äh, nein, ich bin auf dem Weg nach Hause. Du weißt doch, dass Dania jetzt bei mir wohnt«, erklärte ich und zog die Augenbrauen vielsagend in die Höhe, in der Hoffnung, er würde den Hinweis verstehen.

»Ach so. Na dann. Man sieht sich«, sagte er und wollte an mir vorbei zu seinem Pick-up gehen.

»Warte mal!«, rief ich. Als Stu sich diesmal umdrehte, sah er wirklich genervt aus.

»Es wäre echt cool, wenn du mal nach Dania schauen könntest. Ich weiß, sie würde sich freuen. Ihr wart doch wieder zusammen, oder nicht?«, fragte ich bestürzt. Ich wusste, dass die Leute, mit denen ich die letzten zehn Jahre abgehangen hatte, egoistische Arschlöcher waren. Nur die Dimension war mir wohl nie klar gewesen.

Angesichts ihrer Geschichte hatte ich tatsächlich erwartet, dass Stu längst bei Dania aufgetaucht war. Auch wenn ich immer vermutet hatte, dass ihm ein paar wesentliche emotionale Grundlagen abgingen, war ich davon ausgegangen, dass er wenigstens einen Versuch unternehmen würde.

Ich hatte mich so was von geirrt.

»Warum? Damit sie mich wieder anbrüllen und megamäßig ausrasten kann? Ich hab die Nase voll von Danias Scheißdramen. Dabei ist das Kind nicht mal von mir«, sagte er abfällig.

»Aber du kennst Dania doch schon ewig!«, widersprach ich wütend. »Mir war zwar schon immer klar, dass du ein Arsch bist, aber irgendwie hatte ich gehofft, du könntest Dania zuliebe vielleicht einen Arschgang runterschalten. Sie könnte ihre Freunde jetzt echt gebrauchen«, sagte ich, während ich gegen den Drang ankämpfte, ihm körperlichen Schaden zuzufügen.

Stu zuckte die Achseln und öffnete die Autotür, um die Kästen auf den Beifahrersitz zu stellen. »Ich wünsche ihr alles Gute und so, aber so 'n Scheiß kann ich echt nicht gebrauchen. Gibt schließlich noch genug andere Schlampen. Was soll ich mir da eine mit Kind und sonst was für Problemen ans Bein binden. Scheiße, nein! Also, wenn du die Schnauze voll hast vom Babysitterspielen, kannst du herzlich gern vorbeikommen. Aber wenn du bloß rumzicken willst, bleib lieber weg. Spaßbremsen können wir nicht gebrauchen.« Bevor ich noch etwas sagen konnte, sprang Stu in seinen Truck und fuhr davon.

Ich erzählte Dania nie, dass ich ihm begegnet war. Welchen Zweck hätte das gehabt? Und sie sprach nie über die Tatsache, dass sich keiner unserer sogenannten Freunde die Mühe machte vorbeizukommen. Falls es ihr auffiel, erwähnte sie es nicht.

Es war schwer zu sagen, ob es sie kümmerte oder nicht. Ich konnte nicht erkennen, ob sie überhaupt noch irgendetwas kümmerte. Sie hatte sich komplett abgekapselt. Nichts und niemand spielte eine Rolle.

Abgesehen von mir.

Sie wurde anhänglich und weinerlich und mir war klar, dass ich sie nicht im Stich lassen durfte. Was immer sie in der Vergangenheit getan oder gesagt hatte, zählte nicht mehr. Sie litt und ich konnte sie nicht einfach im Stich lassen.

Mein ganzes Leben drehte sich nur noch darum, ihr zu helfen. Mich um sie zu kümmern. Sie zu motivieren, ihr Leben wieder in den Griff zu bekommen. Sie war unfähig, irgendetwas für sich zu tun, ihre Apathie lähmte sie.

Ich versuchte sie zu überreden, zum Arzt zu gehen und sich etwas verschreiben zu lassen, aber sie beharrte darauf, nichts zu brauchen, selbst als sie immer tiefer in das schwarze Loch ihrer Depression rutschte.

Und mich zog sie mit sich.

Mein ganzes Leben konzentrierte sich nur noch auf Dania und ihre Probleme.

Es gab keinen Platz mehr für irgendetwas anderes. Meine Bedürfnisse lagen auf Eis.

Das Leben, das ich mir aufgebaut hatte, ging den Bach hinunter und ich landete wieder da, wo ich angefangen hatte.

Festgefahren und allein.

Jeden Morgen wachte ich auf und dachte an Flynn. Ich wollte ihn anrufen, ihn sehen. Ich wollte ihn wieder halten und berühren. Doch je länger ich darauf verzichtete, desto leichter konnte ich mir einreden, dass es besser für ihn sei. Dass ich ihm doch nur wehtun würde.

Nachdem ich ihm gebeichtet hatte, dass ich sein Haus angezündet hatte, konnte ich nicht erwarten, dass sich eine Beziehung zu ihm auf etwas anderes als Misstrauen gründen würde.

Ich wusste, dass es feige war, nicht wenigstens mit ihm darüber zu reden, aber je mehr Zeit verging, desto sicherer wurde ich mir, dass wir keine Zukunft hatten. Es war leichter, ihm aus dem Weg zu gehen, als mich der Verachtung zu stellen, die mir aus seinem Gesicht mit Sicherheit entgegenblicken würde.

Die abgestumpfte, harte Ellie McCallum kämpfte um ein Comeback. Und die neuerdings so weiche, zärtliche Ellie McCallum kämpfte ebenso verzweifelt darum, nicht unterzugehen. Eine war so unglücklich wie die andere.

Also rief ich ihn nicht an, obwohl ich ihn so sehr vermisste, dass es mir körperlich wehtat, und ich verbot mir, auf dem vertrauten Weg zu seinem Haus zu fahren. Allerdings konnte ich meinem Herzen nicht verbieten, ihn zu lieben, und meinem Kopf nicht, an ihn zu denken.

Auf einige Dinge hatte ich einfach keinen Einfluss.

Allerdings war es auch nicht gerade so, als hätte er versucht, mit mir Kontakt aufzunehmen. Obwohl ich tief im Innern wusste, dass er auf meine Zeichen angewiesen war, dass er womöglich eine ebenso schreckliche Zurückweisung empfand wie ich, verletzte es mich, dass er es nicht versucht hatte.

Während die Wochen verstrichen, die Feiertage ohne ein Wort vorübergingen, wurde mir klar, dass ich meine Chance, glücklich zu werden, vertan hatte. Ich wusste nicht mehr weiter.

Denn mein Leben war der wahre Horror.

Ich klammerte mich an die winzige Hoffnung, dass Dania die Kurve kriegte. Dass sie eines Tages aufwachen und wieder die alte zickige Dramaqueen von früher sein würde. Doch das geschah nicht. Und ich fühlte mich mit jedem Tag mehr gefangen.

Ich gab mir Mühe, es ihr nicht zu verübeln, aber es fiel mir nicht leicht. Je länger ich keinen Kontakt zu Flynn hatte, desto trüber und glanzloser wurde meine Zukunft.

Nach den Ferien begannen meine neuen Kurse im College. Ich hatte darüber nachgedacht, das College sausen zu lassen, weil ich nicht sicher war, ob es in meinem neuen Leben noch Platz hatte. Aber der kleine Campus war der einzige Ort, an dem ich so tun konnte, als wäre ich okay. Allerdings war meine Begeisterung verflogen und ich zog es einfach nur durch.

Kara hatte ein paar Mal vorgeschlagen, zusammen auszugehen, aber ich hatte keine Lust, eine Freundschaft anzufangen, die nirgendwo hinführen würde. Und schließlich hörte sie auf zu fragen. Auch wenn sie immer noch ziemlich nett war, wirkte ihre fröhliche Offenherzigkeit deutlich abgekühlt.

Ich kapselte mich immer stärker ab, wurde mehr und mehr wieder zur alten Ellie. Es war, als ziehe man ein Paar Schuhe an, aus dem man herausgewachsen war. Ich wollte mit den Zehen wackeln, aber sie saßen fest und rührten sich nicht.

Ich gab mir Mühe, auf dem Campus nicht nach Flynn Ausschau zu halten. Versuchte mir wie eine Verrückte einzureden, es gäbe ihn gar nicht. Früher hatte das Verdrängen wunderbar funktioniert, also hätte es eigentlich ein Kinderspiel für mich sein sollen, oder nicht? Wenn ich es einmal geschafft hatte, meine Gefühle für ihn zu verbannen, dann konnte ich es wieder tun.

Doch mein Herz hatte sich entfaltet, seit ich ihn das letzte Mal in mein Leben gelassen und dann wieder entsorgt hatte. Ich konnte es nicht mehr einfach verschließen. Es gehörte Flynn. *Ich* gehörte Flynn. Und ich hatte keine Chance, ihn loszuwerden.

Danias Schwermut war ansteckend. Ich verfiel in einen traurigen Kreislauf, der darin bestand, bei JAC's zu arbeiten, nach Hause zu kommen und mich um Dania zu kümmern, um dann ins College zu gehen. Ich wechselte mit kaum jemandem ein Wort. Ich hatte aufgegeben. Genau wie Dania.

Wir hatten uns aufgegeben.

Ich blätterte in einer billigen Zeitschrift und zählte die Minuten, bis ich endlich wegkonnte. Es war mehr los als üblich bei JAC's, aber es reichte trotzdem nicht, um die Langeweile zu vertreiben. Ich unterdrückte ein Gähnen, das mir den Kiefer zu spalten drohte, und wünschte, ich hätte etwas, um meine Lider abzustützen.

Ich schlief seit Monaten auf meiner gebrauchten Couch. Bevor ich gezwungen gewesen war, sie als Bett zu benutzen, hatte ich nie bemerkt, wie unbequem sie war. Ich verbrachte den Großteil der Nacht damit, mich auf der Suche nach einer Stelle, an der sich keine Sprungfeder in meinen Rücken bohrte, hin und her zu werfen.

Hinter vorgehaltener Hand versteckte ich ein weiteres Gähnen und rieb mir die Augen. Das Schrillen der Glocke über der Tür ließ mich zusammenzucken. Hoffentlich ließ Jeb sie endlich reparieren.

Ich spürte die Gegenwart eines Menschen auf der anderen Seite des Verkaufstresens und verdrehte die Augen. Alles andere als kundenfreundlich gestimmt, sah ich nicht einmal auf.

»Kann ich Ihnen helfen?!«, fragte ich abfällig und mit einem erneuten Gähnen.

»Das will ich hoffen«, erwiderte eine Stimme, die mich erstarren ließ. Mein Kopf schnellte in die Höhe und ich blickte in ein Paar grüne Augen, das ich seit fast zwei Monaten nicht mehr gesehen hatte.

Flynn steckte in seinen typischen Kakihosen und einem faltenlosen, langärmeligen Button-Down-Hemd. Seine braunen Haare waren so perfekt zerzaust, dass es mich in den Fingern juckte, sie anzufassen und ihm die Strähnen aus der Stirn zu streichen.

Was tat er hier?

Je länger ich dasaß und ihn anstarrte, desto heftiger klopfte mein Herz. Meine Zunge war wie gelähmt, ich brachte kein Wort heraus. Wie berauscht von seiner Gegenwart, weidete ich mich an seinem Anblick.

Es schien eine Ewigkeit her zu sein, seit wir beide ans Meer gefahren waren, obwohl keine Nacht verging, in der ich nicht daran zurückdachte, während ich auf den Schlaf wartete. Die bittersüße Erinnerung war das Einzige, was mir hin und wieder ein Lächeln entlockte. Es hatte sich so vieles verändert, dass das Lachen und diese Erinnerungen zu einer anderen Person und einem anderen Leben zu gehören schienen.

Flynn starrte auf den Tresen, doch ich sah, dass seine herabhängenden Hände geballt waren. Auch wenn er sie nicht rieb, wirkte er erregt.

»Du bist nicht wiedergekommen.« Seine Worte schreckten mich auf.

»Was?«, fragte ich, geschockt von der heftigen Wut in seiner Stimme.

»Du bist gegangen und nicht wiedergekommen. Ich habe auf dich gewartet. Aber du bist nicht mehr aufgetaucht. Warum?«

Ich hatte diesen Moment ebenso herbeigesehnt wie gefürchtet. Nur war er in meinem Kopf immer etwas anders abgelaufen. Ich hatte geglaubt, auf seine Vorwürfe vorbereitet zu sein, aber ich hatte nicht mit dem Schmerz und der Qual gerechnet, die ihm ins Gesicht geschrieben standen.

Wie konnte er traurig darüber sein, mich nicht wiederzusehen, nach allem, was ich ihm erzählt hatte?

»Ich, also, Dania geht es nicht gut. Und ehrlich gesagt habe ich nicht gedacht, dass du mich wiedersehen willst«, erklärte ich lahm.

Ich hörte mich jämmerlich an. Meine Ausreden klangen selbst in meinen Ohren verlogen.

»Warum sollte ich dich nicht wiedersehen wollen?«, fragte er stirnrunzelnd.

»Warum *solltest* du mich wiedersehen wollen, nach allem, was ich dir erzählt habe?«, fragte ich zurück.

»Du hast mir keine Chance gegeben, darüber zu reden. Du bist einfach gegangen. Hast nie angerufen. Bist nie in die Werkstatt gekommen. Warum hast du das gemacht?«, wollte er wissen. Er war wütend. Ich konnte die Ader sehen, die sich an seinem Hals abzeichnete.

Die Glocke über der Tür schrillte wieder und mehrere Leute kamen herein.

»Das ist jetzt nicht der richtige Zeitpunkt zum Reden, Flynn«, sagte ich leise, weil ich keine Szene machen wollte.

Er schlug mit der Hand auf den Tresen. »Und wann ist der richtige Zeitpunkt? Du machst nämlich genau das Gleiche wie damals in der Highschool! Das hat dir leidgetan, hast du gesagt! Also warum tust du es schon wieder?« Er klang so gequält, dass ich spürte, wie ich unter der Last seines Kummers ins Wanken geriet.

»Bist du denn nicht wütend über das, was ich dir gesagt habe? Hasst du mich nicht für das, was ich getan habe?«, fragte ich, immer noch bemüht, leise zu sein. Wir erhielten ziemlich viel Aufmerksamkeit. Urplötzlich schien bei JAC's so viel los zu sein wie seit Wochen nicht mehr. Und die Leute gaben sich keine Mühe, ihre Gafferei zu verstecken.

»Ich bin sauer, Ellie! Weil du nicht mehr mit mir reden willst! Weil du mir ständig wehtust! Du machst es mir so schwer, dich zu lieben«, schrie er so laut, dass ich zusammenzuckte.

Vielleicht hätte ich mir einfach die Worte »Tut mir leid« auf die Stirn tätowieren sollen, so oft, wie ich sie benutzte. Ich war müde und erschöpft und hatte keine rechte Erklärung dafür, dass ich ihm aus dem Weg gegangen war. Bis auf die Tatsache, dass meine Schuldgefühle und meine Selbstverachtung ein fulminantes Comeback hingelegt hatten.

»Flynn …«, begann ich, als er auch schon den Arm ausstreckte und den Ständer mit den Lottoscheinen umwarf, der krachend zu Boden fiel. Jetzt machten alle Stielaugen.

»Lass mich einfach in Ruhe!«, schrie er und rannte praktisch aus dem Laden.

Ich sah zu den Gaffern hinüber und schaute dann Flynns flüchtender Gestalt hinterher, die über den Bürgersteig davonlief.

Ich weinte nicht. Und ich schrie auch nicht, wie ich es gern getan hätte. Stattdessen kam ich hinter dem Tresen hervor und sammelte langsam die verstreuten Lottoscheine ein. Die vertraute Dumpfheit machte sich wieder breit und übernahm das Kommando. Die sanfte, zärtliche Ellie zog sich hinter undurchdringliche Mauern zurück.

Flynn wollte, dass ich ihn in Ruhe ließ. Doch noch während ich mir schwor, genau das zu tun, bohrten sich seine Worte durch das frische Eis, das sich um mein Herz gebildet hatte.

31

Flynn

Vor vielen Jahren ...

Ich ging wieder in die Schule. Mom hatte gesagt, ich müsste das Schuljahr beenden, dann könnten wir fortziehen. Dann müsste ich nie wieder in Wellston leben.

Aber Wellston war mein Zuhause.

Ich mochte es.

Es war der Ort, wo Ellie lebte.

Nur dass ich sie nirgendwo mehr sah.

Sie kam nicht mehr in die Schule.

Und ich hatte Leute sagen hören, dass sie im Gefängnis wäre. Aber ich verstand nicht, warum.

Das Gefängnis war für böse Menschen. Ellie war manchmal gemein, aber sie war nicht böse.

Die Leute sahen mich jetzt dauernd an. Noch mehr als früher. Und ich wusste, dass sie auch über mich redeten.

Es machte mich wütend und ängstlich. Ich mochte es nicht, wenn sie mich ansahen. Oder über mich redeten.

Stu und Dania beschimpften mich weiter. Sie waren sogar schlimmer geworden. Es wäre alles meine Schuld, sagten sie. Dabei hatte ich keine Ahnung, was sie meinten.

Ich hätte sie gern gefragt, wo Ellie war, aber sie machten mir Angst. Ich wollte nicht mit ihnen reden.

Bis zum Umzug lebten Mom und ich in einer Wohnung. Als ich wissen wollte, ob die, die unser Haus angezündet und Marty umgebracht hatten, gefasst worden waren, sagte sie Ja. Sie hätten gewaltigen Ärger bekommen.

Ich wollte wissen, wer es war, aber Mom meinte, ich würde sie nicht kennen. Dabei sah sie mich nicht an. Das machte mich nervös.

Ich konnte in der neuen Wohnung nicht schlafen. Die kleinen Zimmer gefielen mir nicht und die Küche hatte einen komischen Geruch. Ich wollte zurück in unser Haus im Wald und dort leben.

Als Mom sagte, dass wir dort nicht mehr leben könnten, wurde ich wütend. Aber ich warf keine Sachen. Ich schlug meine Zimmertür zu und schrie in ein Kissen. Was es auch nicht besser machte.

In der Schule wurde viel geredet. Ich hörte Leute Ellies Namen sagen. Und dann sahen sie mich an. Dauernd sahen sie mich an.

Im Englischunterricht redeten zwei Mädchen über das Feuer in meinem Haus. Es machte mich traurig, daran zu denken. Und an Marty, der gestorben war. Eines der Mädchen sagte, Ellie sei ins Gefängnis gekommen, weil sie mein Haus angezündet habe.

Da schrie ich sie an, dass das nicht wahr sei. Sie lachten mich nicht aus, aber sie setzten sich woandershin.

Ich rannte aus dem Klassenzimmer. Noch nie war ich so wütend gewesen. Diese Mädchen hatten behauptet, Ellie habe mein Haus angezündet.

Hatte sie das?

Ich ging auf die Toilette und fing an zu schreien. Ich konnte nicht mehr aufhören.

Der Direktor kam und rief meine Mutter an.

Sie holte mich ab und brachte mich nach Hause. Ich war so traurig. Als ich sie fragte, ob Ellie unser Haus angezündet habe, gab sie keine Antwort.

Ellie hatte mein Haus angezündet.

Und mein Hund war in dem Feuer umgekommen.

Es tat mir im Innern weh. Als hätte ich Glas gegessen. Ich spürte den Schmerz und wusste, dass es wegen Ellie war.

Ich fühlte mich so furchtbar schlecht.

Warum sollte sie mein Haus anzünden wollen?

Ich wollte mit ihr reden, aber man hatte sie in ein Gefängnis für Kinder gebracht. Sie hatte Ärger bekommen. Ein Mädchen, das Reggie hieß, erzählte mir, dass man Ellie weggebracht hatte. Sie spuckte mich an und sagte, das wäre meine Schuld.

Aber ich hatte nicht gewollt, dass man Ellie fortschickte. Ich wollte gar nicht daran denken, dass sie im Gefängnis war. Und ich fragte mich, ob es ihr auch schlecht ging.

Ich wollte sie sehen.

Aber dazu kam es nicht.

Und dann zogen wir weg.

Trotzdem musste ich immer an sie denken.

Und nach einer Weile tat die Erinnerung nicht mehr weh.

32

Ellie

Die Monate vergingen …
Die Tage, Wochen, Monate gingen ins Land und ahnten nichts von meinem verzweifelten Wunsch, sie aufzuhalten.

Ich hatte das Gefühl, in einer Endlosschleife zu leben.

Hoffnung, Glück, *Perspektive* … das alles war fort.

Verschwunden wie eine geplatzte Seifenblase. In dem Moment verloren, als Flynn mich angeschrien hatte, ihn in Ruhe zu lassen. Doch selbst die Dumpfheit hielt nur eine gewisse Zeit an, dann verschwand sie und ich blieb mit etwas zurück, das noch viel schlimmer war.

Reue.

Der Winter ging in den Frühling über und die Welt drehte sich weiter. Also warum saß ich in der Vergangenheit fest?

Als ich mich morgens fertig machte, steckte ich die winzige Sandburg ein, die Flynn mir geschenkt hatte. Ich ging nie ohne sie aus dem Haus. Sosehr ich mir hatte einreden wollen, dass sein Verlust mir nichts ausmachte … so sehr strafte mich diese kleine Angewohnheit Lügen.

Meine Liebe für Flynn Hendrick kannte kein Zurück.

Niemals.

Ich musste in ein paar Stunden zu einer Arbeitsgruppe, als Vorbereitung für meine Hausarbeit am Ende des Semesters.

Während alles andere in meinem Leben auf der Stelle trat, war das College weiter meine einzige Ablenkung. Nachdem Flynn und ich getrennte Wege beschritten hatten und Dania bei mir eingezogen war, hatte ich lange geglaubt, meine Begeisterung sei verflogen.

Doch ich hatte mich getäuscht. In mir hatten Veränderungen stattgefunden, die sich nicht zurücknehmen ließen.

Mein unsinniger (und unmöglicher) Traum, etwas *Besseres* zu werden, gehörte dazu.

Meine Liebe zu Flynn auch.

Nichts davon war verschwunden, auch wenn ich es auf dem Tiefpunkt meiner Selbstzerstörung gehofft hatte.

Das Postamt war leer, als ich eintrat und auf mein winziges Postfach im abgelegensten Winkel zusteuerte. Ich schloss es auf und zog den Stapel mit Zeitschriften und unerwünschten Werbesendungen heraus. Ich sollte das Fach wirklich regelmäßiger leeren.

Ich blieb dort stehen und sah alles durch. Der Großteil der Briefe landete im Mülleimer. Einige Schreiben für Dania steckte ich in meine Tasche.

Dann hielt ich den letzten Umschlag in der Hand und runzelte die Stirn, als ich den Absender las.

Er war von der Universität in Baltimore.

Mein Magen schlug einen Purzelbaum. Aus einer Laune heraus hatte ich mich an zwei Universitäten beworben.

Ich war von den Veränderungen in meinem Leben regelrecht besoffen gewesen und hatte gedacht, *warum nicht*? Schließlich hatte ich Flynn an meiner Seite gehabt, der mir zuriet, es zu tun. Und meinen Professor, der meinte, ich hätte Talent. Hoffnung zu haben war für mich neu und aufregend gewesen.

Doch dann war das wahre Leben mit riesigen Dreckstiefeln über meine schöne, fröhliche Hoffnung getrampelt.

Ich rechnete nicht mit einer Zusage. Das andere Schreiben, das bereits eingetroffen war, enthielt das, was ich erwartet hatte: eine Absage. Damit kannte ich mich aus.

Aber dieser Brief war anders.

Er war ziemlich schwer.

Sollte ich mir etwa Hoffnungen machen?

Oder war es an der Zeit, mich endgültig von meinen Träumen zu verabschieden?

Das Schicksal hatte offensichtlich andere Pläne.

Mit zitternden Händen riss ich den Brief auf. Der Umschlag fiel auf den Boden, doch ich machte mir nicht die Mühe, ihn aufzuheben. Es war ein Packen mit Informationsmaterial. Eine Hochglanzbroschüre, auf der gepflegte Rasenflächen und imposante Backsteingebäude zu sehen waren, stach mir ins Auge. Dann zog ich den an mich adressierten Brief aus dem Stapel und überflog den Inhalt.

Herzlichen Glückwunsch! Es freut mich sehr, Ihnen …

Wie?

Ich musste mehrmals blinzeln, weil ich glaubte, meine Augen würden mir einen Streich spielen, ehe ich den Brief noch einmal las. Die Worte veränderten sich nicht.

Ich war an der Universität in Baltimore angenommen worden. In Maryland. Fast fünfhundert Kilometer entfernt.

Mir stockte der Atem.

Es schien fast grausam, mir ein solches Angebot zu einem Zeitpunkt zu machen, an dem ich das Gefühl hatte, es unmöglich annehmen zu können. Ich packte die Informationsmaterialien zu den anderen Postsendungen und schloss mein Postfach. Leicht und schwer zugleich überquerte ich wieder die Straße.

Als ich meine Wohnung betrat, stellte ich überrascht fest, dass Dania auf den Beinen war und sich etwas zu essen zubereitete.

»Na, du!«, rief sie lebhafter, als ich sie seit Monaten gehört hatte.

»Na!«, erwiderte ich, als ich in die Küche trat.

»Was machst du da?«, fragte ich, neugierig, was sie im Topf auf dem Herd umrührte.

»Ich koche eine Suppe. Ich hatte Hunger und dachte, ich mache gleich genug für uns beide. Willst du welche?«, fragte Dania mit einem Lächeln.

»Äh, klar«, erwiderte ich, ohne zu begreifen, was vor sich ging. Dania war seit Ewigkeiten nicht mehr aus ihrem Schlafanzug herausgekommen und jetzt stand sie in meiner Küche und kochte eine verdammte Suppe?

Sie gab etwas Suppe in eine Schüssel und reichte sie mir. Ich hielt sie in der Hand wie eine tickende Zeitbombe. Es machte mich nervös, Dania so zuvorkommend zu erleben.

Wir nahmen unsere Suppenschüsseln mit ins Wohnzimmer und setzten uns auf die Couch.

»Ich habe gestern Brandon gesehen«, sagte sie unvermittelt. Ihr Gesicht gab nichts preis, aber ihre Augen verrieten alles. Sie spiegelten eine Ruhe und Zufriedenheit wider, die ich in ihnen noch nie gesehen hatte.

»Ernsthaft?«, fragte ich völlig verblüfft. Ich war am Tag zuvor am College gewesen und hatte abends gearbeitet. Als ich nach Hause gekommen war, hatte Dania schon im Bett gelegen. Sie hatte die ganze Woche kein Wort darüber verloren, ihn besuchen zu wollen. Ich war längst zu der Überzeugung gelangt, dass sie nicht vorhatte, ihren Sohn überhaupt jemals zu besuchen. Der Hilfeplan lag immer noch im ungeöffneten Umschlag auf dem Küchentresen.

Dania nickte. »Er wird morgen aus der Intensivstation entlassen. Ich habe mit Randa, seiner Betreuerin vom Jugendamt, geredet. Sie hatte mir vorgeschlagen, ihn zu besuchen. Zuerst wollte ich nicht, aber dann hat sie mich überzeugt, dass es mir guttun würde. Also hat sie mich gestern Morgen abgeholt und ist mit mir nach Barkley gefahren.«

»Wie geht es ihm?«, fragte ich, obwohl ich meinen Ohren kaum traute.

»Er ist winzig, perfekt und einfach wunderschön«, sagte sie leise.

»Soll das heißen, dass du tun willst, was im Hilfeplan steht? Willst du dich dafür einsetzen, ihn zurückzubekommen?«, fragte ich.

Dania stellte ihre Suppenschüssel auf den Couchtisch, zog die Beine an den Körper und schlang die Arme darum.

»Nein, will ich nicht«, sagte sie.

Ich stellte meine Schüssel neben ihre auf den Tisch und starrte sie verständnislos an.

»Wie meinst du das?«, fragte ich.

Dania weinte stille Tränen, die in die Knie ihrer Jeans sickerten. Ihr Gesicht war ungeschminkt und mir wurde klar, dass ich sie schon lange nicht mehr mit Make-up gesehen hatte. Sie kleidete sich auch nicht mehr, als wollte sie gleich an der nächsten Straßenecke anschaffen gehen. Ihre Miniröcke und die nuttigen Tops hatte sie gegen Jogginghosen und T-Shirts eingetauscht. Sie sah deutlich jünger aus, aber ihre Augen ließen etwas anderes erkennen. Der Schmerz und das Wissen, die sich darin zeigten, erinnerten mich sehr an das, was ich sah, wenn ich selbst in den Spiegel blickte.

»Ich bin nicht dafür gemacht, Mutter zu sein. Sieh dir nur an, was ich ihm schon angetan habe«, sagte sie traurig.

»Aber das heißt doch nicht, dass du es nicht lernen kannst, Dania. Dafür ist der Hilfeplan doch da. Um dir zu helfen, die Mutter zu werden, die er braucht«, wandte ich ein.

Dania schüttelte den Kopf, während sie sich mit dem Handrücken über die Wangen fuhr. »Das wäre Brandon gegenüber nicht fair, Ells. Ich habe keine Ahnung, ob ich jemals die Art von Mutter sein kann, die er verdient. Er braucht jemanden, für den er immer an erster Stelle steht. Und das bin ich nicht. Du weißt, dass ich für niemanden eine Mutter sein kann. Scheiße, ich kann nicht mal auf mich selber aufpassen«, fauchte sie.

»Aber du könntest …«, setzte ich an, doch sie hob die Hand und brachte mich zum Schweigen.

»Ich weiß, was du da tust, Ells, und ich rechne dir das hoch an, aber es ist nicht nötig. Du bist eine gute Freundin. Eine bessere, als ich es dir je war. Nach allem, was ich angestellt habe, bist du zur Stelle und lässt mich in dein Leben und in deine Wohnung, und das nach all den üblen Sachen, die ich dir an den Kopf geworfen habe. Sachen, die ich gar nicht so gemeint habe. Das meiste davon war mein eigener Unsicherheitsscheiß. Ich hab dich schon immer beneidet, Ells. Mir war klar, dass du mehr draufhast als ich. Und ich hatte Angst, dich zu verlieren. Ich wollte, dass du genauso feststeckst und genauso unglücklich bist wie ich. Wie gesagt, ich bin eine beschissene Freundin. Das war ich schon immer.«

Nun, da wollte ich ihr nicht widersprechen. Sie war wirklich eine beschissene Freundin gewesen. Ihr Geständnis überraschte mich nicht weiter, wohl aber die Tatsache, dass sie es abgelegt hatte. Außerdem würde ich nie vergessen, was sie für mich getan hatte.

»Ja, du hast einen ganz schönen Zickenterror veranstaltet, aber du warst auch die Einzige, die mich im Knast besucht hat. Du warst für mich da, Dania. Vergiss das nicht«, sagte ich zu ihr.

Seufzend streckte Dania die Beine aus. »Worum es mir geht, ist, dass ich gar nicht in der Lage bin, jemanden zu lieben. Himmel, ich mag mich ja nicht mal selbst. Also welche Chancen hat so ein Baby mit einer Mutter wie mir?«

»Und was hast du jetzt vor?«, fragte ich.

»Ich gebe ihn zur Adoption frei. Da ich nicht weiß, wer der Vater ist, bin ich die Einzige, die verhindert, dass Brandon in eine gute Familie kommt. Eine, die besser ist als alle, bei denen du oder ich jemals waren. Das ist mir klar geworden, nachdem ich ihn gesehen habe. Ich konnte den Kopf einfach nicht mehr in den Sand stecken und hoffen, alles würde verschwinden. Und den Gedanken, dass er das System durchlaufen muss und genauso endet wie ich, ertrage ich einfach nicht. Oder noch schlimmer, dass er irgendwann bei mir lebt und ich damit nicht fertig werde. Was ist, wenn ich ihn genauso verlasse, wie meine Mutter mich verlassen hat? Das kann ich ihm nicht antun! Randa sagt, dass sie ein gutes Zuhause für ihn finden können. Dass er bei Eltern leben wird, die ihn lieben und denen er willkommen ist.« Sie schniefte und fuhr sich über die Nase.

Mir brannten Tränen in den Augen, während ich ihr ungläubig zuhörte.

Dania gab ihr Baby auf. Und zwar aus völlig selbstlosen Motiven.

Ich nahm ihre Hand und drückte sie. »Ich weiß, dass das wehtut, Dania. Aber du kannst es dir immer noch anders überlegen, das weißt du«, sagte ich.

»Nein, für Brandon ist es besser so. Ich werde es mir nicht mehr anders überlegen«, beteuerte sie mit Nachdruck. Ich hielt eine Weile ihre Hand, dann lächelte sie mich mit feuchten Augen an.

»Der nächste Schritt ist, dir von der Pelle zu rücken. Ich weiß, dass ich dich wahrscheinlich in den Wahnsinn treibe. Ich muss mir was Eigenes suchen und rausfinden, wie es weitergehen soll. Und dann verbrenne ich sämtliche Schlafanzüge, die ich habe. Ich kann sie nicht mehr sehen.«

»Ich baue die Feuerstelle«, scherzte ich.

Dania strich sich die Haare glatt. Es war eine solche Erleichterung zu sehen, wie sie endlich aus ihrem Tief herauskam. Und noch dazu in besserer Verfassung, als ich es je erlebt hatte. Der Besuch bei ihrem Sohn hatte etwas in ihr ausgelöst. Er hatte sie verändert.

Sie nahm den Stapel Post und sah ihn durch. »Was ist denn das?«, fragte sie und hielt meine Studienplatzzusage hoch. Ich griff danach und wollte sie ihr wegnehmen.

»Nichts«, sagte ich, doch sie riss schnell den Arm zur Seite.

»Sieht nicht aus wie nichts, Ells. Das ist ein Brief von der Uni in Baltimore und ganz oben steht ›Herzlichen Glückwunsch‹. Also was ist das?«, fragte sie noch einmal mit gerunzelter Stirn.

Jetzt war es an mir, tief zu seufzen.

»Sie haben mir einen Studienplatz angeboten«, gestand ich ihr. Dania starrte auf den Brief und begann ihn zu lesen.

»Da steht, dass du finanzielle Unterstützung in Anspruch nehmen kannst. Dass der Staat dir bei den Kosten für das Studium unter die Arme greifen kann. Stimmt das?«, fragte sie und zeigte auf die Worte, die ich bereits gelesen hatte.

Ich zuckte die Achseln. »Kann sein. Aber ich bin mir nicht sicher, ob ich hinwill.«

»Und warum nicht?«, fragte sie und hörte sich wütend an.

»Warum reden wir überhaupt darüber? Hör auf damit!«, warnte ich sie.

Danias Augen blitzten. Ich hatte sie schon lange nicht mehr so aufgebracht erlebt. Sie hatte die letzten Monate im Dämmerschlaf verbracht. Jetzt konnte ich zusehen, wie sie endlich erwachte.

»Ich höre nicht auf damit, verdammt noch mal! Untersteh dich, mich als Vorwand zu benutzen, um nicht das zu tun, was du eigentlich tun willst!«, zischte sie.

»Ich gebe dir keine Schuld«, widersprach ich.

»Von wegen. Du läufst seit Monaten wie auf Eiern durch die Welt und behandelst mich wie eine Scheiß-Zweijährige!«

»Weil du dich wie eine Scheiß-Zweijährige aufgeführt hast! Ich konnte dich ja schlecht alleinlassen, während du es kaum aus dem Bett geschafft hast«, rief ich und wurde nun selbst wütend.

»Na, dann sag ich dir eben jetzt, dass du gehen sollst! Ich will deine Hilfe nicht! Und nötig habe ich sie mit Sicherheit auch nicht! Ich kriege meinen Scheiß schon geregelt. Also schleich dich zu deinem Freund, sag ihm, dass du an die Uni gehst und mich und dieses Scheißkaff hinter dir lässt!«, schrie sie zurück.

»Sag mir nicht, was ich zu tun habe!«, erwiderte ich bockig. Dania schnaubte nur.

»Meinetwegen musst du nicht hierbleiben. Ich bin schließlich nicht behindert. Reite doch in deinen Scheißsonnenuntergang. Leb dein Schickimicki-Leben, geh an die Uni und sei besser als der Rest von uns. Das willst du doch sowieso.« Dania verdrehte die Augen.

Ich verstand, was sie da tat.

Sie gab mir ihren Segen. Selbst wenn sie sich dafür aufführen musste wie das größte Miststück auf Erden.

»Schön! Dann mach ich es eben!«, knurrte ich, um ihr das Loslassen zu erleichtern.

»Gut. Ich hab's nämlich satt, mit dir zusammenzuleben. Ich brauch meine eigene Wohnung.« Dania schnappte sich die Suppenschüsseln und stürmte in die Küche. Es schepperte, als sie sie in die Spüle knallte.

Durch ihre unerwartete Ermutigung schöpfte ich wieder Hoffnung. Außerdem hatte sie recht. Ich benutzte sie als Vorwand, weil ich Angst hatte. Lief es darauf nicht immer wieder hinaus? Auf meine Angst?

Jetzt, wo sich die Bande, die mich hier festhielten, lockerten und abfielen, gab es nur noch einen Menschen, den ich sehen musste. Jemanden, den ich im Stich gelassen und enttäuscht hatte, und der dennoch der Einzige war, mit dem ich diesen Erfolg teilen wollte. Ich wusste nicht, ob er mich noch reinlassen würde. Womöglich würde er mich anschreien und hinauswerfen.

Trotzdem musste ich Flynn sehen. Er hatte sich diesen Erfolg von allen Menschen am meisten für mich gewünscht, fast mehr, als ich ihn mir selbst gewünscht hatte.

Ich nahm meine Studienplatzzusage, faltete sie zusammen und steckte sie in die Tasche. Dann steckte ich den Kopf in die Küche. Dania spülte das Geschirr mit etwas mehr Kraft, als nötig gewesen wäre.

»He«, rief ich. Dania drehte sich nicht um, hielt aber mit dem wilden Schrubben inne.

»Ich gehe dann mal los. Also … danke«, sagte ich und verließ die Küche in der Hoffnung, dass sie wusste, wofür ich mich bedankt hatte.

Ich dankte ihr dafür, dass sie die Freundin war, die ich brauchte.

»Keine Ursache«, hörte ich Dania leise sagen, als ich zur Wohnungstür hinausging.

33

Ellie

Die Fahrt zu Flynns Haus kam mir länger vor als sonst. Es war drei Monate her, seit er bei JAC's hereingeschneit war und mich angeschrien hatte, ich solle ihn in Ruhe lassen. Ich sah sein Gesicht immer wieder vor mir und es versetzte mir jedes Mal einen Stich.

Sein Schmerz und sein Zorn hatten mich gezwungen, auf Abstand zu bleiben. Ich hatte geglaubt, es sei das Richtige. Doch ich hatte mich geirrt. Ich hätte nicht einen einzigen Tag ohne ihn vergehen lassen sollen.

Ich war eine Idiotin.

Eine Idiotin, die sich nicht sicher war, ob sie den Schaden, den ihr Stolz und ihr Drang zur Selbstzerstörung angerichtet hatten, wiedergutmachen konnte.

Der Frühling lag in der Luft und ich sah die blühenden Apfelbäume und die Gänseblümchen am Wegrand, während ich über die lange Zufahrt zu Flynns Haus hinauffuhr.

Sein Wagen stand davor, also war er zu Hause. Meine Hände waren feucht, als ich neben seinem Wagen zum Stehen kam. Ich blieb lange im Auto sitzen und versuchte mir darüber klarzuwerden, was genau ich ihm zu sagen hatte.

Ich bin eine blöde Kuh. Vergib mir?

Oder wie wäre es mit: *Bitte entschuldige, ich leide an chronischer Kaputtmacheritis. Aber jetzt geht es mir besser. Gibst du mir noch eine Chance?*

Ein Klopfen an der Autoscheibe bescherte mir fast einen Herzkasper. Als ich den Kopf hob, sah Flynn mit schief gelegtem Kopf und gerunzelten Brauen auf mich herab.

Ich ließ die Scheibe herunter.

»Hi«, sagte ich mit trockenem Mund.

»Willst du aussteigen oder nicht?«, fragte er auf seine gewohnt direkte Art.

Ich biss mir auf die Lippe, um nicht zu lächeln, und zog den Zündschlüssel ab. Dann stieg ich aus dem Wagen und wurde fast von Murphy über den Haufen gerannt, der außer sich war vor Freude über das Wiedersehen.

»Hallo, mein Junge!« Mir blieb fast die Luft weg, als er mir seine riesigen Pfoten in den Bauch stemmte. Die Zunge hing ihm aus dem Maul und er wedelte wild mit dem Schwanz. Ich kraulte ihn hinter den Ohren, während er den Kopf an meine Hand drückte.

»Er hat dich vermisst«, sagte Flynn. Ein kurzer Blick zeigte mir, dass er nicht lächelte. Sein Gesicht war ausdruckslos, es verriet nicht das Geringste.

»Ja«, war alles, was ich sagen konnte.

»Warum bist du hier?«, fragte er, bevor ich mich sammeln konnte. Ich ließ Murphys Kopf los.

»Um dich zu sehen«, gab ich ehrlich zu.

»Warum?«, fragte er mit einer sich verfinsternden Miene. »Weil ich es muss«, erwiderte ich und meine Hände begannen zu zittern.

Flynn sagte lange kein Wort. Die Zeit schien stillzustehen, während wir einfach nur dastanden und keiner von uns wusste, wie es im anderen aussah.

»Ich habe mich geirrt, Flynn. Ich habe mich entsetzlich geirrt. Können wir reden?«, fragte ich.

Flynn schüttelte den Kopf. »Du hast mir wehgetan, Ellie. Das tust du ständig. Du solltest gehen«, sagte er mit gesenktem Blick.

Normalerweise war es das Zeichen für mich, ihn nicht weiter zu bedrängen. Aber ich konnte nicht gehen. Noch nicht.

»Bitte, Flynn. Ich will dir nicht wehtun. Ich will mit dir reden. Und wenn du dann immer noch willst, dass ich gehe, tue ich es«, versprach ich ihm.

Flynn wandte sich ab und ging zurück zum Haus. Ich war mir nicht sicher, ob ich ihm folgen sollte. Offensichtlich genauso verwirrt wie ich, saß Murphy zu meinen Füßen und blickte ihm ebenfalls nach.

»Komm schon, Murphy. Du auch, Ellie«, rief Flynn über die Schulter. Dann ging er ohne abzuwarten ins Haus.

Murphy und ich folgten ihm.

Als ich in die Küche trat, schnitt Flynn gerade einige Scheiben Bananenbrot ab. Er gab mir einen Teller, den ich, ohne zu zögern, nahm. »Habe ich gerade gebacken. Iss«, sagte er, während mir der heimelige Duft das Wasser im Mund zusammenlaufen ließ.

»Danke«, sagte ich und stand unbeholfen herum, während Flynn sich über sein Brot hermachte. Ich hatte keinen Hunger. Mein Magen war wie zugeschnürt.

Flynn ließ das Schweigen einfach zu. Stille hatte ihn schon immer weniger gestört als andere Menschen. Unter normalen Umständen hätte ich mich dieser Ruhe überlassen. Aber die Umstände waren alles andere als normal.

»Es tut mir leid, Flynn«, sagte ich.

»Das sagen wir dauernd zueinander. Du und ich. Immer heißt es: *Es tut mir leid*. Das hängt mir zum Hals heraus. Warum können wir nicht nett zueinander sein, damit wir uns nicht ständig entschuldigen müssen?«, fragte er und ich war sprachlos.

Denn er hatte recht.

Aber er fuhr bereits fort. Und wenn mich seine vorangegangenen Worte schon überrascht hatten, so traf mich das, was er als Nächstes sagte, gänzlich unvorbereitet.

»Du hast mein Haus angezündet. Das wusste ich längst. Ich habe es gleich danach erfahren. Reggie hat mir erzählt, dass du deswegen ins Gefängnis gekommen bist. Meine Mutter wollte es mir nicht sagen. Ich habe dir das lange übel genommen. Ich habe mir die Augen aus dem Kopf geweint, als ich es erfuhr. Aber dann sind wir weggezogen und es tat immer weniger weh. Ich weiß nicht, ob es daran lag, dass wir nicht mehr in Wellston lebten, oder ob ich anfing, dir zu verzeihen. Auf jeden Fall war ich dir irgendwann nicht mehr böse. Und beim Gedanken an dich fiel mir nur noch ein, wie wir zusammen ferngesehen, Bananenbrot gegessen und über blöde Witze gelacht hatten. Ich habe dich in Gedanken lächeln sehen und das hat mich glücklich gemacht.«

Ich sank schwer auf einen Küchenstuhl. Seine mit solcher Leichtigkeit gewährte Vergebung beschämte mich.

»Du hast es gewusst?«, vergewisserte ich mich leise.

Flynn nickte, während er abermals in sein Bananenbrot biss. »Ich weiß nicht, warum du es mir am Strand erzählt hast und dann nicht mehr mit mir reden wolltest. Ich habe es einfach nicht kapiert. Mir ist klar, dass ich vieles nicht mitkriege, aber ich dachte, wir wären gern zusammen. Du hast gesagt, dass du mich liebst. Aber dann warst du plötzlich verschwunden. Ich will das nicht mehr, Ellie. Ich bin es leid, wütend und traurig zu sein und mit Sachen um mich werfen zu wollen. Kevin hat gesagt, gute Beziehungen basieren auf Kommunikation. Ich will mit dir kommunizieren. Ich will, dass wir glücklich sind«, fuhr er gelassen fort und ohne die Stimme zu erheben. Er klang mechanisch und ausdruckslos, als leiste er einen Fahneneid. Aber ich wusste, dass jedes Wort, jede Silbe authentisch war.

»Ich mag es, wenn du hier bei mir bist. Ich höre dir gern zu, wenn du Gitarre spielst und zu singen versuchst, obwohl du eine schreckliche Stimme hast. Und ich fahre gern Auto mit dir, auch wenn du mich bittest, die Musik auszumachen. Das macht mir nichts aus, weil ich dir lieber beim Reden zuhöre als The Cure beim Singen.« Ich weinte inzwischen bitterlich und war viel zu überwältigt, um etwas sagen zu können. Flynn sah mir aufmerksam ins Gesicht, dann streckte er langsam den Arm aus und nahm meine Hand in seine. Es fühlte sich warm und sicher an und war genau das, was ich mir wünschte.

»Ich will nicht, dass du aufhörst, mit mir zu reden, denn ich höre alles, was du sagst. Und ich schlafe gern neben dir und halte deine Hand. Ich bekomme Herzklopfen, wenn ich dich anfasse. Du bist die Einzige, bei der ich jemals so empfunden habe, Ellie.«

Ich schob meinen Teller beiseite und beugte mich über den Tisch. »All das mag ich auch, Flynn, und ich finde es furchtbar, wie ich mich verhalten habe. Aber ich bin echt gestört, Flynn. Ich habe viele Probleme. Die tun nicht nur mir weh, sondern auch dir. Ich weiß nicht, wie ich das in den Griff kriegen soll, aber ich weiß, dass ich mit dir zusammen sein will.«

Dann zog ich den Brief der Uni in Baltimore heraus, legte ihn auf den Tisch und deckte ihn mit der Hand zu. »Den habe ich heute mit der Post bekommen. Ich bin in Baltimore angenommen worden und kann im Herbst anfangen, schreiben sie. Und das möchte ich auch«, sagte ich, ohne ihn aus den Augen zu lassen.

Dann nahm ich die Hand fort und ließ ihn den Brief zu sich ziehen. Er schwieg, während er ihn durchlas, aber das Lächeln auf seinem Gesicht erfüllte mich mit unglaublicher Freude.

»Du gehst an die Uni«, sagte er, immer noch mit gesenktem Blick.

»Ich gehe an die Uni«, wiederholte ich.

»Nach Maryland. Das ist sehr weit weg«, murmelte er.

»Nicht, wenn du mitkommst«, sprach ich leise meine größte Hoffnung aus. Ich wollte diesen Schritt nicht ohne ihn tun, weil ich mir nicht sicher war, es ohne Flynn an meiner Seite schaffen zu können. Ich brauchte ihn. Ich wollte, dass er bei mir blieb.

Flynn schaute immer noch schweigend auf den Brief. Doch als er mir schließlich in die Augen blickte, sah ich, wie glücklich er war. Er stand auf, trat vor mich und streckte die Hände aus. Ich ergriff sie zögerlich und ließ mich von ihm hochziehen.

»Ich höre dich wirklich gern reden, Ellie. Aber nicht jetzt.« Sein Blick war hart und ernst.

Ich wollte ihn fragen, was er damit meinte; ich hatte entsetzliche Angst, dass er mich gerade aus dem Haus warf. Und aus seinem Leben.

Was würde ich dann tun?

Doch bevor ich etwas sagen konnte, presste Flynn seinen Mund auf meinen. Hart und fordernd drängte sich seine Zunge zwischen meine Zähne. Mir stockte der Atem vor Überraschung und ich wich ein Stück zurück.

»Was tust du da?«, fragte ich.

Flynn schüttelte den Kopf. »Sag nichts«, flüsterte er und küsste mich wieder.

In meinem Kopf drehte sich alles. Ich war in der Erwartung hergekommen, mich auszusprechen, damit wir entweder Schluss machten oder von vorn anfingen.

Womit ich nicht gerechnet hatte, war, dass mir ein leidenschaftlicher Flynn die Kleider vom Leib reißen würde. Er zog mich ins Wohnzimmer. Wir schafften es nicht einmal die Treppe hinauf ins Schlafzimmer. Als er sein Hemd aufknöpfen wollte, riss er es wild entzwei.

Seine ungestüme Art erschreckte mich, aber mir blieb keine Zeit, darüber nachzudenken, weil er mir bereits das Shirt über den Kopf zog. Seine Hände waren überall. Voller Begierde bäumte mein Körper sich ihm entgegen.

»Ich liebe dich, Flynn«, flüsterte ich ihm ins Ohr, als wir nach monatelanger Trennung wieder zusammenfanden. Die Worte drängten aus mir heraus, damit er es endlich erfuhr. Dass es immer so gewesen war. Und niemals aufhören würde.

»Ich höre dich«, sagte Flynn, als er mit geschlossenen Augen in mich eindrang.

Er legte die Lippen auf meine Schläfen und nahm meinen Duft in sich auf. Seine gespreizten Hände lagen auf meinem Rücken und hielten mich fest, während ich unter ihm zersprang.

Wir hatten im Leben des anderen jede noch so extreme Rolle eingenommen.

Opfer und Peinigerin.

Freund und Freundin.

Held und Heldin.

Geliebter und Geliebte.

Als ich Flynn Hendrick als wütende und verbitterte Fünfzehnjährige begegnet war, war ich für die Gefühle, die er in mir auslöste, nicht bereit gewesen. Noch während ich geradewegs auf ihn zurannte, hatte ich gegen sie angekämpft.

Ich hatte nie an Bestimmung geglaubt. Meiner Meinung nach entschied ich selbst über mein Schicksal, egal, wie mies es war. Es gab kein konturloses Nichts, das einem Knüppel zwischen die Beine warf, nur um einem übel mitzuspielen.

Doch als ich in Flynns offenes und glückliches Gesicht aufsah, wie sollte ich da *nicht* an eine Macht glauben, die ihn in meine Welt gebracht hatte?

All die Jahre war ich langsam vor mich hin gestorben und er hatte mich wieder zum Leben erweckt.

Er hatte mich gelehrt, dass es okay war, Ellie McCallum zu sein. Sie hatte Fehler und war alles andere als perfekt, aber sie war auch klug und kompetent und liebenswert.

Als wir fertig waren, küsste Flynn mich zärtlich auf den Mund.

Ich wartete darauf, dass er von mir abrücken würde. Verschwitzte, schweißverklebte Haut war nichts für ihn. Doch er blieb, wo er war, sein Kopf lag schwer auf meiner Brust und seine Haare kitzelten mich an der Nase.

Mein Herz überschlug sich, als ich spürte, wie ihm ein schwerer Seufzer entwich.

Instinktiv wurde ich nervös.

»Alles in Ordnung?«, fragte ich, während ich ihn auf den Kopf küsste und seinen Geruch einatmete, weil mir irgendetwas riet, mir diesen Moment fest einzuprägen und ihn für später aufzubewahren.

Flynn glitt mit der Wange an der Kontur meiner Brust entlang, während er mich fester in den Arm nahm.

»Ich kann nicht mit dir gehen«, sagte er.

Ich versuchte mich aufzurichten und von ihm abzurücken, doch er war zu schwer und hielt mich mit seinem Gewicht fest.

»Was sagst du da?«, fragte ich. Gerade hatte ich mich noch so ruhig gefühlt, als würden sich die Puzzleteile meines Lebens endlich zusammenfügen. Und nun lief ich Gefahr, alles zu verlieren, bevor ich es überhaupt besessen hatte.

Flynn sah zu mir auf, die Augen fest auf mich gerichtet.

»Du weißt, dass ich nicht mitkommen kann. Ich bin hier zu Hause. In Wellston. Es ist zu schwer für mich wegzugehen. Ich würde dir nur das Leben vermiesen. Und am Ende wärst du wütend auf mich und würdest dir wünschen, dass ich zu Hause geblieben wäre. Ich war schon an der Uni, Ellie. Jetzt bist du an der Reihe.«

Ich schüttelte den Kopf. »Nein, Flynn. Ich will, dass du mitkommst! Ich würde nie so empfinden! Ich schaffe es nicht ohne dich!«, rief ich.

Flynn runzelte die Stirn. »Und ob du das schaffst. Du brauchst mich dort nicht.«

»Aber ich *will*, dass du mitkommst!«, schluchzte ich, erdrückt vom Gewicht seiner Weigerung.

»Ich bleibe hier und werde Lehrer.« Ich hörte vor Überraschung auf zu weinen und sah ihn blinzelnd an. Hatte er den Job am Gemeindecollege angenommen?

Ein traurig-zärtliches Lächeln im Gesicht, zeichnete Flynn mit dem Finger den Schwung meiner Lippen nach.

»Es muss sein. Du bist nicht die Einzige, die noch dazulernen muss. Ich lerne meinen Teil einfach hier«, sagte er und ich hörte die Entschlossenheit in seiner Stimme. Er würde seine Meinung nicht mehr ändern.

»Du hast den Job angenommen?«, fragte ich. So unglücklich es mich machte, dass er nicht mit mir kommen würde, so sehr freute mich seine Entscheidung.

Flynn nickte. »Und wenn ich mich auf etwas einlasse, was mir Angst macht, dann kannst du das auch. Du hast es mir selbst beigebracht: Dinge gerade deshalb zu tun, weil sie mir Angst einjagen. Ich werde damit klarkommen. Sogar mehr als das. Und du wirst es auch.«

Wer war dieser obervernünftige Typ?

»Nicht weinen, Ellie!«, sagte Flynn bestimmt. Am liebsten hätte ich ihn angeschrien. Warum tat er das? Ausgerechnet jetzt? Nachdem er mich glauben gemacht hatte, dass wir eine Chance hätten? Ich konnte mir nicht vorstellen, dass er so grausam war.

Doch dann begriff ich, was er mir zu sagen versuchte. Auch wenn ich das Gefühl hatte, das Herz würde mir zerspringen, wusste ich, dass er es nicht brechen wollte. Er ließ mich los. Genau wie Dania es getan hatte.

Obwohl ich gar nicht von ihm losgelassen werden wollte.

Niemals.

»Ich schaffe das nicht ohne dich. Bitte, Flynn. Überlege es dir noch mal!«, flehte ich. Es war mein Ernst, auch wenn ich mir dabei selbstsüchtig vorkam. Er war meine Kraftquelle geworden. Er hielt mich aufrecht und trieb mich an. Ohne ihn an meiner Seite würde es schwer werden.

Kopfschüttelnd richtete Flynn sich auf. Ich glaubte, er wolle etwas auf Abstand gehen, und war überrascht, als er mich auf seinen Schoß zog.

»Du kannst das. Und du schaffst das. Aber ich kann nicht mit dir gehen. Ich kann aus Wellston nicht weggehen. Es ist mein Zuhause. Hier habe ich mir mein Leben eingerichtet. Aber es ist nicht mehr *dein* Zuhause. Du willst weg. Und das macht mich traurig und gleichzeitig froh. Weil du studieren wirst und etwas tust, was du dir wünschst. Und ich werde hier sein, falls du jemals zurückkommen willst.«

»Kann dein Zuhause nicht bei mir sein?« Ich zitterte in seinen Armen.

Flynn glitt mit der Nase über mein Haar. »Zuerst musst du dir da draußen ein Zuhause aufbauen«, war alles, was er sagte, und ich wusste, dass sein Entschluss feststand.

Ein winziger Teil von mir, der nicht vom Kummer ertränkt wurde, verstand ihn. Ich brauchte die Möglichkeit, mir ein eigenes Leben aufzubauen. Ohne Ballast. Ohne Menschen und Umstände, die mich festhielten.

Was Flynn nicht verstand, war, dass er für mich niemals Ballast sein würde. Er war derjenige, der die Last von mir genommen hatte.

»Wirst du mich vermissen?«, fragte ich wie ein Kind. Ich konnte einfach nicht anders. Ich verstand, dass Flynn hierbleiben und ich weggehen musste. Und trotzdem wünschte ich, das Universum würde uns ausnahmsweise erlauben, so zusammen zu sein, wie es uns bestimmt war.

Aber vielleicht war das gar nicht unser Schicksal.

Manche Menschen traten in unser Leben, stellten es komplett auf den Kopf und verschwanden dann wieder, ehe wir sie festhalten konnten.

Ihre Gegenwart spornte uns an, gab uns Kraft und vernichtete uns gleichzeitig.

»Ich habe dich vermisst, nachdem mein Haus abgebrannt war. Ich habe dich vermisst, nachdem wir vom Meer zurückgekommen sind und du nicht mehr mit mir gesprochen hast. Und ich werde dich vermissen, wenn du an die Uni gehst. Aber ich weiß auch, dass das irgendwann aufhören wird, weil du zurückkommen und mich hier finden wirst.«

»Meinst du?«, fragte ich, während ich die Wange an seine Brust schmiegte und dem Schlagen seines Herzens lauschte. Es war ruhig und gleichmäßig, genau wie er. Und es liebte mich ohne Einschränkung.

»Das wirst du. Weil du mich auch vermissen wirst.« Er gab mir einen Kuss auf den Kopf, denn es gab nichts mehr zu sagen. Und wie so oft brachte das Schweigen all das zum Ausdruck, was Worte nicht vermochten.

Ich war überzeugt, dass mich das Schicksal zu ihm zurückbringen würde.

Etwas anderes kam nicht infrage.

Während Flynn mich weiter festhielt, trockneten meine Tränen, mein Kummer verebbte und zurück blieb nur die Freude.

Und als es Zeit wurde zu gehen, war ich nicht mehr gebrochen.

Ich war heil.

Epilog

Ellie

Viele Jahre später …

Ich verließ Wellston, West Virginia. Verstaute meine wenigen Habseligkeiten im Auto. Viele waren es nicht. Ein paar Klamotten. Mein alter, ramponierter Koffer.

Und Flynns Skulpturen.

Ich fuhr nach Maryland und begann zu studieren. Hell und klar brach meine Zukunft an.

Ich hatte Angst.

Ich war nervös.

Ich zweifelte jeden Tag an mir.

Aber Flynn ließ nicht zu, dass ich aufgab.

Er gab mir die Kraft weiterzumachen.

Also blieb ich in Maryland.

Und er in West Virginia.

Obwohl viele Kilometer zwischen uns lagen, hatten wir uns nie nähergestanden.

Menschen mit einer Verbindung wie der unseren sind nie weit voneinander entfernt.

Wir vermissten uns jede Sekunde.

Bis der Tag kam, an dem wir uns nicht mehr vermissen mussten.

Weil ich nach Wellston zurückkehrte und ihn wiederfand, so wie er es vorausgesagt hatte.

Und dann fing unsere Geschichte wirklich an …

ANFANG …

Dank

Für mich sollten Danksagungen immer auf die gleiche Weise beginnen – mit einem Dankeschön an jene Menschen in meinem Leben, die das alles ermöglichen. Ich danke …

Ian und Gwyn. Ihr gebt mir die Kraft, diese Schritte zu machen. Ohne euch wäre diese Reise zu Ende gegangen, bevor sie überhaupt begann.

Allen meinen Freunden und Verwandten … Ich bedanke mich nicht oft genug, aber in meinem Herzen geschieht es tagtäglich.

Kristy Louise, meiner fantastischen Freundin und Assistentin. Du bewahrst mich davor, mir die Haare auszureißen. Wie bin ich bloß so lange ohne dich ausgekommen???

Meinen knallharten CP-Ladys. Ihr wisst, wer gemeint ist … Danke, dass ihr mich zum Lachen bringt und mich immer wieder beruhigt. Ihr seid der Hammer!

Meiner Lektorin Tanya, die mich praktisch von Anfang an begleitet hat. Danke für deine Flexibilität und Unterstützung!

Michelle, meiner wunderbaren Agentin, weil du immer an diese Geschichte geglaubt hast.

All den Bloggern, die diesen verrückten Traum gepusht und unterstützt haben oder auf andere Weise wahr werden ließen. Ihr seid so viele und ich möchte keinen von euch auslassen. Ich danke euch von Herzen!

Meinem Super-Wahnsinns-PR-Team! Ihr seid die besten Cheerleader, die man sich wünschen kann.

Meinen unglaublichen Lesern!!! Ich weiß gar nicht, wo ich anfangen soll, den Menschen zu danken, die mich hierhergebracht haben. Wie soll ich beschreiben, was eure Unterstützung mir bedeutet? Es geht nicht … Aber seid versichert, dass ich jedem Einzelnen von euch dankbar bin!!!

Den Ellies und Flynns dort draußen, die das Schöne im Innern entdecken, die keine Angst haben, Risiken einzugehen, und die trotz aller Hindernisse bedingungslos lieben … Ihr macht die Welt zu einem besseren Ort.

»Was hinter uns liegt und was vor uns liegt,
verblasst angesichts dessen, was in uns steckt.«
Ralph Waldo Emerson